HEYNE BÜCHER

W0213830

SCIENCE FICTION

Herausgegeben
von Wolfgang Jeschke

Von **Michael McCollum** erschien in der Reihe
HEYNE SCIENCE FICTION & FANTASY:

Treffer · 0604811
Die Lebenssonde · 0605381
Antares erlischt · 0605382
Die Wolken des Saturn · 0605383

Michael McCollum

ANTARES ERLISCHT

Roman

Aus dem Amerikanischen übersetzt
von
WALTER BRUMM

Deutsche Erstausgabe

WILHELM HEYNE VERLAG
MÜNCHEN

HEYNE SCIENCE FICTION & FANTASY
Band 0605382

Titel der amerikanischen Originalausgabe
ANTARES DAWN
Deutsche Übersetzung von Walter Brumm
Das Umschlagbild malte Bob Eggleton
Die Karte auf Seite 6 zeichnete Mirjam Wehner

Umwelthinweis:
Dieses Buch wurde auf
chlor- und säurefreiem Papier gedruckt

Redaktion: Wolfgang Jeschke

Erstausgabe by
Del Rey Books/Balantine Books/Random House, Inc., New York
Mit freundlicher Genehmigung des Autors und
Paul & Peter Fritz AG, Literarische Agentur, Zürich
(# 2229)

Printed in Germany 1996
Umschlaggestaltung: Atelier Ingrid Schütz, München
Technische Betreuung: M. Spinola
Satz: Schaber Satz- und Datentechnik, Wels
Druck und Bindung: Elsnerdruck, Berlin

ISBN 3-453-09443-3

Für Robert,
Michael und Elizabeth

ÜBERSICHTSKARTE DES FALTRAUMES

ANTARES-HAUFEN / NAPIER-SEKTOR

(Struktur des Faltraumes bis August 2512

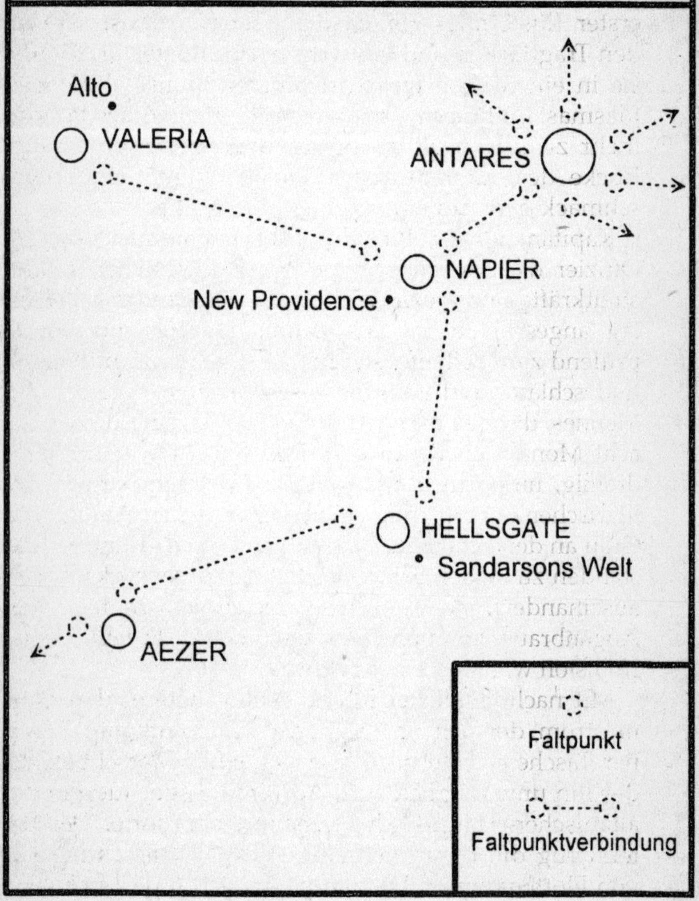

1

Das Landungsboot sank mit dem Heck voran zur blauweißen Kugel des Planeten hinab. Draußen zupfte ein erster flüsternder Hauch der oberen Atmosphäre an den Tragflächen und Leitwerken des Bootes und hüllte sie in einen noch fast unsichtbaren Dunst glühenden Plasmas. Im Innern war das schrille Pfeifen des Windes mehr zu fühlen als zu hören, und die ersten sanften Rucke des Abbremsmanövers waren nur ein Vorgeschmack der bald einsetzenden Belastung.

Kapitänleutnant Richard Drake, kommandierender Offizier des Kreuzers *Discovery* der altanischen Raumstreitkräfte und einziger Passagier des Landungsbootes, lag angeschnallt im Beschleunigungssitz und blickte prüfend zum Seitenfenster hinaus. Drake war mittelgroß und schlank und von der ausgebleichten Bräune eines Mannes, der viel und gern im Freien ist, aber die letzten acht Monate im Raum verbracht hat. Er war fünfunddreißig, und sein dunkles Haar, das er im kurzen militärischen Schnitt trug, zeigte bereits einen Anflug von Grau an den Schläfen. Seine Augen waren graugrün und standen zu beiden Seiten des breiten Nasenrückens weit auseinander. Eine weißliche Narbe verlief von der linken Augenbraue zum hohen Backenknochen, Ergebnis einer Kollision während eines Schulsportfestes.

Mit nachdenklicher Miene beobachtete er den Plasmastrom, der sich am Tragflächenrand aufbaute. In seiner Tasche steckte der Ausdruck eines Marschbefehls, der ihn unverzüglich zum Admiralitätsgebäude in der altanischen Hauptstadt Homeport beorderte. Der Befehl trug die Kennzeichnung STRENG GEHEIM und war von Flottenadmiral Dardan persönlich unterzeichnet.

»Was hat uns diese Ehre verschafft?« hatte Fregattenkapitän Bela Marston, Drakes Stellvertreter, gefragt, als Drake ihm den Befehl gezeigt hatte.

»Glauben Sie, er hat von diesen zusätzlichen Feldspulen erfahren, die wir requirierten, als wir letztes Mal zur Wartung im Stützpunkt Felicity lagen?« hatte Drake gefragt, nur halb im Scherz.

Marston hatte den Kopf geschüttelt. »Nein, diese alten Spulen hätten schon vor zehn Jahren verschrottet werden müssen.«

»Das wird uns nicht viel nützen, wenn Dardan meint, er müsse dieses Jahr wieder mit der Bitte um zusätzliche Etatmittel vors Parlament gehen.«

»Könnte sein«, hatte Marston gesagt. »Soll ich Ihrem Burschen sagen, daß er Ihre gepanzerte Unterwäsche bereitlegen soll?«

Drake hatte lachend genickt. »Keine schlechte Idee. Vielleicht brauche ich sie.«

Vierzig Minuten nach dem Eintritt in die obere Atmosphäre Altas landete das Boot in Homeport. Sobald es am Passagierflugsteig ausgerollt war, schnallte sich Drake los und ging zur Steuerbordschleuse, wo ein nervöser Bootsmann angespannt verfolgte, wie eine Auslegerbrücke langsam über die Tragfläche zur Schleusenöffnung manövriert wurde.

»Was ist los, Obermaat?« fragte Drake. »Trauen Sie den Leuten hier nicht?«

»Ob ich diesen fummelnden Blödmännern mit *Molly* hier traue, Käpt'n? Nein, Sir. Nicht so weit, wie ich bei drei Ge spucken kann.«

Das Landungsboot war bei Dunkelheit gelandet, aber den Flutlichtstrahlern des Raumhafens fiel es nicht schwer, die Nacht zum Tage zu machen. Drake sah zu, wie die Auslegerbrücke mit ihren Gummiwülsten leicht gegen den Rumpf um die Schleusenöffnung stieß. Als der Bootsmann das Zeichen gab, daß alles gesichert war, betrat er das filigranartige Gitterwerk der Auslegerbrücke und ging hinüber zum Abfertigungsgebäude.

Dort erwartete ihn Flottillenadmiral Douglas Wilson. Im Laufe der Jahre hatte Drake drei Dienstzeiten unter Wilsons Kommando abgeleistet. In dieser Zeit hatte er gelernt, jede Stimmungslage seines Vorgesetzten zu erspüren. Jetzt sah Drake gleich, daß der Flottillenadmiral aufgeregt war und sich sehr bemühte, es zu verbergen.

»Freut mich, Sie wiederzusehen, Richard«, sagte Wilson. »Wie war die Reise?«

»Ziemlich hart, Sir. Seit meinen Tagen in der Akademie mußte ich kein Wiedereintrittsmanöver maximaler Bremsleistung durchstehen. Was gibt es?«

»Der Admiral wird Sie unterrichten«, sagte Wilson unverbindlich. »Kommen Sie, ich habe einen Wagen für Sie.«

Drake folgte Wilson zu einer Limousine der Admiralität. Der Fahrer verstaute sein Handgepäck, dann setzte er sich ans Steuer, während die beiden Offiziere für die zehn Kilometer lange Fahrt zur Admiralität in den Fond stiegen.

»Wie geht es dieser jungen Dame – ich erinnere mich nicht an ihren Namen?« fragte Wilson, als der Fahrer den Wagen in den starken Verkehr nach Homeport manövrierte.

»Cynthia? Gut, Sir.« Drake nickte zu seiner Reisetasche. »Ich hoffte auf eine Gelegenheit, sie während dieses Aufenthalts zu sehen.«

Eine unbestimmbare Gefühlsregung ging über Wilsons Züge. »Tut mir leid, Kapitän, aber so lange werden Sie nicht hier sein.«

»So?« Drake begleitete seine Frage mit hochgezogenen Brauen, aber der Flottillenadmiral nahm den Köder nicht an. Er lehnte sich zurück und blickte zum Fenster hinaus, wo die schattenhaften Umrisse von Bäumen mit zweihundert Stundenkilometern vorüberhuschten.

Sie fuhren mehrere Minuten schweigend, bis der Fahrer zum Osthimmel zeigte. »Antares ist aufgegangen!«

Drake wandte den Kopf und folgte der angezeigten Richtung. Sechzig Kilometer östlich von ihnen lag das Colgate-Gebirge. Bei Tag boten die schneebedeckten Gipfel und bewaldeten Hänge ein Panorama, das bei den Liebhabern von Naturlandschaften berühmt war und den Herstellern von Souvenirhologrammen eine Menge Geld einbrachte. Bei Nacht waren die Berge ein zerklüfteter, gezuckter schwarzer Wall, der am Horizont aufragte. Jetzt stand ein einzelner Stern von blendender, bläulichweißer Brillanz über der Gebirgskette. Mit seinem Aufgang veränderte sich die nächtliche Landschaft um sie her. Die vereinzelten Wolken, die bis dahin nur sichtbar gewesen waren, weil ihre Unterseiten die Lichter der Stadt Homeport reflektiert hatten, leuchteten nun im bläulichweißen Widerschein auf, und der dunkle Wald zu beiden Seiten der Schnellstraße war überglänzt von silbrigem Licht; die langen schwarzen Schatten der Bäume fielen in breiten Bahnen über die Straße.

»Ist es immer so?« fragte Drake und zeigte zum Fenster hinaus.

Wilson nickte. »Seit die Nova nach Dunkelwerden aufging. Vorher war es nicht so eindrucksvoll – bloß ein sehr heller Stern, der am Tag als Lichtpunkt zu sehen war.«

»So sieht er aus der Umlaufbahn noch immer aus«, sagte Drake. Schweigend blickte er eine Weile hinaus. »Wer hätte gedacht, daß eine Katastrophe solcher Größenordnung so schön sein würde?«

Der erste Mensch, der eine rationale Theorie der Schwerkraft postulierte, war Sir Isaac Newton im Jahre 1687. Seine *Philosophiae Naturalis Principia Mathematica* erklärte, daß Schwere eine Kraft ist, durch die jedes

Atom im Universum jedes andere Atom anzieht. Newtons Gravitationsgesetz blieb annähernd zweieinhalb Jahrhunderte im wesentlichen unangefochten. Erst 1916 ging die Herrschaft der Newtonschen Physik zu Ende. In diesem Jahr veröffentlichte Albert Einstein seine Allgemeine Relativitätstheorie. Einstein behauptete, daß die Gravitation überhaupt keine physikalische Kraft sei, sondern vielmehr eine Krümmung des Raumzeitkontinuums, verursacht durch die Gegenwart von Masse. Niemand bestritt ernstlich Einsteins Betrachtungsweise des Universums, bis Baschir-Ben Suleiman 2078 seine entscheidende Abhandlung über makrogravitationale Wirkungen veröffentlichte.

Suleiman arbeitete als Astronom an der Sternwarte auf der erdabgewandten Seite des Mondes. Er hatte sein Leben mit Messungen der genauen Positionen und Bewegungen mehrerer tausend der näheren Sterne verbracht. Nach zwei Jahrzehnten Arbeit folgerte er widerwillig, daß Einsteins einfache Modelle gravitationaler Raumzeitkrümmung die Sterne am Himmel nicht hinlänglich erklären konnte. Die Diskrepanzen waren gering und äußerst schwierig zu messen, aber sie waren nicht von der Hand zu weisen. So sehr er sich bemühte, konnte Suleiman sie nicht als Datenstreuung oder Turbulenz wegerklären, wie frühere Astronomen es getan hatten, die aus dem Innern der Erdatmosphäre heraus arbeiteten. Je länger Suleiman seine Daten verglich und nach Erklärungen suchte, desto mehr wuchs in ihm die Überzeugung, daß der Raum in der Nähe stellarer und planetarischer Massen nicht nur örtlich gekrümmt, sondern auch in langen Linien, die sich über Tausende von Lichtjahren erstrecken, in sich gefaltet ist.

Die Vorstellung, daß das Raumzeitkontinuum multidimensional sei, ist nicht neu. Die klassische Raumzeit hat vier Dimensionen, drei räumliche und eine zeitliche: oben/unten, vorwärts/rückwärts, rechts/links, vergangen/zukünftig. Wenn die vierdimensionale Raumzeit jedoch gekrümmt ist, wie Einstein postulierte, dann muß es wenigstens eine zusätzliche Dimension geben, in die er gekrümmt ist. Wenn die Allgemeine Relativitätstheorie richtig sein soll, muß die Raumzeit wenigstens fünf Dimensionen besitzen. Baschir-Ben Suleimans Beitrag bestand in der Hinzufügung einer weiteren (oder sechsten) Dimension. Er folgerte, daß, wenn Einsteins gekrümmter Raum wirklich eine Krümmung in die fünfte Dimension war, sein eigener, in sich gefalteter Raum eine Krümmung in die sechste sein müsse. Um die beiden auseinanderzuhalten, führte er die Regel des ›vertikal‹ polarisierten gekrümmten Raums – tatsächlich hängt der menschliche Begriff vertikal von der Schwerkraft ab, welche die Hauptmanifestation des gekrümmten Raumes ist – und des ›horizontal‹ polarisierten gefalteten Raumes ein.

Er theoretisierte, daß der Ursprung der langen, kompliziert verflochtenen Faltlinien das massive Schwarze Loch sei, das die Mitte der Galaxis einnimmt. Damit gab er sich jedoch nicht zufrieden. Als er feststellte, daß die Faltlinien entlang den Spiralarmen der Galaxis auswärts führen, überlegte er, ob die Linien gefalteten Raumes nicht im Zuge der galaktischen Rotation interstellare Materie aufnehmen und so als Katalysator der Sternbildung wirken. Das Problem der relativen Häufigkeit neuer Sterne in den Spiralarmen hatte Astronomen und Kosmologen seit langem Kopfzerbrechen bereitet.

Den Rest seines Lebens verbrachte Suleiman mit der Ausarbeitung und Verbesserung seiner Theorie. Im Alter von zweiundneunzig bewies er, daß die Faltlinien der sechsten Dimension durch die Krümmung der fünften Dimension der Gravitation in ganz ähnlicher Weise verzerrt werden wie eine Linse einen Lichtstrahl bricht. Suleiman demonstrierte mathematisch, daß überall dort, wo eine Faltlinie eine Masse von Sterngröße trifft, eine ›Bündelung‹ in ein beschränktes Raumvolumen stattfindet. Gewöhnlich ist der Effekt so gering, daß er nicht gemessen werden kann. Bisweilen jedoch ist der Brennpunkt hinreichend scharf, daß im Raumzeitkontinuum eine Schwachstelle erscheint und ein Faltpunkt gebildet wird.

Zwanzig Jahre nach Suleimans Tod entdeckten Wissenschaftler eine praktische Verwendung für Faltpunkte. Sie brachten ein Raumschiff innerhalb eines der beiden im Sonnensystem bekannten Faltpunkte in Position und setzten große Energiemengen in einem genau kontrollierten Muster frei, um den Raumkrümmungseffekt zu verstärken. Die Energiefreisetzung bewirkte, daß das Schiff in den Faltraum fiel und dadurch augenblicklich zur nächsten Schwachstelle entlang der Faltlinie transportiert wurde. Eben schwebte das Forschungsschiff noch hoch über der Sonne; im nächsten befand es sich in einer Umlaufbahn um Luytens Stern, etwa 12,5 Lichtjahre entfernt.

Danach gab es kein Halten mehr. Beinahe sofort begann die Große Auswanderung. Im Laufe der nächsten Jahrhunderte wurde das Abwandern von Bevölkerungsteilen in den Raum zu einer wahren Flut. Die Verteilung und Form der Auswanderung wurde beinahe gänzlich vorgegeben von den bestehenden Faltlinien und ihren Faltpunkten. Während manche Sterne nur einen einzigen Faltpunkt besaßen, andere überhaupt keinen, gab es im Umkreis mancher Sterne zwei, drei oder noch mehr. Einen besonders fruchtbaren Boden zur Entstehung von Faltpunkten boten die größten, massivsten Sterne. Der rote Überriese Antares nahm im gesamten, dem Menschen zugänglichen Raum eine herausragende Stellung ein. Antares hatte sechs Faltpunkte, und das machte ihn zum Mittelpunkt eines Geflechts von Sternsystemen am östlichen Rand menschlicher Expansion.

Da die Faltlinien mit dem Spiralarm ausgerichtet waren, der die Sonne enthält, fand die Menschheit es am einfachsten, sich entlang der Achse des galaktischen Arms auszudehnen. Entfernungen zwischen Kolonien wurden nicht nach der räumlichen Distanz zwischen ihren jeweiligen Sternen berechnet, sondern nach der Zahl von Faltpunkten zwischen ihnen. Um den nächsten Stern zu erreichen, war es mitunter notwendig, zuerst zu einem fünfhundert Lichtjahre entfernten Faltpunkt zu springen und dann wieder zurück.

In der frühen Phase der Großen Auswanderung fanden Vermessungsschiffe, welche die Systeme des Antares-Haufens erforschten (diejenigen Sterne, die mit der Faltlinienachse im System Antares verbunden waren) einen erdähnlichen Planeten, der einen namenlosen Stern der Spektralklasse G3 umkreiste, 490 Lichtjahre vom Sonnensystem entfernt. Sie tauften den Stern nach dem Schiffskapitän Napier und seinen einzigen bewohnbaren Planeten New Providence. Chartergesellschaften wurden gegründet und enorme finanzielle und materielle Mittel in das System gesteckt. New Providence gedieh und erreichte in weniger als hundert Jahren die Fähigkeit zur Selbstversorgung. Als die Kolonie reifte, begann sie ihrerseits nach Sternsystemen Ausschau zu halten, in die Kapital und Arbeitskraft investiert werden konnte.

Das Napier-System war dem Riesenstern Antares nahe genug, um von der Verformung des Faltraumes durch den größeren Stern beeinflußt zu werden. Die Wechselwirkung hatte zur Folge, daß New Providence mit mehr Faltpunkten gesegnet war, als normalerweise erwartet werden konnte. Zusätzlich zu dem Faltpunkt, der eine Verbindung mit Antares herstellt, gab es zwei zusätzliche Faltpunkte im System. Und beide Faltpunkte öffneten den Weg zu Systemen mit wertvollen erdähnlichen Welten.

Sobald die Kolonie New Providence auf eigenen Beinen stand und fest etabliert war, wurden diese zusätzlichen Systeme Ziele von zwei miteinander im Wettbewerb stehenden Kolonisationsbewegungen. Die finanziell besser ausgestattete Bewegung konzentrierte sich auf das an Metallerzen reiche Hellsgate-System. Die kleinere Kolonisationsanstrengung galt der Gründung einer Kolonie im System eines Zwergsterns der Spektralklasse F8, der nur durch seine Katalognummer bekannt war. Die Kolonisten aus New Providence, die in diesem letzteren System ihr neues Heim gefunden hatten, gaben ihm den Namen Alta. Ihren Stern nannten sie Valeria oder einfach Val.

Die Kolonie Alta wuchs, wenn auch langsamer als Sandarsons Hellsgate-System. Als Alta zweihundert Jahre bestand (2506 n. Chr.), begann man auch hier nach umliegenden Sternen Ausschau zu halten. Das System Valeria besaß jedoch nur einen einzigen Faltpunkt; altanische Raumschiffe waren dadurch gezwungen, das Napier-System zu durchqueren, um entweder die Antares-Drehscheibe oder ihre Schwesterkolonie im Hellsgate-System zu erreichen. Im Jahre 2510 begannen Verhandlungen mit der Regierung von New Providence mit dem Ziel, altanischen Schiffen ungehinderten Zugang zum Napier-System zu gewähren. Zwei Jahre später, als beide Regierungen sich weitgehend über die Vertragsbedingungen geeinigt hatten, war die Frage des Zugangs plötzlich wieder offen.

Denn am 3. August 2512 um 17:32 Uhr (Universalkalender) meldete das altanische Raumschiff *Vagabond Traveller,* daß seine Instrumente den Valeria-Napier-Faltpunkt in seiner eingetragenen Position nicht mehr ausmachen konnten. Sofort wurden Vermessungsschiffe ausgesandt. Innerhalb einiger Wochen hatten sie das Ausmaß der Katastrophe bestätigt. Aus Gründen, die niemand mit Gewißheit erklären konnte, hatte der einzige Faltpunkt im System Valeria aufgehört zu existieren. Alta war vom Rest des von Menschen besiedelten Raumes abgeschnitten.

Das Admiralitätsgebäude war ein großes, unansehnliches Gebilde aus Stahl und Glas, das aus den ersten Jahren nach der Gründung der Kolonie Alta stammte. Drake und Wilson stiegen vor dem Haupteingang aus, erwiderten die Ehrenbezeigungen der Wachtposten und schritten durch die Panzerglastüren in die geräumige Eingangshalle. Das Gebäude war ursprünglich von der Zentralregierung der Erde errichtet worden, um als Verwaltungszentrum der neuen Kolonie und später als Botschaft und Botschafterresidenz zu dienen. Der eingelegte Marmorboden zeigte noch immer die vertrauten kontinentalen Umrisse der Erde.

Der Posten am Empfangsschalter war weniger zeremoniell als die Wachen am Eingang. Er saß in einer Panzerglaskabine und forderte beide auf, ihre Identitätskarten in einen Wandschlitz zu stecken. Ein Computer im Keller verglich die Daten, prüfte ihre Akten, folgerte, daß sie waren, die zu sein sie behaupteten, und ließ auf der Konsole des Empfangsschalters ein grünes Licht aufleuchten. Der Mann gab ihre Identitätskarten zurück und salutierte. Wilson führte Drake zu einem alten Aufzug und drückte den Knopf zum obersten Stockwerk. Bald durchschritten sie einen stillen Korridor, von dessen Wänden Porträts früherer Admirale grüßten. Wilson hielt vor einer schweren Tür aus einer einzigen Platte schwarzen Holzes, klopfte und wurde von einer gedämpften Stimme zum Eintreten aufgefordert.

Flottenadmiral Dardan saß hinter seinem übergroßen Schreibtisch und blickte aufmerksam zu einem kleinen, weißhaarigen Mann, der vor einer beleuchteten holographischen Projektion stand. Als Wilson und Drake eintraten, stand der Flottenadmiral auf und kam um den Schreibtisch, die Ankömmlinge zu begrüßen.

Seine plötzliche Aktivität ließ den weißhaarigen Mann frustriert in seinem Vortrag verstummen.

»Ah, Richard, schön, daß Sie so schnell gekommen sind. Darf ich Sie mit Professor Mikhail Planowitsch bekanntmachen, dem Dekan der astronomischen Fakultät an der Universität Homeport.« Dardan nahm Drake beim Arm und führte ihn zum Vortragenden. »Der Professor erläutert gerade, was über die Antares-Supernova bekannt ist.«

»Sehr erfreut, Professor Planowitsch«, murmelte Drake und gab ihm die Hand.

»Ganz meinerseits, Kapitän.«

Darauf nahm Dardan ihn wieder beim Arm und zog ihn zu einem Mann, der auf einer Couch gegenüber dem Schreibtisch zurückgelehnt mit einem Glas in der Hand saß. »Ich glaube, Sie kennen Stan Barrett, den Sonderbeauftragten des Ministerpräsidenten.«

»Ja, Sir. Ich lernte Mr. Barrett kennen, als ich vor zwei Jahren als Verbindungsoffizier der Marine zum Parlament diente. Aber ich weiß nicht, ob er sich an mich erinnert.«

»Selbstverständlich erinnere ich mich an Sie, Drake«, sagte Barrett. Er streckte ihm die Hand hin, ohne von der Couch aufzustehen. »Ich glaube, zuletzt hatten Sie den Job, den Fünfjahresplan für die Kosten der Flottenoperationen auszuarbeiten. Damals nagelten wir über dem ehrenwerten alten Jon den Sargdeckel zu, nicht?«

»Wir waren jedenfalls erfolgreich«, erwiderte Drake. Der ›Ehrenwerte Jon‹, auf den Barrett sich bezog, war der Ehrenwerte Jonathan Carstairs, Führer der Konservativen und kein Freund von hohen Flottenbudgets.

Barrett lachte. »Talentiert, bescheiden und vorsichtig! Das gefällt mir, Kapitän. Ich glaube, unser Admiral hat den richtigen Mann ausgesucht.«

»Sparen Sie sich das für später«, sagte Flottenadmiral Luis Dardan. »Setzen Sie sich, Kapitän Drake, und wir wollen Professor Planowitsch seinen Vortrag beenden lassen.«

»Ja, Sir.«

Planowitsch wandte sich der Projektion zu und zeigte auf einen rötlichen Stern mit einem kleinen bläulichweißen Punkt in der Nähe. »Wie ich sagte, Admiral, ist Antares, auch als Alpha Scorpius bekannt, ein Überriese, dessen Masse das Zwanzigfache von Valeria ausmacht und dessen Durchmesser vierhundertmal so groß ist. Antares ist ...« Planowitsch brach ab und lächelte verlegen. »Antares war ein Stern der Klasse MO, der einen Begleiter der Spektralklasse A3 besaß. Die Projektion zeigt beide Sterne. Sterne der M-Klasse sind in ihrer Farbe rötlich bis rotorange, was auf ihre Oberflächentemperaturen zurückzuführen ist, die zwischen 2600 und 3500 Kelvin betragen. Der Name ›Antares‹ kommt aus dem Griechischen und bedeutet ›Gegner von Ares‹.«

»Was ist ein Ares?« fragte Barrett.

»Ich glaube, Sir«, sagte Planowitsch, »daß es ein Hinweis auf die rötliche Farbe von Sol IV ist, von der Erde aus gesehen.«

»Ich dachte, Sol IV heißt Mars.«

»Die Griechen nannten ihn Ares, nach ihrem Kriegsgott. Mars ist der Name des römischen Kriegsgottes. Beide sind im übrigen identisch. Nun, wenn ich fortfahren darf, Sir ...«

»Verzeihung«, sagte Barrett, ohne sich im mindesten um Aufrichtigkeit zu bemühen.

»Vor zwei Monaten veränderte sich Antares ziemlich dramatisch.« Die Projektion wurde ausgewechselt, und anstelle des roten Sterns mit dem bläulichweißen Punkt daneben sah man jetzt den blendenden Lichtpunkt, den Drake und Wilson vor zehn Minuten über den Bergen hatten aufgehen sehen. »Die Veränderung ist natürlich auf den Supernova-Ausbruch des Antares vor einhundertzwanzig Jahren zurückzuführen. Da die

Entfernung von Antares zu Valeria einhundertfünfundzwanzig Lichtjahre beträgt, erreicht uns die Wellenfront gerade jetzt. Unsere Analysen sind noch nicht vollständig, aber es scheint, daß Antares die größte Supernova ist, die wir je registriert haben.«

»Größer als die Supernova von 1054 im Sternbild Krebs?« fragte Wilson.

»In Wirklichkeit explodierte jener Stern ungefähr um 4000 vor unserer Zeitrechnung, Admiral. Lichterscheinung wurde aber am 4. Juli 1054 auf Erden von chinesischen Astronomen beobachtet. Die Supernova war dreiundzwanzig Tage lang tagsüber bei Sonnenschein sichtbar und danach noch zwei Jahre bei Nacht. Um Ihre Frage zu beantworten, die Antares-Supernova ist weitaus größer!«

»Ich verstehe.«

»Ich hebe den Unterschied nicht hervor, um pedantisch zu sein, Sir«, sagte Planowitsch mit steifer Würde. »Die Verzögerung zwischen Explosion und Beobachtung, bedingt durch die Lichtgeschwindigkeit, ist wichtig. Da wir die Entfernung von Valeria zu Antares kennen und auch den genauen Zeitpunkt des Supernova-Ausbruchs, ist es einfach, das tatsächliche Datum der Sternexplosion zu berechnen. Dieses Datum war der 3. August 2512.«

»Derselbe Tag, an dem unser Faltpunkt verschwand«, bemerkte der Flottenadmiral.

»Sehr richtig, Sir«, sagte Planowitsch. »Der Zusammenhang ist so genau, wie wir ihn herstellen können, wenn man in Betracht zieht, daß wir den genauen Augenblick des Faltpunktverschwindens nicht näher als sechzehn Stunden an diesem Tag bestimmen können. Wir haben lange vermutet, daß damals etwas Katastrophenhaftes geschah, groß genug, um unsere lokale Faltlinie hinreichend zu stören, daß der Valeria-Napier-Faltpunkt aus dem Brennpunkt gerückt wurde. Offensichtlich war die Antares-Supernova die Schuldige.«

»Dann waren wir nicht das einzige betroffene System?« fragte Barrett.

Planowitsch wandte sich dem Sonderbeauftragten zu. Der weiße Widerschein der Projektion beleuchtete die Hälfte seines Gesichts und ließ die andere Hälfte im Dunkeln. »Sie können versichert sein, Sir, daß wir nicht als einzige den Zorn Gottes auf uns gezogen haben. Wahrscheinlich haben wir sehr viel mehr Glück als andere. Ich fürchte sehr um das Schicksal unserer Elternwelt.«

»Warum?« fragte der Flottenadmiral.

»Sicherlich ist Ihnen bekannt, Sir, daß New Providence nur fünfzehn Lichtjahre von der Supernova entfernt ist.«

»Und?«

»Noch vor der Explosion sprachen die Dichter von New Providence von der ›unheilvollen Glut des einäugigen Kriegers‹, die ›auf den Schneefeldern frostiger Winternächte schimmert‹. Damit bezogen sie sich natürlich auf die strahlende Helligkeit, mit der Antares vor der Wintersonnenwende auf die südliche Hemisphäre New Providences scheint.« Planowitsch schritt zum Fenster und zog die Vorhänge zurück. Der silberne Lichtschein von draußen durchflutete den Raum. »Können Sie sich vorstellen, wie es sein muß, dieses Licht vierundsechzigmal so hell am Nachthimmel zu sehen?«

»Wollen Sie damit andeuten, daß New Providence durch die Supernova in Gefahr geraten sein kann?« fragte der Flottenadmiral.

»Nicht ›geraten sein kann‹, Sir. Eine Supernova schleudert alle Arten von gefährlichen Partikeln hinaus: alles von Gamma- und Röntgenstrahlen bis zu hochbeschleunigten Neutronen, Protonen und Elektronen. Nach solch einer Explosion wird es im kosmischen Wind sogar eine beträchtliche Menge Antimaterie geben. Der Ausbruch der Antares-Supernova sterilisierte aller Wahrscheinlichkeit nach New Providence und das gesamte Napier-System!«

»Und wenn ihre Faltpunkte verschwanden?«

»Dann wurden wahrscheinlich drei Milliarden Menschen zu Siechtum und langsamem Tod verurteilt.«

»Wie, zum Teufel, konnte so etwas ohne Warnung geschehen?« fragte Barrett.

»Es geschah nicht ohne Warnung«, erwiderte Planowitsch. »Den Astronomen ist seit langem bekannt, daß Antares ein Stern im Zustand fortgeschrittener Altersschwäche ist. Die ersten Erforscher des Antares-Haufens bemerkten, daß die Neutrinoproduktion des roten Überriesen weit über dem Normalzustand war. Das deutete darauf hin, daß der Kern des Sterns längst in seine Eisenanreicherungsphase eingetreten war. Wir wußten, daß es nur eine Frage der Zeit war, bis ihm der Nuklearbrennstoff ausgehen, er in sich selbst zusammenfallen und explodieren würde. Nur ist ›eine Frage der Zeit‹, wenn es um Sterne geht, gewöhnlich eine Frage von ein paar Millionen Jahren. Niemand rechnete damit, daß es so bald geschehen würde.«

»Was haben wir jetzt zu erwarten?« fragte Barrett.

»Eine gute Frage«, antwortete Planowitsch. »Die in der Explosion freigesetzte Strahlung wird nach einem Jahrhundert der Expansion beträchtlich verdünnt sein. Altas Atmosphäre sollte keine Schwierigkeiten haben, die schädlichen Partikel herauszufiltern. Es wird jedoch einen meßbaren Anstieg der Hintergrundstrahlung im Raum geben; und es kann nötig sein, alle außerhalb der Atmosphäre bestehenden Einrichtungen mit zusätzlichen Strahlungsabschirmungen zu versehen.«

»Was wird aus dem Faltraum?«

Planowitsch zuckte die Achseln. »Die Auswirkungen auf den Faltraum kennt niemand. Jede Vermutung ist so gut wie jede andere. Es gibt Leute, die daran glauben, daß unser Faltpunkt sich von selbst wieder einstellen werde, sobald die Diskontinuität der Wellenfront des Ausbruches durchgegangen ist.«

»Wirklich?« fragte Dardan. Er tauschte einen Blick mit Barrett und Wilson.

»Das ist eine Theorie, Admiral. Ich persönlich habe zu dem Thema keine feste Meinung, weder so noch so.«

»Vielleicht sollten Sie eine haben.«

»Wie darf ich das verstehen, Sir?«

Dardan holte tief Luft und lehnte sich zurück. »Es wird Sie interessieren, Professor Planowitsch, daß eine unserer Sensorstationen vor ungefähr zwanzig Stunden ein Objekt ausmachte, das hoch in der nördlichen Hemisphäre dieses Systems erschienen ist. Dieses Objekt ist sehr groß. Aus den Eigentümlichkeiten seines Spektrums haben wir gefolgert, daß es ein Raumschiff von außerhalb des Systems Valeria ist.«

2

Ein Raumschiff!

Richard Drake versuchte die Bedeutung zu verstehen, die in dieser Enthüllung steckte. Genau genommen waren die Kreuzer, die den Kern der altanischen Raumstreitkräfte bildeten, allesamt Raumschiffe. Vor zwölf Jahrzehnten waren die *Discovery* und ihre beiden Schwesterschiffe Teil der irdischen Flotte gewesen. Hätten sie nicht das Pech gehabt, auf einer Rundreise durch die östlichen Kolonien zu sein, als Valerias Faltpunkt verschwand, wären *Discovery, Dagger* und *Dreadnought* vermutlich noch immer in den Diensten von Mutter Erde gewesen. Noch waren die drei Schlachtkreuzer die einzigen Raumschiffe, die durch den Ausbruch der Antares-Supernova gefangen waren. Zweihundert andere interstellare Raumschiffe – Frachter, Passagierschiffe und Jachten – waren an jenem schicksalhaften Tag im System gewesen. Aber ein Raumschiff ohne einen Faltpunkt war ein Widerspruch in sich selbst. Ohne Zugang zum Faltraum konnte solch ein Schiff nirgendwohin.

Darum hatte das Erscheinen eines Raumschiffes im System Valeria weitreichende Implikationen. Es bedeutete, daß die lange Isolation endlich überwunden war, daß der interstellare Handel bald wieder aufgenommen werden konnte. Es bedeutete, daß die altanische Bevölkerung, die seit mehr als einem Jahrhundert in einem Zustand der Stagnation gelebt hatte, unter den Anregungen von hundert Jahren neuer Ideen und Erfindungen aus dem gesamten, von Menschen besiedelten Raum wieder zum Leben erwachen würde. Es bedeutete, daß seine eigene *Discovery* wieder die Freiheit gewinnen würde, zwischen den Sternen zu fliegen – vielleicht sogar zur Erde.

Drake blickte zu Professor Planowitsch, der starr vor Staunen stand. Im Gegensatz zu ihm gaben sich Dardan, Wilson und Barrett kühl und gelassen und verrieten sich dadurch als Eingeweihte.

Nach mehreren Sekunden räusperte sich Planowitsch und fragte ein wenig unsicher: »Kann es sich nicht um einen Irrtum handeln, Admiral?«

»Kein Irrtum. Kommodore, bitte unterrichten Sie unseren Gast.«

»Ja, Sir.« Wilson stand auf und schritt hinüber zur Projektion, wo er Planowitschs Platz einnahm, während der Professor sich zu Barrett auf die Couch setzte. Wilson gab einen Code in die Konsole ein, und das Bild der bläulichweißen Supernova verschwand. An seiner Stelle erschien eine schematische Darstellung des Systems Valeria. Im Innern der dreidimensionalen Darstellung schwebte ein winziger roter Pfeil über dem goldenen Lichtpunkt, der Valeria darstellte. Die Umlaufbahnen der vier innersten von insgesamt zwölf Planeten waren deutlich zu erkennen.

»Das Schiff erschien hoch in der nördlichen Hemisphäre, ungefähr 250 Millionen Kilometer von Valeria entfernt. Die Position ist nahe bei jener des Valeria-Napier-Faltpunktes, stimmt aber nicht mit ihm überein.«

»Sind Sie sicher?«

»Ganz sicher, Professor.«

»Dann hat die Supernova die lokale Ausformung des Faltraumes gestört«, sagte Planowitsch.

»Ja, Sir, das war auch unsere Folgerung. Wenn die Störung stark genug ist, dann mag der Zusammenhalt oder, besser gesagt, das Zusammenwirken der Faltlinien nicht mehr so sein, wie es war. Das System Napier und New Providence sind möglicherweise nicht mehr am anderen Ende unseres lokalen Zugangs.«

»Wollen Sie damit sagen, daß unsere Sprungtabellen nicht mehr gültig sein könnten?«

»Das ist eine ernstzunehmende Möglichkeit, Kapitän Drake.« Wilson wandte sich wieder zu Planowitsch. »Darum haben wir Sie hierher gebeten, Sir. Wir dachten, daß Sie und Ihre Kollegen die Möglichkeit haben könnten, die Faltlinien für uns neu zu kartieren.«

Planowitsch starrte lange Sekunden mit nachdenklicher Miene ins Hologramm. Schließlich nickte er. »Es könnte möglich sein! Eine Serie äußerst genauer Messungen der Gravitationskonstanten um den Faltpunkt sollte der geeignete Weg sein.«

»Wann können Sie reisefertig sein?« fragte Admiral Dardan.

»Reisefertig?«

»Ja, Professor. Für eine Expedition zur Messung der Gravitationskonstanten und der Neukartierung der Faltlinien.«

»Aber ich kann vor dem Ende des laufenden Semesters nicht gut meinen Posten verlassen. Als Dekan der Fakultät habe ich neben den Vorlesungen und Seminaren verwaltungstechnische Pflichten zu erfüllen.«

»Wir wissen Ihr Problem zu würdigen, Professor Planowitsch«, sagte Barrett, »aber hier handelt es sich um eine Angelegenheit von größter Bedeutung für die Regierung.«

Der weißhaarige Mann blickte von Barrett zum Flottenadmiral. Nachdem er die letzten zwei Monate mit dem Studium der Antares-Supernova verbracht hatte, erkannte er unwiderstehliche Kräfte, wenn er sie sah. Er schaute resigniert drein und seufzte. »Wann wird diese Expedition beginnen?«

»Wir hoffen, schon innerhalb der nächsten siebzig Stunden. Der Ministerpräsident hat die Transportmittel bereitgestellt. Wir haben eine Anzahl anderer Spezialisten verpflichtet, einschließlich einiger führender Leute auf dem Gebiet multidimensionaler Physik.«

»Wen haben Sie?«

»Dr. Nathaniel Gordon hat sich bereit erklärt.«

»Sie haben diesen besseren Laborassistenten gefragt, bevor Sie mich fragten? Also, ich habe noch nie ...«

»Nie was, Professor?« fragte Barrett.

»Lassen wir das. Benachrichtigen Sie mich einfach, wann und wo Sie mich brauchen, und ich werde dort sein.«

»Ausgezeichnet.«

»Wenn ich in drei Tagen abreisen soll, wird es Zeit, die nötigen Vorbereitungen zu treffen.«

»Selbstverständlich, Professor«, sagte Barrett und stand rasch auf. »Mein Wagen und der Fahrer stehen Ihnen zur Verfügung. Sie werden Sie fahren, wohin Sie in Erledigung Ihrer Pflichten gehen müssen. Natürlich ist Ihnen klar, daß die Nachricht von unserem Besucher aus dem All gegenwärtig als Staatsgeheimnis eingestuft ist ...« Die beiden Zivilisten gingen hinaus und ließen die drei Marineoffiziere allein zurück.

Dardan legte die Fingerspitzen zusammen und lächelte. »Seit heute mittag haben Barrett und ich Gespräche mit Wissenschaftlern geführt. Das eben war das fünfte.«

»Barrett scheint sehr gut darin zu sein, von den Leuten zu bekommen, was er will«, sagte Drake.

»Das muß man ihm lassen. Aber er sitzt am längeren Hebel und das wissen die Leute. Er kann sie jederzeit dienstverpflichten. Gott sei Dank sind wir keine geborenen Politiker, was Kapitän?«

»Ja, Sir.«

»Nun, was Ihren Auftrag angeht. Douglas, wir können jetzt zu den geheimen Daten übergehen, nicht?«

»Selbstverständlich, Admiral.« Wilson rief eine weitere Darstellung ab. Diese erschien mit den falschen Farben einer Infrarotfotografie in der Projektion. Die Nova war nicht zu sehen, aber der Zentralstern im Bild besaß einen eigentümlichen, schwach ausgeprägten

Schwanz, wie ein Komet. »Dies ist eine teleskopische Aufnahme unseres Besuchers, die weniger als eine Minute nach seinem Erscheinen aufgenommen wurde. Die Fahne, die Sie sehen, ist der Plasmaausstoß der Triebwerke.«

»Manövriert es?« fragte Drake.

Wilson nickte. »Die Doppleranalyse zeigt eine Beschleunigung von anderthalb Ge.«

»Haben wir den Kurs berechnet?«

»Die Flugbahn entfernt sich von Valeria.«

»Entfernt sich? Wohin?«

»Wir meinen, daß es vielleicht auf der Suche nach einem zweiten Faltpunkt ist.«

»Ein Vermessungsschiff?«

»Könnte sein.«

»Sicherlich müssen sie wissen, daß wir nur den einen Faltpunkt haben.«

»Haben Sie nicht zugehört, Kapitän? Diese Explosion …« – *er* zeigte mit dem Daumen zu dem silbrigen Leuchten, das noch immer durch die offenen Vorhänge hereinflutete – »hat die Struktur des Faltraumes durcheinandergebracht. Es ist möglich, daß es zu einer beträchtlichen Umorientierung der Faltlinien gekommen ist. Darum haben wir es so eilig, unsere Vermessungsexpedition auf den Weg zu bringen. Solange wir nicht hinausgehen und uns vergewissern, kann kein Mensch sagen, wie viele Faltpunkte Valeria gegenwärtig besitzt.«

»Unser Besucher von draußen könnte es wissen. Hat schon jemand einen Kommunikationsversuch gemacht?« fragte Drake.

»Seit gestern um diese Zeit haben wir versucht, Verbindung aufzunehmen«, antwortete der Flottenadmiral. »Bisher hat unser Besucher weder auf Funk noch auf Laser reagiert. Das ist der Grund, Kapitän, daß ich Sie von Ihrem Schiff kommen ließ.

Ihr Befehl ist, den kürzestmöglichen Annäherungskurs festzulegen und ein Rendezvous mit dem Außenseiter zu suchen. Sie haben Verbindung aufzunehmen und die Leute dazu zu bringen, daß sie mit uns reden. Ich überlasse es Ihrem eigenen Urteil, wie Sie sich dieser Aufgabe entledigen, aber werden Sie nicht gleich schießwütig!« Dardan griff in seinen Schreibtisch und zog einen versiegelten Beutel hervor. Er warf ihn auf die Tischplatte und bedeutete Drake, ihn an sich zu nehmen. »Ihr ausführlicher Operationsbefehl ist dort drinnen, dazu ein paar vorläufige Rendezvousdaten. Öffnen Sie den Sicherheitsbeutel erst, wenn Sie wieder an Bord der *Discovery* sind.«

»Ja, Sir. Warum all die Sicherheitsvorkehrungen?«

Der Flottenadmiral machte ein grimmiges Gesicht. »Die vorzeitige Freigabe dieser Information könnte mehrere bedeutende Industrien schädigen, Kapitän Drake, zu schweigen von den Auswirkungen auf dem Aktienmarkt. Der Ministerpräsident möchte die Nachricht zurückhalten, bis wir mehr über unseren Besucher in Erfahrung gebracht haben.«

»Ich verstehe, Sir. Wie sieht es mit Unterstützung aus?«

»Sie werden keine haben. Weder die *Dagger* noch die *Draeadnought* können früher als in dreihundert Stunden in einer Position sein, die für eine Unterstützung geeignet ist.«

»Verstanden, Sir. Ich bin auf mich gestellt. Ich danke für Ihr Vertrauen, Admiral.«

»Sehen Sie bloß zu, daß ich meine Wahl nicht bedauern muß. Noch etwas. Stan Barrett wird Sie als persönlicher Vertreter des Ministerpräsidenten begleiten. Bezeigen Sie ihm den nötigen Respekt, aber vergessen Sie darüber nicht, daß Sie diese Expedition befehligen. Barretts Rat wird nicht mehr als eben das sein – ein Rat. Sie sind nicht gehalten, ihn anzunehmen und zu befolgen.«

»Mr. Barrett wird mich begleiten, Sir?« fragte Drake.

»Wie ich sagte. Sie scheinen zu zweifeln.«

»Sie sagten doch, daß ich den kürzestmöglichen Annäherungskurs festlegen soll, nicht wahr, Admiral?«

»Das sagte er!« rief eine Stimme hinter Drake. Er wandte den Kopf und sah Barrett hereinkommen. »Sorgen Sie sich nicht um meinetwillen, Kapitän. Es mag sein, daß ich einen Bauch bekomme, aber ich bin noch immer relativ gesund. Laden Sie mir alle Beschleunigung auf, die Sie zur Erfüllung Ihrer Mission brauchen.«

»Das werde ich tun, Mr. Barrett«, sagte Drake. »Ich hoffe nur, Sie werden am anderen Ende noch am Leben sein.«

Der Sonderberater des Ministerpräsidenten lachte. »Das hoffe ich auch, Kapitän. Was Sie aushalten, werde auch ich hoffentlich überstehen.«

»Alsdann«, sagte Flottillenadmiral Wilson. »Sie werden draußen einen Wagen in Bereitschaft finden, der Sie zum Raumhafen bringt. Ihr Landungsboot ist aufgetankt und startbereit, Richard. Es wird eine lange Verfolgungsjagd geben, und die Chancen verbessern sich nicht, wenn wir herumstehen und reden. Lassen Sie sich von uns nicht länger aufhalten. Viel Glück.«

»Danke, Sir.«

Richard Drake lag angeschnallt im Sitz des Copiloten und sah ANS *Discovery* allmählich größer werden. Als das Schiff zuerst in Sicht gekommen war, war es ein funkelndes Licht gewesen, das über der blaßblauen Krümmung des Horizonts schwebte. Als solches hatte man es von einem Stern nicht unterscheiden können. Im Laufe mehrerer Minuten war es gewachsen, zuerst zu einem Spielzeugraumschiff, das gerade groß genug war, um von einem Kleinkind in einer pummeligen Hand gehalten zu werden, dann zu einem fein detaillierten Maßstabsmodell. Schließlich war der Schlachtkreuzer angeschwollen, bis er Drakes Gesichtsfeld ausgefüllt und dann darüber hinausgeflossen war.

Das Landungsboot überholte die *Discovery* von unten und achtern und gab Drake Gelegenheit zu einer Inspektion seines Schiffes. Der Schlachtkreuzer bestand aus einem torpedoförmigen zentralen Zylinder, der von einer Ringstruktur umgeben war. Der zentrale Zylinder beherbergte den Masseumwandler des Schiffes, den Photonenantrieb und Springertriebwerke, die nur ein auf den neuesten Stand gebrachtes Programm benötigten, um das Schiff wieder in die interstellaren Raumverbindungen zu schießen. Der Zylinder enthielt ferner Treibstofftanks mit deuterium- und tritiumangereichertem Cryogen, die schweren Antimaterie-Projektoren, welche die Hauptbewaffnung der *Discovery* waren und die Hilfsausrüstungen, die den äußeren Ring des Schiffes mit Energie versorgten.

Der Ring wurde von zwölf hohlen Speichen getragen, die ihn fest mit dem Zylinder verbanden. Er enthielt die Mannschaftsquartiere, die Nachrichtenzentrale, Sensoren, sekundäre Gefechtsstände, Frachträume und die Hangarbucht, in der Landungsboote untergebracht waren.

Während der Annäherung lauschte Drake der Kommunikation zwischen Landungsboot und Kreuzer. Als sie nahe herangekommen waren, sah er das aktinische Licht der zur Stabilisierung der Fluglage feuernden Düsen um die Peripherie des Ringes. Wenn der Kreuzer in einer Parkumlaufbahn war, rotierte er um seine Achse, um die Besatzung mit Schwerkraft zu versorgen, die im äußersten Deck eine halbe Erdschwere erreichte. Die Stabilisierungsdüsen feuerten nun, um die Rotation anzuhalten und das Landungsboot an Bord zu nehmen.

Drake war zufrieden mit dem, was er während der Annäherung über die Bordsprechanlage hörte – hauptsächlich Stille, unterbrochen von knappen Meldungen und Bestätigungen. Das vollständige Fehlen von Geschwätz war ein Beweis für straffe Disziplin und eine gute Besatzung. Er war stolz auf sein Schiff und seine Leute, als er sah, wie die Hangartore sich vor dem schwebenden Boot fast im selben Augenblick öffneten, wie die Rotation des Kreuzers zum Stillstand kam.

»Landungsboot *Molière*. Reaktionsdüsen sichern!« kam der Befehl von der Andockkontrolle.

»Gesichert«, sagte der Pilot, nachdem er einen großen roten Schalter neben dem rechten Knie umgelegt hatte. Über den Kontrollschirm kam die Bestätigung.

»Fertig zum Einholen.«

»Haken ausgefahren.«

Aus dem offenen Hangar kam ein Torpedo, der ein Kabel in Schlepp hatte, und zog es die zehn oder fünfzehn Meter zum Landungsboot. Der Torpedo kam für mehrere Sekunden außer Sicht, dann sagte der Mann in der Andockkontrolle: »Am Haken, *Molière*. Die Winsch zieht Sie an Bord.«

Es gab einen kaum wahrnehmbaren Ruck, als das durchhängende Kabel gestrafft wurde, und das Landungsboot glitt langsam vorwärts. Der Rumpf des Kreuzers und das offene Hangartor füllten die Windschutzscheibe. Das Boot glitt in den Schatten des Kreuzers, aber die Dunkelheit war kurzlebig; sobald der Bug in die Hangarbucht kam, lag es im grellen Schein von Flutlichtlampen.

Mit einem Stoß wurde die Vorwärtsbewegung abgefangen, als der Bug von der Gummimanschette in der Andockbucht aufgenommen wurde. Das Boot wurde an seinem Liegeplatz festgemacht, und die Hangartore schlossen sich hinter ihnen.

»Halten Sie äußere Türen geschlossen, bis Druckausgleich hergestellt ist.«

Drake schnallte sich los, machte dem Piloten ein Kompliment für das reibungslose Annäherungsmanöver, dankte dem Copiloten für die Überlassung seines Sitzes und schwang sich durch die Luke, die von der Pilotenkanzel in die Kajüte führte. Er gab Anweisung, Barretts Gepäck zur Luftschleuse zu schaffen, dann nahm er den Mann mit und zog sich Hand über Hand zur Luftschleuse, wo der Bootsmann bereits wartete.

»Haben Sie diesmal irgendwelche Beschwerden über das Andockmanöver, Obermaat?«

»Keine, Käpt'n. Hätte es selbst nicht besser machen können. Natürlich mache ich mir keine Sorgen um Molly, wenn unsere eigene Mannschaft sie an Bord zieht.«

Von draußen ertönte gedämpft das Brausen einströmender Luft. Der Bootsmann verfolgte seine Ablesungen, dann öffnete er die Luftschleuse. Ein Schwall kalter Luft drang herein, vermischt mit einer wirbelnden Masse von Kondensationsnebel. Drake fröstelte unwillkürlich, als er eine Sicherheitsleine ergriff und sich durch die Hangarbucht zu einer zweiten Luftschleuse zog, die ins Innere des Schiffes führte. Er half Barrett in die Schleuse, dann hörte er über den Lautsprecher das Kommando: »Bereithalten zur Wiederaufnahme Rotation!«

Im Korridor innerhalb der Luftschleuse erwartete ihn Bela Marston. Sein Blick ging zuerst zu Barrett und dann zu dem Sicherheitsbeutel, der an Drakes rechtem Handgelenk festgemacht war. »Wir erwarteten Sie nicht so früh zurück, Kapitän. Produktive Reise?«

»Das könnte man sagen«, erwiderte Drake. Er setzte eine streng dienstliche Miene auf. »Wie lange werden Sie brauchen, um das Schiff für den Raum reisefertig zu machen, Mr. Marston?«

»Für den Raum, Sir?«

»Das ist der Befehl, Mister.«

Marston rieb sich das Kinn. »Nun, Kapitän, der Hilfscomputer des Maschinenraums meldete kurz nach Ihrer Abreise zur Oberfläche einen technischen Fehler. Der Chefingenieur kriecht seitdem in den Triebwerken herum und sucht nach dem Problem.«

»Was für ein Fehler ist es?«

»Ungenauigkeiten bei der selbsttätigen Einstellung der Plasmainjektoren.«

»Akut oder vorsorglich?«

»Die Fehlermeldung war vorsorglich, Sir.«

»Dann sagen Sie dem Chefingenieur, daß er alles zuknöpfen und Startvorbereitungen treffen soll. Nun, wie lange wird es dauern, bis wir starten können?«

»Eine Stunde, Sir.«

»Machen Sie daraus fünfundvierzig Minuten. Ich werde mit Mr. Barrett in meiner Kajüte sein. Verständigen Sie mich, wenn Sie startbereit sind.«

»Jawohl, Kapitän.«

Richard Drake arbeitete sich durch mehrere lange, graue Korridore, vorbei an geschäftigen Besatzungsmitgliedern, die sich mit der Mühelosigkeit langer Praxis in der Schwerelosigkeit bewegten. Stanislaw Barrett blieb Drake auf den Fersen. Seine Bewegungen waren merklich unbeholfener als die der Raumfahrer, doch brachte er es ohne allzu große Mühe fertig, mit Drake Schritt zu halten. Als sie das innerste Deck im Ring erreicht hatten, war die Rotation des Schiffes so weit wiederhergestellt, daß die Fliehkraft einem Zehntel der Erdschwere entsprach.

»Gerade genug, um mit den Füßen am Boden zu bleiben, wenn wir uns auf die Abreise vorbereiten«, bemerkte Drake, als er und sein Gast die letzten paar Dutzend Meter zu seiner Kajüte gingen.

Drake öffnete die Tür, trat beiseite und bedeutete Barrett mit einer Geste, vorauszugehen. Barrett trat vor ihm ein und ließ ein leises Pfeifen hören.

»Sehr hübsch, Kapitän! Ich hatte keine Ahnung, daß die Marine ihre Schiffe so fein ausstattet.«

Drake überlegte, ob der Flottenadmiral nicht einen taktischen Fehler begangen hatte, indem er diesen Sonderbeauftragten des Ministerpräsidenten an Bord gelassen hatte. Da er nachteilige Folgen für den Umfang des nächsten Jahresbudgets befürchtete, beeilte er sich, die Zusammenhänge zu erklären.

»Das Dekor, Mr. Barrett, ist traditionell – und antik. Diese Kajüte ist heute noch genauso wie damals, als Kapitän Krueger, der letzte irdische Kommandeur, das Schiff unseren kolonialen Streitkräften übergab.«

Barrett, der ein Ölgemälde bewundert hatte, auf dem ein voll getakelter Rahsegler mit Reihen von Stückpforten in stürmischer See dargestellt war, wandte sich um und sagte: »Oh, ich kritisiere nicht, Kapitän. Ich bewundere nur.«

Drake forderte Barrett auf, vor seinem Schreibtisch, der zugleich Arbeitsstation war, Platz zu nehmen. »Wollen wir jetzt unsere Befehle öffnen, Sir?«

»Selbstverständlich.«

Drake setzte sich hinter den Schreibtisch und sperrte das kleine Kettenschloß auf, das den Sicherheitsbeutel an seinem rechten Handgelenk befestigte. Er legte den Beutel auf den Tisch, rieb sich die Haut, wo die Manschette eingeschnitten hatte und drückte mit dem Daumen auf die blaßgrüne Oberfläche der Verschlußplatte. Es gab ein hörbares Klicken, und der Beutel öffnete sich der Länge nach. Darin war eine kleine gläserne Tafel wie ein Dominostein, der die Deckenbeleuchtung in einem Regenbogen holographisch induzierter Farben reflektierte. Drake löste die Tafel aus den Elastikbändern, die sie in dem Beutel gehalten hatten, steckte sie ins Lesegerät und schaltete den Bordcomputer ein. Ein momentanes Winseln wurde von einem Piepton abgelöst. Drake antwortete darauf, indem er seinen Namen, die Seriennummer und den Autorisationscode eingab. Nach kurzer Verzögerung wurde der Bildschirm frei und zeigte die Botschaft: ZUGANG ZU GE-

SICHERTEN DATEN ERFORDERT ADMIRALITÄTSSCHLÜSSEL. Drake gab eine zwölfstellige Zahlen-Buchstaben-Kombination ein, die nur ihm als Kapitän und dem Zentralcomputer der Admiralität bekannt war. Der Bildschirm wurde wieder freigemacht. Nach einer Sekunde Wartezeit begann ein Text in leuchtend gelber Farbe über den Bildschirm zu wandern:

AN: Kapitänleutnant Richard Drake
Kommandierender Offizier
ANS *Discovery*

VON: Admiral Luis Dardan
Admiralität
Homeport, Alta

Datum: 14. Hermes 2637
Gegenstand: Marschbefehl

****STRENG GEHEIM****STRENG GEHEIM****STRENG

1.0 Am 12. Hermes 2637 orteten die Flotten-Sensorstationen Alpha 7134 und Alpha 8364 um 21:37 bzw. 21:42 Uhr ein Artefakt in den Koordinaten 3615/+2712/-250EG.

2.0 Die Analyse der Ortungen durch die Admiralität führt zu folgenden Schlüssen:
1) Ein wirksamer Faltpunkt existiert wieder im System Valeria unter den oben angegegebenen Koordinaten.
2) Das Artefakt ist ein Raumschiff, dessen Herkunftsort außerhalb des Systems Valeria liegt.
3) Die Bewegungen des Schiffes legen den Schluß nahe, daß es sich um ein Vermessungsschiff handelt, das einen zweiten Faltpunkt sucht.

3.0 Steht unter eigenem Antrieb. Gegenwärtige Kursdaten: 3615/+8865 gegenüber der zuerst festgestellten Position.

4.0 Das Zielschiff hat auf Kommunikationsversuche der Admiralität nicht reagiert.

5.0 Angesichts dieser Sachlage wird dem kommandierenden Offizier der ANS *Discovery* befohlen, folgende Aktionen einzuleiten:

1) Sie werden das Zielschiff so frühzeitig abfangen, wie es praktikabel ist, ohne Ihren Auftrag zu gefährden.
2) Sie werden durch die Ihnen zu Gebote stehenden Mittel Ursprung und Natur des Zielschiffes feststellen.
3) Sie werden alle Informationen, die Sie gewinnen können, unverzüglich der Admiralität zuleiten.
4) Sofern ein derartiges Vorgehen sich mit Ihren anderen Zielen vereinbaren läßt, werden Sie das Zielschiff daran hindern, das System Valeria durch Übergang in den Faltraum zu verlassen.

6.0 Sie werden im Hinblick auf die Sicherheit des Ihnen anvertrauten Kommandos jede Vorsicht walten lassen, die mit der erfolgreichen Durchführung Ihres Auftrags in Einklang zu bringen ist.

7.0 Sie werden hinsichtlich des Zielschiffes den Rat des Sonderbeauftragten des Ministerpräsidenten einholen, wenn die Umstände dies angezeigt erscheinen lassen.

8.0 Viel Glück, *Discovery!*

(Unterschrift)
Luis Emilio Dardan
Flottenadmiral

ANLAGEN

****STRENG GEHEIM****STRENG GEHEIM****STRENG

Drake blickte zu Barrett auf. »Ist Ihnen der Inhalt meiner Befehle bekannt, Sir?«

Barrett nickte.

»Einschließlich Paragraph Sieben?«

Diesmal lachte der Sonderbeauftragte. »Besonders Paragraph Sieben. Ich wollte eine präziser formulierte Erklärung zu meiner Anwesenheit an Bord Ihres Schiffes, aber der Admiral verweigerte sie mir. Er hielt sogar dem Ministerpräsidenten stand. Trotzdem hoffe ich, daß Sie meinen Rat einholen werden, ›wenn die Umstände dies angezeigt erscheinen lassen‹.«

»Solange wir uns darüber im klaren sind, daß es an Bord des Schiffes nur einen Kapitän geben kann, Mr. Barrett.«

»Sie werden keinen Widerspruch von mir hören.«

»Ausgezeichnet«, sagte Drake. »Gehen wir an die Arbeit.«

Drake fragte die technischen Daten der Anlage ab und begann sie zu prüfen. Darunter befanden sich mehrere Teleskopaufnahmen des Eindringlings, die derjenigen ähnelte, welche er im Büro des Flottenadmirals gesehen hatte. Er ließ eine Serie von Kursprojektionen folgen, die auf verschiedenen optimistischen und pessimistischen Annahmen beruhten. Rasche Berechnungen des Bordcomputers überzeugten ihn, daß ein Rendezvousmanöver mit ihrem Besucher keine einfache Aufgabe sein würde.

»Warum nicht?« fragte Barrett, als Drake eine diesbezügliche Bemerkung machte.

»Das Raumschiff hat in den vergangenen zweiundzwanzig Stunden gleichmäßig auf einem Kurs beschleunigt, der direkt von Valeria wegführt, Mr. Barrett. Schlimmer noch ist, daß es einen Vorsprung von 250 Millionen Kilometern hat. Im Augenblick hat seine Geschwindigkeit 388 Kilometer pro Sekunde erreicht, und sie wird noch sehr viel höher sein, wenn wir es schließlich einholen. Also werden wir die verlorene Zeit und den Rückstand aufholen müssen, seine Höchstgeschwindigkeit erheblich überschreiten und dann wieder verlangsamen, um die Geschwindigkeit anzugleichen, sobald wir das verdammte Ding eingeholt haben. Dann, angenommen, es wird seine Beschleunigung aufrechterhalten, werden wir weiterhin die Triebwerke einsetzen müssen, um nicht wieder zurückzufallen. Und dies alles werden wir tun und gleichzeitig eine Treibstoffreserve zurückhalten müssen, die uns hinterher die Heimkehr ermöglicht.

Dieses Problem hat aber noch einen weiteren Aspekt: die Höchstgeschwindigkeit der *Discovery* und die Toleranz meiner Besatzung für fortgesetzte Beschleunigung. Die beiden schließen sich natürlich gegenseitig aus – zu wenig Beschleunigung, und unser Treibstoffvorrat wird zur Neige gehen, bevor wir das Raumschiff einholen; zu viel, und wir laufen Gefahr, daß es an Bord Tote geben wird.«

»Und die Antwort, Kapitän?« fragte Barrett.

»Es wird eine knappe Sache sein«, sagte Drake, während er zusätzliche Daten in seine Konsole tastete. »Der Computer hat dreiunddreißig Stunden bis zur Kehrtwendung berechnet; dann weitere einundzwanzig Stunden zur Verlangsamung für das Rendezvous. Sagen wir vierundfünfzig Stunden bei dreieinhalb Ge Schub. Das wird uns zu demselben Punkt im Raum bringen, den das Raumschiff bei gleichbleibender Beschleunigung einnehmen wird. Danach werden uns vielleicht zehn bis zwölf Stunden zur Durchführung unseres Auftrags bleiben, bevor wir umkehren müssen.«

»Dreieinhalb Ge für vierundfünfzig Stunden?«

»Sie sagten, Sie könnten es ertragen«, erinnerte ihn Drake.

»Das sagte ich«, stimmte Barrett kleinlaut zu. »Lieber Himmel, wenn ich an meine Rückenschmerzen denke!«

3

Unter den Uneingeweihten herrscht die verbreitete Ansicht, daß die Brücke eines Raumschiffes irgendwo in der Nähe des Schiffsbugs liegen müsse. In Wahrheit ist das beinahe nie der Fall. Die *Discovery* war durch ihre Bauweise, die aus einem Zylinder und einem Ring bestand, für eine derartige Anordnung besonders ungeeignet. Wie bei den meisten Kriegsschiffen befand sich die Brücke des Kreuzers am sichersten Ort, den die Konstrukteure finden konnten – in der Mitte der Innenkurve des Ringes.

Tatsächlich besaß die *Discovery* drei Kontrollräume, von denen jeder allein imstande war, die Aufgaben der Navigation, der Überwachung der Bordsysteme und die Funktionen einer Feuerleitzentrale zu übernehmen, sollte die Notwendigkeit entstehen. Für normale Operationen gab es jedoch eine traditionelle Arbeitsteilung zwischen den drei Nervenzentren. Kontrollraum 1 versah die üblichen Funktionen einer Brücke: Navigation, Kommunikation und Steuerung; Nummer 2 diente als Feuerleitzentrale für Waffen und Sensoren; Nummer 3 diente dem Chefingenieur zur Überwachung der Bordfunktionen und der Energieerzeugungs- und Antriebssysteme.

»Beginnen Sie mit der Startzählung, Mr. Cristobal«, befahl Drake, als er sich im Kontrollraum 1 auf seinem Platz anschnallte. Weniger als eine Stunde war vergangen, seit er an Bord der *Discovery* gekommen war, und fünf Minuten, seit er Stan Barrett in einer der Gästekabinen zwei Decks achtern angeschnallt hatte. Die Schiffsrotation hatte aufgehört, und das Innere des Habitatringes war wieder in Schwerelosigkeit.

Drake hörte die kurzen Bereitschaftsmeldungen aus den verschiedenen Abteilungen des Schiffes, während er wartete, daß die roten Nummern auf dem Bildschirm vor ihm auf Null heruntergingen. Die Stimme Leutnant Argos Cristobals, des Navigators der *Discovery*, rief fest und deutlich die verbleibenden Sekunden ab: »Zehn, neun, acht, sieben, sechs, fünf, vier, drei, zwei, eins … Start!«

Ein zusätzlicher Bildschirm ging an, als eine am Habitatring befestigte Kamera den Glutschein aufnahm, der plötzlich aus dem Achterende des zentralen Torpedokörpers der *Discovery* hervorbrach. Theoretisch hätte der Photonenantrieb des Kreuzers im Vakuum des Raumes unsichtbar bleiben sollen. Überschüssiges Plasma aus den Masseumwandlern des Schiffes wurde jedoch in den Abgasstrom der Triebwerke gepumpt und ließ den Ausstoß rötlichweiß erstrahlen, als die *Discovery* ihre Parkumlaufbahn verließ und Kurs auf die Schwärze des tiefen Raumes nahm.

Drake beobachtete die Instrumente mehrere Minuten lang, als er sich vergewissert hatte, daß das Schiff in Ordnung war, wählte er die Nummer von Barretts Kabine. »Wie kommen Sie zurecht?«

Der Sonderbeauftragte lag entspannt in einem rückklappbaren Ruhesessel, der wie eine Kreuzung zwischen Wasserbett und Badewanne aussah. Er grinste in die Kameralinse. »Kein Problem, Kapitän. Es ist nicht so schlimm, wie ich es mir vorgestellt hatte.«

Drake lachte. »Das liegt daran, daß wir erst bei einem Ge Beschleunigung sind. Wir werden sie beibehalten, bis wir die innere Verkehrszone hinter uns haben. Sie können aufstehen, wenn Sie wollen, verlassen Sie aber Ihre Kabine nicht. Und kehren Sie zurück an Ihren Platz, sobald Sie die erste Beschleunigungswarnung hören.«

»Wird gemacht.«

Eine Stunde später beschleunigte das Schiff entlang

einer normalen Startspirale mit einem Ge, während Besatzungsmitglieder an der Arbeit waren, ganze Räume und Abteilungen von der ›Außen-ist-unten‹-Orientierung der Parkumlaufbahn in die ›Achtern-ist-unten‹-Orientierung der Beschleunigungsphase umzubauen. Die einzigen Räumlichkeiten, die dieser Umwandlung nicht bedurften, waren die Kontrollräume, die kardanisch aufgehängt waren, um das Deck horizontal zu halten, und die größeren Abteilungen wie Hangarbucht und Maschinenraum, die so konstruiert waren, daß unabhängig von der Richtung des ›Unten‹ jederzeit Zugang möglich war.

»Die Verkehrsüberwachung meldet, daß wir die innere Zone verlassen haben und freizügig navigieren können, Kapitän«, berichtete Leutnant Cristobal.

»Das wurde Zeit! Bringen Sie das Schiff auf unseren Kurs, Mr. Cristobal.«

»Ja, Sir. Welchen Vektor?«

»Sie werden den Flugplan bereits im Computer finden.« Cristobal rief die Einstellung auf seinem Bildschirm ab und runzelte die Stirn. »Ich bekomme einen Nordkurs mit dreikommafünf Ge Beschleunigung, Kapitän.«

»Das ist richtig, Leutnant. Geben Sie ihn ein.«

»Jawohl, Sir.«

Drake hatte die unausgesprochene Frage in der Stimme des Navigators gehört, als der Mann festgestellt hatte, daß sie einen Kurs nahmen, der neunzig Grad von der Ekliptik Valerias abwich. Er mußte lächeln, als er an die bevorstehende Überraschung dachte. Er wählte die Nummer der Nachrichtenzentrale. »Mr. Slater, ich werde in fünf Minuten das Wort an die Besatzung richten, machen Sie die Ankündigung.«

»Ja, Sir.« Ein paar Sekunden später drang Leutnant Karl Slaters Stimme überall im Schiff aus den Deckenlautsprechern. »Achtung, alle Stationen. Der Kapitän wird in fünf Minuten eine Erklärung abgeben. Halten Sie sich bereit.«

Das Schiff begann sein Wendemanöver mit eingeschaltetem Antrieb. Die dabei entstehenden Corioliskräfte wirkten seltsam auf den Gleichgewichtssinn. Zwei Minuten später meldete Cristobal: »Manöver ausgeführt, Kapitän. Bereit zur Beschleunigung.«

»Sehr gut, Leutnant. Nachrichtenmaat, verbinden Sie mich mit dem Chefingenieur.«

»Hier Chefingenieur, Sir.«

»Ich hörte, Sie hatten einen störrischen Computer, Gavin.«

»Nichts, womit wir nicht fertig werden können, Kapitän.«

»Glauben Sie, daß Sie aus dem alten Eimer dreieinhalb Ge herausquetschen können?«

»Kein Problem.«

»Dann halten Sie sich bereit für Dauerbeschleunigung gleich nach meiner allgemeinen Durchsage.«

»Verstanden, Kapitän.«

Drake rief nacheinander die verschiedenen Abteilungen an und ließ sich von jedem leitenden Offizier den Status seiner Abteilung und ihre Bereitschaft bestätigen. Besorgniserregend war die Personallage. Der Startbefehl war so kurzfristig ergangen, daß keine Zeit gewesen war, das Personal auf Landurlaub zurückzurufen. Die *Discovery* hatte die wichtigste Mission ihrer langen Geschichte mit einem Fehlbestand von zwölf Prozent ihres Personals angetreten.

Als fünf Minuten um waren, rief Drake wieder die Nachrichtenabteilung an. »Schalten Sie mich jetzt auf den Kanal für öffentliche Durchsagen.«

»Fertig, Kapitän. Drücken Sie Kanal sechs.«

Drake sammelte seine Gedanken, befeuchtete sich die Lippen und schaltete das Mikrophon ein.

»Hier spricht der Kapitän. Ich bitte um Ihre Aufmerksamkeit. Ich weiß, daß Sie alle sich fragen, warum wir in solcher Eile die Umlaufbahn verließen. Dies geschah, weil wir mit einer Mission beauftragt wurden, die keinen Aufschub duldet. Vor vierundzwanzig Stunden wurde ein fremdes Raumschiff in der nördlichen Hemisphäre Valerias geortet. Wir haben den Auftrag, es einzuholen und abzufangen.«

Drake machte eine Pause, um seinen Zuhörern Gelegenheit zu geben, die Nachricht zu verdauen. Nach zwölf Sekunden setzte er seine Durchsage fort, verlas einen Auszug aus dem Befehl der Admiralität, erläuterte die Folgerungen, die sich aus einer möglichen Wiedereröffnung des Faltpunktes ergaben, und schloß mit den Worten: »Wir haben uns seit langem auf einen Fall wie diesen vorbereitet. Ich erwarte von jedem, an welchem Platz er auch stehen mag, daß er seine Pflicht tut. Bereiten Sie sich jetzt auf eine starke Dauerbeschleunigung vor. Sie haben zwei Minuten. Ein Glückauf uns allen!«

Die hundertfünfundzwanzigjährige Isolation des Systems Valeria war für die große Mehrzahl seiner Bewohner nicht mehr als eine Unannehmlichkeit gewesen, die durch Gewöhnung längst zum Normalzustand geworden war. Wirkliches Leiden, wie durch Hungersnot, Seuchen oder Krieg, hatte es nie gegeben. Zumindest für Alta hätte der Zeitpunkt des Ausbruchs der Antares-Supernova kaum günstiger gewesen sein können.

Während der ganzen Geschichte hatten die hohen interstellaren Frachtkosten immer als Ansporn zur raschen Entwicklung einer eigenen landwirtschaftlichen und industriellen Versorgungsbasis gedient. So war es auch mit der Kolonie Alta gewesen. Um 2512 n. Chr. hatte sich Alta von seiner Mutterkolonie New Providence nahezu unabhängig gemacht. Die Bevölkerung war von den paar Millionen harten, anspruchslosen Pionieren der Frühzeit auf mehr als eine Milliarde angewachsen. In vielerlei Hinsicht ist eine Bevölkerungszahl von einer Milliarde Menschen die optimale Zahl für ein Sternsystem – nicht genug Münder, um eine Gefahr für das natürliche Gleichgewicht und die vorhandenen Ressourcen darzustellen, doch mehr als genug Hände und Köpfe, um eine moderne, technische Zivilisation zu erhalten.

Rohstoffe und Bodenschätze waren niemals ein ernstes Problem gewesen. Das einzige, was die Bedeutung der Eisen- und Buntmetallproduktion übertraf, war die landwirtschaftliche Erzeugung, deren Produkte zum größten Teil aus den weiten, fruchtbaren Ebenen des altanischen Ostkontinents kamen. Dieser Kontinent war mit einem idealen Klima für irdische Feldfrüchte gesegnet. Seit fünfzig Jahren hatte Altas Kornkammer immer neue Rekordernten eingebracht.

Obwohl der Verlust des Faltpunktes relativ wenig Einfluß auf das physische Wohlergehen der Kolonie gehabt hatte, ließ sich das gleiche nicht von den psychologischen Auswirkungen sagen. Die Nachricht vom Verschwinden des Faltpunktes verbreitete sich mit Windeseile, und verschiedentlich kam es zu Panik. Im Laufe der ersten Woche war die Zahl der Selbstmorde auf mehr als Zehntausend angestiegen. Und in den nächsten fünfzehn Monaten, die das altanische Jahr ausmachten, weil Alta so lange benötigte, um den Zentralstern Valeria einmal zu umkreisen, wurde mehr als eine Million Menschen wegen mehr oder minder schweren Depressionen behandelt.

Am härtesten traf die Nachricht vom Versagen des Faltpunktes natürlich die nun im System Valeria gefangenen Fremden. Zu diesen zählten die Besatzungen verschiedener Raumschiffe von anderen Systemen und der Botschafter der Erde in Alta. Dieser war ein Mann namens Granville Whitlow, der erst 2510 als jüngster Botschafter im diplomatischen Dienst der Erde in Homeport eingetroffen war. Seine Laufbahn sah eine zweijährige Dienstzeit als Botschafter ›bei den Kolonisten‹ vor, worauf er heimkehren und einen wichtigeren Posten anderswo übernehmen sollte.

Wie viele andere der auf Alta festsitzenden Ausländer (und nicht wenige Altaner), klammerte sich Whitlow an die Hoffnung, daß die Störung des Faltpunktes nur vorübergehend sein würde. Er verbrachte seine Zeit mit Warten auf den Zeitpunkt, da der Faltpunkt sich von selbst wieder etablieren würde, und tat im übrigen so, als habe sich nichts geändert. Er versah seine Pflichten, half gestrandeten Touristen mit Pässen und Überbrückungsdarlehen, veranstaltete Feste für das kleine diplomatische Korps von Homeport und betätigte sich in Fragen, die von Interesse für die Zentralregierung waren, als Lobbyist beim altanischen Ministerpräsidenten und den Parlamentsabgeordneten.

Zu seinen Obliegenheiten gehörte die Versorgung und Instandhaltung von drei Einheiten der Großen Flotte, die im System Valeria festsaßen. Eine Zeitlang bezahlte Whitlow diese Unkosten wie auch den Sold der Schiffsbesatzungen aus den ihm zur Verfügung stehenden Etatmitteln. Als diese zur Neige gingen, gab er Schuldscheine zu Lasten der Zentralregierung aus. Auch diese Regelung hatte nicht lange Bestand. Als Lieferanten und altanische Regierungsstellen zu argwöhnen begannen, daß der Verlust des Faltpunktes von Dauer sein würde, verlangten sie Zahlung in harter Währung. Ungefähr zur gleichen Zeit, als seine Kreditquellen auszutrocknen begannen, sah sich der Botschafter der Erde einer weiteren Krise gegenüber. Als ihre Dienstzeiten abliefen, auf die sie sich verpflichtet hatten, machten immer mehr Besatzungsmitglieder von ihrem Recht Gebrauch, aus dem Militärdienst auszuscheiden und sich auf Alta eine Existenz aufzubauen.

Als runde 20 Prozent der Besatzungen das freie Leben auf dem Planeten gewählt und dem eintönigen

Garnisonsdienst in Parkumlaufbahnen den Rücken gekehrt hatten, trat Granville Whitlow mit einem Angebot an die Regierung und das Parlament Altas heran. Er schlug vor, daß das durch die Isolation vom Rest des besiedelten Raumes entstandene Machtvakuum durch die Schaffung einer altanischen Streitmacht ausgefüllt werde. Als Kern dieser Streitmacht bot er die drei gestrandeten Schlachtkreuzer an, die er der altanischen Regierung ›für die Dauer des gegenwärtigen Notstandes‹ zur Verfügung stellen wollte. Seine Überlegung war, daß die Kolonialregierung verpflichtet sein würde, die Kreuzer instandzuhalten, zu versorgen und mit Personal zu versehen, sobald sie die Befehlsgewalt über sie ausübte.

Die Entscheidung zur Aufgabe der Schlachtkreuzer war Whitlow nicht leicht gefallen. Im späteren Leben sagte er gern, es sei die schwerste Entscheidung gewesen, zu der er sich jemals habe durchringen müssen. Denn als Kenner der Geschichte war ihm klar, daß Jahre der Trennung unausweichlich zu einer Lockerung der Bande von Verwandtschaft und Freundschaft zwischen der isolierten Kolonie und der Mutterwelt führen mußten. Ohne interstellaren Handel und ohne gemeinsame Interessen würden die beiden Gesellschaften zwangsläufig verschiedene Wege gehen. Er sorgte sich, daß die zwei eines Tages in Konflikt miteinander geraten und womöglich sogar in einen Krieg verwickelt werden würden.

Im Jahr 2512 war der Gedanke, das winzige Alta könne die mächtige Erde angreifen, beinahe zu lächerlich, um einen Gedanken darauf zu verschwenden. Granville Whitlow war jedoch ein Mann, der dank seiner Ausbildung als Diplomat langfristig zu denken gewohnt war, und er nahm seine Verantwortung als Repräsentant der Erde sehr ernst. Bevor er der altanischen Regierung die Überlassung seiner kleinen Flotte anbot, beschloß er, daß, sollte Alta jemals Krieg gegen die Erde führen, dies ohne die Hilfe seiner drei Schlachtkreuzer geschehen würde.

»Onkel, wo bist du?«

»Hier draußen, Kind!«

Bethany Lindquist schloß die Tür hinter sich und ging durch Clarence Whitlows geräumiges Haus dem Klang seiner Stimme nach. Whitlow war der Urenkel Granville Whitlows und der ältere Bruder von Bethanys Mutter. Als sie und Bethanys Vater bei einem Flugzeugabsturz ums Leben gekommen waren, nahm Clarence Whitlow die Zehnjährige in sein Haus auf und erzog sie als sein eigenes Kind. Jetzt, achtzehn Standardjahre später, lebte sie in der Stadt und besuchte ihn mehrmals im Jahr in seinem Haus in den Vorbergen des Colgate-Gebirges.

Bethany fand ihren Onkel im Solarium bei der Pflege seiner Rosen. Sie schlängelte sich zwischen den stachligen Pflanzen durch Rosenduft zu der Stelle, wo er einen Rosenstrauch beschnitt, der sich zwei Meter aus der Mitte eines Labyrinths komplizierter Rohrleitungen erhob. Sie eilte zu dem gebeugten, weißhaarigen Mann im schmutzigen Gärtnerkittel und küßte ihn zärtlich auf die Stirn. »Wieder bei deinen Pflanzen, Onkel?«

Er nickte. »Nächsten Monat ist in Homeport die Blumenschau, und dieses Jahr möchte ich ein blaues Band gewinnen.«

»Du hättest schon letztes Jahr gewinnen sollen!«

Er lachte. »Das finde ich auch, aber wir sind beide voreingenommen. Was bringt meine Lieblingsnichte so weit aus der Stadt?«

Sie zuckte die Achseln. »Kein bestimmter Grund. Ich wollte bloß meine Familie besuchen. Ist das ein Verbrechen?«

Whitlow antwortete nicht gleich. Statt dessen legte er umständlich seine Gartenschere weg und zog die dicken Arbeitshandschuhe aus. Dabei betrachtete er seine Nichte. Was er sah, war eine junge Frau von etwas mehr als durchschnittlicher Größe, mit einer wohlproportionierten Figur und von anmutiger Haltung. Schulterlanges, kastanienbraunes Haar rahmte ihr Gesicht ein. Sie hatte klare graue Augen und einen Mund, der für den Rest ihrer Züge ein wenig zu groß war, aber der Gesamteindruck war der unauffälliger Schönheit. Zum hundertsten Mal mußte er an die Verwandlung denken, die eine verängstigte Zehnjährige mit aufgeschundenen Knien zu der schönen jungen Frau gemacht hatte. Wo waren all die Jahre geblieben?

»Deine Worte passen nicht zu deiner Haltung, Kind. Du bist so nervös wie ich dich selten gesehen habe. Nun sag, was hast du auf dem Herzen?«

Ihr Ausdruck wurde nachdenklich, und sie tat einen tiefen Atemzug, bevor sie antwortete. »Carl hat mir einen Heiratsantrag gemacht.«

»Meinst du Carlton Aster?«

»Wen sonst?«

Whitlow nickte. Aster war Assistent und Berater Jonathan Carstairs, des Führers der oppositionellen Konservativen Partei im Parlament. Whitlow schätzte Aster nicht sonderlich, doch war er als Botschafter der Erde kraft Erbfolge zu vorsichtig, um es sich anmerken zu lassen. Er war mehrere Male in offiziellen Angelegenheiten mit dem jungen Mann zusammengekommen und hatte ihn bald als einen Opportunisten abgestempelt, einen unaufrichtigen Händeschüttler des Typs, der sich stets von der Politik angezogen fühlt. Ein prüfender Blick in Bethanys Gesicht sagte ihm, daß er nicht das Recht habe, dieser Einschätzung Ausdruck zu geben. »Liebst du ihn?«

»Ich glaube schon.«

»Das klingt nicht sehr überzeugt.«

»Ich habe manchmal meine Zweifel. Das ist normal, nicht?«

Whitlow zuckte die Achseln. »Mag sein. Möchtest du einen Rat?«

»Von dir, Onkel? Natürlich.«

»Laß dir Zeit mit deiner Antwort auf seinen Antrag. ›Heirat in Eile bereut man alleweile‹, sagt das Sprichwort.«

»Ich möchte, daß du ihn kennenlernst.«

»Ich bin ihm schon begegnet.«

»Ich spreche nicht von geschäftlichen Dingen. Ich möchte gern, daß ihr zwei euch privat kennenlernt. Gesellschaftlich. Kannst du nächste Woche nach Homeport kommen und mit uns zu Mittag essen?«

»Zu dumm, daß ich gestern nicht davon wußte. Dann hätten wir zusammen essen gehen können.«

»Ach, du warst in der Stadt?« fragte Bethany.

Withlow nickte. »Ich war in der Botschaft, ein paar alte Akten durchzusehen.«

Bethany ächzte. »Nicht die Admiralität, Onkel, wirklich!«

Withlow lächelte und breitete resigniert die Hände aus. Daß er darauf bestand, seinen Pflichten nachzugehen, hatte immer zu Reibungen zwischen ihnen geführt. Bethany behauptete, daß die Leute ihn hinter seinem Rücken auslachten und sagten, er sei ein alter Mann, der sein Leben mit Träumen von vergangenem Ruhm verbracht habe. Er glaubte selbst, daß sie recht hatte. Der Umstand aber, daß er die Zielscheibe des Spottes seiner Nachbarn war, würde ihn niemals davon abhalten, seine Pflicht zu tun. Das hatte er Bethany oft klar gemacht.

»Ich fürchte, daß ich es tun mußte, Bethany. Einige Diskrepanzen in den alten Einwanderungsakten bedurften der Aufklärung. Wenn du dich erinnerst, besorgtest du voriges Jahr selbst Kopien einer Anzahl von Akten aus der Universität. Ich verglich diese Daten mit den Aufzeichnungen im alten Botschaftscomputer. Es gelang mir nicht, sehr weit voranzukommen, aber die Zeit war durchaus nicht vergeudet. Gestern gab es eine Art Krise in der Admiralität, und ich verbrachte mehrere erfreuliche Stunden damit, die Aufregung zu beobachten.«

»Was für eine Krise?«

»Ich weiß es nicht. Sie wollten es mir nicht sagen. Aber sie rannten in der heißen Sonne durcheinander wie die Hühner. Ich sah mehrere Bekannte von der Akademie der Wissenschaften, die am Eingang empfangen und die Treppe hinauf zum Büro des Flottenadmirals geführt wurden. Das war der interessanteste Teil der ganzen Geschichte. Sie gingen mit verdrießlichen Mienen hinauf, als wären sie kurzfristig von wichtiger Arbeit abgezogen worden. Doch als sie wieder herauskamen, waren sie wie verwandelt.«

»In welcher Weise verwandelt?«

»Sie schienen … nachdenklich und besorgt.«

»Wahrscheinlich hat der Admiral sie gebeten, die Auswirkungen der Supernova auf die Flottenkommunikation oder was zu untersuchen.«

»Könnte sein.«

»Kommst du nächste Woche zum Essen?«

»Natürlich, Bethany. Ich werde sogar meine Diplomatenschärpe zu Haus lassen, um dich nicht in Verlegenheit zu bringen.«

»Ach, Onkel!«

»Nun, da wir diese Einzelheit aus dem Weg geräumt haben, kannst du zum Abendessen bleiben?«

»Ich weiß nicht …«

»Nicht einmal, um einen alten Mann glücklich zu machen?«

Sie lächelte. »Ich nehme an, ich kann später am Abend zurückfahren.«

»Ausgezeichnet«, sagte er und rieb sich die Hände. »Um achtzehn Uhr werden wir dann bei Kerzenschein im Innenhof speisen und zusammen Antares aufgehen sehen.«

»Das würde mir gefallen«, sagte Bethany.
»Mir auch, Kind. Mehr als du dir vorstellen kannst.«

Jonathan Carstairs, Anwalt des gemeinen Mannes, Führer der Demokratisch-Konservativen Koalition im Parlament und – wenn bestimmte politische Erwartungen sich erfüllten – nächster Ministerpräsident der Republik Alta, saß in seinem Büro und verfluchte den Tag, an dem er von der Antares-Supernova gehört hatte. Nicht, daß das verdammte Ding nicht seinen Reiz gehabt hätte. Anfänglich war Carstairs von dem nächtlichen Phänomen bezaubert gewesen, das die Kommentatoren ›Antaresdämmerung‹ nannten. Jede Nacht wurde das Land bei Novaaufgang von einem silbernen Lichtschein überflutet, der niemanden gleichgültig ließ, der ihn sah. Im Gegensatz dazu waren Altas vier kleine Monde entschieden unansehnlich.

Aber hübsch oder nicht, die Supernova kam die Staatsfinanzen zu teuer! Mit der bläulichweißen Strahlung war ein deutlicher Anstieg der Hintergrundstrahlung im System Valeria einhergegangen. Es war für Alta selbst kein Problem, da die Atmosphäre die schädlichsten Strahlen herausfilterte, aber das gleiche ließ sich von den Raumhabitats nicht sagen. Schon wurden im Parlament Stimmen laut, welche die Freigabe zusätzlicher Mittel zur Verstärkung der Strahlungsabschirmung der Raumstationen verlangten.

Hinzu kamen die kleineren Verdrießlichkeiten. Kinder wollten abends nicht zu Bett gehen, weil das silbrige Licht draußen den Tag verlängerte. Jugendliche trieben sich nach Sonnenuntergang mehr als bisher auf den Straßen herum, was zu einem Anstieg der Belästigungen und mutwilligen Zerstörungen geführt hatte. Auch die Zahl der Verkehrsunfälle war im Ansteigen begriffen, desgleichen asoziale Handlungen jeglicher Art. Und dann das Wetter! Die Landwirte im Brandttal machten die Nova für die Trockenheit in der Region verantwortlich, während auf den Neubritischen Inseln ganze Dörfer von Schlammlawinen begraben wurden. Beide Gruppen verlangten von der Regierung Entschädigungen und Hilfsgelder. Carstairs hatte keine Ahnung, ob die Nova das Wetter beeinflußte oder nicht, aber er wußte, wer unter Druck geraten würde, Hilfsgelder bereitzustellen und zinslose Darlehen zu garantieren, wenn die Lage sich nicht bald besserte. Woher, zum Teufel, sollte all das zusätzliche Geld kommen?

Carstairs düstere Gedanken wurden vom Summen der Gegensprechanlage unterbrochen. Er beugte sich vor. »Ja?«

»Mr. Aster ist hier.«

»Schicken Sie ihn herein.« Carstairs drehte sich mit seinem Bürosessel zur Tür, als sein Assistent aus dem Vorzimmer hereinkam. Carl Aster erinnerte Jonathan Carstairs an sich selbst, wie er vor drei Jahrzehnten gewesen war. Carl sah gut aus, hatte gewandte Umgangsformen, Rednertalent und besaß die Fähigkeit, sich nicht allzu auffällig bei denen einzuschmeicheln, die seiner Karriere förderlich sein konnten. Wichtiger war, daß er einen politischen Instinkt zu besitzen schien, der ihm half, den Fehltritten auszuweichen, die eine beginnende politische Laufbahn ruinieren konnten. Ein solcher Fehltritt wäre es zum Beispiel, wenn er die falsche Frau heiratete. Es sah so aus, als hätte Aster die Bedeutung dieses Punktes erkannt. Carstairs billigte von Herzen die jüngste Wahl seines Assistenten. Bethany Lindquist würde die vollkommene Ergänzung eines aufstrebenden jungen Politikers sein. »Nun, was haben Sie erfahren?« fragte er den jungen Mann.

»Die Admiralität verweigert jede Auskunft, Sir. Man sagte mir, die Bewegungen ihrer Schiffe unterlägen der Geheimhaltung.«

»Und Sie ließen es damit bewenden?«

Aster lächelte. »Sie kennen mich besser, Sir. Ich rief

einen Freund an, der mir eine Gefälligkeit schuldet. Die Gerüchte sind zutreffend. Die *Discovery* ist ausgesandt worden, ein fremdes Raumschiff zu stellen, das von außen in das System eingedrungen ist.«

Carstairs erlaubte sich den Luxus einer diskreten Verwünschung. Die Nachrichten der parlamentarischen Flüsterpropaganda waren so erstaunlich gewesen, daß er sich verpflichtet gefühlt hatte, eine Bestätigung zu erlangen, bevor er etwas unternehmen würde. Nun sah es so aus, als hätte er zu lange gewartet.

»Wie steht es mit diesen anderen Gerüchten? Ist Stan Barrett an Bord?«

»Mein Informant war nicht sicher, aber er glaubt es.«

»Verdammt! Das bedeutet, daß der Ministerpräsident uns kaltgestellt hat, Carl. Wären wir ihnen auf die Schliche gekommen, bevor dieses Schiff aus der Umlaufbahn startete, hätten wir einen oder zwei unserer eigenen Leute aus dem parlamentarischen Sicherheitsausschuß an Bord bringen können. Nun wird uns nach Lage der Dinge nichts übrig bleiben als in den Jubel einzustimmen, wenn die Sozialdemokraten den ganzen Ruhm einheimsen und damit die Unfähigkeit ihrer Regierung bemänteln.«

»Ich kann Ihnen nicht folgen«, sagte Aster.

»Nicht? Welche Partei wird die Gesichter ihrer Führer in den nächsten paar Wochen am meisten ins Rampenlicht der Medienöffentlichkeit bringen? Welche Partei wird sich damit brüsten, die Verbindung mit dem äußeren Universum wiederhergestellt zu haben? Und am schlimmsten von allen, welche Partei wird am meisten von dieser Entwicklung profitieren und in der Wählergunst nach vorn rücken, wenn wir an unserem Plan zur Erzwingung vorgezogener Neuwahlen festhalten?«

»Was können wir tun, um wirkungsvoll zu kontern?«

»Hmm.« Carstairs rieb sich den Nacken. »Das ist ein

interessantes Problem in angewandter Politik. Natürlich gibt es verschiedene Manöver, die wir ins Auge fassen könnten. Wir könnten ihre Entscheidung zur Geheimhaltung dieses Ereignisses angreifen und unsere Sache mit dem Recht der Öffentlichkeit begründen, unterrichtet zu werden. Oder wir könnten den entgegengesetzten Kurs fahren und den Medien selbst die Nachricht zuspielen, um die Regierung dann wegen mangelhafter Geheimhaltung anzugreifen. Oder wir könnten versuchen, ganz ruchlos zu sein und mit ihnen zusammenarbeiten. Diese letztere Strategie könnte uns Punkte für verantwortungsbewußtes Handeln einbringen, weil wir das Wohl des Ganzen über das der Partei stellen – als ob man die beiden voneinander trennen könnte! Wie ich sagte, ein interessantes Problem.«

Plötzlich richtete sich der Oppositionsführer in seinem Stuhl auf und schlug mit der offenen Handfläche auf die Schreibtischplatte, daß es sich wie das Klatschen eines dicken Stückes Rindfleisch auf dem Hackklotz des Fleischers anhörte. »Als erstes müssen wir herausbringen, wieviel Manövrierraum wir haben. Gehen Sie nach nebenan, Carl, und vereinbaren Sie für heute nachmittag einen Gesprächstermin mit dem Ministerpräsidenten.«

»Und wenn sein Sekretariat mich nach dem Gesprächsthema fragt?«

»Sagen Sie ihm, daß es eine Angelegenheit von größter Bedeutung für die Republik ist.«

4

»Alle Mann bereithalten für null Ge! Null Ge in einer Minute!«

Richard Drake hörte die Warnung mit Erregung und nicht geringer Erleichterung. Wie die aus der Gegensprechanlage des Schiffes dringenden Hochrufe bewiesen, stand er mit seiner Reaktion nicht allein da. Mit Ausnahme kurzer, zehnminütiger Ruhepausen in jeder Wache hatten er und der Rest der Besatzung mehr als fünfzig Stunden angeschnallt in ihren Sitzen verbracht, von dreieinhalbfacher Erdschwere in die Polsterung gepreßt.

»Achtung! Null Ge in dreißig Sekunden. Letzte Warnung!«

Drake blickte zum großen Chronometer an der Wand auf. Blinkende rote Zahlen tickten langsam die verbleibenden Sekunden der Beschleunigung ab. Als sie 00:00:00 erreichten, hob sich der Druck plötzlich von seiner Brust. Sein Körper wurde vorwärts in die Gurte gestoßen und prallte in einer kurzen Serie von Oszillationen vor und zurück. Er streckte die Hand aus und drückte Tasten, die in die Armlehne seines Sitzes eingelassen waren. Die Bildschirmwiedergaben über seiner Befehlskonsole begannen sich zu verändern. Auf dem großen holographischen Bildschirm der Brücke verblaßte ein Hologramm, das den Kurs des Schiffes als Diagramm aufgezeichnet hatte, und wurde ersetzt durch einen Ausschnitt des Sternhimmels. In der Mitte des Bildausschnitts befand sich der helle, weißlichviolette Stern, der ihr Ziel war.

Drake wählte den Stabskanal, ging auf Konferenzschaltung und gab das Rufzeichen durch. Sekunden später erschienen acht Gesichter auf Bildschirmen vor ihm – die Mitglieder seines Stabes und Stan Barrett. Alle waren gezeichnet von der Wirkung des eben beendeten Hochbeschleunigungsfluges. Die Augen waren von tiefen Schatten umgeben, die Gesichter waren eingefallen und von Bartstoppeln eingerahmt. Doch verriet das Leuchten in ihren Augen die Erregung, dem Ziel nahe zu sein.

»Was melden die Sensoren, Mr. Marston?« fragte Drake mit einem Blick zum Bildschirm links außen.

»Wir sind auf hunderttausend Kilometer herangekommen und nähern uns rasch, Kapitän«, sagte der diensttuende Offizier in der Feuerleitzentrale. »Die Annäherungsrate verringert sich, während wir zwei Ge aufrechterhalten.«

»Wann werden wir die Geschwindigkeit angepaßt haben?«

»Ungefähr drei Minuten, Sir. Ich empfehle, daß wir das Schiff wenden.«

»Richtig! Mr. Cristobal, beginnen Sie mit dem Wenden.«

»Ja, Kapitän.«

Seit mehreren Stunden hatte die *Discovery* die überschüssige Geschwindigkeit abgebaut, die ihr gestattet hatte, das fremde Raumschiff einzuholen. Zu diesem Zweck hatte der Kreuzer eine Wendung um hundertachtzig Grad beschrieben und war während der Verlangsamungsphase sozusagen rückwärts gegen den Druck seiner Triebwerke durch den Raum geflogen. Da das fremde Raumschiff noch immer mit eingeschalteten Triebwerken flog, würde es erforderlich sein, den Kreuzer noch einmal zu wenden und wieder zu beschleunigen, um die Position gegenüber dem stetig beschleunigenden Raumschiff zu halten. Wie Drake vorausgesehen hatte, wurde die Treibstoffversorgung der *Discovery* kritisch. Wenn sie die Triebwerke des fremden Raumschiffes nicht innerhalb der nächsten paar

Stunden abschalten konnten, würden sie die Verfolgungsjagd aufgeben und die Heimreise antreten müssen, wollten sie nicht riskieren, ihre Tanks vollends zu leeren.

»Können wir wieder beschleunigen, Ingenieur?«

»Jawohl, Kapitän.«

»Navigator?«

»Wendung eingeleitet, Sir. Wir werden die Beschleunigung in zwei Minuten wieder aufnehmen können. Ich bestätige Mr. Marstons Zahlen hinsichtlich des Zeitbedarfs für die Angleichung der Geschwindigkeit.«

»In Ordnung«, sagte Drake. »Geben Sie es ein. Beschleunigung in ...« – er blickte zum Chronometer – »zwei Minuten, sechzehn Sekunden.«

»Ja, Sir«, sagte Leutnant Cristobal.

Drake streckte die Hand aus und drückte die Taste für allgemeine Durchsagen. »Achtung, hier spricht der Kapitän. Wir werden in zwei Minuten wieder beschleunigen. Alle Vorsichtsmaßnahmen sind sofort einzuleiten.«

Wieder gab es eine scheinbar endlose Wartezeit, während der Chronometer die Sekunden heruntertickte. Doch als die Schwere schließlich zurückkehrte, fehlte ihr die erdrückende Gewalt, an die sich alle während der Reise gewöhnt hatten. Schon nach wenigen Augenblicken meldete Argos Cristobal: »Geschwindigkeiten angeglichen, Kapitän. Wir halten jetzt bei einhunderttausend Kilometern Distanz Position.«

»Sehr gut, Navigator.« Drake wandte sich den Gesichtern seines Stabs zu und sagte: »Nun, nachdem dies erledigt ist, bitte ich um Ihre Meldungen!«

Sobald die *Discovery* Altas innere Verkehrszone hinter sich gelassen hatte und auf hohe Beschleunigung gegangen war, hatte Drake seinen Stab wie jetzt über die Bordsprechanlage zusammengerufen und über ihre Mission unterrichtet. Die Konferenzschaltungen hatten sich seither wiederholt mit der geeigneten Strategie zur Herstellung eines Kontakts mit dem fremden Raumschiff befaßt. Dabei hatte der anhaltende Beschleunigungsdruck auch den Nerven übel mitgespielt. Schließlich aber waren sie übereingekommen, daß es zunächst darauf ankommen würde, den Schiffstyp ihres Besuchers zu identifizieren und seine Herkunft festzustellen.

Mittels der Spektralanalyse des beobachteten Plasmaausstoßes war es möglich, Rückschlüsse auf die Triebwerksleistung des Außenseiters zu ziehen. Dies und seine beobachtete Beschleunigung ermöglichte wiederum eine Schätzung seiner Masse. Die Ergebnisse waren beeindruckend. Nach vierzigstündiger Beobachtung hatte der Computer der *Discovery* gemeldet, daß das Raumschiff aus der Fremde eine Gesamtmasse von etwas mehr als zweihunderttausend Tonnen besitzen müsse. Nur die größten Kriegsschiffe der Großen Flotte vor dem Ausbruch der Supernova und die riesigen Kolonietransporter waren so groß gewesen.

»Fangen Sie an, Chefingenieur.«

»Ja, Sir«, antwortete Gavin Arnam. Mit fünfundvierzig war Arnam das älteste Besatzungsmitglied an Bord des Kreuzers. Sein rosiges Gesicht zeigte die Wirkung der anhaltenden Beschleunigung deutlicher als alle anderen mit Ausnahme von Stan Barrett, den Drake auf annähernd fünfzig schätzte. »Wir haben die Analyse abgeschlossen. Sein Photonenantrieb ist wenigstens acht Prozent effizienter als der unsrige. Dies und die Größe seiner Treibstofftanks erklärt seine Fähigkeit, die Beschleunigung aufrechtzuerhalten.«

»Wie lange wird er dazu noch in der Lage sein?«

Arnem hob die Schultern. »Schwer zu sagen, Sir. Sicherlich länger als wir. Ein Schiff von der Größe hat zweifellos genug Beine unter sich.«

»Gut. Nachrichtenabteilung: Gibt es schon eine Reaktion von unserem Besucher?«

»Keine, Sir. Wir haben in jeder Sprache, die im Archiv gespeichert ist, Freundschaftsbotschaften ausgesandt und alle Kanäle und unseren Kommunikationslaser eingesetzt. Entweder ist seine Sende- und Empfangsanlage defekt, oder er will einfach nicht mit uns sprechen.«

»Besteht die Möglichkeit, daß er von unserer Anwesenheit nichts weiß?«

»Schwerlich, Kapitän. Neben all dem Radiogeräusch, das wir gemacht haben, zielte unser Plasmaausstoß in den vergangenen zwanzig Stunden direkt auf ihn. Um uns zu übersehen, müßte er nicht nur taubstumm, sondern auch blind sein.«

»Feuerleitzentrale.«

»Hier, Sir.«

»Haben Sie irgendeine Reaktion ausgemacht?«

»Keine, Kapitän.«

Drake fuhr fort, seinen Stab über den derzeitigen Stand der Dinge zu befragen. Die Meldungen waren stets die gleichen. Als er die Umfrage beendet hatte, waren sich alle Offiziere an Bord des Kreuzers darin einig, daß ihr ursprünglicher Plan, mit dem Besucher Verbindung aufzunehmen, noch immer der beste sei. Zuletzt richtete Drake das Wort an den Sonderbeauftragten des Ministerpräsidenten.

»Ich bitte Sie um Ihre Meinung, Mr. Barrett.«

Barrett lächelte. »Gemäß Paragraph sieben, Kapitän?«

»Gemäß Paragraph sieben«, bestätigte Drake.

»Dann lassen Sie für das Protokoll festhalten, Sir, daß ich keine Meinung abzugeben hatte. Ich habe Ihre Pläne studiert und wüßte nicht, wie sie sich verbessern ließen.«

»Dann ist alles klar«, sagte Drake. »Wir gehen wie geplant vor.« Er dankte den Teilnehmern an der Konferenzschaltung, dann unterbrach er die Verbindung. Acht Bildschirme wurden gleichzeitig dunkel. Er starrte sie ein paar Augenblicke lang an, dann wählte er die Nummer der Hangarbucht, sechs Decks unter seinen Füßen.

»Leutnant Hall«, meldete sich ein bärtiges Gesicht.

»Starten Sie Ihre Boote, Leutnant. Wir werden die Annäherung wie geplant durchführen. Viel Glück.«

»Ja, Sir, danke. Wir starten jetzt.«

Leutnant Phillip Hall, Kommandeur der kleinen Flotte von Landungsbooten und Hilfsfahrzeugen der *Discovery*, ließ den Blick ein letztes Mal über die Armaturen seines bewaffneten Aufklärers schweifen. Die Kontrollleuchten sämtlicher Instrumente zeigten grünes Licht, der Treibstofftank war voll. Die einzige Fehlanzeige kam von den Ablesungen, die der Gefechtsbereitschaft der Waffen dienten. Dies war ein Vorstoß, bei dem die bewaffneten Aufklärer ihren Namen Lügen strafen würden. Sie waren im Begriff, unbewaffnet ins Unbekannte vorzudringen.

»Wir gehen besser gleich auf vollen Druck?« sagte Hall zu seinem Copiloten, während er zum Helm griff. Er hob ihn über den Kopf, schob ihn in den Halsring seines Anzugs und drehte ihn im Uhrzeigersinn bis zum Anschlag. Copilot und Bordschütze Moss Krueger auf dem Nebensitz folgte seinem Beispiel. Hall überprüfte den Anzug, indem er mit dem Kinn die Luftdruckkontrolle einschaltete. Ein zufriedenstellendes Knacken in den Ohren belohnte ihn. Er signalisierte Krueger mit erhobenem Daumen, dann schaltete er das Funksprechgerät ein und ging auf die den Aufklärern und Landungsbooten vorbehaltene Frequenz.

»Hier Hall in *Catherine*. An alle Boote. Statusprüfung zum Start.«

»Swenson in *Gossamer Gnat* startbereit, Phil.«

»Marman in *Drunkard* startbereit, Leutnant.«

»Garth in *Flying Fool* hier. Fühle mich nackt ohne mein Spielzeuggewehr, bin aber ansonsten startbereit.«

»In Ordnung, ihr habt alle eure Flugpläne«, fuhr Hall fort. »Der Kapitän gab uns eben Startbefehl. Startfolge wie gewöhnlich. Und verpfuscht mir diese Sache nicht, in Gottes Namen!«

»Das Tor zur Hangarbucht wird geöffnet, Leutnant. Achten Sie beim Start auf die Beschleunigungskurve«, sagte der Aufseher der Hangarbucht in Halls Kopfhörer.

»Wird gemacht«, erwiderte Hall. »Geben Sie uns eine Fünf-Sekunden-Startzählung.«

»In Bereitschaft. Fünf, vier, drei, zwei, eins, Start!«

»In Formation, folgt mir!« befahl Hall. Er umfaßte den Steuerknüppel und manövrierte den Aufklärer aus seiner Halterung. Da das Mutterschiff beschleunigte, würde das Verlassen der Hangarbucht den schwierigsten Teil der Reise darstellen. *Catherine* war wie alle Aufklärer und Landungsboote ein schnittiges, stromlinienförmiges Raumfahrzeug, das einer Rakete mit Stummelflügeln und Leitwerken glich. Die Bauweise dieser Boote erlaubte den Eintritt in eine planetarische Atmosphäre mit hoher Geschwindigkeit ebenso wie die Fernaufklärung im All. Im Falle einer Flottenaktion konnten sie darüber hinaus als Vorpostenboote für den Kreuzer, und als Überschallbomber dienen.

Als das Boot vom Kreuzer freikam, schaltete Hall den Autopiloten ein, der den vorprogrammierten Flugplan im Speicher hatte. Sofort wurden er und sein Copilot von einem Stoß in ihre Liegesitze gepreßt, der annähernd fünf Ge ausmachte. Der im Zentrum eines seiner Bildschirme sichtbare Kreuzer schrumpfte mit erstaunlicher Schnelligkeit bis zur Unsichtbarkeit. Dann kam eine den Magen umdrehende Kursänderung mit hoher Geschwindigkeit, und der Aufklärer war direkt auf den Plasmaausstoß des fremden Raumschiffes ausgerichtet.

Richard Drake beobachtete die Formation der Aufklärer und überlegte, ob er richtig handelte. Mehrere

Angehörige seines Stabes hatten ihm geraten, eine unbemannte Sonde vorauszuschicken, um das Raumschiff aus der Nähe aufzunehmen, bevor bemannte Fahrzeuge riskiert wurden. Drake hatte die Idee ernsthaft erwogen, sich dann aber dagegen ausgesprochen, weil die Besatzung des fremden Schiffes eine Kamerasonde allzu leicht für eine Angriffswaffe halten konnte. »Im Zweifelsfall wird geschossen«, war lange Zeit die herrschende Lehre sowohl in der Großen Flotte wie auch in der altanischen Marine gewesen.

Nein, der einzige sichere Weg, der Besatzung des Raumschiffes die friedfertigen Absichten Altas nahezubringen, war die Entsendung von Männern statt Maschinen. Er hatte seinem Stab die Aufgabe gestellt, eine Aufklärungsmission zu planen, die bei minimalem Risiko ein Maximum an Information erbringen würde. Daraufhin hatte der Stab empfohlen, alle vier Aufklärer/Landungsboote des Kreuzers einzusetzen. Drei sollten sich auf divergierenden Bahnen von der *Discovery* entfernen und weit voneinander getrennte Punkte tausend Kilometer querab vom Raumschiff anfliegen. Einmal in Position, würden sie ihre Geschwindigkeiten angleichen und ihre Positionen halten. Ihre Aufgabe bestand zunächst in der Übermittlung von Fernaufnahmen des Raumschiffes zur *Discovery*.

Dem vierten Aufklärer würde die Aufgabe zufallen, den fremden Besucher aus der Nähe zu untersuchen. Sobald die drei Kameraboote in Position wären, würde das vierte sich langsam bis auf einen Kilometer dem Raumschiff nähern und die Geschwindigkeiten angleichen. Dann sollte dieses ›Kontaktboot‹ seine Position halten, bis das fremde Raumschiff reagierte. Drake hoffte, daß die Reaktion nicht in einem Versuch bestehen würde, das Kontaktboot zu vernichten.

»Kameraboote sind annähernd in Position, Kapitän«, meldete der Nachrichtenoffizier von seiner Station auf der anderen Seite der Brücke.

»Zeigen Sie uns, was Sie haben, Mr. Slater.«

Der Hauptbildschirm teilte sich in drei Abschnitte, in denen jeweils eine glühende Plasmawolke zu sehen war, an deren spitzem Ende sich ein undeutlich zylindrischer Körper befand. Bis auf gewisse Abweichungen in der unregelmäßig gesprenkelten Oberfläche des kaum erkennbaren Schiffsrumpfes hätten die Ansichten von einer einzigen Kamera aufgenommen sein können.

»Geben Sie den Aufklärern Anweisung, auf maximale Vergrößerung zu gehen.«

»Was wir sehen, ist maximal, Kapitän. Das ist das Beste, was wir ohne Computerverstärkung bekommen können.«

»Dann geben Sie mir die Ansicht von *Catherine*.«

»Ja, Sir.«

Wie seine Schwesterboote, hatte auch das Kontaktboot seine Kamera auf den Besucher von den Sternen gerichtet. Seine Aufholjagd hatte es tief in die expandierende Wolke von Wasserstoffplasma und Hochenergie-Photonen geführt, die aus dem Antrieb des Raumschiffes strömte. Der ganze Bildschirm schien zu brennen. Drake ließ sich durch den Nachrichtenoffizier in die Sendefrequenz der Aufklärer einschalten.

»Wann werden Sie aus der Plasmawolke freikommen?«

»Die Flugprojektion gibt uns noch weitere zwei Minuten, Sir«, meldete Phillip Hall aus der Kanzel des Kontaktbootes. »Ich könnte meine Annäherung manuell beschleunigen und in der Hälfte dieser Zeit freikommen.«

»Nein, lassen Sie den Autopiloten nach Plan weitermachen, Phil.«

»Ja, Sir.«

Drake sah den feurigen Nebel heller und dichter werden. Zweimal mußte der Aufklärerpilot Dunkelfilter gebrauchen, um seine Sensoren zu schützen. Dann war der glühende Nebel auf einmal fort. Der Bildschirm wurde schwarz, hellte sich dann merklich auf, als die Filter sich wieder auf maximale Transparenz umstellten. Eine Ansicht des fremden Raumschiffes kam ins Bild. Der Blickwinkel der Aufzeichnung umfaßte es von schräg achtern. Bevor jemand an Bord der *Discovery* reagieren konnte, drang Leutnant Halls verblüffte Stimme aus den Deckenlautsprechern:

»Mein Gott! Es ist ein fliegendes Wrack!«

Wenig später hatten sie das Raumschiff zentriert auf dem großen Projektionsschirm der Brücke. Der Besucher von draußen war von zylindrischer Form, aber mit einer Vielzahl von Vorsprüngen und gondelartigen Anhängseln, die dem Rumpf entragten und zu klein waren, um in den Aufnahmen der Teleobjektive sichtbar zu sein. Der Rumpf des Raumschiffes war so orientiert, daß die Achse des Zylinders sich von der unteren linken zur oberen rechten Seite des Projektionsschirms erstreckte, so daß die blendende Helligkeit der Plasmawolke außerhalb des Gesichtsfeldes blieb.

Der Teil des Schiffes, der *Catherine* am nächsten war, lag im Schatten Valerias, empfing aber genug geisterhaft silbriges Licht von der Supernova, daß Drakes geübtes Auge keine Mühe hatte, die kuppelförmigen Gefechtsstände auszumachen, die über den Rumpf verteilt waren. Er sah die Mündungen von Laserkanonen und Antimaterieprojektoren ebenso wie mehrere Abschußrampen für Raketen und andere Dinge, die weniger leicht zu identifizieren waren, aber offenbar todbringende Funktion hatten. Es gab auch eine sehr große Luke, die möglicherweise ein Hangartor für bewaffnete Beiboote gewesen sein mochte. Die Öffnung sah groß genug aus, um einen ganzen Zerstörer aufzunehmen.

Aber die Waffen des Raumschiffes waren nicht sein auffallendstes Merkmal. Tatsächlich registrierte Drake die umfangreiche Bewaffnung nur flüchtig. Denn wie Phillip Hall bereits bemerkt hatte, trug das Raumschiff die Spuren eines Gefechts auf seinen Flanken. Die unregelmäßigen dunklen Flecken, die schon auf den Fernaufnahmen erkennbar gewesen waren, erwiesen sich aus der Nähe als Löcher in der Außenschale des Rumpfes, die ungefähr ein Fünftel der Oberfläche ausmachten, wo die Platten der Rumpfverkleidung anscheinend von einer Serie innerer Explosionen abgesprengt worden waren. Wo die Platten fehlten, drang das schimmernde Licht der Nova durch Schichten von nackten Trägern und verwüsteten Decks. An anderen Stellen war die Außenschale des Rumpfes von außen eingeschlagen, als hätte sie eine gigantische Faust getroffen. An anderen Stellen hatten die verbrannten Einschnitte schweren Laserfeuers tiefe gerade Furchen über die Schiffsflanken gegraben.

»Sehen Sie sich den Bug an, Kapitän!« Der Sprecher war Argos Cristobal. Drake folgte der Aufforderung und blickte hin zur oberen rechten Ecke des Projektionsschirms. Der Schiffsbug zeigte noch stärkere Beschädigungen als die Flanken. Er war so stark zerstört, daß es praktisch unmöglich war, die ursprüngliche Form der unterliegenden Struktur zu erkennen. Tatsächlich nahm der Grad der Zerstörung nach achtern zum Schiffsheck dramatisch ab – was erklärte, daß die Masseumwandler, der Photonenantrieb und die Faltraumgeneratoren noch funktionsfähig waren.

Drake runzelte die Stirn und fragte sich, wonach er Ausschau halten sollte. Dann sah er es. Inmitten der verbogenen Träger und zerrissenen Verkleidungsteilen machte er den Teil eines Buchstaben aus. Er sah sich den Umkreis genauer an, bis er einen zweiten und dann einen dritten fand. Offensichtlich war der Schiffsname einmal in weißen Blockbuchstaben auf den Bug gemalt gewesen. Ein großer Teil des Namens war ausgelöscht, andere Buchstaben auf ausgeglühten Verkleidungsplatten kaum noch erkennbar, doch blieb bei genauer Prüfung genug übrig, um eine Struktur auszumachen:

TS • S C • N • UE • • R
SB • 3 •

»Ich lese daraus TSNS *Conqueror,* Kapitän.«

»Sie haben gute Augen, Mr. Cristobal, und ein gutes Kombinationsvermögen! Nachrichtenabteilung!«

»Ja, Kapitän.«

»Geben Sie die Nachricht an die Besatzung durch. Unser Besucher ist ein Schiff von der Erde. Nichts Geringeres als ein Schlachtschiff der Großen Flotte.«

»Ja, Sir!«

»Und verbinden Sie mich mit Leutnant Hall an Bord der *Catherine.*«

»Verbindung steht, Kapitän.«

»Hall!«

»Ja, Sir?«

»Gibt es irgendeinen Hinweis, daß jemand an Bord dieses Schrotthaufens von Ihnen Notiz genommen hat?«

»Nichts, Kapitän. Wir haben unsere Ohren auf maximale Verstärkung eingestellt. Bisher haben wir keinen Flüsterton aus dem Wrack gehört.«

»In Ordnung. Schalten Sie die Zusatzkamera mit ein und beginnen Sie Ihre Suchspirale.«

»Wird gemacht, Sir.«

Das Bild auf dem Projektionsschirm veränderte sich, und der Rumpf des Raumschiffes dehnte sich aus und füllte das Bild. Neue Gefechtsnarben wurden mit der verstärkten Vergrößerung sichtbar. Hier und dort zeigten kleine runde Löcher im grauen Rumpf, wo ein Laser- oder Partikelstrahl lange genug im Ziel gehalten worden war, um die dicke Panzerung zu durchbohren. Kleine, schwarz gesäumte Risse verrieten Partien, wo

Brände gewütet hatten, bis der Sauerstoff, der sie genährt hatte, in den Raum entwichen war. Elektrische Kabel hingen von zertrümmerten Decks und aus aufgerissenen Teilen der Außenschale ins Leere. An einigen Stellen waren die geborstenen Decks unter dem Gewicht der Beschleunigung eingestürzt.

Wie alle anderen auf der Brücke starrte auch Drake in sprachloser Verblüffung auf die Projektion. Es war unglaublich, daß ein Schiff mit so umfangreichen Schäden überhaupt operationsfähig sein konnte. Die Antwort lag natürlich in der Aufgliederung und maximalen Redundanz, auf die beim Bau von Kriegsschiffen geachtet wurde. Die alten Kriegsgeschichten sprachen von Schiffen, die entzweigeschnitten worden waren und dennoch bis zum Sieg weitergekämpft hatten.

Das Summen der Bordsprechanlage riß Drake aus seiner Betrachtung. Aus einem der Bildschirme starrte ihn das angespannte Gesicht seines Stellvertreters an.

»Werfen Sie einen Blick auf Kanal zwei, Kapitän.«

Die zweite Kamera an Bord der *Catherine* ging langsam über einen der achternen Abschnitte des Rumpfes hin. Dabei kam eine Serie elliptischer Einkerbungen ins Bild, die in regelmäßigen Abständen den Umfang des Schiffes begleiteten. Am Boden einer jeden Einkerbung schien eine Öffnung zu sein, die wie eine kleine Luftschleuse von Mannshöhe aussah.

»Liegeplätze für Rettungsboote?« fragte Drake.

»Ja, Sir. Alle leer. Anscheinend ist die Besatzung von Bord gegangen.«

»Wollen Sie damit sagen, daß unser Besucher ein Ausreißer ist?«

»Es ist sicherlich eine Möglichkeit, Kapitän. Das würde erklären, warum unsere Kommunikationsversuche erfolglos blieben.«

Drake erwog die Möglichkeit und nickte. »Es würde

vieles erklären, Mr. Marston. Es stellt uns auch vor ein Problem.«

»Was für ein Problem, Sir?«

»Wenn wir diesen Antrieb nicht ausschalten können, bleiben uns knapp acht Stunden bis zur Rückkehr. Wenn niemand dieses Ding steuert, wie sollen wir dann die Triebwerke ausschalten?«

»Wir könnten ein Prisenkommando an Bord schicken, Kapitän. Ich wäre bereit, es zu führen.«

»Um was zu tun? Um sich in dem verwüsteten Labyrinth des Wracks zu verirren, während wir über dem Versuch, Sie wieder herauszuholen, unseren Treibstoffvorrat verbrauchen? Sie sehen selbst, wie es da drüben aussieht. Das verdammt Ding ist vierhundert Meter lang! Es würde Tage in Anspruch nehmen, den Maschinenraum zu finden. Vielleicht länger, wenn man den Umfang der Zerstörungen in Betracht zieht.«

Marston schaute nachdenklich drein. »Wir könnten den Treibstoffvorrat über die Masseumwandler ablassen, Kapitän.«

Drake schüttelte den Kopf. »Der Einwand ist derselbe. Sie würden auch die Masseumwandler nicht rechtzeitig finden.«

»Wir brauchen sie nicht zu finden. Wir entziehen ihnen den Saft von außen. Schießen Löcher in die Treibstofftanks! Sobald das Cryogen entweicht, wird alles von selbst aufhören.«

Drake überlegte, dann nickte er. »Das würde gehen. Aber es widerstrebt mir, das Wrack noch mehr zu beschädigen.«

»Welche Wahl bleibt uns?« fragte Marston.

»Keine, nehme ich an. Wir wurden hierher geschickt, um das Schiff abzufangen, und das werden wir tun. Außerdem läßt der Zustand der *Conqueror* unsere Mission in einem völlig neuen Licht erscheinen.«

»Wieso, Kapitän?«

»Offensichtlich wird jenseits des Faltpunktes Krieg geführt. Wer *das* angerichtet hat ...« – Drake zeigte mit dem Daumen zum Wrack auf dem Projektionsschirm – »ist nicht mit einem Pusterohr in der Hosentasche unterwegs. Ich glaube, wir sollten herausbringen, gegen wen die Erde kämpft, und warum. Und wir sollten uns damit beeilen!«

5

Zweiundachtzig Stunden nach dem Erscheinen der *Conqueror* im neuerdings wiedererstandenen Faltpunkt waren alle drei großen astronomischen Fernrohre im System Valeria auf das Drama konzentriert, das eine halbe Milliarde Kilometer über der Ekliptik stattfand. Die Astronomen beobachteten mit gespannter Aufmerksamkeit, wie die winzige Konstellation weißlichvioletter Sterne sich mit eintausendfünfhundert Kilometern pro Sekunde vom Zentralstern entfernte. Dann erlosch der hellste dieser Sterne zu ihrer Verwunderung. Sie waren in ihrer Sorge nicht allein. Richard Drake beschäftigten die gleichen Überlegungen.

Sechs Stunden lang hatten die *Discovery* und ihre drei Aufklärer mit dem Wrack Schritt gehalten und sich bemüht, seine Geheimnisse aufzudecken. Sie hatten das Schiff in einem Dutzend Wellenlängen sichtbaren Lichts fotografiert, seine Flanken mit Seitenradar und stereoptischen Lasern gescannt und mit thermographischen und ultravioletten Detektoren untersucht. Während dieser Studien setzten sie ihre Kommunikationsversuche fort und deckten das Wrack der *Conqueror* mit scharf gebündelten Strahlen elektromagnetischer Strahlung ein, die aus jeder Frequenz zusammengesetzt waren, die das Nachrichtensystem der *Discovery* erzeugen konnte. Sie stellten sogar einen Mann im Schutzanzug und mit einem Jagdgewehr in die offene Luftschleuse eines der Aufklärungsboote und brachten ihn bis auf hundert Meter an das Wrack heran. Er verbrachte eine fruchtlose Stunde damit, daß er in der Hoffnung, die metallischen Aufschläge würden durch direkte Leitung zu etwa überlebenden Besatzungsmitgliedern irgendwo im Wrack getragen, mit Hochgeschwindigkeitsprojektilen auf verschiedene Partien des Schiffes feuerte.

Und während eine Gruppe sich bemühte, die Besatzung des Raumschiffes zu wecken, gingen andere an Bord des Kreuzers von der Annahme aus, daß die *Conqueror* tatsächlich verlassen war. Unmittelbar nach Abschluß der thermographischen Untersuchungen berief Drake seinen Stab zu einer Sitzung in die Offiziersmesse ein, um die Strategie zu besprechen. Drake, Bela Marston, Argos Cristobal und der zweite Ingenieur Aliman Grandstaff betrachteten bereits die ersten der grellfarbenen Thermographien, als Stan Barrett eintraf.

»Tut mir leid, daß ich mich verspätet habe«, sagte der Sonderbeauftragte. »Ich habe mit Regierungsleuten zu Hause gesprochen. Haben Sie schon mal versucht, ein Gespräch zu führen, wenn es zwischen Frage und Antwort eine einstündige Verzögerung gibt?«

»Ja«, sagte Drake. »Es funktioniert nicht sehr gut, nicht wahr?«

Barrett setzte sich und seufzte. »Es funktioniert überhaupt nicht, wenn Sie mich fragen. Immerhin konnte ich einiges erfahren. Die Situation zu Hause verschlechtert sich rasch. Die Nachricht vom Erscheinen unseres Besuchers wird offiziell noch immer geheimgehalten, aber das wird nicht mehr lange Bestand haben. Seit unserer Abreise rumort es im Parlamentsgebäude von Gerüchten. Praktisch die ganze Geschichte ist inzwischen durchgesickert. Mehrere Abgeordnete haben mit einer offenen Anfrage gedroht. Jonathan Carstairs hat sogar für den Fall, daß die Regierung weiterhin jede Auskunft verweigert, eine Pressekonferenz angekündigt.«

»Wie verhält sich die Admiralität?« fragte Drake.

Barrett lächelte. »Komisch, daß Sie danach fragen. Verschiedene Nachrichtenagenturen und Medien haben Nachforschungen über den Verbleib eines gewissen Kreuzers angestellt, der angeblich sehr eilig seine Parkumlaufbahn verlassen hat.«

»War zu erwarten«, bemerkte Drake.

»Wenn ich klüger wäre, würde ich eine Farm auf dem Ostkontinent kaufen und die Politik aufgeben«, seufzte Barrett. Er blickte zur Projektion. »Was haben wir hier?«

»Wir sind eben im Begriff, die Thermographien zu untersuchen.«

»Sieht wie moderne Kunst aus. Was können Sie daraus entnehmen?«

Drake zeigte auf die Projektion, wo die Thermographie dargestellt war. »Wenn es um die grundlegenden Operationsprinzipien geht, Mr. Barrett, unterscheidet sich die *Conqueror* nicht so sehr von der *Discovery*. Sie hat eine Menge evolutionärer Verbesserungen eingebaut, aber bedeutende wissenschaftlich-technische Durchbrüche sucht man vergebens – zumindest sind gegenwärtig keine zu erkennen. Beide Schiffe verwenden Photonenantriebe für die Navigation im normalen Raum; und beide haben vermutlich ähnliche Systeme für interstellare Reisen. Das Herz eines jeden Raumschiffs ist der Masseumwandler. Schaltet man ihn aus, so schaltet man den Antrieb aus. Normalerweise geschieht dies durch die Unterbrechung der Treibstoffzufuhr in den Umwandler. Da wir keine Ahnung haben, wo dieser besondere Mechanismus an der Bord der *Conqueror* zu finden ist, werden wir es mit einer weniger sauberen Methode versuchen.

Der Treibstoff für den Masseumwandler ist mit Deuterium angereicherter Wasserstoff, das unter Tieftemperaturbedingungen gelagert wird. An Bord der *Discovery* ist das Cryogen in Tanks in unserem Zentralzylinder gelagert. Die Konstruktion der *Conqueror* legt den Schluß nahe, daß wir die Tanks achtern finden werden. Sobald wir das getan haben, werden wir mit Lasern ein paar Löcher bohren, das Cryogen tritt unter dem Druck der Schiffsbeschleunigung aus, die Treibstofftanks werden geleert und die Masseumwandler sollten sich wegen Treibstoffmangels automatisch ausschalten.«

»Hoffen Sie«, sagte Barrett.

»Die Theorie ist vernünftig«, erwiderte Drake.

»Und was tun wir mit diesen thermographischen Aufzeichnungen?« fragte Barrett.

»Cryogen wird bei Temperaturen gelagert, die dem absoluten Nullpunkt so nahe sind, wie die Ingenieure es erreichen können. Ganz gleich, wie wirkungsvoll die Isolierung der Treibstofftanks der *Conqueror* ist, es wird eine Kühlung der benachbarten Strukturen feststellbar sein. Findet man die kalten Stellen, so findet man die Treibstofftanks.«

»Wir haben einen Tank, Sir!« sagte Grandstaff.

»Wo?« Drake beobachtete die holographische Wiedergabe. Das Spektrum der Farben reichte von Scharlachrot (heiß) im Bereich des arbeitenden Haupttriebwerks über Hellblau (Außentemperatur) auf den meisten Teilen des Rumpfes bis zu Indigo (sehr kalt) an einigen wenigen Stellen. Der Techniker hatte eine gestrichelte leuchtende Linie um einen der indigofarbenen Abschnitte gezogen.

»Ich vermute, daß es sich um einen zylindrischen Tank handelt, der sich ungefähr bis zur Mitte des Schiffes erstreckt, Kapitän.«

Drake nickte. »Ungefähr zu dreißig Prozent voll, würde ich sagen.«

»Ja, Sir.«

»Wie können Sie das erkennen?« wollte Barrett wissen.

»Ich schließe es aus dem Temperaturprofil«, antwortete Grandstaff. »Nur der Teil des Tanks, der mit dem flüssigen Treibstoff tatsächlich in Berührung ist, erscheint indigofarben. Wenn dreißig Prozent der Tanklänge Tieftemperatur anzeigen, dann ist das der Prozentsatz des noch vorhandenen Treibstoffs.«

»Ich verstehe«, sagte Barrett in einem Ton, der Drake bezweifeln ließ, daß er es wirklich verstand.

»Habe ich Ihre Erlaubnis, die anderen Aufnahmen zu überprüfen, Kapitän?« fragte Grandstaff.

»Machen Sie nur weiter.«

Es gab insgesamt sechs Treibstofftanks. Zwei davon waren an ihren vorderen Enden aufgerissen, aber die Beschleunigung der *Conqueror* hielt den flüssigen Wasserstoff von diesen potentiellen Lecks fern. Die Temperaturprofile ließen erkennen, daß das Raumschiff noch etwa 25 Prozent seines ursprünglichen Treibstoffvorrates besaß.

»Damit ist die Sache klar«, sagte Drake, als Grandstaff seine Schätzung vorgelegt hatte. »Wir wissen, daß unser Treibstoffvorrat nicht so lange reichen wird.«

»Wir werden eine der Schiffsbatterien einsetzen müssen, Kapitän«, sagte Bela Marston von seinem Platz zu Drakes Rechten. »Die Aufklärer sind unbewaffnet, und selbst wenn sie ihre Bewaffnung hätten, könnten sie diese Panzerung nicht in vertretbarer Zeit durchbohren.«

»Einverstanden, Mr. Marston. Sehen Sie ein Problem, wenn die *Discovery* die Arbeit übernimmt?«

»Ich dachte daran, was ich tun würde, wenn ich an Bord dieses havarierten Schiffes wäre, und irgendein fremder Kreuzer käme daher und würde anfangen, seine Initialen in meine Flanken zu schneiden, Kapitän. Ich glaube, ich würde mich nach Kräften zur Wehr setzen. Und selbst wenn das verdammte Ding ein aufgegebenes Wrack ist, könnte es an Bord noch jede Menge automatischer Abwehrwaffen geben.«

»Ich sehe nicht, wie wir das Risiko umgehen könnten. Wenn wir den Antrieb der *Conqueror* nicht in den nächsten ...« – Drakes Blick ging zum Chronometer der Offiziersmesse – »zwei Stunden ausschalten können, werden wir gezwungen sein, die Verfolgung abzubrechen.«

»Ich habe keine Lösung des Problems, Kapitän. Dachte nur, ich sollte es erwähnen.«

»Mr. Cristobal, haben Sie eine Anregung?«

»Keine, Kapitän.«

»In diesem Fall werden wir es einfach riskieren müssen. Meine Herren, ich danke Ihnen. Bitte kehren Sie zu Ihren Stationen zurück. In fünf Minuten gehen wir in Alarmbereitschaft.«

Die luftdichten Türen geschlossen, die Besatzung in Schutzanzügen und auf Gefechtsstationen, hielt die *Discovery* auf das Wrack zu. Während der Kreuzer den Hunderttausend-Kilometer-Abstand zum Raumschiff verringerte, zogen sich die Aufklärer in eine Entfernung zurück, die Drake für sicher hielt.

Wieder stieß die *Discovery* in die glühende Plasmawolke vom Antrieb der *Conqueror* vor. Drake sah den Nebel auf dem Bildschirm dichter und heller werden, dann löste er sich so plötzlich auf, wie das letzte Mal. Die Filter stellten sich um und ließen weniger als ein Dutzend Kilometer voraus den gewaltigen Rumpf der *Conqueror* deutlich hervortreten.

»Erster Offizier, halten Sie die zweite Laserbatterie in Feuerbereitschaft.«

»Laserbatterie mit Energie versorgt und feuerbereit, Kapitän.«

Der Kreuzer verringerte die Distanz zum Schlachtschiff, bis sie weniger als einen Kilometer betrug. Leutnant Cristobal manövrierte das Schiff so in Position, bis der zerschossene Rumpf der *Conqueror* querab stand und den Bildschirm im Brückenraum füllte.

»In Position«, meldete Cristobal.

»Haben Sie Zielansprache, Nummer Eins?« fragte Drake. Er war sehr bemüht, sich die wachsende Spannung nicht anmerken zu lassen.

»Zielansprache durchgeführt, Kapitän«, kam Marstons Stimme aus Drakes Kopfhörer. Der große Bildschirm schaltete um auf eine taktische Darstellung, die den Zielpunkt der Laserbatterie zeigte. In einer Nahaufnahme des Heckteils der *Conqueror* lag ein Zielkreis mit Fadenkreuz auf einem intakten Rumpfabschnitt vor dem Triebwerksteil.

Drake umklammerte die Armlehnen seines Sitzes, befeuchtete sich die Lippen und sagte: »Geben Sie Feuerbefehl, Nummer Eins.«

»Feuer frei!« befahl Marston.

Ein unerträglich blendender Lichtpunkt erschien auf dem Bildschirm. Eine Sekunde lang geschah nichts, dann, so rasch, daß menschliche Reflexe nicht reagieren konnten, war der Lichtpunkt verschwunden, und eine Fontäne flüssigen Wasserstoffs sprühte in den Raum heraus.

»Nächste Feuerposition, Mr. Cristobal«, befahl Drake. Es folgte ein leichter Beschleunigungsdruck, als der Kreuzer für den nächsten Schuß in eine neue Position gebracht wurde.

»In Position, Kapitän.«

»Sie sind dran, Mr. Marston.«

»Feuer frei!«

Wieder schoß der blendende Lichtpunkt hinaus und wurde vom Computer ausgeschaltet, als die weit heraussprühende Fontäne flüssigen Wasserstoffs erschien.

»Sehen Sie, wie lang es dauert, bis wir mit dem Laser durchkommen?« fragte Marston, als der Kreuzer in die nächste Schußposition manövriert wurde.

»Länger als es bei dieser Distanz dauern sollte«, erwiderte Drake.

»Ungefähr zehnmal länger, Kapitän. Das ist ein zäher alter Knochen!«

»Was den, der ihn so zugerichtet hat, um so gefährlicher macht«, sagte Drake.

»Ja, Sir. Zielansprache beendet, feuerbereit.«

»Dann schießen Sie.«

Die zweite Batterie feuerte ein drittes Mal, und wieder sprühte flüssiger Wasserstoff aus dem Rumpf des Wracks. Drei weitere Male wiederholten sie das schwerfällige Manöver der Positionsveränderung, des Zielens und Feuerns.

»Das wär's«, sagte Drake, als der letzte Treibstofftank der *Conqueror* seinen Inhalt in den Raum versprühte. »Mr. Cristobal, gehen Sie wieder auf Distanz. Wir wollen sehen, wie unsere Arbeit wirkt.«

»Ja, Sir.«

Aus einer Entfernung von fünf Kilometern war es unmöglich, die Schäden auszumachen, die sie dem Riesenschiff zugefügt hatten. Den einzigen Hinweis lieferte der Triebwerksausstoß, der nun in der dünnen zurückbleibenden Atmosphäre austretenden Treibstoffs heller denn je leuchtete.

»Was nun, Kapitän?« fragte Stan Barrett. Da es für ihn keine Gefechtsstation gab, hatte der Sonderbeauftragte des Ministerpräsidenten die Operation als Beobachter im Brückenraum verfolgt.

»Wir warten, Mr. Barrett. Bis die Tanks leer sind.«

Eine Stunde später warteten sie noch immer. Die Aufzeichnungen der Thermographen zeigten, daß die Tanks nahezu leer waren, aber das Haupttriebwerk des Raumschiffes setzte nicht aus. Es beschleunigte die verlassene *Conqueror* gleichmäßig weiter auf ihrem Kurs, unbekümmert um die Nähe des altanischen Kreuzers.

»Warum hat der Antrieb nicht ausgeschaltet?« fragte Barrett schließlich.

»Es muß irgendwo im Innern einen Zusatztank geben«, knurrte Drake. »Wenn dieser verdammte Saurier nicht bald abschaltet, werden wir ein echtes Problem am Hals haben. Es könnte sogar sein, daß wir ...«

»Was ist los?« rief Barrett.

Das riesige Schlachtschiff, eben noch an der Spitze einer weißglühenden Plasmawolke, war plötzlich dunkel geworden. Das helle Nachglühen der Antriebsteile schien vergleichsweise matt.

Der *Conqueror* war endlich der Treibstoff ausgegangen!

Irgendwo in den Tiefen des Schiffes hatten Sicherheitssysteme das beginnende Versiegen des Treibstoffs festgestellt und den Antrieb ausgeschaltet, um seine Beschädigung zu verhüten. Der Computer der *Discovery,* von den Sensoren über die Veränderung unterrichtet, war dem Beispiel der *Conqueror* gefolgt und hatte ebenso abrupt den Antrieb ausgeschaltet. Obwohl nun beide Schiffe nicht weiter beschleunigten, entfernten sie sich mit enormer Geschwindigkeit weiter von Valeria ins Nichts; aber wenigstens steigerten sie ihre Geschwindigkeit nicht mehr.

Eine unmögliche Situation war dadurch nur noch schwierig geworden.

Eine Woche später saß Richard Drake in der Pilotenkabine des Landungsbootes *Molière* und sah durch die Windschutzscheibe die Masse des Wracks vor sich wachsen. Die bläulichweißen, funkensprühenden Lichter von Schweißgeräten zeigten, wo am Schließen der Löcher gearbeitet wurde, die von der Laserbatterie der *Discovery* in die Treibstofftanks geschmolzen worden waren. Unmittelbar vor dem Landungsboot waren Luken, aus denen das Licht provisorischer Bogenlampen drang. Gestalten in Schutzanzügen bewegten sich zielbewußt im Innern des riesigen Rumpfes. Das Landungsboot glitt bis auf zehn Meter an sein Ziel heran, dann betätigte der Pilot die Düsen zur Kontrolle der Fluglage, um vor einer der beleuchteten Öffnungen zum Stillstand zu kommen.

»Näher wage ich nicht heranzugehen, Kapitän«, sagte der Pilot des Landungsbootes. »Sie werden sich Hand über Hand hineinziehen müssen.«

»In Ordnung.« Drake verließ seinen Sitz und

schwebte zurück in die Passagierkabine, wo er seinen Helm aus einem Ablagefach unter der Decke nahm. Der Bordingenieur des Landungsbootes half ihm beim Aufsetzen und Versiegeln. Nachdem Drake seinen Schutzanzug der Druckprüfung unterzogen hatte, sagte er: »Gehen Sie voran, Mr. Mayer.«

»Ja, Sir.« Gordon Mayers Stimme klang blechern, weil sie durch die äußeren auditiven Sensoren von Drakes Anzug kamen. Mayer zog Drake zur Luftschleuse, half seinem Kapitän hinein und wartete auf das traditionelle Zeichen des emporgereckten Daumens, bevor er die Tür schloß.

»Fertig, Sir?« hörte Drake über sein Funksprechgerät.

»Sie können die Dekompression einleiten, Mr. Mayer.«

»Dekompression eingeschaltet. Viel Glück, Kapitän.«

»Danke.«

Drakes Anzug blähte sich um ihn auf, als der Druck in der Luftschleuse auf Null sank. Er stand in der leicht gebeugten, breitbeinigen Haltung, die für einen Mann in einem Schutzanzug typisch war, und lauschte aufmerksam, ob seine Ohren das Geräusch wahrnehmen würden, das jeder Raumfahrer am meisten fürchtet – das Zischen eines Luftlecks. Er hörte nichts als sein eigenes Atmen und das leise Summen des Luftumwälzers in seinem Traggestell.

»Die Tür wird jetzt geöffnet, Kapitän.«

»Verstanden.« Drake wandte sich der äußeren Tür der Luftschleuse zu. Die Innenbeleuchtung ging aus, als ein heller Spalt am Rand der Tür erschien. Er weitete sich, bis ein Mann zu sehen war, der unmittelbar vor der Schleuse schwebte und sich mit einer behandschuhten Hand an der Sicherheitsleine festhielt, die mit einem Karabinerhaken am Rumpf des Landungsbootes befestigt war. Sie führte durch die zehn

Quadratmeter große Öffnung in den Rumpf des Schlachtschiffes.

»Bootsmann Coos, Kapitän. Der Erste Offizier erwartet Sie drinnen.« Drake machte die Armbewegung, die in einem Schutzanzug das Kopfnicken ersetzte. »Einen Augenblick, Bootsmann. Ich möchte mir dieses Ungetüm aus der Nähe ansehen.«

»Ja, Sir«, sagte Coos. Er hatte den singenden Tonfall der Leute vom Ostkontinent. »Die meisten möchten das, wenn ich sie begrüße.«

Drake wandte sich vorwärts, daß er am Rumpf des Schlachtschiffes entlangsehen konnte. Aus diesem Blickwinkel in der Nähe des Hecks sahen die Schäden nicht ganz so schlimm aus. Wenn er nicht allzu scharf hinsah, konnte er sich vorstellen, daß der Behemoth heil und intakt war. Nicht weit vor ihm war die Kuppel einer Gefechtsstation, aus der die häßliche Schnauze eines Partikelstrahlprojektors ragte. Die Kuppel hob sich in ihrer Silhouette vom sternübersäten Schwarz ab und widerspiegelte matt den Lichtschein der Bogenlampen voraus.

»Geht einem irgendwie unter die Haut, nicht wahr, Sir?« sagte Coos nach einer kleinen Weile.

»Das kann man wohl sagen«, meinte Drake, dem kurz zuvor ein ungebetener Schauer über den Rücken gegangen war. »Nun bringen Sie mich zu Mr. Marston, Bootsmann.«

»Ja, Sir.«

Die Abteilung innerhalb der offenen Luke schien ein Lagerraum zu sein – jedenfalls war er angefüllt mit einem Haufen sechseckiger Verpackungsbehälter, die in verschiedenen Farben gestrichen waren.

»Willkommen an Bord der *Conqueror,* Sir«, sagte eine der sechs Gestalten in Schutzanzügen mit Bela Marstons Stimme. Die eingeschalteten Helmlampen der Männer blendeten Drake und verbargen ihre Identitäten, bis sich eine Gestalt von der Gruppe löste und näher kam.

»Danke, Nummer Eins. Ich hatte es satt, immer nur Ihre Berichte zu hören. Darum dachte ich, ich sollte einmal herüberkommen und die Dinge mit eigenen Augen sehen.«

»Ja, Sir. Wir haben einen kurzen Rundgang vorbereitet. Fähnrich Symes wird uns begleiten.«

»Hallo, Sir«, sagte eine weitere Gestalt und kam zu ihnen.

»Hallo, Mr. Symes. Gehen Sie nur voran. Zuerst möchte ich die Toten sehen.«

Sofort nach der Abschaltung des Antriebs hatte Drake alle nicht unbedingt auf ihren Plätzen benötigten Besatzungsmitglieder an Bord der *Conqueror* geschickt, um das Wrack zu erkunden. Die Suchtrupps hatten aus jeweils vier Mann bestanden, und jeder von ihnen hatte den Auftrag erhalten, einen bestimmten Sektor zu durchsuchen. Sinn der Aktion war in erster Linie die Suche nach Überlebenden gewesen. Man hatte keine gefunden. Der größte Teil des durchlöcherten Rumpfes war dem offenen Vakuum des Raumes ausgesetzt, und in den vereinzelten Räumen und Abschnitten, die noch Atmosphäre enthielten, war die Luft gesättigt mit giftigen Gasen und dem Geruch verbrannter elektrischer Isolierungen.

Aber sehr bald hatten die Suchtrupps Spuren der Schiffsbesatzungen gefunden. Ihre persönlichen Habseligkeiten lagen in den Wohnquartieren verstreut. Nach der Größe dieser Quartiere schätzte Marston, daß die Besatzung der *Conqueror* mehr als tausend Mann betragen haben mußte. Reste einer hastig unterbrochenen Mahlzeit trieben überall in der Kombüse und den Räumen der Offiziers- und Mannschaftsmesse.

Nach den ersten zwanzig Stunden an Bord hatten die Suchtrupps der *Discovery* dreiundsechzig Besatzungsmitglieder des Schlachtschiffes gefunden, deren Überreste dort trieben, wo sie im Kampf gefallen waren.

Die meisten Toten waren in gepanzerten Schutzanzügen unbekannter Konstruktion gefunden worden, die von den altanischen Ingenieuren rasch als erheblich fortgeschrittener als ihre eigenen erkannt worden waren. Trotzdem war die Panzerung in allen Fällen durch Explosionssplitter oder Laserstrahlen durchlöchert worden. Diejenigen, die nicht sofort den Tod gefunden hatten, waren bald darauf gestorben. In Räumen, die noch Atmosphäre enthielten, wurden Leichen gefunden, die anscheinend als Verletzte noch während des Gefechts dorthin gebracht worden waren. Viele von diesen hatten Schrapnellwunden. Es fanden sich auch zahlreiche Gliedmaßen und Körperteile, und große Abschnitte des Schiffes waren durch die schweren Schäden unzugänglich.

Richard Drake hatte nie an einem Gefecht im Raum teilgenommen, doch hatte er die historischen Berichte gelesen und wußte, wie verheerend die Kombination von Explosivstoffen und Vakuum sein konnte. Er hatte auch Aufnahmen gesehen, die seine Leute über Bildfunk aus dem Wrack gesendet hatten. Beides ging ihm durch den Sinn, als Marston und Symes ihn zu den Gefallenen der *Conqueror* führten. Sie gingen durch eine instandgesetzte Luftschleuse in eine Abteilung, die von den Bergungsmannschaften in ein Leichenschauhaus umgewandelt worden war.

Sobald sie drinnen waren, nahm Marston seinen Helm ab. Drake und der junge Fähnrich folgten seinem Beispiel. Die Luft im Abteil war ein Kälteschock, als Drake den Helm von den Schultern hob. Der weiße Dampf seines Atems umgab ihn, als er den Helm unter den Arm klemmte und sich der Doppelreihe von Leichensäcken zuwandte, die auf das Deck geschnallt waren.

»Wenn Sie mir folgen wollen, Kapitän«, sagte Symes.

Er führte Drake an einer Sicherheitsleine, die durch die Abteilung gespannt war, zu einem der nächsten

Leichensäcke. Drake betrachtete die sterblichen Überreste darin durch das transparente Plastikmaterial.

Er schüttelte den Kopf, dann ging er zum nächsten Sack auf der rechten Seite, dann zu einem dritten. »Ein Schiff von der Erde, ganz recht!«

»Ja, Sir.«

Auf ungefähr der Hälfte der von Menschen bewohnten Welten war die überwältigende Mehrzahl der Siedler von einem einheitlichen rassischen Typ. Alta war ein Beispiel solch einer Kolonie. Die ursprünglichen Bewohner waren zu 95 Prozent Weiße gewesen – eine Folgeerscheinung des Umstands, daß New Providence zweihundert Jahre früher fast ausschließlich von ausgewanderten Nordamerikanern und Westeuropäern kolonisiert worden war. Andere Planeten waren von anderen Rassen besiedelt worden. Die meisten Siedler der ›Garten der Harmonie‹ genannten Welt waren aus den Bergen, Steppen und Tälern Chinas gekommen; die meisten Bewohner N'domos stammten aus den Wäldern, Savannen und Industriezonen Mittel- und Südafrikas, während die Mehrzahl der Bewohner Noumoleas von den Inseln und Völkern des Großen Pazifischen Beckens gekommen waren. Anthropologen und Soziologen auf der Suche nach Dissertationsthemen hatten auf diesen Welten mit ihren homogenen Bevölkerungen wenig von Interesse gefunden. Viel faszinierender waren für sie die anderen Welten, für die Skorzen, Cinco de Mayo und Roughneck Beispiele waren. Diese Welten waren von einer zusammengewürfelten Bevölkerung aus den verschiedensten Weltgegenden besiedelt worden, so gründlich durchmischt und verschiedensprachig, als hätten die für Auswanderungsvisa zuständigen Computer sich einen mutwilligen Scherz erlaubt.

Aber noch immer in der Geschichte hat es die Menschen verschiedener Herkunft zu ihresgleichen gezogen, haben sie der Geborgenheit gemeinsamer Sprache und Volkskultur gegenüber der entwurzelten Massenzivilisation den Vorzug gegeben, und wenn es auch vielfach gegen die Wünsche, Sitten, Traditionen oder Vorurteile der Älteren zu Vermischungen unter den Jungen kam, bildeten sich doch überall, wo die Zahl der Individuen ausreichte, immer wieder räumlich abgegrenzte Ethnien rassischer und nationaler Eigenart, die innerhalb größerer politischer Ordnungen ihr Eigenleben führten und dadurch die reiche kulturelle Vielfalt der Erde in ihre Kolonien verpflanzten. Gleichwohl bildeten sich auf den meisten von Menschen bewohnten Welten allmählich homogene Bevölkerungen eines einzigen dominierenden rassischen Typs heraus. Diese Typen konnten von einer Welt zur anderen variieren, zeigten aber ein jeweils relativ einheitliches Bild.

Auf der Erde war es niemals zu einem Verschmelzungsprozeß großen Umfangs gekommen. Die genetischen Reservoire der verschiedenen Rassen waren groß und tief verwurzelt, ihre Verteilung ungleichmäßig, da sie sich in fünfzigtausend Jahren unter sehr verschiedenen Umweltbedingungen isoliert voneinander entwickelt hatten. Diese Isolation hatte mit dem Aufkommen des weltweiten Verkehrsnetzes im zwanzigsten Jahrhundert aufgehört. Auch auf Erden war ein Vermischungsprozeß von Ethnien und Rassen in Gang gekommen, blieb aber eine Randerscheinung, denn die hohen Bevölkerungszahlen, die Bindungen gemeinsamer Sprache und Kultur und die an überschaubaren Gemeinschaften gleichartiger orientierte menschliche Natur sorgten dafür, daß die Vielfalt menschlicher Stämme, Völker und Rassen noch lange Bestand haben würde.

Als Richard Drake den Lichtkegel seiner Helmlampe auf das erste tote Besatzungsmitglied der *Conqueror* richtete, sah er ein schwarzes Gesicht, auf dem der entspannte Friede des Todes lag. Der nächste Tote war weiß, und die offenen braunen Augen des dritten waren eingerahmt von auffallenden Lidfalten. Solche Verschiedenartigkeit innerhalb einer Schiffsbesatzung konnte nur bedeuten, daß die *Conqueror* von Bewohnern der Mutter Erde bemannt gewesen war.

»Sind meine Befehle ausgeführt worden?« fragte Drake mit einer Kopfbewegung zu den Toten.

»Ja, Sir«, sagte Symes. »Wir haben sie nicht mehr als unbedingt nötig in ihrer Ruhe gestört, die Erkennungsmarken eingesammelt, und der Schiffsgeistliche hat die Sterbegebete für sie gesprochen.«

»Gut, Mr. Symes. Sorgen Sie dafür, daß alle hier an Bord verstehen, daß die Toten mit Ehrfurcht behandelt werden müssen.«

»Ich werde es noch einmal allen Arbeitstrupps sagen.«

»Ich glaube, Sie sollten sich dies ansehen, Kapitän«, sagte Marston und führte ihn zu einem Leichensack am Ende der Reihe. »Unsere Suchtrupps fanden ihn erst vor zwei Stunden. Ich hatte noch keine Zeit, Meldung davon zu machen.«

Drake zog sich Hand über Hand zu der vom Ersten Offizier bezeichneten Stelle. Er beugte sich über den Kunststoffsack und seinen Inhalt, daß der Lichtkegel der Helmlampe ins transparente Fenster schien. Dann richtete er sich rasch auf.

»Eine Frau!«

»Ja, Sir. Wir fanden sie in einem der Räume, die unter innerem Druck standen, so daß wir die Tür nicht aufbrachten. Alles deutet darauf hin, daß sie zur gleichen Zeit wie die anderen getötet wurde. Fällt Ihnen etwas auf?«

Drake leuchtete wieder auf den Leichnam. Die Frau war eine hübsche Blondine gewesen und trug eine blaue Uniform, die er bei mehreren von den anderen gesehen hatte. Bis auf eine große blutunterlaufene Prellung an der Stirn waren keine äußeren Zeichen von Verletzungen zu sehen.

»Was soll ich bemerken?«

»Wir fanden sie in einer Abteilung, die noch eine Sauerstoffatmosphäre bei ungefähr dreißig Grad Celsius enthielt. Inzwischen hätten Anzeichen von Verwesung sichtbar sein müssen. Ich sehe keine.«

Drake runzelte die Stirn, beugte sich näher und betrachtete eingehend die gebräunte, aber im Tode gebleichte Haut. Schließlich blickte er zu Marston auf. »Sie haben recht. Es ist nichts zu sehen. Was kann es bedeuten?«

»Wenn Sie mich fragen, bedeutet es, daß etwas alle Bakterien an Bord dieses Schiffes abgetötet hat, einschließlich der Bakterien, die von Natur aus im menschlichen Körper leben! Abgesehen von dem Umstand, daß alle Rettungsboote fehlen, würde ich daraus schließen, daß die *Conqueror* einen Volltreffer von einer Neutronenwaffe erhielt. Aber bei einer so starken, unmittelbaren Neutronenstrahlung hätten wir alle tot auf ihren Gefechtsstationen und alle Rettungsboote an ihren Plätzen vorfinden müssen.«

»Ich sehe, was Sie meinen, Nummer Eins. Tragen Sie Ihre Beobachtung ins Logbuch ein. Wir werden sie mit der nächsten Meldung an die Admiralität weiterleiten.«

»Ja, Sir.«

Drake richtete sich auf. »Nun möchte ich den Maschinenraum sehen.«

»Folgen Sie mir bitte, Sir«, sagte Symes.

Sie bewegten sich zwischen den gewaltigen Generatoren, die Energie für Laserbatterien erzeugt hatten, als ein Signalmaat der Besatzung hereingeeilt kam.

»Was gibt es, Murphy?«

»Eine Botschaft mit Priorität eins kam soeben von der Admiralität, Kapitän!« sagte der Signalmaat außer Atem.

»Geheim?« fragte Drake.

»Nein, Sir.«

»Dann lesen Sie.«

»Ich habe den Ausdruck nicht, Sir. Der Zweite Offizier befahl mir nur, Sie zu suchen und persönlich Meldung zu machen.«

»Sie haben mich gefunden. Melden Sie.«

»Ja, Sir. Der Flottenadmiral hat *Dagger* und einen Cryogentanker zum Rendezvous mit *Conqueror* entsandt, um das Schiff abzubremsen und auf die Rückkehr nach Alta vorzubereiten. Sie werden in einem Monat hier sein.«

»Das ist kaum eine Neuigkeit, Murphy«, erwiderte Drake. »Ich habe die ganze Woche mit dem Admiral über den Bergungsplan gesprochen.«

»Das war nicht die ganze Botschaft, Kapitän. Admiral Dardan hat uns die Rückreise befohlen.«

»Nach Haus?«

»Ja, Sir. Wir sollen die *Conqueror* verlassen und innerhalb der nächsten zwölf Stunden einen Kurs maximaler Effizienz auf Alta nehmen.«

»Aber verdammt noch mal, wir sind gerade erst gekommen! Gibt der Befehl einen Grund an?«

»Nein, Sir. Es heißt nur, daß wir auf Heimatkurs gehen sollen, schnellstens!«

6

Auf der Ausreise hatte die *Discovery* bloße vierundfünfzig Stunden nach dem Start das Rendezvousmanöver mit der *Conqueror* ausgeführt. Drake wünschte, die Heimreise könnte ebenso rasch vonstatten gehen. Unglücklicherweise wirkte sich der verschwenderische Energieverbrauch, der ihnen ermöglicht hatte, das verlassene Schlachtschiff einzuholen, nun gegen sie aus. Als Admiral Dardans Rückkehrbefehl eintraf, war die *Discovery* anderthalb Milliarden Kilometer von Valeria entfernt und entfernte sich noch immer mit einer Rate von 1500 Kilometern pro Sekunde. Um in die Heimat zurückzukehren, würde der Kreuzer zuerst seine erhebliche auswärtsgerichtete Geschwindigkeit auf Null bringen müssen. Diese Erfordernis sorgte gemeinsam mit der Treibstofflage nach der früheren herkulischen Anstrengung dafür, daß die Heimreise sich lange hinziehen würde.

Wieder an Bord seines Schiffes, zeigte Drake den Befehl seinem Navigator. »Was für ein Verlangsamungsprogramm empfehlen Sie, Leutnant?«

Cristobal runzelte die Stirn. »Wir werden 1500 Kilometer pro Sekunde verausgaben, bis wir unsere nach außen gerichtete Geschwindigkeit aufgezehrt haben. Danach werden uns in den Tanks nur noch 2200 kps bleiben. Ich empfehle eine Verlangsamung von zwei Ge, bis wir die Richtung ändern können. Danach beschleunigen wir zu einer Geschwindigkeit von 1000 kps in Richtung Alta. Haben wir sie erreicht, schalten wir den Antrieb aus, bis es Zeit zum Abbremsmanöver ist. Damit bleibt uns eine Gesamtreserve von 200 kps.«

»Das sind nur zwei Prozent dessen, womit wir gestartet sind.«

»Ja, Sir. Sollte aber genug sein.«

»Wie lange werden wir nach diesem Programm für die Rückreise brauchen?«

Cristobal beschäftigte sich mit seiner Konsole. Nach ein paar Sekunden lieferte ihm der Computer das Ergebnis. »Vierhundertfünfzig Stunden, Sir«, meldete er. »Soll ich das Programm eingeben?«

Drake dachte darüber nach. Es war schlechter, als er gehofft, aber besser, als er befürchtet hatte. Er nickte. »Tun Sie es, Mr. Cristobal.«

»Ja, Sir.«

Nachdem diese Frage geklärt war, lenkte Drake seine Aufmerksamkeit auf die Abwicklung der Operationen an Bord des Wracks. Widerwillig ordnete er die Beendigung der Arbeiten an und rief die Arbeitstrupps an Bord zurück. Gern hätte er den Männern einen Grund für seine Entscheidung genannt, aber unglücklicherweise hatte der Flottenadmiral auch ihm keinen angegeben.

Bald kehrten die Arbeitstrupps der *Discovery* mit ihrem Material, den Aufzeichnungen ihrer Erforschung des Wracks und verschiedenen kleinen Mechanismen zurück, die sie dort vorgefunden und ausgebaut hatten. Eine Gruppe Techniker unter der Leitung des Zweiten Ingenieurs wartete in der Luftschleuse der Hangarbucht, um das geborgene Gerät zu übernehmen. Während sie die einzelnen Stücke registrierten, fotografierten und verpackten, lösten sich die Arbeitstrupps auf, und ihre Mitglieder kehrten zu ihren Stationen zurück. Als alles getan war, befahl Drake dem Navigator, das Schiff zu wenden und den Antrieb auf die Flugrichtung auszurichten.

»Sind wir bereit, wieder mit dem Hintern voran ins Unbekannte zu gehen, Mr. Cristobal?« fragte Drake, als er sich an seinem Platz auf der Brücke anschnallte.

»Ich wünschte, wir müßten es nicht, Kapitän«, lautete die Antwort.

»Ganz meiner Meinung, Leutnant. Beantworten Sie bitte die Frage.«

»Bereit zum Start, Sir.«

»Sehr gut. Bringen Sie die Triebwerke auf minimale Leistung und geben Sie acht, daß wir nicht die *Conqueror* mit unserem Plasmaausstoß streifen.«

»Zu Befehl, Sir.«

Ein tiefes Dröhnen vibrierte durch die stählernen Decks des Kreuzers. Drake sank zurück in seinen Sitz, sanft hineingedrückt von einer Kraft, die nur ein Zehntel jener ausmachte, der sie auf der Ausreise ausgesetzt gewesen waren. Dabei beobachtete er das Wrack, wie es in der großen holographischen Projektion schrumpfte und schließlich verschwand.

Nach mehreren Minuten minimaler Beschleunigung gab Drake Anweisung, mit dem Verlangsamungsprogramm zu beginnen. Mit dem Läuten des Beschleunigungsalarms wurde der Photonenantrieb der *Discovery* hochgefahren, und der Kreuzer begann ernstlich zu verlangsamen. Die Besatzung gewöhnte sich rasch wieder an die Routine des Fluges. Die Männer leisteten ihren Wachdienst ab, verrichteten Wartungsarbeiten, spielten Karten, lasen Bücher, aßen, beklagten sich über die eintönige Verpflegung, holten Schlaf nach und begannen wieder von vorn. Zusätzlich zu den üblichen Beschäftigungen arbeiteten besonders qualifizierte Besatzungsmitglieder an der Untersuchung geborgener Teile und Ausrüstungen der *Conqueror*. Drake hatte die Absicht, während der Rückreise einen ausführlichen Untersuchungsbericht anzufertigen, den er in Alta der Admiralität vorlegen konnte.

Einundzwanzig Stunden nach der Abreise vom Wrack genehmigte Drake eine kurze Feier anläßlich des bedeutsamen Augenblicks, an dem der Kreuzer auf seiner Reise in die Unendlichkeit zum Stillstand kam. Während dieses kurzen Augenblicks hing die *Discovery* bewegungslos im Sternhimmel über

Valeria, bevor der lange Rückflug ins innere System begann.

Schließlich wuchs der helle Lichtpunkt, der so lange scheinbar unveränderlich geblieben war, zur Gestalt eines Halbmonds, dann zum vertrauten Blau und Weiß Altas. Und endlich erreichte der Kreuzer seine tausend Kilometer hohe Parkumlaufbahn, und sein Photonenantrieb wurde ausgeschaltet. Die letzten Vibrationen waren kaum vergangen, als Drake in der Hangarbucht mit Stan Barrett, Bela Marston, Argos Cristobal und Jonas Symes zusammentraf. Minuten später hatten sie an Bord der *Molière* abgelegt und waren auf dem Weg zu einem flammenden Wiedereintritt in die Atmosphäre.

Flottillenadmiral Wilson erwartete sie am Raumhafen, wie er es bei Drakes früherer Ankunft getan hatte. Das war allerdings die einzige Ähnlichkeit zwischen den beiden Besuchen. Diesmal stand Valeria hoch am dunkelblauen Himmel Altas. Im Gegensatz zu dem nahezu verlassenen Abfertigungsgebäude, das Drake damals angetroffen hatte, drängten sich jetzt Hunderte von Neugierigen hinter den Absperrungen. Die meisten waren Medienvertreter und Fotografen, die unter den wachsamen Augen der Raumhafenpolizei um die besten Plätze rangelten. Draußen vor dem Abfertigungsgebäude, sichtbar durch die Glaswände der Eingangshalle, warteten mehrere tausend gewöhnliche Bürger geduldig hinter Polizeiabsperrungen oder drängten sich am äußeren Einfassungszaun.

Drake hatte kurz nach dem Rendezvous seines Kreuzers mit der *Conqueror* eine Nachricht vom Flottenadmiral enthalten. Darin war ihm mitgeteilt worden, daß die Regierung sich dem Druck des Parlaments gebeugt hatte und im Begriff sei, ein paar Einzelheiten über das fremde Raumschiff bekanntzugeben. Drake war zu der Zeit mit anderen Dingen beschäftigt gewesen und hatte nicht viel darüber nachgedacht. Der Anblick der Menge ließ ihn jetzt verspätet erkennen, welche Wirkung die Nachricht auf die Bevölkerung gehabt haben mußte.

»Sie hätten uns warnen sollen!« rief Drake, als er Flottillenadmiral Wilson die Hand schüttelte. Die Lautstärke war notwendig, um sich vor dem Stimmengewirr der Reporter Gehör zu verschaffen.

»Tut mir leid«, rief Wilson zurück. »Ihre Ankunftszeit ist irgendwie bekannt geworden. Folgen Sie mir, und wir werden Sie so schnell wie möglich aus diesem Gedränge hinausbringen.« Er führte Drake, Barrett und die drei Offiziere zum Ausgang. Als sie die Absperrung passierten, überschütteten die Medienberichterstatter sie mit gerufenen Fragen:

»Kapitän Drake, erzählen Sie uns, was Sie gefunden haben ... Ist es wahr, daß das Raumschiff ein Kriegsschiff von der Erde ist? – Warum sind Sie mitgekommen, Mr. Barrett? – Geben Sie uns Ihre Eindrücke ... Warum hat die Admiralität den Fall geheimgehalten?«

Als sie an den Medienleuten vorbei und auf dem Weg zur Limousine waren, die vor dem Abfertigungsgebäude wartete, kam Barrett an Wilsons Seite und fragte: »Wohin fahren wir?«

»Zum Parlament. Der Ministerpräsident und ausgewählte Kabinettsmitglieder sind über Ihre Ergebnisse bereits unterrichtet worden. Wir dachten, daß wir die Unterrichtung des zuständigen Parlamentsausschusses Ihnen überlassen sollten.«

Barrett ächzte. »Carstairs ist in diesem Ausschuß!«

Der Flottillenadmiral lachte. »Das wissen wir. Und es ist ein Grund, warum wir dieses Wespennest Ihnen überließen.«

»Danke.«

»Nicht der Rede wert.«

»Wieviel wissen sie?«

»Amtlich? Nicht viel mehr als die Öffentlichkeit. Wir

gaben ein paar unscharfe Teleaufnahmen vom Schiff frei und verrieten, daß es von der Erde gekommen ist. Was das nichtamtliche Wissen der Ausschußmitglieder angeht ... nun, im Parlament schwirren eine Menge Gerüchte herum, seit das Schiff gesichtet wurde. Manche kommen der Wahrheit ziemlich nahe.«

Die Fahrt nach Homeport verlief in Schweigen. Marston, Cristobal und Symes waren seit fast einem Jahr nicht zu Haus gewesen. So saßen sie still, nahmen begierig die vertrauten Bilder auf und atmeten tief eine Luft, die nie das Innere einer Wiederaufbereitungsanlage gesehen hatte. Nach viertelstündiger Fahrt rollte der Wagen in die Tiefgarage unter dem Parlamentsgebäude. Wieder waren sie gezwungen, ein Spießrutenlaufen zwischen Fernsehkameras und Reportern zu absolvieren. Diesmal wurde die Medienmeute von Männern in der Uniform des Regierungswachdienstes in Schach gehalten. Wilson führte sie zu einem Aufzug, der sie in eines der Obergeschosse trug.

Der Raum, in den sie geführt wurden, war Drake bereits bekannt. Es war der fensterlose Konferenzraum, zwischen dessen stählernen Wänden die Parlamentsausschüsse ihre nichtöffentlichen Anhörungen hielten. Während seiner Dienstzeit als Verbindungsoffizier zur Legislative hatte Drake in diesem selben Raum an einigen nichtöffentlichen Ausschußsitzungen teilgenommen, die sich mit Marinefragen befaßt hatten. Es war der einzige Raum auf ganz Alta, der garantiert frei von elektronischen Abhörvorrichtungen war. Der Parlamentsausschuß für Fragen der Streitkräfte hatte bereits hinter dem langen Tisch auf dem Podium Platz genommen. Am anderen Ende des Raumes saßen auf den durch eine Schranke abgeteilten Zuhörerbänken mehrere Militärs und eine Anzahl von Ministerialbeamten den Ausschußmitgliedern gegenüber. Besonders ein Mitglied dieser Gruppe fand Drakes Aufmerksamkeit: in der Mitte der ersten Reihe hinter der Schranke saß Flottenadmiral Dardan. Er blickte zu den Offizieren der *Discovery,* als sie eintraten, verzichtete aber auf jedes Zeichen des Wiedererkennens.

Zwischen dem Podium und der Schranke standen zwei Tische für Zeugen. Sie nahmen auf Anweisung eines Ausschußmitglieds ihre Plätze ein, und sobald die Zeugen sich gesetzt hatten, blickte der Ausschußvorsitzende von Papieren auf, in denen er geblättert hatte und die das Signet der Raumstreitkräfte trugen. Er tauschte Blicke mit den beiden Ausschußmitgliedern zu seiner Rechten und denen zu seiner Linken, dann nickte er, richtete sich auf und berührte etwas auf dem Tisch vor sich. Der verstärkte Klang eines Hammerschlags auf Holz hallte durch den Raum.

»Ich erkläre diese Anhörung für eröffnet! Wachen, verschließen Sie den Eingang.« Die tresorartigen Flügeltüren schlossen sich zischend. Ein Knacken in Drakes Ohren signalisierte die Umschaltung auf die raumeigene Klimaanlage. Die Lampen flackerten, und ein leises Summen begann von den Wänden auszugehen, als das Antiabhörsystem in Aktion trat. Der Vorsitzende blickte auf die Papiere vor sich, dann hob er den Blick zu den sechs Männern an den Zeugentischen.

»Willkommen, meine Herren. Für diejenigen unter Ihnen, die mich nicht kennen: mein Name ist Olaf Prost, und ich bin Vorsitzender dieses Ausschusses und Abgeordneter der Provinz Bero. Zu meiner Rechten sitzt mein Kollege, der ehrenwerte Jonathan Carstairs, Abgeordneter aus Sopwell. Zu seiner Rechten sehen Sie die ehrenwerte Alicia Delevan aus dem Bezirk Southridge der Hauptstadt Homeport. Zu meiner Linken ist der ehrenwerte Garcia Porter, der als Abgeordneter den Wahlbezirk Fahrenville vertritt; und links von ihm der ehrenwerte Avram Miller aus Rahway auf dem Ostkontinent.

Dieser Ausschuß ist vom Parlament mit der Aufsicht und Prüfung aller Aktivitäten der Raumstreitkräfte beauftragt. Sie sind hier, weil der Ministerpräsident die Zusage gemacht hat, in dieser Angelegenheit des Raumschiffes von außerhalb mit dem Parlament zusammenzuarbeiten. Kapitän Drake, bitte stellen Sie uns Ihre kleine Gruppe von Abenteurern vor.«

Drake stand bedächtig auf und räusperte sich. »Ich danke dem Herrn Vorsitzenden. Nun möchte ich dem Ausschuß meine Offiziere vorstellen: Fregattenkapitän Marston, mein Erster Offizier; Leutnant Cristobal, mein Navigator; und Fähnrich Symes, Bordingenieur. Der Erste Ingenieur war wegen dringender Wartungsarbeiten nicht abkömmlich. Und natürlich kennen Sie alle Stan Barrett, den Sonderbeauftragten des Ministerpräsidenten.«

»Haben Sie einen Bericht vorbereitet, Kapitän?«

»Ja Sir«, antwortete Drake. »Ich wußte nicht, wie gut Sie unterrichtet wurden ...«

»Überhaupt nicht gut!« antwortete Prost.

»Ich habe eine Zusammenfassung unseres Missionsberichts vorbereitet und die Aufzeichnung mitgebracht.«

»Übergeben Sie sie dem Protokollführer.«

»Ja, Sir.«

Der Techniker saß auf einer Seite des Anhörungsraums zu Füßen des Podiums. Auf Anweisung des Vorsitzenden erhob er sich unter seiner Reihe von Aufnahmegeräten und ging zu Drake. Dieser gab ihm die Aufzeichnung und erhielt im Austausch eine Fernbedienung. Der Techniker kehrte an seinen Platz zurück und steckte die Aufzeichnung in ein Abspielgerät.

Mit der Fernbedienung dämpfte Drake die Deckenbeleuchtung, und ein holographischer Projektionsschirm erhob sich aus dem Boden. Die Projektion leuchtete auf, und aus den Lautsprechern drang Drakes Kommentar. Er selbst stand bereit, seine Aufzeichnung auf Verlangen durch erläuternde Bemerkungen zu ergänzen.

Sein Bericht begann mit dem Befehl des Admirals, das fremde Raumschiff abzufangen, und der überstürzten Abreise und der langen Verfolgungsjagd. Er zeigte die Nahaufnahmen, die ihn überzeugt hatten, daß das Schiff ein lebloses Wrack sei. Dann folgte eine Sequenz über die Laserchirurgie, die endlich den Antrieb des Wracks ausgeschaltet hatte.

Er sprach von den ersten Erkundungen im Innern des Raumschiffs und den späteren Bemühungen, alle Abteilungen und Korridore zu durchsuchen. Sein Publikum war unnatürlich still, als die Kamera über skelettierte, ausgebrannte Decks mit Gewirren verbogener T-Träger und aufgerissenen Schotts ging. In seinem Bericht ging Drake auch auf die Toten ein, die seine Leute gefunden hatten, und zeigte mehrere Ansichten des zur Leichenhalle umfunktionierten Raums. Der Bericht endete mit einem Weitwinkelhologramm der gigantischen Springertriebwerke des Schlachtschiffes. Am Ende der Aufzeichnung drückte er die Fernbedienung und brachte die Deckenbeleuchtung zurück zu voller Leuchtkraft.

Prost blickte zu den anderen Ausschußmitgliedern, dann nickte er der weiblichen Abgeordneten neben Jonathan Carstairs zu. »Beginnen Sie mit der Befragung, Mrs. Delevan.«

»Danke, Mr. Prost. Kapitän Drake, war es absolut notwendig, dieses Schiff anzugreifen?«

»Unser Treibstoffvorrat ging zur Neige. Wenn wir seine Beschleunigung nicht gestoppt hätten, wären wir einige Stunden später gezwungen gewesen, die Verfolgungsjagd aufzugeben.«

»Und wenn es an Bord Überlebende gegeben hätte? Sie hätten jemand töten können. Sie hätten sogar einen Vergeltungsangriff provozieren können.«

»Glauben Sie mir, Madam, daß mir diese Überlegungen auch durch den Kopf gingen. Ich will nicht leugnen, daß unsere Aktion mit einem gewissen Risiko verbunden war, doch war es eins, das ich zum Zeitpunkt des Geschehens als akzeptabel beurteilte. Wie die Dinge lagen, wäre die *Conqueror* uns für immer verlorengegangen, wenn wir nicht ihre Treibstofftanks durchlöchert hätten.«

»Sicherlich nicht, Kapitän Drake«, sagte Garcia Porter, der auf Prosts anderer Seite saß. »Wir hätten eine Expedition mit mehr Treibstoff aussenden können, um die *Conqueror* einzuholen, wenn Sie gezwungen gewesen wären, die Jagd aufzugeben.«

»Nein, das wäre nicht möglich gewesen, Sir. Mit dem noch vorhandenen Treibstoff und der bereits erreichten Beschleunigung wäre die Geschwindigkeit der *Conqueror* schließlich so hoch geworden, daß keines unserer Schiffe eine Chance gehabt hätte, sie noch einzuholen.«

»Kapitän Drake«, sagte Avram Miller.

»Ja, Sir.«

»Wenn es an Bord dieses Schiffes keine lebende Seele mehr gab, wie konnte es Sie dann zu solch einer Verfolgungsjagd zwingen?«

»Es war auf Autopilot, Sir. Der letzte in den Springcomputer programmierte Befehl scheint gewesen zu sein, daß das Schiff den nächsten Faltpunkt aufsuchen und springen sollte. Ich vermute, daß der Befehl in eine endlose Schleife eingegeben worden war, und daß das Schiff versuchte, den Befehl auszuführen, als wir es einholten.«

»Wie? Es gibt nur den einen Faltpunkt in diesem System, und die *Conqueror* entfernte sich davon.«

»Autopiloten nehmen Befehle ziemlich buchstäblich, Sir. Gewöhnlich wird von ihnen auch nicht erwartet, daß sie die Dinge selbst durchdenken. Der Autopilot verfährt nach Programm, und wenn er keines hat, nach den elementaren Grundregeln der Navigation und

Triebwerkskontrolle. Alles schwierige Denken überläßt er dem Zentralcomputer. Unglücklicherweise wurden die Speicher des Zentralcomputers der *Conqueror* offenbar durch eine starke Strahlungsdosis gelöscht. Der Autopilot versuchte seine Mission so gut er konnte ohne Hilfe auszuführen. Er war unterwegs zum nächsten Faltpunkt, um einen weiteren Sprung zu machen.«

»Aber es gibt keinen ›nächsten‹ Faltpunkt, Kapitän Drake.«

»Gewiß gibt es einen, Sir. Er ist im System Scirrocco, ungefähr vierzehn Lichtjahre von hier.«

»Das Schlachtschiff versuchte durch normalen Raum zu einem anderen Sternsystem zu gelangen?«

»Ja, Sir.«

»Die Computer waren durch Strahlung ausgefallen, doch sie enthielten genug Daten, um einen interstellaren Sprung zu machen?«

»Nicht die Computer, Sir. Der Autopilot. Autopiloten von Kriegsschiffen sind nahezu unzerstörbar. Sie sind unter Verwendung der alten Halbleitertechnik mit Kristalldioden konstruiert. Darum sind sie vergleichsweise primitiv, aber sehr strahlungsresistent.«

»Ist es Ihnen gelungen, den Autopiloten der Conqueror auszubauen und mitzubringen«, fragte Porter.

»Ja, Sir. Wenn wir den Code knacken können, sollte es uns möglich sein, die Schiffsbewegungen zurückzuverfolgen.«

Olaf Prost beugte sich vor und faßte Drake ins Auge. »Kapitän, wie schätzen Sie die militärischen Fähigkeiten der *Conqueror* ein, verglichen mit denen Ihres eigenen Schiffes?«

»Es ist ein Schlachtschiff, Mr. Prost. Da gibt es keinen Vergleich. Im Gefecht würde die *Conqueror* alle drei Kreuzer der Flotte zerstören, ohne auch nur ihre Hauptbatterien einzusetzen.«

»Und doch kommt dieses Schlachtschiff schwer beschädigt und ohne Besatzung zu uns. Was ist Ihre Reaktion darauf, Kapitän Drake?«

»Ich folgere daraus, daß die *Conqueror* in einem sehr harten Kampf gestanden hat. Wer immer sie so zugerichtet hat, ist zu fürchten.«

Prost blickte zu den anderen Ausschußmitgliedern, wie er es am Anfang der Anhörung getan hatte. Und wieder schien eine stillschweigende Übereinkunft erzielt zu werden. Er wandte sich wieder zu Drake. »Was würden Sie sagen, wenn ich Ihnen erklärte, daß wir ernsthaft an eine Expedition zur Erforschung der Lage jenseits des Faltpunktes denken, Kapitän Drake?«

»Ich würde sagen, daß Sie sehr weise sind, Mr. Prost.«

»Warum?«

»Wegen des Zustandes der *Conqueror*. Wir müssen in Erfahrung bringen, was dort draußen geschieht. Nun, da der Faltpunkt wieder offen ist, mag Alta in beträchtlicher Gefahr sein.«

Der Vorsitzende nickte grimmig. »Das war auch unsere Folgerung. Wie rasch können Sie Ihr Schiff reisefertig machen?«

»Mein Schiff, Sir?« Drake war überrascht. Bis zu diesem Augenblick hatte er abstrakt gesprochen und theoretische Antworten auf theoretische Fragen gegeben. Auf einmal war der Grund seines Rückrufs in die Heimat offensichtlich. Sie wollten die *Discovery* für die interstellare Expedition! »Theoretisch, Mr. Prost, könnten wir reisefertig sein, sobald wir aufgetankt und neu verproviantiert sind – sagen wir, übermorgen. In der Praxis würden wir natürlich weitaus umfangreichere Vorbereitungen treffen müssen. Alle Systeme, vor allem aber die Waffensysteme, müßten gewartet und überprüft, der Antrieb überholt, die Triebwerke neu eingestellt werden. Wenn all diese Arbeiten mit Energie vorangetrieben werden, können wir in einem Monat bereit sein.«

»Ein Monat wird völlig ausreichend sein, Kapitän Drake. Augenblicklich ist eine Anzahl wissenschaftlicher Untersuchungen noch nicht abgeschlossen. Sie werden die Zeit brauchen, um Früchte zu tragen.«

»Ich nehme an, Mr. Prost, daß Sie nicht nur mit der Admiralität, sondern auch mit dem Botschafter der Erde über diese Expedition gesprochen haben.«

Prosts Gesichtsausdruck zeigte, daß er nicht begriff. »Was hat der damit zu tun?«

Drake zögerte, suchte nach dem besten Weg, um den Vertretern der Legislative die Situation zu erklären. »Sie benötigen die Erlaubnis des Botschafters der Erde, wenn sie die *Discovery* für eine Expedition außerhalb des Systems einsetzen wollen, Sir. Er hat die Computercodes, die zum Betrieb unserer Springertriebwerke benötigt werden. Ohne sie werden wir nicht weit kommen!«

7

Als Bethany Lindquist nach einem harten Arbeitstag nach Haus kam, entdeckte sie Carl Aster, der es sich auf ihrer Wohnzimmercouch bequem gemacht hatte. Er hatte sich etwas zu trinken bereitet und blätterte müßig in einer ihrer Zeitschriften für vergleichende Geschichte. Bethany hatte Aster auf einer der nichtendenwollenden Cocktailparties kennengelernt, die zum hauptstädtischen Leben gehörten. Sie hatte in ihm einen charmanten Mann, einen guten Tänzer und einen kenntnisreichen Geschichtenerzähler gefunden. Sie hatten einander öfter getroffen, und allmählich war ihr Verhältnis vom Beiläufigen zum Ernsten und schließlich zu einem Heiratsantrag gediehen. Allerdings hatte sie ihn, dem Rat ihres Onkels folgend, noch nicht beantwortet.

»Hallo!« sagte er, sprang von der Couch auf, nahm sie in die Arme und küßte sie. Danach ließ er sie nicht aus den Armen und fragte: »Wie wär's damit, mich zu heiraten, schöne Frau?«

»Frag mich nächste Woche«, seufzte sie. »Im Moment wünsche ich mir nur ein heißes Bad, ein schnelles Essen und einen langen Nachtschlaf.«

»Habe ich es dir nicht gesagt?« fragte er. »Wir gehen heute abend aus!«

»Nicht heute abend, Carl. Ich hatte einen schweren Tag.«

»Wie könnte ein Historiker einen schweren Tage haben?«

Sie hob die Schultern. »Genauso wie jeder andere, denke ich. Die verdammten Idioten in der Bibliothek haben meine Anforderung von Daten über die alten

Mesopotamier verlegt. Ich verbrachte den ganzen Tag damit, das Material selbst zusammenzusuchen.«

»Wozu die Mühe?« sagte er. »Wen kümmert es, was vor tausend Jahren und fünfhundert Lichtjahre von hier geschah?«

»Es waren eher fünftausend Jahre, und deine Frage ist ihre eigene Antwort«, erwiderte sie. Asters spöttische Bemerkungen über ihren Beruf hatten als ein Spiel zwischen ihnen angefangen. Es war nicht mehr so lustig, wie es einmal gewesen war.

»Vergleichende Geschichte ist wichtig«, sagte sie, »weil der Mensch sich in fünfzigtausend Jahren nicht geändert hat. Wir mögen andere Sternsysteme besiedelt haben, aber tief in unserem Innern reagieren wir noch immer genauso wie unsere Vorfahren, die Höhlenmenschen. Leute wie ich studieren die Geschichte der Menschheit und suchen nach Parallelen zu unserer gegenwärtigen Situation. Wenn wir sie finden, sehen wir nach, wie andere Menschen in anderen Zeiten Probleme, die unseren eigenen ähnelten, zu lösen wußten oder nicht lösen konnten.

Alta, zum Beispiel, ist eine Grenzlandwelt, die in den letzten einhundertfünfundzwanzig Jahren eine isolierte, posturbane Gesellschaft entwickelt hat. Jedes Problem, mit dem deine Chefs im Parlament sich herumschlagen, hat irgendwo in der Vergangenheit eine Analogie. Es kommt nur darauf an, sie zu finden.«

»Gut, tut mir leid! Dein Job ist wichtig, und du hattest einen schweren Tag. Laß dich von mir dafür entschädigen, indem ich dich heute abend ausführe.«

»Wohin?«

»Der Ministerpräsident veranstaltet einen Empfang für die Marine.«

»Wozu?«

»Einige der Leute, die die *Conqueror* zur Strecke brachten, werden anwesend sein. Mein Chef vermutet, daß die ganze Sache für die Sozialdemokraten nur als

Vehikel für politische Propaganda dienen soll. Er möchte sichergehen, daß der wahre Glaube hinreichend vertreten ist. Außerdem werden alle dort sein, die in Homeport etwas sind. Übrigens wird auch dein Onkel kommen.«

»Mein Onkel? Bist du sicher?«

»Der Chef sagte es.«

»Aber weshalb?«

Aster zuckte die, Achseln. »Das wollte er mir nicht sagen. Gerüchten zufolge weigerte sich dein Onkel, als sie ihn das erste Mal fragten, und der Ministerpräsident bekam einen Anfall. Sie mußten Reinhardt hinaus zu seinem Landhaus schicken, um ihn umzustimmen.«

»Um welche Zeit ist dieser Empfang?« fragte Bethany.

»Einundzwanzig Uhr.«

Sie seufzte. »Ich gehe hin.«

»Gut für dich! Dann werde ich dich nicht später als halb neun abholen.« Er griff nach seinem Umhang, den er über die Lehne der Couch drapiert hatte, dann küßte er sie wieder. »Muß jetzt gehen. Der Chef verlangt, daß ich etwas über die Gästeliste herausbringe. Bis heute abend.«

»Ich werde bereit sein.«

Die Männer und Frauen, welche die Kolonie Alta gegründet hatten, waren bei der Wahl des Platzes für ihre Hauptstadt mit der Sorgfalt von Eltern vorgegangen, die das genetische Programm für ihren Erstgeborenen auswählen. Fachleute verschiedener Richtungen verbrachten Jahre mit dem Studium von Stereographien der Planetenoberfläche, der Auflistung von Stärken und Schwächen verschiedener Örtlichkeiten für potentielle Siedlungen. Und sogar nach den umfangreichen Vermessungen wurde das erste Schiff, das Kolonisten nach Alta bringen sollte, wochenlang in einer Umlaufbahn aufgehalten, während Erkundungstrupps das halbe Dutzend der geeignetsten Örtlichkeiten in Augenschein nahmen.

Schließlich wählten die Expeditionsleiter ein breites Flußtal im Nordwestquadranten der Landmasse, die sie willkürlich Hauptkontinent getauft hatten. Buchstäblich Tausende von Parametern wurden geprüft und in Erwägung gezogen, bevor die Wahl getroffen wurde. Zu den wichtigsten dieser Parameter zählte der Umstand, daß der Fluß – den die ursprünglichen Landvermesser Tigris getauft hatten, nachdem sie die Namen Amazonas, Nil und Euphrat bereits aufgebraucht hatten –, vom vorgesehenen Ort der Stadtgründung bis zum Meer über eine Entfernung von mehr als dreihundert Kilometern schiffbar war.

Im Westen des Tales schützte eine Gebirgskette von der Höhe der Sierra Nevada auf Erden vor der Gewalt von Winterstürmen. Im Osten ließ eine sanfte Hügellandschaft die warmen Frühjahrsregen ungehindert das Tal erreichen. Jenseits des Hügellandes lag eine weite fruchtbare Ebene, der es bestimmt war, die Kornkammer der Kolonie zu sein, wenigstens während des ersten Jahrhunderts ihres Bestehens. Geologische Untersuchungen hatten festgestellt, daß es in Reichweite des vorgesehenen Standorts Bodenschätze gab, aber nicht so nahe, daß die künftige Hauptstadt Altas mit Problemen der Luftverschmutzung belastet würde. Das ursprüngliche Dorf Homeport war auf einer dünn bewaldeten Uferterrasse über einer Flußkrümmung des Tigris erbaut worden. Die ersten Häuser waren ein Dutzend Blockhütten, deren Ritzen mit Lehm und Gras verschmiert waren und die sich um ein provisorisches kleines Laufwasserkraftwerk gruppierten. Dreihundert Jahre später war von den Blockhäusern nichts mehr zu sehen. An ihrer Stelle standen die weißen Herrenhäuser der Nachkommen ihrer einstigen Bewohner.

Richard Drake blickte aus dem Fenster der Limousine, die langsam die Serpentinenstraße zum Nob Hill hinauffuhr. Die Lichter der Stadt unten im Tal schienen matt, verglichen mit dem metallischen Glanz der Supernova, die den Abendhimmel beherrschte und sich im breiten Strom des Tigris spiegelte. Gleichwohl hatte ihre Helligkeit in dem Monat, seit Drake zuletzt auf Alta gewesen war, merklich nachgelassen. Aber noch immer war sie das bei weitem hellste Licht am dämmernden Himmel.

»Gut, wieder daheim zu sein, nicht wahr, Kapitän?« fragte Admiral Dardan, der neben Drake im Fond der Limousine saß.

»Ja, Sir!« erwiderte Drake. »Verdammt gut!« Sechsundvierzig Stunden (zwei von Altas dreiundzwanzigstündigen Tagen) waren vergangen, seit Drake vom Parlamentsausschuß zur Anhörung gebeten worden war.

»Freuen Sie sich über die Einladung heute abend?«

»Um die Wahrheit zu sagen, Admiral, ich sollte mich wirklich um die Treibstoffdaten der Expedition kümmern, statt an einer Cocktailparty teilzunehmen.« Drake sah sich nach den drei anderen Wagen um, die im Konvoi hinter ihnen fuhren. »Das gleiche gilt für meine Leute.«

Dardan schüttelte den Kopf. »Dies ist wichtiger. Sie und Ihre Offiziere sind die Ehrengäste.«

»Ja, Sir.«

»Vor allem aber, Kapitän«, sagte Dardan, und seine Stimme nahm ihren dienstlichen Ton an, »wird Clarence Whitlow anwesend sein. Der Ministerpräsident lud ihn persönlich ein, um uns Gelegenheit zu geben, mit ihm über das Problem der Codierungen zu sprechen.«

Drake nickte. Die Enthüllung, daß Altas drei Kreuzer seit langem ohne einsatzfähige Programme für die Computersteuerung der Springertriebwerke waren, war dem Parlamentsausschuß für die Raumstreitkräfte ein Schock gewesen. Die Konservativen hatten die regierenden Sozialdemokraten der Fahrlässigkeit und der versuchten Täuschung beschuldigt, die Sozialdemokraten hatten ihre Unschuld beteuert, und beide Seiten hatten die Schuld den Raumstreitkräften zugeschoben. Der Admiral, offensichtlich unglücklich, hatte das Verlangen des Ausschußvorsitzenden nach einer Erklärung mit den Worten beantwortet: »Ich dachte, Sie wüßten Bescheid, Mr. Prost! Der alte Granville Whitlow wollte sichergehen, daß Alta niemals eine Bedrohung für die Erde sein würde; also nahm er die Springerprogramme und Autorisationscodes aus den Computern, bevor er die Kreuzer den Streitkräften übergab.«

»Wo sind diese Codes jetzt?« hatte Prost gefragt.

»Im alten Botschaftscomputer im Keller der Admiralität gespeichert. Soviel ich weiß, hat nur Clarence Whitlow Zugang zu den Codes. Sollte jemand anders versuchen, ohne die richtigen Zugangscodes an die Programme heranzukommen, könnte es zur Löschung der Datenspeicher führen.«

Kurz darauf war die Anhörung inmitten hitziger gegenseitiger Beschuldigungen zu Ende gegangen. Danach taten alle so, als sei nichts geschehen. Drake hatte den Auftrag bekommen, den vorläufigen Einsatzplan der interstellaren Expedition zu prüfen. Als er darauf hingewiesen hatte, daß der Plan die Teilnahme der *Discovery* oder eines ihrer Schwesterschiffe umfaßte, hatte Flottillenadmiral Wilson gemeint, er solle sich darüber nicht den Kopf zerbrechen.

»Das Problem wird an höherer Stelle bearbeitet, Kapitän«, hatte er zuversichtlich erklärt. »Kümmern Sie sich um Ihren Teil, und überlassen Sie den Rest uns.«

»Ja, Sir.«

Die Limousine der Admiralität erreichte den Gipfel des Nob Hill und verlangsamte. Zur Rechten kam ein großes schmiedeeisernes Tor in Sicht, und der Fahrer bog in eine lange, baumbestandene Zufahrt ein. Die übrigen Wagen folgten. Die Allee führte zu einer makellos gepflegten Rasenfläche, die ein großes weißes Herrenhaus umgab. Das Gebäude lag geisterhaft blaß im Licht der Nova da; verstärkt wurde dieser Effekt durch im Gebüsch versteckte getönte Scheinwerfer, die das Haus anstrahlten.

Die Limousine hielt am Fuß einer breiten Freitreppe. Kaum hatte der Wagen angehalten, wurden die Türen von livrierten Dienern geöffnet. Drake und der Flottenadmiral stiegen aus, rückten ihre Uniformmützen zurecht und erstiegen die Stufen zum Säulenvorbau des Eingangs. Dort erwartete sie eine füllige Frau mittleren Alters in einem Abendkleid, das für eine um zwanzig Jahre jüngere geschnitten war und nun aus den Nähten zu platzen drohte.

»Luis, es ist entschieden zu lange her, daß Sie eine Einladung zu einer meiner Soireen angenommen haben. Ich hatte Sie schon aufgegeben.«

»Guten Abend, Mrs. Mortridge«, sagte Dardan und beugte sich über die Hand ihrer Gastgeberin.

»Mrs. Mortridge, wirklich! Ich heiße Evelyn.«

»Verzeihung, Evelyn.« Dardan wandte sich zu Drake. »Darf ich Ihnen den Ehrengast vorstellen, Kapitänleutnant Richard Drake, vom Schlachtkreuzer *Discovery?*«

Mrs. Mortridge hielt Drake die Hand zum Kuß hin. »Ich danke Ihnen sehr, daß Sie gekommen sind, Kapitän. Meine Gäste können es kaum erwarten, von Ihren Heldentaten draußen in der Tiefe des Raums zu hören.«

»Ich weiß nicht, wieviel ich erzählen kann, Mrs. Mortridge. Das Parlament muß entscheiden, welche Teile meines Berichts für die Öffentlichkeit freigegeben werden. Soviel ich weiß, macht man sich Sorgen, wie der Aktienmarkt reagieren wird.«

»Ach was! Wenn das Parlament etwas weiß, weiß es

jedermann. Das kluge Geld auf den Finanzmärkten hat die Ergebnisse Ihrer Reise eine Woche vor Ihrer Rückkehr als unerheblich eingestuft. Kümmern Sie sich nicht um diese albernen Sicherheitsbestimmungen. Niemand sonst tut es.«

»Ich fürchte, daß ich dazu verpflichtet bin, Mrs. Mortridge.«

Sie betrachtete ihn mit einem seltsamen Blick. Bis zu diesem Augenblick hatte Drake angenommen, daß sie ein Paradiesvogel der besseren Gesellschaft sei und sonst nichts. Der Blick, mit dem die Witwe ihn musterte, war abschätzend und durchdringend und veranlaßte ihn, seinen ersten Eindruck zu revidieren. »Halten Sie es, wie Sie es für richtig finden.«

Als sie geendet hatte, waren die Adjutanten des Admirals und Drakes Offiziere die Stufen heraufgekommen. Dardan stellte jeden von ihnen der Gastgeberin vor, die sofort wieder in ihre Rolle zurückfand.

Anschließend ging die Gruppe hinein. Das Innere des Herrenhauses war erfüllt von Licht und Stimmengewirr. Ein Streichquartett, das in der Eingangshalle spielte, hatte Mühe, sich gegenüber der vielen schwatzenden und lachenden Menschen durchzusetzen, die mit Sektgläsern in den Händen gruppenweise beisammenstanden. Irgendwo in der Tiefe des Hauses ertönten die Klänge eines großen Orchesters. Mrs. Mortridge wandte sich zu Bela Marston, Argos Cristobal und Jonas Symes. »Ich werde Ihnen Ihren Kapitän für eine Weile entführen, meine Herren. Sie finden die Bar, wenn Sie dort in den Korridor gehen, zweite Tür links. Bewegen Sie sich ganz zwanglos; wir haben hier viele alleinstehende Frauen heute abend, also unterhalten Sie sich gut.«

»Danke sehr, Madam.« Marston verbeugte sich.

Als seine Offiziere sich zur Bar entfernten, sah Drake ihnen nicht ohne Neid nach. Als er sich dann umwandte, entdeckte er, daß er mit seiner Gastgeberin allein war. Dardan und Wilson hatten es irgendwie fertiggebracht, in der zirkulierenden Menge unterzutauchen. Er seufzte, machte sich auf einen schwierigen Abend gefaßt und verbeugte sich. »Ich stehe Ihnen zu Diensten, Mrs. Mortridge.«

In den nächsten zwanzig Minuten führte sie ihn herum und stellte ihn jeder Gruppe von Gästen vor. Nach den ersten fünfzig Gemeinplätzen verlor Drake den Überblick. Gerade als er zu der Überzeugung kam, daß ein Entkommen unmöglich sei, wurde Mrs. Mortridge abberufen, um sich irgendeines Problems anzunehmen. – »Wirklich, Kapitän, man bekommt heutzutage einfach kein gutes Dienstpersonal mehr. Wollen Sie mich entschuldigen?«

Drake murmelte, daß er allein zurechtkommen werde, dann zog er sich eilig zurück. Zwei Minuten später ließ er sich an der Bar einen Cocktail geben. Er nippte von dem herben Getränk, schmeckte es anerkennend ab und schluckte. Angenehme Wärme begann sich vom Magen ausgehend in ihm auszubreiten. Auf einmal erschien neben ihm ein gutgekleideter Mann.

»Kapitän Drake?«

»Ja.«

»Mein Name ist Converse. Greg Converse. Ich bin Fabrikant aus Southridge. Würde es Ihnen etwas ausmachen, die Geschichte Ihres Abenteuers mit diesem Raumschiff noch einmal zu erzählen?«

»Ich fürchte, daß ich Ihnen nicht mehr sagen kann als das, was in den Nachrichten gebracht wurde.«

»Glauben Sie mir, Kapitän, ich will Sie nicht verleiten, mir irgendwelche geheimen Einzelheiten mitzuteilen. Ich möchte nur wissen, wie es war.«

Drake nahm sein Glas und ging zu einem Sofa in der Nähe. Der Fabrikant folgte ihm. Rasch versammelte sich eine kleine Gruppe von Zuhörern um sie. Drake ließ seinen Blick über die erwartungsvollen Gesichter schweifen und begann seine Geschichte ein weiteres Mal zu erzählen.

»Ist es war, daß Sie Tote an Bord fanden?« fragte Converse, nachdem Drake eine Weile gesprochen hatte.

»Das ist richtig.«

»Und daß eine Frau darunter war?«

»Ja.«

»Was kann eine Frau an Bord eines Kriegsschiffes getan haben?«

»Sie trug die Uniform eines Waffentechnikers«, erwiderte Drake. »Ich nehme an, daß sie ein Besatzungsmitglied war.«

»Man stelle sich vor, Frauen in der Kriegsflotte!« sagte jemand.

»Dazu bedarf es keiner Phantasie!« sagte eine Altstimme vom Rand der Gruppe. Drake wandte den Kopf und blickte zu der neuen Gesprächsteilnehmerin auf. Die Frau war brünett, mit auffallend großen Augen, einem herzförmigen Gesicht und üppiger Figur. Sie trug ein anliegendes, rückenfreies Abendkleid. Die anderen machten ihr Platz, und sie ließ sich auf der Armlehne eines Sessels nieder, der dem Sofa gegenüberstand.

»Tatsache ist«, fuhr sie fort, »daß es im Laufe der Geschichte viele Raumfahrerinnen gegeben hat. Die erste war eine Russin namens Valentina Tereschkowa. Als Antares explodierte, bestanden die Besatzungen der Großen Flotte der Erde zu annähernd zwanzig Prozent aus Frauen. In der Handelsschiffahrt war der Anteil der Frauen noch größer. Lesen Sie in den Geschichtsbüchern nach, wenn Sie mir nicht glauben.«

»Das war mir nicht bekannt«, sagte der Mann, der die Bemerkung gemacht hatte. Er blickte nervös auf das leere Glas in seiner Hand, dann zog er sich aus dem inneren Ring der Zuhörer zurück.

»Es ist wahr, wissen Sie«, fuhr die Frau im gleichen

lehrhaften Ton fort. »Die altanische Ethik, die Frauen von den sogenannten Risikoberufen fernhält, ist das Ergebnis der Notwendigkeit unserer Vorfahren, diese Welt zu bevölkern. Während der Pionierzeit war es nicht ungewöhnlich, daß die Frauen sechs, acht oder sogar zehn Kinder hatten. Die Aufzucht solch einer Brut läßt sehr wenig Zeit für irgend etwas anderes, das versichere ich ihnen.«

»Wir ergeben uns!« sagte Converse und hielt die Hände hoch.

Die junge Frau machte ein verlegenes Gesicht und wandte sich zu Drake. »Vergeben Sie mir, Kapitän. Ich bin Historikerin von Beruf, und manchmal lasse ich mich hinreißen, wenn ich über meine Spezialität spreche.«

»Da gibt es nichts zu vergeben«, sagte er. »Ich stimme Ihnen zu. Auf den langen Reisen hätte ich manchmal ein Jahresgehalt gegeben, nur um den Klang einer weiblichen Stimme zu hören. Übrigens ist mein Name Richard Drake.«

»Ich bin Bethany Lindquist«, sagte sie und streckte ihm die Hand hin. Er stand hastig auf, sie zu ergreifen. »Bitte, ich wollte nicht unterbrechen. Fahren Sie fort mit Ihrer Geschichte.«

Drake nahm den Faden wieder auf und schilderte seinen kurzen Besuch an Bord des Wracks. Als er den Punkt erreichte, wo er den Rückruf erhalten hatte, schloß er mit den Worten: »Das ist ungefähr alles, was ich Ihnen sagen kann. Nun sollte ich mich vielleicht ein wenig unter die Gäste mischen, bevor unsere Gastgeberin sieht, daß ich mich in der Bar verstecke.«

Höfliches Gelächter beantwortete seine Bemerkung. Die Zuhörer gingen auseinander, und auch Bethany Lindquist wandte sich zum Gehen. Drake holte sie ein, als sie durch die Tür zwischen dem kleinen Nebenraum, wo die Bar untergebracht war, und dem Ballsaal ging.

»Darf ich Sie zu einem Glas einladen?«

Sie lächelte mit vollkommenen weißen Zähnen. »Oh, danke Kapitän. Ich war im Begriff, mir ein Getränk zu holen, als ich zu Ihrer Gruppe kam und zuhörte.«

Er stellte sein eigenes leeres Glas auf das Tablett eines vorbeikommenden Bediensteten, nahm zwei volle herunter und gab eines davon Bethany.

»Man sieht, daß Sie ein Raumfahrer sind!« sagte sie lachend.

»Wie kommen Sie darauf?«

»Ich sehe es daran, wie Sie die Gläser balancieren. Niemand, der sein Leben lang unter der Schwerkraft dieser Welt herumgestolpert ist, hätte dieses Manöver eben ausführen können, ohne einen Tropfen zu verschütten.«

»Würde es Sie kränken, wenn ich fragte, ob Sie allein hier sind?«

»Warum sollte ich gekränkt sein, Kapitän? Ich betrachte es als ein Kompliment, daß Sie interessiert sind. Tut mir leid, nein. Ich bin mit einem Freund hier. Er ist irgendwo mit seinem Chef in Klausur.«

»Wenn ich Ihr Begleiter wäre, würde ich nicht von Ihrer Seite weichen.«

»Das würden Sie nicht tun?« fragte sie mit einem Anflug von Belustigung.

»Niemals!«

»Freut mich, das zu hören, weil ich glaube, daß Admiral Dardan Sie sucht.«

Drake wandte sich um und folgte ihrem Blick. Tatsächlich arbeitete sich der Flottenadmiral in ihre Richtung durch die Menge. Er seufzte. »Ich nehme an, man sollte nicht ganz so absolut sein, wenn man die Zukunft voraussagt.«

»Nein, das sollte man nicht«, versicherte sie.

»Drake!« sagte Dardan, als er bei ihnen anlangte. »Zeit, an die Arbeit zu gehen.«

Drake wandte sich zu Bethany Lindquist und verbeugte sich. »Es tut mir leid. Darf ich Sie später um einen Tanz bitten?«

»Natürlich, Kapitän. Nun gehen Sie nur mit dem Admiral. ›Ein Mann muß tun, was er zu tun hat‹, wissen Sie.«

»Wie bitte?«

»Es hat nichts zu bedeuten; bloß ein altes Zitat. Machen Sie sich keine Gedanken um mich. Ich bin durchaus imstande, mich allein durchzuschlagen, bis mein Freund sein Geschäft erledigt hat.«

Dardan führte Drake in einen Flügel des Herrenhauses, der noch nicht von den Festgästen erobert worden war. Sie ließen die Musik und die Tanzenden hinter sich und gingen über weiche Teppiche durch getäfelte Räume. Endlich hielt der Admiral vor einer reich geschnitzten Tür, klopfte und wurde von einer gedämpften Stimme zum Eintreten aufgefordert.

Drei Männer waren in dem Raum. Drake kannte zwei von ihnen. Einer war Stan Barrett, der andere war der Ministerpräsident.

Gareth Reynolds war ein Politiker alten Schlages, der sich in der Organisation der Sozialdemokratischen Partei hochgearbeitet hatte. Dem Vernehmen nach hatte er als Plakatkleber und Wahlbeobachter angefangen und war dann in rascher Folge zum Organisator von Parteiveranstaltungen und Vorsitzenden einer Bezirksgruppe befördert worden. Nachdem er sich in der Kommunalpolitik bewährt hatte, hatte die Partei ihm die Gelegenheit gegeben, sich um einen Parlamentssitz zu bewerben. Bei seiner ersten Wahl war er in einem sicheren Wahlbezirk der Sozialdemokraten als Strohmann aufgestellt worden – jemand, der bereit war, seinen Sitz für ein Kabinettsmitglied freizumachen, sollte einer dieser Honoratioren in seinem eigenen Wahlbezirk durchfallen. Reynolds erwies sich als ein tüchtiger Parlamentsabgeordneter. Bei den nächsten allgemeinen Wahlen erhielt er einen eigenen Sitz, und so begann ein gleichmäßiger, zwanzigjähriger Aufstieg durch die Ränge der Legislative. Vor sechs Jahren, beim letzten Machtwechsel zwischen den beiden großen Parteien, war Reynolds zum Ministerpräsidenten gewählt worden.

»Ah, Kapitän Drake! Willkommen«, sagte der Ministerpräsident und stand auf, die beiden Marineoffiziere zu begrüßen. »Erstklassige Arbeit haben Sie mit dieser *Conqueror*-Sache geleistet. Erstklassig!«

»Danke für die freundlichen Worte, Herr Ministerpräsident.«

»Keineswegs. Ihr Marineleute bekommt viel zu wenig Anerkennung. Nun, ich glaube nicht, daß Sie Clarence Whitlow kennen, den Botschafter der Erde.«

»Kapitän«, sagte der Botschafter und nickte aus einem hochlehnigen Stuhl in Drakes Richtung.

»Ich habe um diese Begegnung gebeten«, sagte der Ministerpräsident, als er Drake zu einem anderen Stuhl steuerte, »weil ich wollte, daß Botschafter Whitlow Ihren Bericht aus erster Hand höre. Sie werden feststellen, daß Ihre Aufzeichnung bereits im Projektor ist.« Reynolds wies zu einem Lesegerät und Projektor auf dem Kaffeetisch vor ihm. Stan Barrett fingerte an den Knöpfen, und aus einer Klappe in der Decke sank ein kleines kommerzielles Modell eines würfelförmigen holographischen Bildschirms herab.

»Möchten Sie was trinken, Kapitän?« fragte Admiral Dardan.

»Ah, ja, Sir.«

Als alle Platz genommen hatten, begann Drake die Geschichte der Mission in größerer Ausführlichkeit als vorher zu erzählen. Er illustrierte seine Geschichte mit denselben Ansichten von der *Conqueror*, die er vor dem Parlamentsausschuß gezeigt hatte. Er hatte nicht länger als eine halbe Stunde sprechen wollen, doch bis er alle Fragen beantwortet hatte, die ihm gestellt wurden, war das Doppelte dieser Zeitspanne verstrichen.

»Höchst interessant«, sagte Clarence Whitlow, als die Holographie am Ende von Drakes Vortrag erlosch. Er richtete den Blick auf Gareth Reynold. »Ich weiß zu würdigen, daß Sie sich die Zeit genommen haben, mir dies zu zeigen, Herr Ministerpräsident. Ich muß allerdings gestehen, daß ich etwas verwirrt bin.«

»Wieso, Herr Botschafter?«

»Diese fürsorgliche Einstellung Ihrer Verwaltung ist so willkommen wie sie… ungewöhnlich ist. Ich bin jetzt seit einer ganzen Anzahl von Jahren Botschafter der Erde, und dies ist das erste Mal, daß die Regierung Altas mich in irgend etwas konsultiert hat.«

»Eine kurzsichtige Politik von unserer Seite«, sagte der Ministerpräsident. »Und eine, die zu berichtigen ich entschlossen bin. Da die *Conqueror* ein Schiff der Erde ist, hielten wir es für richtig und zweckmäßig, Sie über unsere Untersuchungen zu unterrichten.«

»Wollen Sie damit sagen, daß Sie beabsichtigen, die Kontrolle über die *Conqueror* mir als Vertreter der Erde hier auf Alta zu übergeben?« fragte Whitlow.

Der Admiral räusperte sich leise. »Ah… wir haben die Absicht, das Schlachtschiff im Namen der Regierung zu bergen, Herr Botschafter. *Dagger* und ein Tanker sind bereits unterwegs, um den langwierigen Prozeß der Rückführung zum inneren System einzuleiten.«

Whitlow breitete die Arme aus. »Dann verstehe ich nicht, warum ich zu dieser Veranstaltung geladen wurde.«

»Sicherlich«, erwiderte der Ministerpräsident, »ist Ihnen klar, daß das Erscheinen dieses Schlachtschiffes kein alltägliches Ereignis ist.«

»Offensichtlich nicht.«

»Um das Offensichtliche festzustellen, Herr Botschafter, signalisiert das Erscheinen der *Conqueror* in diesem System das Ende unserer langen Isolation. Ein Ereignis, das nicht nur ein Segen sein wird, wie wir befürchten müssen. Viele Fragen sind zu beantworten. Zum Beispiel, was wird die Wiederaufnahme des interstellaren Handels für unsere Wirtschaft bedeuten? Wer wird profitieren, und wer wird leiden? Was wird aus dem Wert der Währung? Werden wir in der Lage sein, mit anderen Systemen zu konkurrieren, oder wird unsere Technologie sich als so rückständig erweisen, daß niemand unsere Erzeugnisse wird kaufen wollen?«

»Alles wichtige Fragen, da gebe ich Ihnen recht, Herr Ministerpräsident. Aber was haben sie mit mir zu tun?«

»Es gibt vieles, was wir über diese gegenwärtige Situation nicht wissen. Eines aber wissen wir: Der Zustand der *Conqueror* läßt mit Sicherheit den Schluß zu, daß irgendwo jenseits des Faltpunktes ein Krieg tobt. Und wenn ein Kriegsschiff von außerhalb des Systems uns finden kann, dann können es andere auch. Mir und den führenden Persönlichkeiten des Parlaments scheint es, daß es besser für Alta sein würde, wenn wir sie zuerst finden würden. Es geht darum, daß wir uns ein Bild von der Lage und dem Ausmaß einer möglichen Bedrohung machen müssen. Aus diesem Grund haben wir beschlossen, eine Aufklärungsexpedition über den Faltpunkt hinaus zu entsenden, vielleicht sogar bis zur Erde.«

»Eine Expedition zur Erde?« sagte Whitlow. »Wie wundervoll! Werde ich Zeit haben, Botschaften vorzubereiten, die ich der Expedition mitgeben kann?«

»Reichlich Zeit, Herr Botschafter«, sagte Admiral Dardan. »Es wird wenigstens einen Monat dauern, bis die Schiffe reisefertig sind.«

»Ausgezeichnet. Ich muß noch heute abend anfangen, über meinen Bericht nachzudenken.«

»Ah«, fing der Admiral an, »es gibt noch einen Punkt, Herr Botschafter.«

»Ja?«

»Die Expedition wird aus einem umgebauten Passagierschiff und zwei Tankern bestehen. Das Passagierschiff wird die Wissenschaftler und das diplomatische Personal aufnehmen, die Tanker zusätzlichen Treibstoff. Keines dieser Schiffe ist bewaffnet, noch können sie innerhalb vertretbarer Zeit mit Waffen ausgerüstet werden. Da sie in ein wahrscheinliches Kriegsgebiet reisen werden, halten wir es für ratsam, zu ihrem Schutz einen Kreuzer mitzuschicken. Darum ist Kapitän Drakes *Discovery* als Flaggschiff der Expedition gewählt worden.«

»Offensichtlich«, übernahm der Ministerpräsident den Ball von Dardan, »muß der Computer der Springertriebwerke operationsfähig gemacht werden, bevor die *Discovery* solch eine Reise antreten kann.«

»Offensichtlich«, pflichtete ihm Whitlow bei.

»Es freut mich, daß Sie unsere Überlegung verstehen, Sir. Darf ich Ihre Antwort so auffassen, daß Sie bereit sind, uns die Computerprogramme und Codes zur Verfügung zu stellen, die Sie in den Datenspeichern der alten Botschaft unter Verschluß halten?«

Whitlow blickte dem Ministerpräsidenten ins Auge. »Ich verstehe Ihr Problem sehr gut, Ministerpräsident, und habe Verständnis für Sie. Sie müssen jedoch verstehen, daß ich einen Eid geleistet habe, die Interessen der Erde zu wahren und zu schützen, nicht diejenigen Altas.«

»Ich versichere Ihnen, Sir, daß in der gegenwärtigen Situation beide zusammenfallen.«

»Das können Sie nicht wissen, solange die Expedition nicht mit ihren Beobachtungen zurückkehrt. Dann aber würde es viel zu spät sein, meine Zustimmung für ungültig zu erklären? Es ist gerade die irreversible Natur der Entscheidung, den Kreuzern die Programme und Springercodes zurückzugeben, die meine Vorgänger immer gefürchtet haben. Um eine alte Allegorie zu gebrauchen, die meine Nichte besonders schätzt: ›Der Geist würde ein für allemal aus der Flasche sein.‹«

»Wollen Sie damit sagen, daß Sie die Herausgabe ablehnen?«

Whitlow zeigte ein vages Lächeln, stellte sein Glas weg und erhob sich mit steifen Gliedmaßen. »Ich sage, daß ich darüber werde nachdenken müssen. Nun, meine Herren, wenn Sie mich entschuldigen wollen, ich habe ernsthafte Gewissenserforschung zu treiben.«

Der Ministerpräsident nickte. »Noch eins, bevor Sie gehen, Herr Botschafter.«

»Ja?«

»Bitte denken Sie sorgfältig über unser Anliegen nach. Das Schicksal dieser Welt mag von Ihrer Entscheidung abhängen.«

Clarence Whitlow seufzte. »Das, Sir, ist eben, was ich fürchte.«

8

Die Antares-Supernova stand tief am Osthimmel, als Carl Aster Bethany Lindquist zu ihrem Wohnblock im modernen Teil Homeports zurückbrachte. Das Gebäude war eines von mehreren, die in einer parkähnlichen Umgebung am Westufer des Tigris standen. Das Paar schlenderte Arm in Arm einen gewundenen Weg durch Baumgruppen und duftende Sträucher entlang. Nur das Gurgeln des nahen Flusses und die gelegentlichen klatschenden Geräusche froschähnlicher Reptilien, die nachtaktiven Insektovoiden nachstellten, unterbrachen die Nachtstille. Andere kleine Nachtflieger umtanzten die milchigen Kugeln der Straßenbeleuchtung, während silbrig reflektierende Wolken majestätisch über den Himmel zogen.

»Hast du mir vergeben, daß ich dich heute abend dir selbst überließ?« fragte Aster, als sie sich dem Hauseingang näherten.

»Ich denke darüber nach«, erwiderte Bethany mit einem unterdrückten Gähnen. Mitternacht war längst vorbei, und sie hatte sich die meiste Zeit gelangweilt. Zu dumm, daß Admiral Dardan Kapitän Drake entführt hatte, dachte sie. Das war ein interessanter Mann!

»Was hast du die ganze Zeit getrieben?«

»Nützliche Kontakte geknüpft«, sagte Aster. »Die Regierung plant diese interstellare Expedition, und wir müssen sichergehen, daß die Allianz diesmal angemessen vertreten ist.«

»Und wie ist es gegangen?«

»Ich denke, daß ich ein paar Stimmen für unsere Sache gewonnen habe.«

»Das ist fein«, sagte sie ohne Begeisterung. Bethany

hatte längst entdeckt, daß sie eine niedrige Toleranzschwelle für das politische Alltagsgeschäft mit seinen Kungeleien hatte. Ihre Aversion war ein Grund, daß sie die Frage ihres Onkels, ob sie seine Nachfolgerin als Botschafter der Erde werden wolle, abschlägig beschieden hatte. Nicht zum erstenmal fragte sie sich, ob es nicht die Aussicht war, Frau eines Politikers zu sein, die sie daran gehindert hatte, Carls Heiratsantrag sofort anzunehmen.

Aster blieb ihre ernste Stimmung nicht verborgen. Er legte ihr eine Hand um die Taille und zog sie an sich. »Was hast du heute abend getan?«

»Ich begegnete einem Mann.«

»So?«

»Einem recht stattlichen obendrein.«

»Wer war es?«

»Der Ehrengast.«

»Du meinst Kapitän Drake?«

Bethany nickte. »Er erzählte uns von der *Conqueror.*«

»Sagte er was über die bevorstehende Expedition?«

»Nicht, daß ich mich erinnern könnte.«

»Wie gefiel er dir?«

»Er war nett, außerdem viel jünger, als ich erwartet hatte.«

Aster lachte. »Alle Leute im aktiven Dienst sind jung. Soviel ich weiß, hat es etwas mit der Widerstandsfähigkeit gegen Beschleunigungseffekte zu tun.«

Sie erreichten den beleuchteten Eingang des Hauses. Aster legte die Arme um sie und küßte sie. »Nun, was die Entschuldigung angeht ...«

»Entschuldigung angenommen«, antwortete sie, als sie fertig waren.

»Würde es dir was ausmachen, wenn ich auf eine Tasse Kaffee mit hinaufkäme?«

Sie schüttelte den Kopf. »Es ist spät, ich bin müde und muß in ein paar Stunden aufstehen.«

Aster zuckte die Achseln. »Nun gut, sag nicht, ich

hätte es nicht versucht. Ich rufe dich später am Tag an.«

»Gut. Ich erwarte deinen Anruf.«

Sie sah ihm nach, dann betrat sie den Eingang. Ihre Absätze klangen hell auf den Marmorfliesen, als sie zum Aufzug ging. Eine halbe Minute später und zwanzig Stockwerke höher drückte sie ihren Schlüssel gegen die Schließplatte ihrer Wohnung. Als die Tür aufging, stellte sie überrascht fest, daß in der Wohnung die Beleuchtung eingeschaltet war.

In ihrem großen Lehnsessel saß Clarence Whitlow, hatte die Fußstütze herausgeklappt und die Füße daraufgelegt. Auf dem Tisch neben ihm stand ein volles Glas, und ein aufgeschlagenes Buch lag in seinem Schoß. Sie sah, daß es Granville Whitlows Autobiographie war.

»Was tust du hier, Onkel?«

»Ich hoffe, es wird dir nichts ausmachen. Eine Verwechslung bei den Hotelreservierungen.«

»Es macht mir nichts aus. Ich freue mich immer, dich zu haben. Du hättest aber nicht aufbleiben müssen, weißt du. Du hättest das Schlafzimmer benutzen und einen Zettel an die Tür heften können. Warum liest du zu dieser frühen Morgenstunde im Wohnzimmer ein Buch?«

»Apropos Morgenstunde«, fragte er mit hochgezogener Braue. »Ist es nicht ein bißchen spät, um nach Hause zu kommen, wenn du früh aufstehen mußt?«

Sie lachte. »Man könnte meinen, ich sei wieder fünfzehn und käme von meiner ersten Verabredung zurück.«

»Zu den Freuden der Elternschaft gehört es, nie zugeben zu müssen, daß das Kind schließlich erwachsen werden muß, Bethany. Ist dein junger Mann nach Haus gegangen?«

»Ja, ist er, und sein Name ist Carl, nicht ›junger Mann‹.« Sie starrte ihn ein paar Augenblicke lang an. »Du magst Carl nicht, wie?«

Er wollte widersprechen, dann lächelte er. »Sieht man es so deutlich?«

»Nur wenn man dich so gut kennt wie ich. Was hast du gegen ihn?«

»Nenne es einfach einen Unterschied im Stil«, erwiderte Whitlow. »Nichts, was dir Anlaß zur Sorge geben sollte. Schließlich bin nicht ich derjenige, der daran denkt, ihn zu heiraten.«

»Richtig. Nun, du bist meiner Frage lange genug ausgewichen. Warum bist du zu dieser späten Stunde noch auf, und warum liest du Ururgroßvaters Biographie? Ich dachte, du hättest sie schon vor Jahren auswendig gelernt.«

»Habe ich. Ich hoffte Anleitung darin zu finden.«

»Anleitung wofür?«

»Ich kam heute abend mit dem Ministerpräsidenten zusammen. Und ich erfuhr, warum er mich sprechen wollte.«

»Warum?«

Whitlow skizzierte die Einzelheiten seines Gesprächs mit Gareth Reynolds und den Marineoffizieren.

»Wirst du ihnen die Codes geben, Onkel?«

»Ich weiß es nicht.«

»Sicherlich glaubst du nicht, daß die Regierung die *Discovery* gegen die Erde einsetzen würde!«

Er sah sie an, und zum erstenmal fiel Bethany auf, wie alt ihr Onkel war. Es war, als wäre er in einer einzigen Nacht zwei Jahrzehnte gealtert. »Um die Wahrheit zu sagen, nein. Für alle von uns, die sie nie gesehen haben, ist die Erde ein Ort der Legende und des Zaubers. Ich kann mir nicht vorstellen, daß ein Altaner wissentlich die Mutter der Menschheit schädigen würde.«

»Worin siehst du dann das Problem?«

»Es handelt sich um die geringfügige Angelegenheit des Eides, den ich leistete. ›Clarence, mein Sohn‹, sagte mein Vater zu mir, ›wir Kolonisten sind Eindringlinge auf dieser Welt. Wurzellose Fremde, die inmitten einer natürlichen Umwelt leben, die sie nicht verstehen und von der sie wenig wissen, vollkommen abgeschnitten von den anderen Menschen. Um zu überleben, benötigen wir ein Ideal, ein festes Fundament, auf dem wir bauen können. Die Erde liefert uns dieses Ideal. Sie ist unsere Vergangenheit. Sie hat uns geformt und zu dem gemacht, was wir sind. Noch über fünfhundert Lichtjahre unüberbrückbaren Raums ruft sie uns zu.

Du wirst der einzige Repräsentant der Erde auf dieser Welt sein, mein Junge. Es wird eine Zeit kommen, da jemand von dir verlangen wird, daß du deinen Idealen zuwiderhandelst und etwas tust, das nicht im besten Interesse jener fernen Heimat liegt, die du nie gesehen hast. Die Gründe dieser Leute werden gut, vernünftig und logisch sein. Du wirst versucht sein, ihnen nachzugeben. Mein Rat ist, Clarence, alle derartigen Appelle an die Logik zu ignorieren. Verlasse dich statt dessen darauf, was nach deinem besten Wissen und Gewissen recht ist, und vor allem, bleib deinem Erbe treu.‹« Whitlow blickte zu seiner Nichte auf. Seine Augen waren naß und spiegelten das Licht. »Mein Vater lag auf dem Sterbebett, als er diese Worte sprach. Ich sagte ihm, daß er auf mich zählen könne.«

»Dann wirst du ihnen die Codes nicht geben?« fragte Bethany.

»Ich weiß es nicht. Die Logik sagt mir, daß ich auf Nummer Sicher gehen und ablehnen sollte. Schließlich trägt selbst einer unserer antiquierten Kreuzer genug Vernichtungswaffen, um eine Welt zu sterilisieren. Wie, wenn diese Welt die Erde sein sollte? Es ist nicht so, daß ich Alta an der Rückkehr in den interstellaren Raum hindern wollte. In diesem System gibt es Dutzende von Schiffen mit funktionsfähigen Springersystemen. Sie könnten den Raum jenseits des Faltpunktes erforschen und dann über die Verhältnisse dort berichten. Jedenfalls würde ich dann einige Daten haben, auf die ich meine Entscheidung gründen könnte.«

»Du scheinst unschlüssig, Onkel.«

»Meinst du?« fragte Whitlow mit einem ironischen Lachen. »Vielleicht scheint es so, weil ich es bin. Das Problem besteht darin, daß ich meinen Entschluß fassen muß, ohne harte Fakten als Entscheidungshilfe zu besitzen. Ich korrigiere mich! Wie der Ministerpräsident mir heute abend mehrmals sagte, haben wir eine unbestreitbare Tatsache – die *Conqueror* war praktisch zerstört, bevor sie in dieses System eintrat. Anscheinend hat die *Pax Terra* aufgehört zu existieren und die Erde liegt wieder im Krieg. Wie, wenn meine Weigerung bedeutete, daß der Erde in der Stunde der Not unsere Hilfe versagt bleiben würde?«

Ein unerfreulicher Gedanke ging Bethany durch den Sinn. Sie überlegte kurz, dann entschied sie, daß es gesagt werden mußte. »Vielleicht hat die Erde sich verändert, Onkel. Mehr als ein Jahrhundert ist vergangen. Vielleicht ist sie nicht mehr derselbe Ort, dem unsere Vorfahren Treue geschworen haben. Angenommen, die Zentralregierung wurde gestürzt, und irgendein nachgeborener Dschingis Khan hat die Macht an sich gerissen.«

»Meinst du, ich hätte diese Möglichkeit nicht erwogen? Aber der Gedanke scheint unserer Regierung noch nicht gekommen zu sein. Oder wenn doch, sagt sie es aus politischen Gründen nicht. Was mich zu meinem Problem zurückbringt. Es gibt einfach nicht genug Daten, auf deren Basis eine intelligente Entscheidung getroffen werden könnte.«

»Du könntest ihnen die Codes *leihen*«, sagte Bethany. »Nach beendeter Expedition könntest du sie zurücknehmen, wenn du es für zweckmäßig halten würdest.«

»Glaubst du, der Flottenadmiral würde solch einer Regelung zustimmen?«

»Warum nicht?«

Whitlows Antwort war ein verächtliches Schnauben. »Sind die Springertriebwerke dieses Kreuzers einmal einsatzbereit, wird die Marine mich nie mehr in ihre Nähe lassen. Ich denke, ich könnte an der Reise teilnehmen und die Codes manuell eingeben, wenn das Schiff einen Übergang machen muß. Auf diese Weise könnte ich die Kontrolle aufrechterhalten und der *Discovery* trotzdem die Durchführung der Expedition erlauben.«

»Das kannst du nicht machen!« rief Bethany entsetzt.

»Warum nicht?«

»Dein Herz würde die starke Beschleunigung niemals aushalten.«

»Hast du eine bessere Idee?«

»Schick jemand anders.«

Whitlow verzog das Gesicht, als hätte er in eine saure Frucht gebissen. »Das ist ein Problem. Es gibt nur eine Person, der ich solch eine Verantwortung anvertrauen würde.«

»Schick ...« Bethany verstummte, als sie den Ausdruck ihres Onkels sah. Der gütige alte Mann, der sie aufgezogen hatte, war von ihm abgefallen. An seiner Stelle war ein Weltenbeweger. Aus einem Gesicht, das wie aus Granit geschnitten war, blickten hellwache Augen von eiserner Willenskraft.

»Kapitän Drake, da sind ein Herr und eine Dame, die Sie sprechen wollen«, sagte der Marineunteroffizier, der am Empfangsschalter der Admiralität Dienst tat, aus Drakes Bildschirm.

»Wer ist es, Kraeler?«

Der Unteroffizier blickte über die Schulter, als wollte er sich vergewissern, daß niemand mithören konnte, dann beugte er sich näher zum Mikrophon der Gegensprechanlage und sagte: »Kennen Sie diesen verrückten Alten, der nun schon seit Tagen seine ganze Zeit unten in unserem Keller verbringt?«

»Beziehen Sie sich auf Seine Exzellenz, den Botschafter der Erde, Unteroffizier?« fragte Drake barsch.

»Ah, ja, Sir. Botschafter Whitlow und seine Nichte, Sir.«

»Kraeler, es mag Sie interessieren, daß der Botschafter den Schlüssel zur bevorstehenden Expedition in den Faltraum in den Händen hält. Wenn Sie ihn durch Ihre Respektlosigkeit in irgendeiner Weise beleidigt haben, wird der Flottenadmiral dafür sorgen, daß Sie als Inventarist zur Tiefkühlabteilung des Marineproviantamtes abkommandiert werden, wo Sie sich den Arsch abfrieren können. Und das ist noch nichts, verglichen damit, was ich vorher mit Ihnen machen werde.«

Kraeler errötete sichtlich. »Äh… tut mir leid, Kapitän, ich dachte nicht…«

»Das ist es, Sie dachten nicht! Ich werde gleich unten sein. Einstweilen versuchen Sie höflich mit unseren Gästen umzugehen.« Drake wartete nicht auf eine Antwort, bevor er die Verbindung unterbrach. Er wählte sofort den Flottenadmiral an.

»Was gibt es, Drake?«

»Botschafter Whitlow ist hier, Sir.«

Dardan hob überrascht die Brauen. »Ist er allein?«

»Nein, Sir. Der diensthabende Unteroffizier sagt, er habe seine Nichte bei sich.«

»Na, dann lassen Sie sie heraufschicken… Nein, besser, Sie gehen hinunter und bringen sie zu mir.«

»Das wollte ich gerade tun, Sir.«

»Bringen Sie sie in mein Büro.«

»Soll ich das Büro des Ministerpräsidenten verständigen lassen, Sir?«

»Noch nicht, Kapitän. Sehen wir zunächst, was sie wollen.«

»Ja, Sir.«

Drake informierte den Offizier vom Dienst, wo er sein würde, dann eilte er hinunter, Clarence Whitlow zu begrüßen. Er fand den Botschafter in der Eingangshalle. Bei ihm war eine Frau. Obwohl sie Drake den Rücken zugekehrt hatte, als er aus dem Aufzug kam, war etwas Vertrautes an ihr.

»Willkommen, Exzellenz. Es freut mich, daß Sie kommen konnten... Oh, hallo!«

Die Frau hatte sich beim Klang seiner Stimme umgewandt und zeigte ihm das bezaubernde Gesicht, das er am vergangenen Abend bei Mrs. Mortridges Party bewundert hatte.

»Hallo, Kapitän Drake«, sagte Bethany Lindquist.

»Sie kennen meine Nichte?« fragte Whitlow.

»Wir lernten uns gestern abend kennen, Sir«, sagte Drake. »Ich wußte allerdings nicht, daß Bethany Ihre Nichte ist.«

»Sie fragten mich nicht«, sagte Bethany lächelnd.

»So ist es.« Drake wandte sich wieder Whitlow zu. »Der Admiral hat mich gebeten, Sie zu ihm zu geleiten, Exzellenz.«

»Das ist der Grund unseres Besuches.«

»Ja, Sir. Bitte folgen Sie mir.«

Drake führte sie zum Aufzug. Während der Fahrt bewunderte er Bethany Lindquists Spiegelbild im polierten Edelstahl der geschlossenen Aufzugtür.

Der Flottenadmiral schüttelte Whitlow die Hand und küßte die seiner Nichte, bevor er sie zu dem Teil seines Büros geleitete, wo mehrere lederbezogene Sessel einander gegenüberstanden.

»Kaffee, Exzellenz?«

»Bitte, Admiral. Ich nehme meinen ohne Milch und Zucker.«

»Und Sie, Miss Lindquist?«

»Nur mit Milch«, sagte Bethany.

Der Admiral sprach die Bestellung in die Luft, und eine Minute später trat ein Steward in einem weißen Jackett mit einem Tablett und vier Tassen Kaffee ein. Der Kaffee war ein altanisches Ersatzprodukt, das viele der Gründer, die noch den irdischen Kaffee gekannt hatten, ungenießbar gefunden hatten. Als alle bedient waren, nippte der Admiral von seiner Tasse und stellte sie wieder vor sich auf den Tisch.

»Wie kann ich Ihnen heute morgen helfen, Exzellenz?« fragte er.

»Ich verbrachte den größten Teil des gestrigen Abends mit Nachdenken über die Forderung des Ministerpräsidenten, daß ich die Springercodes der *Discovery* abgebe, Admiral. Offen gesagt, ich bin geneigt, auf seinen Wunsch einzugehen, aber nur zu meinen eigenen Bedingungen.«

»Und die sind?«

»Ich schlage vor, Ihren Leuten die Springerprogramme der *Discovery* zu übergeben, aber die Kontrolle über die Sicherheitscodes zu behalten, die zur Bestätigung von Befehlen benötigt werden, welche dem Computer des Springersystems erteilt werden.«

»Ich sehe den Sinn nicht, Exzellenz. Was nützen Springerprogramme, wenn der Computer sich weigert, Befehle auszuführen?«

»Die Codes werden im Besitz meiner persönlichen Vertretung bleiben, die sie vor jedem Faltraumübergang manuell in den Computer eingeben wird. Nach dem vollzogenen Übergang werden die Codes bis zum nächsten Gebrauch entfernt.«

»Das würde Ihrer Vertretung ein absolutes Veto in allem geben, was diese Expedition tut und wohin sie geht«, sagte Dardan.

»Genau!« stimmte Whitlow zu. »Als ich meinen Posten als Botschafter der Erde antrat, leistete ich einen Eid, die Interessen der Erde zu wahren. Das erwähnte Arrangement ist die einzige Möglichkeit, mich meiner Verpflichtungen ehrenhaft zu entledigen.«

»Werden wir über die Identität dieses Musterbeispiels von Redlichkeit unterrichtet, auf dessen Schultern das Schicksal dieses Planeten ruhen wird?« fragte der Admiral.

»Kaum ein Musterbeispiel, Admiral«, platzte Bethany Lindquist heraus.

Dardan warf ihr einen fragenden Blick zu.

Bethany räusperte sich verlegen und schlug den Blick auf ihre Hände nieder, die nervös in ihrem Schoß zuckten. »Verzeihen Sie die Unterbrechung«, murmelte sie.

»Ich fasse Ihre Bemerkung so auf, daß Sie diese Person kennen, Miss Lindquist?«

»Das könnte man sagen, Admiral«, sagte sie mit einem Anflug von Trotz in der Stimme. »Mein Onkel hat mich gebeten, ihn auf dieser Expedition zu vertreten. Ich habe mich dazu bereit erklärt.«

»Unmöglich!« knurrte Drake.

»Warum, Kapitän?« fragte Clarence Whitlow.

»Weil die Anwesenheit Ihrer Nichte an Bord störend sein und die Disziplin gefährden würde, Sir. Seien Sie vernünftig! Der größte Teil meiner Besatzung ist seit mehr als einem Jahr im Raum! Außerdem haben wir keine Einrichtungen für Frauen an Bord, und wenn wir ins Gefecht gehen müssen, kann es an Bord der *Discovery* rasch ungesund werden. Glauben Sie mir, diese Expedition ist nichts für eine Frau.«

»Kapitän Drake. Es wird keine Expedition geben, es sei denn, meine Nichte begleitet Sie.«

»Gestern abend äußerten Sie eine andere Meinung, Kapitän Drake«, sagte Bethany.

»Ein Partygespräch mit einem hübschen Mädchen ist eine Sache, Miss Lindquist. Das Hüten von zweihundert Mann Besatzung mit überaktiven Libidos ist eine ganz andere.« Er wandte sich zu Admiral Dardan. »Sir, wir können das nicht zulassen!«

Dardan kratzte sich das Kinn und seufzte. »Ich sehe nicht, wie wir es verhindern können, Richard. Wir brauchen die Codes, und dies scheint die einzige Möglichkeit zu sein, sie zu bekommen.«

»Aber ...«

Dardan starrte seinen Untergebenen an und grollte: »Das ist ein Befehl, Kapitän!«

»Ja, Sir. Ich nehme an, wir können sie in Mr. Marstons Kabine unterbringen.«

»Darf ich Sie so verstehen, Admiral, daß Sie meinem Vorschlag zustimmen?« fragte Clarence Whitlow.

»Bleibt mir eine andere Wahl?«

»Nein, Sir.«

»Dann stimme ich zu. Natürlich werde ich die Genehmigung des Ministerpräsidenten einholen müssen.«

»Selbstverständlich.«

»Sobald das getan ist, können wir die Vereinbarung vertraglich regeln.«

Flottenadmiral Dardan suchte persönlich den Ministerpräsidenten auf, um mit ihm über seine Begegnung mit Clarence Whitlow zu sprechen. Gareth Reynolds hörte schweigend zu, als Dardan die Forderung des Botschafters erläuterte und seine vorläufige Zustimmung erwähnte. Als der Admiral geendet hatte, lehnte sich der Ministerpräsident in seinem Sessel zurück und betrachtete ihn mit müdem Blick.

»War es klug, so rasch auf eine derartige Regelung einzugehen, Admiral?«

»Ich hielt es für das Beste, Sir. Wenn jenseits des Faltpunktes ein Krieg tobt, werden wir die Springerantriebe unserer sämtlichen Kreuzer reaktivieren müssen. Dies schien ein gangbarer erster Schritt zu diesem Ziel zu sein.«

»Ich sehe nicht, wie.«

»Clarence Whitlow leidet unter der gleichen Krankheit wie wir, Sir. Es fehlt ihm an Informationen, die vernünftige Entscheidungen erst möglich machen. Indem wir auf seine Bedingungen eingehen, liefern wir ihm in der Person seiner Nichte eine Informationsquelle. Sobald er – und wir – besser informiert sind, werden wir alle hoffentlich zu der Schlußfolgerung gelangen, daß unsere Interessen vergleichbar sind. In diesem Fall ist es wahrscheinlich, daß er die Springerprogramme und Codes für die übrigen Kreuzer freiwillig herausgeben wird.«

»Und wenn er entscheidet, daß unsere Interessen gegensätzlicher Natur sind?«

»Dann werden wir Bethany Lindquist auf unserer Seite haben, wenn es darum geht, ihn zu überzeugen.«

»Wie kommen Sie darauf?«

»Nachdem Whitlow und seine Nichte mein Büro verlassen hatten, sprach ich mit Kapitän Drake. Er hat Anweisung, der Frau Zugang zu allen Daten zu geben, die während der Expedition gewonnen werden.«

»Allen Daten, Admiral? Ist das weise?«

»Ich denke schon, Sir. Wir können uns nicht leisten, daß in ihr der Argwohn wächst, wir würden etwas vor ihr verbergen. Wenn wir sie richtig behandeln, wird sie nicht umhin können, unsere Bemühungen positiv zu sehen und sich mit ihnen zu identifizieren.«

»Was wissen wir über diese Bethany Lindquist?« fragte Reynolds.

Dardan zog mehrere Ausdrucke aus seinem Aktenkoffer. »Sie hat einen Lehrauftrag als Historikerin an der Universität von Alta. Gesundheitlich sollte es mit ihr keine Probleme geben. Ich habe mit ihrem Professor gesprochen, der von ihrer Sachkunde beeindruckt scheint.«

»Wie ist ihre politische Einstellung?«

»Sie scheint keine starken Überzeugungen in dieser oder jener Richtung zu haben. Wir wissen, daß sie dem Wunsch ihres Onkels, als Botschafterin der Erde seine Nachfolge anzutreten, widerstanden hat. Die Wählerlisten zeigen, daß sie regelmäßig an den Wahlen teilnimmt, aber das ist ungefähr alles … wenigstens bis in die jüngste Vergangenheit.«

»Was geschah in jüngster Vergangenheit?«

»Sie ging ein Verhältnis mit Carl Aster ein.«

Der Ministerpräsident richtete sich ruckartig auf. »Aster? Jonathan Carstairs rechte Hand?«

»Ja, Sir.«

»Höchst seltsam. Erst heute morgen reichte Carstairs eine Personalliste für die Expedition ein. Die Wissenschaftler sind alle entschiedene Anhänger der Konservativen Allianz, versteht sich – es hätte mich gewundert, wenn es andere gewesen wären. Von den Nichtwissenschaftlern waren zwei von besonderem Interesse. Carstairs nominiert Alicia Delevan als Gesandte und Carl Aster als ihren Mitarbeiter. Damit nicht genug, deutete der ehrenwerte Carstairs an, daß es Ärger geben werde, wenn Delevan und Aster nicht in die Teilnehmerliste der Expedition aufgenommen würden. Nun erzählen Sie mir, daß Clarence Whitlows Repräsentant Asters Freundin ist? Wenn ich ein mißtrauischer Mensch wäre, würde ich denken, daß die Allianz versucht, diese Expedition unter ihre Kontrolle zu bringen.«

»Als Angehöriger der Streitkräfte ist es mir nicht gestattet, in der Politik Partei zu ergreifen, Sir. Wenn Sie mich aber nach meiner professionellen Meinung im Hinblick auf die Expedition fragen …«

»Das tue ich, Admiral.«

»Dann bleibt meine Empfehlung die gleiche, Sir. Wie man auch das politische Risiko von Bethany Lindquists Verhältnis mit Aster einschätzen mag, es ändert nichts an unserer Situation gegenüber ihrem Onkel. Wir sollten sein Angebot annehmen, bevor er den Einsatz erhöht.«

Der Ministerpräsident dachte kurz darüber nach, dann nickte er. »Einverstanden. Es mag Sie überraschen, Admiral, aber unter uns Stimmenfängern gibt es noch immer einige, die die Interessen des Ganzen über die der Partei stellen. Ich habe bereits entschieden, eine

Anzahl von Carstairs' Wissenschaftlern in diese Expedition aufzunehmen. Eine Verweigerungshaltung würde zu einer unnötigen Konfrontation im Parlament führen, die leicht zu unseren Ungunsten ausgehen könnte.

Beginnen Sie mit Ihren Vorbereitungen. Ich werde einen förmlichen Vertrag aufsetzen lassen, der die Bedingungen unserer Übereinkunft mit dem Botschafter der Erde umreißt. Sagen Sie Clarence Whitlow, daß der Vertrag bis zum Wochenende unterschriftsreif sein wird.«

»Ja, Sir.«

Alicia Delevan war eine kleine Frau mit kohlschwarzem Haar und einem Gesicht, das verkniffen aussah, wenn sie nicht aufpaßte, welche Miene sie aufsetzte. Sie war vom Fach her Soziologin und Sozioökonomin von Beruf. Lange war sie der Meinung gewesen, daß der Industriellenverband die öffentliche Politik absichtlich manipuliere, um kleinere und mittlere Unternehmen in den Steuerbankrott zu treiben. Da es ihr nicht gelang, die sozialdemokratischen Parlamentsabgeordneten für ihre Thesen zu interessieren, begann sie für die Konservative Allianz zu arbeiten und für ein Gesetz zu werben, das die Steuerquote für Klein- und Mittelbetriebe, die von Einzelunternehmern geführt wurden, spürbar senken sollte. Schließlich bewarb sie sich selbst um einen Parlamentssitz.

Das war inzwischen sechs altanische Jahre her. Vor einem Jahr war sie als Belohnung für die erfolgreiche Vorbereitung zum parlamentarischen Schiffbruch eines von den Sozialdemokraten eingebrachten kostspieligen Projekts öffentlicher Arbeiten von ihrer Partei in den prestigeträchtigen parlamentarischen Raumfahrtausschuß geschickt worden. Die Ernennung war ein Zeichen gewesen, daß die Partei sie für ein höheres Amt aufbaute. Sie hatte die Arbeit interessant gefunden und Jonathan Carstairs mit ihrem politischen Verstand beeindruckt. Und sie fühlte sich ihrerseits geschmeichelt, als er ihr vorschlug, die Allianz bei der interstellaren Expedition zu vertreten.

Geschmeichelt, aber alles andere als glücklich.

Alicia Delevan hatte niemals das geringste Verlangen gehabt, in den Raum zu gehen. Ihrer Überzeugung nach gab es auf Alta mehr als genug zu tun, und Weltraumunternehmen wie die Jagd nach der *Conqueror* betrachtete sie als hinausgeworfenes Geld zur Befriedigung der Abenteuerlust des Kindes im Manne. Wie Carstairs sah sie die Antares-Supernova als ein lästiges Phänomen, und die Nachricht, daß der Faltpunkt wieder offen war, hatte sie keineswegs mit Begeisterung erfüllt. Eine Expedition zum System Napier hielt Alicia für nichts weiter als einen Versuch, vergangene Herrlichkeit wiederzubeleben.

»Warum ich?« hatte sie Carstairs gefragt, als er ihr vorgeschlagen hatte, bei der interstellaren Expedition die Konservative Allianz zu repräsentieren.

»Weil Sie klug sind und intelligent genug, zu wissen, wann man mit der Opposition zusammenarbeiten und wann man kämpfen muß. Und weil ich Ihnen vertraue.«

»Aber ich habe hier Arbeit zu tun. Wir versuchen vorgezogene Neuwahlen zu erzwingen, nicht wahr?«

»Diese *Conqueror*-Geschichte wird unsere Pläne verzögern, Alicia. Viele Wähler sind ganz aufgeregt über die Aussicht auf eine Rückkehr zu interstellaren Reisen und versprechen sich davon alles mögliche. Wenn wir heute Neuwahlen verlangen, wird die allgemeine Stimmung großer Erwartungen, so unrealistisch sie auch sein mag, Reynolds und seine Kumpane für weitere fünf Jahre ins Amt zurückschwemmen. Das können wir schwerlich riskieren, nicht?

Und aus diesem Grund brauchen wir Sie bei dieser Expedition. Die Sozialdemokraten werden dieses Ding ausschlachten und bis zum letzten Tropfen ausmelken. Wir brauchen Sie dort draußen, um den Leuten vor Augen zu führen, daß das Ende unserer Isolation kein alleiniges Verdienst der Sozialdemokraten ist.«

»Aber was wird von mir erwartet?«

»Sie sollen meine Augen und Ohren sein. Nehmen Sie günstige Gelegenheiten wahr. Arbeiten Sie mit den Sozis zusammen, wenn es Sinn ergibt, aber machen Sie ansonsten Ihre politische Gegnerschaft deutlich. Vor allem aber bringen Sie mir einen genauen und zutreffenden Bericht über die Situation dort draußen zurück.«

Alicia seufzte. »Ich nehme an, daß es keinen Sinn haben wird, Sie umstimmen zu wollen.«

Carstairs lächelte humorlos. »Überhaupt keinen. Ich brauche jemand, dem ich dort draußen vertrauen kann, und die Wahl ist auf Sie gefallen.«

9

Unter den Raumfahrern gibt es ein altes Sprichwort: »Kein Schiff verläßt jemals eine Welt, bevor die Masse der Anträge, Formulare und Genehmigungen das Körpergewicht des schwersten Mannes an Bord übersteigt.«

In dem Monat, der auf die Rückkehr der *Discovery* nach Alta folgte, kam dieses Stück Volksweisheit Richard Drake immer häufiger in den Sinn. Schließlich begann er sich zu fragen, ob es die Wirklichkeit nicht unzulässig beschönige.

Die Unterzeichnung des Vertrages zwischen der Regierung Altas und Clarence Whitlow fand sechs Tage nach dem Gespräch im Büro des Flottenadmirals im Plenarsaal des Parlaments statt, Ministerpräsident Reynolds, Jonathan Carstairs und Flottenadmiral Dardan repräsentierten Regierung, politische Parteien und Streitkräfte in der vom Fernsehen übertragenen Zeremonie. Clarence Whitlow, in der vollen Pracht seiner Diplomatenuniform mit Schärpe, vertrat die Erde. Beide Seiten unterzeichneten den Vertrag mit der gebotenen Feierlichkeit. Als das Protokoll sicher in den alten Botschaftscomputern im Keller der Admiralität gespeichert und geschützt war, griff Whitlow in die Tasche, zog einen Aufzeichnungskristall heraus und überreichte ihn dem Ministerpräsidenten unter dem Applaus der zweihundert geladenen Gäste.

Die erfolgreiche Wendung war zum Anlaß ganztägiger Feierlichkeiten gemacht worden, die in einem abendlichen Ball gipfelten. Richard Drake nahm widerwillig daran teil und fand zu seiner eigenen Überraschung Gefallen daran. Sein Vergnügen rührte zu einem guten Teil von den mehreren günstigen Gelegenheiten her, mit Bethany Lindquist zu tanzen. Beide vermieden es, ihre Meinungsverschiedenheit über Bethanys Teilnahme an der Expedition zu erwähnen; und im Laufe des Abends fanden sie, daß sie eine Anzahl gemeinsamer Interessen hatten. Drake hätte ihre Gesellschaft gern bis in die frühen Morgenstunden monopolisiert, sah sich aber als Empfänger zunehmend unfreundlicher Blicke von Carl Aster. Um Mitternacht entschuldigte er sich und verließ den Ball. Früh am nächsten Morgen ging er an Bord der *Molière,* und zwei Stunden später händigte er dem Chefingenieur an Bord der *Discovery* die Programme für die Springertriebwerke aus.

Den zugehörigen Computer online zu bringen, war schwieriger als erwartet. Hundertfünfundzwanzig Jahre lang hatte der Kreuzer im Beschuß kosmischer Strahlung gelegen. Hin und wieder prallte eines dieser mikroskopischen Korpuskel auf einen wichtigen Teil der Schaltkreise, welche die Springertriebwerke steuerten. Manchmal war die so entstandene Veränderung groß genug, um in den periodischen, aber relativ primitiven Wartungsüberprüfungen aufzufallen (es waren die einzigen Überprüfungen, die ohne die Operationscodes des Computers möglich waren). In anderen Fällen aber war der Schaden zu subtil, um ohne weiteres entdeckt zu werden. Das Ergebnis war eine allmähliche Ansammlung einsetzender Fehler im Computer und seinen peripheren Geräten. Volle zehn Prozent der Computerschaltungen versagten in den selbsttätigen Prüfungsläufen, nachdem der Computer ans Netz angeschlossen worden war, und die ständigen Wartungsüberprüfungen in den folgenden zwei Wochen ergaben einen ähnlich hohen Prozentsatz.

Drake war gezwungen, mehr qualifizierte Techniker für den Computer einzusetzen, als er ursprünglich veranschlagt hatte. Das führte zu einer Personalknappheit bei der Überprüfung der übrigen Bordsysteme. Um nicht noch mehr Zeit zu verlieren, improvisierte er, wo es möglich war. Nachrichtentechniker wurden mit der Überprüfung der lebenserhaltenden Systeme beauftragt, Waffentechniker befaßten sich mit Radaranlagen und Infrarot-Suchgeräten. Triebwerksspezialisten halfen beim Ausgleich der elektromagnetischen Kraftfelder zur Fixierung des Masseumwandlers. Trotz der Personalknappheit bestand Drake darauf, daß jeder Teil des Schiffes mit peinlicher Gründlichkeit geprüft und erprobt werde. Jedes Teil, das auch nur den leisesten Verdacht erregte, wurde ersetzt, bis hinunter zur Kaffeemaschine in der Mannschaftsmesse.

Bei alledem war die *Discovery* nicht Drakes einzige Sorge. Als Expeditionsleiter war er auch verantwortlich für die Beaufsichtigung der Vorbereitungen zur Aufnahme des wissenschaftlichen Personals und seiner Geräte und Instrumente an Bord des Passagierschiffes, das den Kreuzer begleiten sollte.

Im Jahre 2512 war die *City of Alexandria* ein überaltertes Passagierschiff gewesen, das den Antares-Haufen anflog. Es hatte sich auf einem seiner zwei jährlichen Besuche im System Valeria befunden, als der Faltpunkt verschwunden war. Im Gegensatz zu den Kreuzern hatte die neuerdings von der Außenwelt abgeschnittene Kolonie keinen zwingenden Grund gesehen, die *Alexandria* in Betrieb zu halten. Das Schiff war sogleich in eine sichere Umlaufbahn gebracht und eingemottet worden, um so auf den Tag zu warten, da es für interplanetarische Transporte innerhalb des Systems Valeria benötigt würde. Nach hundert Jahren hatte ein Syndikat von Investoren das Schiff erworben. Diese hatten geplant, es in einen fliegenden Vergnügungspalast umzuwandeln und Kreuzfahrten innerhalb des Systems anzubieten, doch war ihnen das Geld ausgegangen, bevor Umbau und Neuausstattung fertiggestellt waren. In den nächsten zwei Jahrzehnten war das alte Passagierschiff eine Art weißer Elefant gewesen und hatte wechselnde Besitzer gesehen.

Als die *Conqueror* am Himmel Altas erschien, war das Schiff seit mehr als einem Jahr zum Verkauf ausgeschrieben.

Richard Drake und Bela Marston saßen in ihren Schutzanzügen Seite an Seite auf der Sitzbank eines kleinen, eiförmigen Beibootes, das für Kurzstreckenflüge zwischen Schiffen und Stationen in Umlaufbahnen verwendet wurde. Es war nicht viel mehr als eine Kabine, die von Treibstofftanks und Steuerungstriebwerken umgeben war. Was dem Boot an Komfort mangelte, wurde jedoch mehr als ausgeglichen durch die spektakuläre Aussicht durch den transparenten Kunststoff seines Rumpfes.

Das Beiboot war mit seinen Landekufen zum Himmel und mit seiner blasenförmigen Kabine zum Planeten hin orientiert. Daher hing Alta über ihnen, eine in schwarzen Samt gebettete, riesige und erdrückende Kugel. Unmittelbar voraus lag ein weißer Wolkenwirbel über blauem Ozean, der sich bis zum Horizont erstreckte. Darüber und zur Linken schimmerte die Eiskappe des Südpols. Zur Rechten schob sich der Hauptkontinent wie ein gewaltiger stumpfer Keil ins Voss-Meer, gefolgt von den Paradiesinseln als Anhängsel.

»*City of Alexandria* meldet, daß das Andockportal jetzt frei ist, Kapitän«, sagte Marston. »Wir haben Erlaubnis, mit dem Andockmanöver zu beginnen.«

»Dann bringen Sie uns hin, Nummer Eins.«

»Ja, Sir.«

Drake blickte nach vorn, hinaus über die im Bug gebündelten Düsenöffnungen. Er suchte den Raum nach einem kleinen geometrischen Körper ab, und nach ein paar Augenblicken wurde er mit dem Anblick eines kleinen, im Raum hängenden Zylinders belohnt. Dieser wuchs im Laufe der nächsten Minuten, und kleinere Formen begannen in seinem Umkreis sichtbar zu werden. Während sie sich weiter näherten, konnten sie mit bloßen Augen sehen, daß der Zylinder mehrere Male in der Minute um seine Achse rotierte.

Die *City of Alexandria* war ungefähr von gleicher Größe wie der Kreuzer, doch war das Passagierschiff im Gegensatz zu diesem nach einem zylindrischen Bauplan konstruiert. Die Wohnquartiere befanden sich um die Peripherie, wo die rotationserzeugte Schwerkraft sich am meisten auswirkte; die Laderäume befanden sich innenbords und nahe der Schiffsachse; Treibstofftanks und Triebwerke waren achtern untergebracht. Ungefähr in der Mitte öffneten sich mehrere große Luken in der Außenhaut des Schiffes, die wie tiefe Brunnen in die Laderäume führten. Eine weitere Öffnung, die am Schiffsbug in der Rotationsachse lag, diente als Andockportal, während das Schiff rotierte.

Das Passagierschiff wurde zusehends größer und massiger, als das Beiboot näher kam. Raumfähren hingen vor dem Bug der *Alexandria* und warteten auf Einlaß ins Andockportal. Marston manövrierte das Beiboot durch die Versammlung der geflügelten Fähren und ging in Position vor den geschlossenen Toren des Portals. Als wären sie cybernetisch ferngesteuert, öffneten sich Tore bei ihrer Annäherung weit und gaben den Blick ins Innere frei. Marston beobachtete das rotierende Portal, dann gab er seinem Steuerknüppel eine geschickte Drehung und mit einem plötzlichen Ausbruch gedämpften Geräusches feuerten die Düsen zur Stabilisierung der Fluglage. Innerhalb mehrerer Sekunden schien sich die Rotation des Schiffes zu verlangsamen und dann ganz aufzuhören. Marston vergewisserte sich durch Augenschein und Instrumentenablesung, daß die Rotation des Beiboots mit der des Schiffes synchron verlief, dann schob er den Steuerknüppel nach vorn. Langsam glitt das Beiboot in das Riesenmaul des Schiffes.

Drinnen wurden sie weit vom Portal zu einem Vertäuungspunkt dirigiert. Sobald ihr Fahrzeug festgemacht war, überprüften Drake und Marston ihre Anzüge auf Druckfestigkeit, dann ließen sie die Luft aus dem Beiboot ins Vakuum entweichen. Drake schnallte sich los, zog sich aus der Enge der Kabine und Hand über Hand weiter eine Sicherheitsleine entlang in die annähernd schwerelose Abteilung. Nachdem er sich vergewissert hatte, daß sein Erster Offizier folgte, hangelte er weiter zu einer Luftschleuse. Kenil Fallan, der Kapitän der *Alexandria,* erwartete sie auf der anderen Seite.

»Haben wir Erlaubnis, an Bord zu kommen, Sir?« fragte Drake.

»Erlaubnis erteilt und willkommen, Kapitän«, erwiderte Fallan. Marston wiederholte die alte Formalität und erhielt die gleiche Antwort. Nachdem so dem Brauch Genüge getan war, grinsten Drake und Fallan und schüttelten sich die Hand.

»Diese neuen Ärmelstreifen sehen mächtig eindrucksvoll aus, Kenil.«

»Wie ich höre, hast du mich für sie empfohlen, Richard.«

Drake zuckte die Achseln. »Der Admiral traf die endgültige Entscheidung.«

»Jedenfalls danke.«

»Gern geschehen. Nun, wie entwickelt sich dein neues Kommando?«

»Nicht gerade so wie in unseren Tagen als Offiziersanwärter an Bord der *Dagger,* als Putzen und Wienern ganz oben auf der Tagesordnung stand, aber die Besatzung ist erstklassig. Die Leute haben alles auseinandergenommen, was auseinandergenommen werden kann, haben sich mit Instandhaltungs- und Wartungsarbeiten abgemüht, bis sie blau im Gesicht waren, und insgesamt gute Arbeit geleistet. Die Zivilisten sind ein anderes Kapitel. Sie scheinen nicht zu begreifen, daß sie nicht überall hingehen und alles tun können, was sie wollen und wann sie es wollen. Bei jeder Wache muß ich irgendwelche kleinlichen Streitigkeiten unter den Wissenschaftlern schlichten.«

Drake nickte. »Darum sind wir hier. Sind alle versammelt?«

»Ja.«

»Dann gib uns ein paar Minuten Zeit, daß wir diese Anzüge ablegen können, und wir werden ihnen die Leviten lesen.«

»Sehr gut. Komm mit; ich zeige dir, wo die Spinde sind.«

AN: Flottenkapitän Richard Drake
Kommandierender Offizier
Interstellare Expedition Eins

BETRIFFT: Operationsbefehl
Interstellare Expedition Eins

1. Sie werden hiermit beauftragt, aus den Marineschiffen *Discovery* und *City of Alexandria* sowie den Cryogentankern *Sultana* und *Haridan* die Einsatzgruppe 001, Interstellare Expedition Eins, zu bilden.
2. Sie werden das Kommando über die Einsatzgruppe 001 übernehmen und sie für die Expedition vorbereiten.
3. Nach Abschluß der Vorbereitungen werden Sie die Einsatzgruppe zum Valeria-Napier-Faltpunkt führen, wo Sie durch den Faltraumübergang ins System Napier eintreten werden.
4. Die Einsatzgruppe wird die folgenden Aufträge ausführen:

4.1 Sie werden die gegenwärtige politische Situation im menschlich besiedelten Raum erkunden und einschätzen.

Insbesondere werden Sie feststellen, ob jenseits des Systems Valeria interstellare Kriegshandlungen stattfinden. Sofern es Ihnen möglich ist, werden Sie die Identität der kriegführenden Parteien, relative Stärke und die Ursachen des Konflikts feststellen.

4.2 Sie werden die Auswirkung der Antares-Supernova auf die Struktur des Faltraums untersuchen.

4.3 Sie werden insbesondere die Auswirkung Antares-Supernova auf das System Napier untersuchen.

4.4 Sie werden den Ihrem Kommando unterstellten Wissenschaftlern und Parlamentariern jede im Rahmen Ihres Auftrags mögliche und zweckmäßige Unterstützung gewähren.

5. Einsatzgruppe 001 kann zusätzliche Faltraumübergänge durchführen, wenn solche nach Ansicht des Kommandeurs erforderlich sind, um die Ziele der Mission zu erreichen. Zusätzliche Übergänge sollen jedoch nicht allein zur Erreichung untergeordneter Ziele durchgeführt werden.

6. Die Einsatzgruppe 001 ist autorisiert, das Minimum an Gewalt anzuwenden, das zur Erreichung des ersten Ziels der Mission erforderlich ist, oder in Selbstverteidigung zu handeln, sollten fremde Streitkräfte eine feindselige Haltung einnehmen.

7. Alle Daten, die das Schlachtschiff *Conqueror* betreffen, sollen als Staatsgeheimnis betrachtet und nicht-altanischem Personal nicht zugänglich gemacht werden.

8. Die Einsatzgruppe 001 wird nach Erreichen des ersten Ziels der Mission oder nach Ablauf von 181 Tagen nach dem ersten Faltraumübergang zum System Valeria zurückkehren.

(Unterzeichnet)	(Unterzeichnet)
Gareth Reynolds	Luis Emilio Dardan
Ministerpräsident	Flottenadmiral
Republik Alta	Raumstreitkräfte

Wie ursprünglich geplant, sollte die Expedition jenseits des Faltpunktes eine militärische und wissenschaftliche bewaffnete Aufklärung sein. Da sie in potentiell feindlichen Raum eindringen würde, lagen Verantwortung und Befehlsgewalt allein bei den Raumstreitkräften.

Die Hauptziele der Expedition waren ziemlich geradlinig: Feststellung, wie es zur Zerstörung der *Conqueror* gekommen war, Kartierung der Veränderungen in der Struktur des Faltraumes, und Klärung des Schicksals von New Providence nach der Supernova. Wären dies die einzigen Ziele gewesen, so hätte die Einsatzgruppe 001 auf die *Discovery* und einen einzigen Tanker beschränkt bleiben können. In Zusammenarbeit mit der Admiralität hatte die Universität von Alta zwei kleine wissenschaftliche Arbeitsgruppen zusammengestellt. Die erste bestand aus Fachleuten der Gebiete Anthropologie, Archäologie, Geschichte, Politologie, Psychologie und Soziologie. Ihre Aufgabe war die Einschätzung der Folgen und Auswirkungen, die der Ausbruch der Supernova auf die anderen Systeme des Antares-Haufens gehabt hatte. Die zweite Arbeitsgruppe bestand aus den Astronomen und Physikern, die ursprünglich von Admiral Dardan und Stan Barrett verpflichtet worden waren, um die Struktur des Faltraumes innerhalb des Systems Valeria zu kartieren. Sie sollten in jedem der besuchten Systeme die gleiche Arheit übernehmen und so ein Gesamtbild von den großräumigen Auswirkungen der Supernova auf die Struktur des Faltraumes schaffen.

Unglücklicherweise war die Vorstellung der Admiralität von einer ›schlanken‹ Expedition bei einer Anzahl einflußreicher Persönlichkeiten nicht auf Gegenliebe gestoßen. Die Ankündigung, daß der Faltpunkt wieder offen sei, hatte eine elektrisierende Wirkung auf die Gesellschaft Altas gehabt. So hatte es nicht lange gedauert, bevor die ersten Anfragen von Einzelpersonen und Gruppen eingegangen waren, die sich der Expedition anschließen wollten.

Die erste derartige Anfrage kam von der Heiligen Ökumenischen Kirche von Alta. Seine Eminenz, der Bischof von Homeport, erschien persönlich in der Admiralität, um sein Anliegen zu vertreten.

»Sicherlich anerkennen Sie die Bedeutung, welche die Wiederherstellung der Verbindung mit unserer Mutterkirche auf Erden für uns hat«, sagte der Bischof.

»Ich bin nicht sicher, daß ich das beurteilen kann, Euer Eminenz«, erwiderte Dardan.

»Es geht nicht nur um die Angleichung des kanonischen Rechts, das in der Zwischenzeit, bedingt durch die staatliche Gesetzgebung, Veränderungen erfahren hat, sondern vor allem um die Notwendigkeit, daß unsere Mutterkirche die während der langen Isolation von uns vorgenommenen Ernennungen von Bischöfen und Priesterweihen bestätigt. Und schließlich geht es um die Angleichung der kirchlichen Lehre, die im Laufe eines Jahrhunderts sicherlich Veränderungen erfahren hat, von denen wir nicht wissen.«

»Aber sicherlich kann dies alles auf eine künftige Expedition warten, Euer Eminenz, zumal noch völlig offen ist, ob diese Expedition bis zur Erde vordringen wird.«

»Ich glaube, Admiral, daß unser Anliegen keinen Aufschub duldet. Zumindest sollte ein Kardinal der

Kirche zu uns kommen, um die anstehenden Fragen zu klären. Und wir müssen dem Heiligen Vater eine Petition überreichen, daß er für die Kirchenprovinz Alta einen eigenen Kardinal ernennt.«

Dardan seufzte. »Wie viele Emissäre möchten Sie entsenden?«

»Nicht viele, mein Sohn.« Der Bischof überlegte etwas. »Nicht mehr als dreißig.«

Das war zuviel. »Eher sehen Sie mich in der Hölle, bevor Sie meine Schiffe mit dreißig Geistlichen vollpacken, Eminenz!«

»Das mag durchaus sein, mein Sohn«, erwiderte der Bischof freundlich.

Das nächste Verlangen nach Beteiligung war vom Industriellenverband gekommen, der die fünfzig größten Unternehmen Altas vertrat. Nachdem das Präsidium des Industriellenverbandes erfahren hatte, welcher Empfang dem Bischof zuteil geworden war, umging es die Admiralität und wandte sich ans Parlament, wo es über seine Abgeordneten die Teilnahme einer Delegation von zweiundzwanzig Vertretern des Verbandes ›an dieser ersten interstellaren Handelsmission in mehr als einem Jahrhundert‹ zu erwirken suchte.

Eine Woche nach der Unterzeichnung des Whitlow/Alta-Abkommens lagen dem Parlament nicht weniger als dreiundsechzig ähnliche Anfragen vor.

Die Admiralität konterte den Industriellenverband und die anderen Antragsteller mit dem Argument, daß eine Expedition in ein Kriegsgebiet kein Ort für überzählige Zivilpersonen sei. Das Parlament setzte einen Ausschuß zur Untersuchung der Frage ein. Da ihm der erhebliche politische Einfluß verschiedener Antragsteller nur zu bekannt war, entschied der Ausschuß, daß eine begrenzte Zahl von parlamentarischen Freibriefen zur Teilnahme an der Expedition vergeben werden sollte und wies die Admiralität an, für die so Begünstigten Raum an Bord der *City of Alexandria* zu finden.

So kam es, daß Richard Drake fünfzig ›ausgewählte Repräsentanten‹ aufgeladen wurden, verbunden mit der Anweisung, ihnen ›in jeder Weise behilflich zu sein‹. Zusätzlich zu je zwei Vertretern der beiden großen politischen Parteien und einer Delegation von vier Geistlichen gab es jeweils zwei Repräsentanten des Industriellenverbandes, des Dachverbandes der Gewerkschaften, der Lehrervereinigung, der Unabhängigen Handelsunternehmen und des Ärzteverbandes. Kleineren Interessengruppen wurde nur ein einziger Repräsentant zugestanden. Jeder der Ausgewählten erhielt einen Kabinenplatz und eine Arbeit an Bord. Einige waren sogar nützlich. So wurden die Ärzte beispielsweise zu Schiffsärzten an Bord der *Alexandria* ernannt, so daß die Marineärzte, die sie ersetzten, auf die zwei Cryogentanker verteilt werden konnten.

Die vier Politiker an Bord des Passagierschiffes sollten als diplomatische Vertreter dienen, falls die Expedition ein bewohntes System ansteuerte. Man war übereingekommen, daß die beiden Parteien sich in die diplomatischen Anstrengungen der Expedition teilen sollten. Stan Barrett und Alicia Delevan, die dem Raumfahrtausschuß des Parlaments angehörte, sollten gemeinsam als Botschafter auftreten. Drake hatte den Gedanken einer Aufteilung diplomatischer Autorität ungünstig gefunden, behielt seine Meinung über die Regelung aber für sich.

Mehrere Tage zuvor hatte Drake an Bord der *Discovery* den Besuch eines Mitglieds dieser diplomatischen Delegation empfangen. Er war in die Aufarbeitung seines verwaltungstechnischen Papierkrieges vertieft gewesen, als jemand an die Tür seiner Kabine geklopft hatte. Als er von seiner Arbeit aufgeblickt hatte, war Carl Aster schon eingetreten.

»Was kann ich für Sie tun, Mr. Aster?«

»Ich möchte auf dieses Schiff versetzt werden, Kapitän«, hatte Aster gesagt.

»Tut mir leid, ich habe keinen Platz, Sie unterzubringen. Wir müssen so viele Ersatzteile und Versorgungsgüter an Bord nehmen, daß wir schon so aus den Nähten platzen. Sogar die Duschkabinen sind mit Lebensmittelvorräten angefüllt. Es wird einen Monat dauern, bis wir uns soweit durch die Vorräte gegessen haben werden, daß einige Duschen wieder ihrem eigentlichen Zweck zugeführt werden können.«

»Verdammt noch mal, Mann! Meine Verlobte ist an Bord dieses Schiffes.«

»Werden Sie und Bethany heiraten?« hatte Drake gefragt. »Meinen Glückwunsch! Ich wußte es nicht.«

»Es ist noch nicht offiziell, aber wir haben eine klare Vereinbarung. Sicherlich können Sie meinen Wunsch verstehen, mit ihr zu sein.«

»Ich verstehe vollkommen, Mr. Aster. Aber das ändert nichts an der Sache. Ich persönlich hätte Miss Lindquist am liebsten auf die *Alexandria* versetzt, wenn sie in ihrer Funktion hier nicht unabkömmlich wäre. Wenigstens würde sie dort mit anderen Frauen zusammen sein.«

Aster hatte an seiner Unterlippe genagt. »Ich hatte gehofft, wir könnten dies unter uns regeln, Kapitän. Wenn ich aber über Ihren Kopf hinweg handeln muß, werde ich es tun.«

»Die Antwort wird trotzdem nein sein. Nun, wenn Sie mich entschuldigen wollen, ich habe Arbeit zu tun.«

Aster war hinausgestampft. Drake hatte halb damit gerechnet, Anweisung zur Verlegung des Politikers auf das Flaggschiff der Expedition zu erhalten. Als keine kam, fand er, daß der Gedanke, Bethany Lindquist und Carl Aster auf zwei verschiedenen Schiffen zu wissen, ihn beträchtlich aufmunterte.

10

Als Kenil Fallan Richard Drake und Bela Marston eine Serie von Treppen hinab in immer stärker fühlbare Schwere führte, bemerkte Drake, daß der *City of Alexandria* ein schäbiges Aussehen eigen war. Wo das Innere der *Discovery* im Glanz polierten Metalls und frischer Farbe erstrahlte, waren der *Alexandria* zwanzig Jahre Vernachlässigung deutlich anzusehen. Die Korridorwände waren früher einmal mit teuren Hartholzvertäfelungen und Lampenfassungen aus massivem Messing ausgestattet gewesen. Das Holz war verschwunden, von einem früheren Eigentümer herausgerissen, um es einem reichen Mann zu verkaufen, der sein Herrenhaus mit den wertvollen Vertäfelungen stilvoll ausstatten wollte. Die vereinzelten Messingfassungen, die noch an Ort und Stelle waren, zeigten sich bis zur Unkenntlichkeit schwärzlich angelaufen. Wohin man sah, blätterte die Farbe ab und gab schmutzige, bräunliche Flecken getrockneten Paneelklebers frei.

»Der Zustand meines Schiffes läßt leider zu wünschen übrig«, sagte Fallan, als sie bei geringer Schwere durch einen Korridor zwischen Treppenhäusern glitten. »Wir waren zu sehr damit beschäftigt, es einsatzbereit zu machen, um uns der Verschönerung anzunehmen.«

»Es wird eine lange Mission sein, Kenil. Für diese Dinge werden wir nach dem Start Zeit genug haben.«

»Ja, das dachte ich mir auch. Ich habe meinen Offizieren gesagt, die Männer mit Abkratzen und Anstreichen zu beschäftigen, sobald wir die Umlaufbahn verlassen.«

Ihr Ziel war der Ballsaal der *Alexandria*. Auf der äußersten Ebene gelegen, wo die Schwere am höchsten war, hatte der Ballsaal eine eindrucksvolle Größe. So weiträumig war er, daß das Deck unter den Füßen eine wahrnehmbare Krümmung zeigte. Um den großen Raum zu nutzen, war es allerdings erforderlich, das Schiff in Rotation zu versetzen und so die Pseudoschwerkraft zu erzeugen. Während des Fluges unter Antrieb, wenn die Schwere achtern statt außen war, wirkte der Saal wie ein tiefer, bogenförmiger Brunnen von begrenztem Nutzen. Da aber kein Raumschiff sich die Vergeudung von so viel Raum leisten kann, hatten die Konstrukteure des Schiffes vier einziehbare Decks installiert. Aus ihren Wandschlitzen ausgefahren, unterteilten sie den Saal in eine Reihe kleinerer Räume.

In den zwei Wochen, seit die Wissenschaftler und anderen Zivilisten an Bord der *Alexandria* gegangen waren, hatte Kapitän Fallan einen nicht abreißenden Strom von Klagen und Beschwerden über die Zuweisung von Kabinen, Arbeitsräumen und die Lebensbedingungen im allgemeinen gemeldet. Zu seiner Überraschung hatte Drake seine Meldung mit der Bitte um Vorlage einer vollständigen Liste der Beschwerden beantwortet.

»Du solltest dich nicht mit solchen Kleinigkeiten abgeben, Richard«, hatte Fallan gesagt. »In den meisten Fällen versuchen die Beschwerdeführer lediglich ihren Status in der Hackordnung herzustellen. Wir hören Ihnen zu, machen beruhigende Geräusche und lassen es damit bewenden.«

»Die Beschwerden sind nicht belanglos, Kenil. Auch solltest du sie nicht so behandeln. Sie sind symptomatisch für ein Problem, das wir lösen müssen, bevor es außer Kontrolle gerät. Ich schlage vor, daß du für morgen um acht Uhr eine Versammlung deiner sämtlichen Offiziere und des zivilen Personals einberufst. Ich werde dafür sorgen, daß auch die Tankerkapitäne verständigt werden.«

»Ja, Sir.«

Zwei Marinesoldaten vom fünfzig Mann starken Kontingent der *Alexandria* flankierten den Eingang zum Ballsaal, als die drei Offiziere eintrafen. Die Marinesoldaten nahmen Haltung an und salutierten. Drake grüßte zurück, dann stieg er über den erhöhten Süllrand in den Ballsaal.

Der große Raum war durch Sitzreihen vor einem erhöhten Podium mit Rednerpult in einen Vortragssaal umgewandelt worden. Als Drake den Saal betrat, rief einer der Marinesoldaten am Eingang »ACH-TUNG!« Mehrere uniformierte Gestalten sprangen auf und machten Front zum Eingang. Auch einzelne Zivilisten standen auf, wenn auch in einer viel entspannteren Art und Weise. Die meisten der mehr als hundert Anwesenden blickten lediglich auf, um sich dann wieder ihren Einzelgesprächen zuzuwenden.

Drake schritt durch den Gang der Seite des Saales nach vorn, bestieg das Podium und trat hinter das Rednerpult. Während er auf ein Nachlassen des allgemeinen Gemurmels wartete, ließ er seinen Blick durch den Raum schweifen. In der zweiten Reihe sah er Bethany Lindquist und Carl Aster sitzen und Hände halten, und der Anblick verursachte einen momentanen Stich von Eifersucht. Auch Professor Planowitsch saß in der zweiten Reihe, drei Sitze von Aster entfernt. Drake erkannte ein Dutzend anderer Mitglieder des wissenschaftlichen Personals, darunter mehrere Frauen. Im rückwärtigen Teil des Raums waren die Kapitäne und Offiziere der Cryogentanker und die Piloten der Aufklärer und Landungsboote von *Discovery* und *City of Alexandria.* Drake befahl den Stehenden, sich zu setzen. Das militärische Personal gehorchte, und allmählich begann das gedämpfte Stimmengewirr zu verstummen. Drake wartete, bis die Menge still geworden war, bevor er das Wort ergriff.

»Ich danke Ihnen, daß Sie gekommen sind, meine Damen und Herren. Ich bat Kapitän Fallan, diese Versammlung einzuberufen, um einige Dinge klarzustellen, bevor wir die Umlaufbahn verlassen. Zuerst möchte ich all jene, die nicht aufstanden, als ich den Saal betrat, bitten, dies jetzt zu tun.«

Es folgte eine Erneuerung des Stimmengewirrs, und eine Sekunde lang rührte sich niemand. Dann begannen die Mächtigen von Alta nach und nach zögernd aufzustehen. Zuerst einer, dann zwei, dann kleine Gruppen, bis die Szene schließlich genau das Gegenteil derjenigen war, die sich vor ein paar Minuten geboten hatte.

»In den nächsten Monaten werden Sie alle an Bord dieses Schiffes leben und arbeiten. Sie werden inzwischen bemerkt haben, daß wir zu viele Leute sind, die auf zu engem Raum zusammengedrängt sind, und daß es für inkompatible Persönlichkeiten wenig Gelegenheit gibt, einander aus dem Wege zu gehen. Das ist ganz normal, und wir Raumfahrer haben vor langer Zeit Verhaltensregeln entwickelt, um die Streßerscheinungen des Bordlebens zu minimieren. Die Verhaltensregeln beruhen auf drei Prinzipien: Respekt vor den Mitmenschen, gewöhnliche Höflichkeit und Einsicht in die Tatsache, daß ein Schiff im Raum keine Demokratie ist.

Zu den grundlegendsten Prinzipien dieser Verhaltensregeln gehört der Respekt, der einem kommandierenden Offizier an Bord des Schiffes entgegengebracht wird. Aus den gleichen Gründen, die verlangen, daß man aufsteht, wenn ein Richter den Gerichtssaal betritt, so sollten auch Sie aufstehen, wenn ein Kapitän einen Raum betritt. Durch diese Handlung soll die Achtung vor dem Rang ausgedrückt werden, weniger vor dem Mann, der ihn bekleidet. Da jeder von Ihnen, der jetzt steht, es vorzog, diese einfache Höflichkeit zu ignorieren, werden Sie für das Versehen bezahlen, indem Sie sich sofort nach dem Start aus der Umlaufbahn bei Kapitän Fallan melden. Er wird Ihnen als

Buße vierzig Stunden Schiffsinstandhaltung zuweisen.«

Sekundenlang verharrte alles in schockiertem Schweigen, dann folgte eine Explosion von Protesten. Drake ließ den Lärm über sich ergehen und tat nichts, um ihn zum Verstummen zu bringen. Schließlich war alles wieder still.

»Ich entnehme Ihrer Reaktion, daß Sie mich für übermäßig hart halten«, sagte er.

»Verdammt richtig!« schrie jemand aus einer der hinteren Reihen.

»Sie sollten dankbar sein, daß Sie so leicht davonkommen. Es ist wahr, daß ich Ihre unbeabsichtigte Beleidigung hätte ignorieren können. Ich hätte erläutern können, warum wir diese kuriosen Bräuche an Bord unserer Schiffe haben, und Sie bitten können, darauf einzugehen, indem Sie sich ihnen beugen. Ich hätte das tun können, aber ich unterließ es. In einer Notsituation kann sehr leicht der Fall eintreten, daß Ihr Leben von Ihrem sofortigen, bedingungslosen Gehorsam gegen meine oder Kapitän Fallans Befehle abhängt. Da solch bedingungsloser Gehorsam niemandem von Natur aus einfällt, habe ich mich entschieden, Sie in einer Weise zu erziehen, die Sie in Erinnerung behalten werden.«

»Und wenn wir uns weigern, klein beizugeben?« fragte ein weißhaariger Mann in der fünften Reihe.

»Ihr Name, Sir?«

»Greg. Tobias Greg, Vertreter des Dachverbandes der Gewerkschaften.«

»Gut, Mr. Greg. Meine Antwort auf bewußte Mißachtung von Befehlen hängt von dem Stadium der Mission ab, in dem wir uns zum betreffenden Zeitpunkt finden. Zum Beispiel, wenn Sie sich weigern, meinen Befehl jetzt auszuführen, werde ich Sie von den Marinesoldaten in eine der Versorgungsfähren stecken und nach Alta zurückbringen lassen. Sollte Ihre Weigerung kommen, nachdem wir die Umlaufbahn verlassen haben, könnte ich Sie erschießen lassen, um für andere ein Exempel zu statuieren.«

Mehrere Adamsäpfel hüpften auf und nieder, als ihre Eigentümer angestrengt schluckten, aber niemand meldete sich zu Wort. Drake fuhr fort: »Nun, genug davon. Wenden wir uns dem eigentlichen Grund dieser Versammlung zu. Fregattenkapitan Marston wird Ihnen die Expeditionsbefehle vorlesen.«

Marston tauschte den Platz mit Drake und begann langsam und gemessen zu lesen. Während sein Erster Offizier las, beobachtete Drake die Menge. Verglichen mit ihrem Verhalten vor einigen Minuten, war ihre Stimmung sehr gedämpft. Als Marston geendet hatte, kehrte Drake ans Rednerpult zurück.

»Gibt es irgendwelche Fragen im Zusammenhang mit diesen Befehlen?« Als niemand antwortete, erklärte er: »Lassen Sie im Protokoll festhalten, daß es keine Einwände gab, Kapitän Fallan!«

»Ja, Sir!« antwortete Fallan.

»Wird Ihr Schiff in drei Tagen startbereit sein?«

»Ja, Sir.«

»Kapitän Trousma?«

»Ja, Sir«, sagte der Fregattenkapitän des Cryogentankers *Haridan* und stand auf.

»Wird Ihr Schiff in drei Tagen startbereit sein?«

»Ja, Sir.«

Drake ging die Liste der Schiffsoffiziere durch und stellte jedem die gleiche Frage. Jede Antwort war eine Bestätigung. Dann begann er mit den Wissenschaftlern.

»Professor Planowitsch.«

»Ja, Kapitän Drake.«

»Ist all Ihr Gerät an Bord und verstaut?«

»So ist es.«

»Ich hörte, daß Sie eine Klage über Ihre Kabine haben.«

Planowitsch blickte unschlüssig, dann sagte er:

»Nun ja, das stimmt. Es stinkt! Der Geruch ist so schlecht, daß ich nachts nicht schlafen kann. Ich habe Kapitän Fallan gebeten, mir eine andere Kabine zuzuweisen.«

»Kapitän Fallan!«

»Ja, Sir.«

»Haben Sie eine überzählige Kabine für Professor Planowitsch?«

»Nein, Sir. Es sei denn, er möchte in eines der Gemeinschaftsquartiere mit Etagenbetten umziehen.«

»Möchten Sie bei den Marinesoldaten schlafen, Professor?«

»Ich denke, meine Stellung berechtigt mich zu einer Einzelkabine.«

»Selbstverständlich. Aber Sie haben eine Einzelkabine, Sir.«

»Aber sie stinkt!«

»Antrag abgelehnt. Wenn Sie den Geruch nicht ertragen können, packen Sie Ihre Sachen und melden Sie sich im Büro des Quartiermeisters. Er wird Ihnen einen Platz an Bord einer der zurückkehrenden Fähren besorgen.« Drake wandte den Blick von dem weißhaarigen Astronomieprofessor und gab vor, die plötzliche Röte in dessen Gesicht nicht zu bemerken.

»Es tut mir leid, wenn andere unter Ihnen unter ähnlichen Unbequemlichkeiten zu leiden haben. Aber dies ist ein altes Schiff mit einer bewegten Vergangenheit und voll von unangenehmen Gerüchen. Je eher wir es reinigen und in Ordnung bringen, desto eher wird das Problem gelindert. Nun, Mr. Hamadi, ich glaube, Sie hatten eine Beschwerde ...«

Nach der Abreibung, die er Planowitsch gegeben hatte, entdeckte Drake, daß niemand sonst an irgend etwas Anstoß zu nehmen schien. Er fuhr fort, seine Liste zu verlesen, und fragte jede Person der Reihe nach, ob sie bereit sei, die Reise anzutreten. Alle erklärten ihre Bereitschaft. Er beendete seine Verlesung mit Bethany Lindquist.

»Miss Lindquist, ist die Repräsentantin der Erde bereit, die Reise anzutreten?«

»Ich bin es, Kapitän Drake«, sagte sie mit klarer, fester Stimme.

»In diesem Fall, meine Damen und Herren, gebe ich hiermit den folgenden Befehl an alle Schiffe aus: Einsatzgruppe 001, Interstellare Expedition Eins, wird die Umlaufbahn um Alta am fünfzehnten Apollo 2637, um zwölf Uhr verlassen, heute in drei Tagen. Ich fordere jeden von Ihnen auf, daß Sie Ihren Bedarf und Ihr Gerät auf Vollständigkeit überprüfen. Wenn etwas bis zum Start nicht an Bord ist, werden Sie ein halbes Standardjahr ohne es auskommen müssen. Sofern es keine weiteren Fragen gibt, erkläre ich diese Versammlung für beendet. Bitte stehen Sie auf und warten Sie, bis ich den Raum verlassen habe.«

Diesmal folgten alle der Aufforderung. Drake schritt hinaus in den Korridor, gefolgt von Kapitän Fallan und Fregattenkapitän Marston. Als sie eine Biegung umrundet hatten, wandte sich Drake an seinen alten Kollegen.

»Nun, Kenil, wie fandest du meine Vorstellung?«

Fallan grinste. »Ich dachte, mehreren Leuten würden die Gebisse herausfallen, als du ihnen den Befehl gabst, sich zur Arbeit zu melden.«

»Und Sie, Mr. Marston? Glauben Sie, daß ich mit Planowitsch zu hart umgesprungen bin?«

»Sie mußten es mit jemandem machen, Kapitän. Es war sein Pech, daß er oben auf Ihrer Liste stand.«

Fallan nickte. »Sie haben recht, Mr. Marston. Es mußte eine Lektion erteilt werden.«

»Vielleicht, Kenil. Aber damit habe ich dir ein Problem hinterlassen. Du hast jetzt zumindest einen sehr zornigen Wissenschaftler am Hals, und wahrscheinlich noch viel mehr. Ich glaube, wir sollten überlegen, wie du deine Passagiere wieder in eine kooperative Stimmung bringen kannst.«

»Richtig. Gehen wir in mein Büro.«

»Gut. Zeig uns den Weg.«

Zwei Tage später sah Carl Aster sich in der Messe der *City of Alexandria* vor Mikhail Planowitsch. Beide warteten in der Schlange vor der Kaffeemaschine. Ihre Positionen in der Reihe waren nicht ganz zufällig. Aster hatte gemerkt, wohin Planowitsch steuerte, und hatte sich beeilt, vor ihm dort zu sein.

»Hallo«, sagte er und gab Planowitsch eine leere Tasse und Untertasse, bevor er sich selbst bediente.

»Selber hallo«, erwiderte Planowitsch.

»Ich wollte Ihnen schon vorher sagen, daß Sie meiner Meinung nach mit Ihrer Kabine benachteiligt wurden. Wie ist der Geruch?«

Planowitsch hob die Schultern. »Ich habe daran gearbeitet. Es ist erträglich.«

»Drake hätte Sie nicht so behandeln dürfen. Er hätte keinen von uns so behandeln sollen! Wir haben Besseres zu tun als für die Marine Farbe abzukratzen!«

»Ach, ich weiß nicht«, sagte Planowitsch. »Ich arbeite gern mit den Händen. Ich finde, es gibt mir Zeit zum Denken.«

»Mir macht es keinen Spaß, das kann ich Ihnen sagen! Kein bißchen!« sagte Aster, als er die Tasse füllte, die Planowitsch unter den Hahn der Kaffeemaschine hielt. Als beide Tassen gefüllt waren, geleitete Aster den Professor zu einem Tisch.

»Kann ich etwas für Sie tun, Mr. Aster?« fragte der Astronom.

Aster beugte sich näher und senkte die Stimme zu einem verschwörerischen Flüstern. »Ja, Sie können, Professor. Ich würde Sie gern mit jemandem zusammenbringen.«

Der Astronom blickte in der Messe umher. »Wen meinen Sie?«

»Nicht hier. Gehen wir wohin, wo wir ungestört sprechen können.«

Planowitsch zuckte die Achseln. »Warum nicht? Ich habe in der nächsten Stunde nichts zu tun.«

Aster führte den Astronomen halb um eines der dem Schiffsumfang folgenden Decks und eine Treppe hinunter zu dem Teil, wo die Einzelkabinen waren. Unterwegs bemerkte Planowitsch, daß die geringe Schwerkraft ihm das Gefühl gab, zehn Jahre jünger zu sein.

Aster machte vor einer Kabinentür halt und klopfte. Eine gedämpfte Frauenstimme forderte ihn zum Eintreten auf. Er öffnete die Tür und ließ Planowitsch den Vortritt. In der Kabine saß Alicia Delevan an einem winzigen Schreibtisch.

»Willkommen, Professor Planowitsch. Bitte setzen Sie sich«, sagte sie und zeigte zu einem Sessel, der den freien Raum der Kabine beinahe zur Gänze ausfüllte. Planowitsch setzte sich, während Aster sich auf das Klappbett niederließ. »Ich bat Mr. Aster, dieses Gespräch zu arrangieren, weil ich vermeiden wollte, daß gewisse Leute Sie mit mir sehen.«

»Welche Leute?«

»Nun, Stanislaw Barrett, zum Beispiel. Und Kapitän Fallan. Ich glaube, wir sehen uns beide in einer Situation, in der wir gemeinsame Interessen haben. Vielleicht können wir einander helfen.«

»Welche Interessen?«

»Sie scheinen nicht allzu glücklich mit Ihrem Los als Dr. Gordons Untergebener an Bord dieses Schiffes.«

»Wenn ich es nicht bin, so ist das meine Sache.«

»Richtig«, fuhr Alicia Delevan unverdrossen fort. »Ich bin unglücklich, weil diese Expedition von den Sozialdemokraten organisiert wurde und ihnen auf Kosten meiner Partei nützen wird.«

»Ich dachte, es sei ein Unternehmen der Streitkräfte.«

»Das ist es. Aber die Admiralität empfängt ihre Befehle vom Ministerpräsidenten, der Sozialdemokrat ist. Und er ist es auch, der den Versuch unternimmt, diese Expedition zu einer propagandistischen Goldgrube für sich selbst und seine Partei zu machen.«

»Wie könnte er das tun?«

»Liegt es nicht auf der Hand? Indem er seine Leute gut und meine Leute schlecht aussehen läßt. Glauben Sie mir, Professor, die Techniken sind uralt und erprobt in ihrer Wirkung – das heißt, solange eine Seite vollständige Kontrolle über die Informationspolitik hat und damit beherrschenden Einfluß auf die Medien ausüben kann. Wenn aber beide Seiten Zugang zu den Informationsquellen haben, wird die Partie ausgeglichener.

Hier könnten Sie mir von größtem Nutzen sein. Ich benötige einige ehrliche Makler in der wissenschaftlichen Gemeinde an Bord dieses Schiffes, die mir die gleichen Informationen zur Verfügung stellen, die Stan Barrett über Kapitän Drake erhält. Ich bitte um nichts Ehrenrühriges oder Unkorrektes, nur daß Sie mir zu fairen Wettbewerbschancen verhelfen.«

»Was habe ich davon?«

»Die Befriedigung, zu wissen, daß Sie den Beauftragten des Ministerpräsidenten auf die Finger gesehen haben, und daß Sie einflußreiche Freunde in der Regierung haben werden, sollten Sie jemals welche brauchen. Schließlich wird dies nicht die letzte Expedition sein, die wir aussenden, um die Struktur des Faltraumes zu kartieren. Ich denke, die Position eines wissenschaftlichen Leiters einer künftigen Expedition würde innerhalb der Reichweite eines Mannes von Ihren Fähigkeiten und Leistungen sein.«

Planowitsch zog die Stirn in Falten. »Ich muß mir das durch den Kopf gehen lassen.«

»Selbstverständlich«, sagte Alicia Delevan. »Sie können mir Ihre Antwort morgen geben, wenn Sie wollen.«

Um Treibstoff zu sparen, wurde die Reise zum Valeria-Napier-Faltpunkt mit einer relativ bescheidenen Beschleunigungsrate von einem halben Ge gemacht. Sie dauerte 125 Stunden.

»Wie ist der gegenwärtige Status der *Alexandria*, Mr. Slater?« fragte Drake seinen Nachrichtenoffizier von seinem Platz auf der Brücke der *Discovery*.

»Sie muß mit der Treibstoffübernahme von der *Sultana* beinahe fertig sein, Sir. *Haridan* steht bereit, unsere Treibstofftanks aufzufüllen.«

Drake nickte. »Sagen Sie Kapitän Trousma, daß wir die Triebwerke in zwei Minuten ausschalten. Er kann mit dem Annäherungsmanöver beginnen, sobald er unsere Plasmawolke erlöschen sieht. Geben Sie die Bekanntmachung durch.«

Einen Augenblick später hallte Karl Slaters Stimme aus den Bordlautsprechern: »Achtung, Schwerelosigkeit in zwei Minuten. Ich wiederhole: In zwei Minuten Schwerelosigkeit zum Auftanken.«

Drake wandte sich wieder dem großen Projektionsschirm vor dem vorderen Schott des Brückenraumes zu. Er zeigte ein dreidimensionales schematisches Diagramm. Der Faltpunkt war durch eine Anzahl von Konturenlinien dargestellt. Diese Linien, die geringfügige Abweichungen der örtlichen Gravitationskonstante darstellten, liefen an einem Punkt zusammen und trennten sich wieder. Drake ließ die schematische Darstellung auf den Konvergenzpunkt zentrieren und vergrößern. Einen Augenblick später veränderte sich das Diagramm. Der Konvergenzpunkt nahm beinahe den ganzen Schirm ein. Um ihn war ein undeutlicher roter Ellipsoid zu sehen. Er zeigte, wo die lokale Krümmung des Raumes den kritischen Wert überschritt. Er war tatsächlich der äußere Umriß des Faltpunktes selbst.

Zwei Paare kleiner goldener Funken bewegten sich in der Projektion langsam auf die rote Ellipse zu. Das waren die Schiffe der Einsatzgruppe 001. Sie folgten einer Verlangsamungskurve, die sie in wenigen Minuten relativ nahe am Faltpunkt zum Stillstand im Raum bringen würde. Zu diesem Zeitpunkt würden sie jedoch schon innerhalb des Ellipsoids sein und, wenn alles gut ging, das System Valeria verlassen, um mehr als hundert Lichtjahre entfernt im System Napier herauszukommen. Das führende Paar der goldenen Funken waren *Discovery* und *Haridan*. Das nachfolgende Paar *City of Alexandria* und *Sultana*.

»Bereit für Schwerelosigkeit, Kapitän«, sagte Leutnant Cristobal von der Navigationsstation.

»Schalten Sie ab, wenn Sie bereit sind.«

»Triebwerke ausgeschaltet, Kapitän.«

Eine Serie von Alarmsignalen ertönte, und dann kam das vertraute, momentane Gefühl, zu fallen, als Drake gegen die Gurte gedrückt wurde. Die Darstellung der Projektion wurde umgeschaltet auf eine Außenkamera am Rumpf. In der Mitte des Bildes lag eine kleine silbrige Kugel. Winzige Funken von Fluglage-Steuerungsdüsen blitzten auf ihrer Oberfläche, und sie begann zu wachsen. *Haridan* war viermal so groß wie die *Discovery,* doch trotz seiner gewaltigen Abmessungen benötigte der Tanker nur ein Dutzend Mann Besatzung, denn der größte Teil seines Volumens bestand aus isolierten Tankabteilungen, die bis zum Rand mit cryogenischem Wasserstoff gefüllt waren.

Der Tanker näherte sich langsam und glich die Geschwindigkeiten an. Dann wurde eine ferngesteuerte, isolierte Leitung über den Abstand von zweihundert Metern Raum geschossen, der die zwei Schiffe trennte, und fand mit der mathematischen Genauigkeit der

Computerkontrolle den Treibstoffeinfüllstutzen des Schlachtkreuzers und schloß sich an. Während der nächsten zehn Minuten floß Wasserstoff bei einer Temperatur von zwei Grad über dem absoluten Nullpunkt durch die Leitung, um die Tanks der *Discovery* aufzufüllen. Dann zog der Tanker die Leitung wieder ein und trieb langsam ab in sicherere Distanz.

»Kapitän Trousma meldet Abschluß des Auftankens«, sagte Slater über die Bordsprechanlage.

»Sehr gut. Schaffen Sie eine Konferenzschaltung für die Kapitäne.«

»Zu Befehl, Sir.«

Eine Minute später blickte Drake in die Gesichter der Kapitäne Fallan, Trousma und Lee – letzterer war der kommandierende Offizier der *Sultana*. »Nun, meine Herren, es sieht so aus, als ob wir angekommen wären. Ich bitte um die Statusmeldungen.«

»*Alexandria*, bereit zum Sprung.«

»*Haridan*, bereit zum Sprung.«

»*Sultana*, bereit zum Sprung.«

»Und auch die *Discovery* ist bereit zum Sprung«, sagte Drake. »Gut, Sie kennen Ihre Anweisungen. Wir gehen zuerst. *City of Alexandria* folgt uns eine Minute später, dann *Haridan* und *Sultana* in den gleichen Abständen. Schalten Sie Ihre Computer zu, und wir beginnen die letzte Annäherung.«

Drei Bestätigungen folgten, bevor die Bildschirme erlöschten. Drake rief seinen Chefingenieur. »Alles bereit, Mr. Arnam?«

»Bereit, Kapitän. Masseumwandler unverändert. Strahlungsabschirmung hat einen Verdünnungsfaktor von Zehn gemessen.«

»Alles bereit, Mr. Marston?«

»Gefechtsstationen sind besetzt und einsatzbereit. Faltraumgeneratoren eingeschaltet, nur der Computer der Springertriebwerke wartet noch auf die Eingabe der Autorisationscodes, um einsatzbereit zu sein.«

»Bleiben Sie in Bereitschaft. Mr. Cristobal.«

»Ja, Kapitän?«

»Bringen Sie das Schiff auf Nullkommafünf Ge.«

»Zu Befehl, Sir.«

Wieder ertönten die Alarmglocken, und das Gewicht kehrte zurück. Wieder änderte sich das Bild der Projektion. Das nahe herangerückte Schema des Faltpunktes beherrschte die Darstellung. Diesmal waren die goldenen Funken dem roten Ellipsoid beträchtlich näher gerückt. Drake schaltete die Bordsprechanlage ein.

»Wir sind bereit für Sie, Miss Lindquist.«

Bethany, die ihren Platz neben dem Navigator gefunden hatte, blickte über die Schulter zu Drake.

»Ich bin auch bereit, Kapitän Drake.«

»Zwei Minuten bis zum Übergang. Bitte autorisieren Sie unseren Gebrauch des Computers.«

Bethany wandte sich wieder zu ihrer Arbeitsstation. Ihre Konsole war eine Standardausführung, mit der einen Ausnahme, daß über der Tastatur eine undurchsichtige Kunststoffhaube angebracht war, die Außenstehenden verwehrte zu sehen, welche Tasten sie drückte. Drake war der Meinung, die Vorsichtsmaßnahme sei überflüssig, denn jeder aufeinanderfolgende Faltraumübergang würde einen anderen fünfzehnstelligen Autorisationcode erfordern, der nur Bethany Lindquist und Clarence Whitlow bekannt war. Die Kenntnis des jeweils vorausgegangenen Codes würde beim nächsten Übergang nicht helfen. Nichtsdestoweniger hatte Clarence Whitlow auf der zusätzlichen Sicherheit einer visuellen Abschirmung bestanden, und Drake hatte sie anbringen lassen.

Sein Platz auf der Brücke gab ihm einen Überblick über alle Arbeitsstationen im Raum. Er beobachtete Bethanys Handgelenke, während ihre Finger sich unter der Haube bewegten. Einen Augenblick später erschien eine Botschaft auf dem Bildschirm:

»Danke, Miss Lindquist. Sobald wir am anderen Ende hinauskommen, autorisieren Sie bitte unsere sofortige Rückkehr für den Fall, daß wir einen überstürzten Rückzug antreten müssen.«

»Kein Problem, Kapitän«, antwortete sie. »Die Rückkehrautorisation ist immer aktiv.«

Auf dem großen Projektionsschirm trat der erste kleine goldene Funken in die unscharfe Übergangszone des roten Ellipsoids ein. Das Sichtzeichen begann rasch zu blinken.

Drake schaltete die Gegensprechanlage ein. »In Ordnung, Mr. Cristobal. Sie sind am Zug. Machen Sie den Sprung, wenn Sie bereit sind.«

»Jawohl, Sir. Fünfzehn Sekunden zum Übergang … Generatoren eingeschaltet. Das Springerfeld baut sich auf. Zehn Sekunden … Fünf, vier, drei, zwei, eins … null!«

11

Aufzeichnungen aus den Tagen interstellarer Reisen erwähnten nichts von körperlichen Empfindungen, die den Übergang von einem Faltpunkt zum anderen begleiteten. Darum war Richard Drake überrascht, als das Haar auf seinen Armen zu prickeln begann und in seinen Ohren ein Summen aufkam. Dann, nach einem momentanen Gefühl ähnlich dem inneren Druckanstieg, der das Einsetzen der Schwerelosigkeit begleitet, normalisierte sich alles wieder. Er streckte die Hand aus, um die Bordsprechanlage einzuschalten, öffnete den Mund zum Sprechen und merkte, daß er den Atem angehalten hatte. Nachdem er zweimal tief Luft geholt hatte, sagte er: »Alle Abteilungen, Zustandsmeldung!«

Der Appell verlief mit erfreulicher Gleichmäßigkeit. Drake hörte die Erleichterung in den Stimmen seiner Abteilungsleiter, als jeder von ihnen weder Schäden noch Unfälle meldete. Ungesagt, aber in jedermanns Bewußtsein blieb die Tatsache, daß die Springertriebwerke der *Discovery* seit 125 Jahren keine Erprobung unter wirklichkeitsnahen Bedingungen erlebt hatten. So schien der Chefingenieur besonders erleichtert.

»Spürten Sie im Augenblick des Übergangs etwas wie einen Stoß, Gavin«, fragte Drake nach beendetem Appell.

»Ich würde sagen, daß ein Springertriebwerk nicht optimal eingestellt ist, Kapitän. Aber ich würde nicht raten, etwas daran zu ändern, solange es nicht schlimmer wird. Wenn einer meiner Leute einen Fehler machen würde, könnten wir unter Umständen nicht zurück.«

»Empfehlung angenommen.« Drake rief Leutnant Cristobals Station. »Konnten Sie schon feststellen, wo wir sind, Mr. Cristobal?«

»Wir überprüfen gerade, Sir. Ein Teleskop ist auf den Zentralstern dieses Systems eingestellt. Ich werde gleich sein Spektrum haben.«

»Wir sind nicht etwa noch in unserem eigenen System, nicht wahr?«

»Keinesfalls, Kapitän. Dieser Stern hat für Valeria die falsche Farbe.«

»Bringen Sie ihn auf den Projektionsschirm.«

»Zu Befehl, Sir.«

Der Projektionsschirm wurde freigemacht, und gleich darauf erschien die gefleckte Scheibe eines Sterns. Valeria war ein Stern der Spektralklasse F8, ungefähr so groß wie die Sonne, aber etwas heißer als der Heimatstern der Menschheit. Napier gehörte zur Spektralklasse G8 und war deutlich größer als die Sonne oder Valeria.

»Es ist Napier, kein Zweifel, Kapitän«, sagte Cristobal nach einer kleinen Weile. »Das Spektrum hat die richtigen Linien und keine von den falschen. Aber die Hintergrundsterne stimmen nicht.«

»Wieso?«

»Es sind nicht die richtigen Sterne, wenn dies der Napier-Valeria-Faltpunkt ist. Wenn die überlieferten Unterlagen nicht falsch sind, hätten wir volle neunzig Grad östlich von unserer gegenwärtigen Position herauskommen müssen.«

»Anscheinend ist der Faltraum so nahe bei der Nova erheblich verändert worden«, sagte Drake. »Schauen Sie, ob Sie Antares finden können, Leutnant.«

»Ja, Sir.«

Napier verschwand aus dem Gesichtsfeld, als Cristobal das Außenteleskop für die Suche nach der Nova umprogrammierte. Sterne sausten mit schwindelerregender Schnelligkeit durch die Projektion. Dann kam die Bewegung zur Ruhe, und in der Mitte des Projektionsschirmes erschien die Antares-Supernova.

Sie war durch die Erschöpfung des Wasserstoffs im Kern des roten Überriesen ausgelöst worden. Ohne Brennstoff zu ihrer Aufrechterhaltung, war die Kernfusion, die den Stern viele Millionen Jahre mit Energie versorgt hatte, plötzlich ausgegangen. Nachdem diese innere Energiequelle nicht mehr bestand, konnte Antares dem Gravitationsdruck seiner eigenen Masse keinen Strahlungsdruck mehr entgegensetzen und war in sich zusammengefallen. Aber ein Stern ist mehr als eine Kugel aus verschmelzenden Wasserstoffatomen. Er besitzt ungeheure Mengen potentieller Energie, die in seinem Schwerefeld verschlossen sind. Sobald der Zusammenbruch begann, erschien die durch den Kollaps freigesetzte Energie als reine Hitze. Der Kern, wenige Augenblicke vorher ohne Energie, wurde nun mit mehr davon überschwemmt, als er unter normalen Bedingungen in einer Million Jahren verbrauchen konnte. Aber die Bedingungen innerhalb des Sterns waren nicht mehr normal. Scine Temperatur war auf ein Niveau angestiegen, wo Neutrinoproduktion zur beherrschenden Atomreaktion wurde.

Unter normalen Umständen dauert es Jahrtausende, bis die im Kern eines Sterns erzeugte Energie die Oberfläche erreicht und als Licht und Wärme abgestrahlt wird. Aber die Neutrinos waren imstande, das hochverdichtete Plasma in Sekundenschnelle zu durchdringen. Die Energieabgabe an den umgebenden Raum schoß in die Höhe, die Kerntemperatur nahm weiter zu und erzeugte immer größere Mengen von Neutrinos. Es war ein regenerativer Zyklus, der nicht lange aufrechterhalten werden konnte.

Mit dem steilen Ansteigen der Kerntemperatur wurden die mittleren Schichten der Sternatmosphäre über den Zündpunkt der Fusionsreaktion des Wasserstoffs aufgeheizt. Im Gegensatz zum Kern enthielt die Antares-Atmosphäre noch immer enorme Mengen Wasserstoff. Plötzlich brach eine heftige Fusionsreaktion aus, die in einer einzigen Sekunde mehr Energie erzeugte als Antares bisher in seiner ganzen Geschichte erzeugt hatte. Außerstande, diese neue Energie an den umgebenden Raum abzugeben, war dem Stern nur eine Möglichkeit offengeblieben. Antares war explodiert.

Die Explosion hatte zwei fundamentale Wirkungen: Der Kern, der sich bereits in einem hochverdichteten Zustand befand, wurde durch den Druck der Explosion zusammengestaucht. Hatte er vor einem Augenblick noch einen Durchmesser von mehr als einer halben Million Kilometern gehabt, so war er nun ein schnell rotierender Ball aus Neutronen mit einem Durchmesser von weniger als fünfzig Kilometern.

Die zweite Wirkung war noch außergewöhnlicher. Die äußeren Schichten des Sterns, die von der Katastrophe tief in seinem Inneren relativ unbeeinträchtigt geblieben waren, wurden von der Explosion plötzlich in den Raum hinausgeschleudert. Eine Druckwelle aus sichtbarem Licht, Hitze, Röntgen- und Gammastrahlung und Neutrinos raste mit Lichtgeschwindigkeit in alle Richtungen davon. Dicht dahinter folgte eine zweite Druckwelle, die aus einzelnen Protonen, Neutronen und Elektronen bestand. Schließlich wurden 30 Prozent der ursprünglichen Masse des Sterns mit Geschwindigkeiten von mehr als siebentausend Kilometern pro Sekunde weggeschleudert.

Seit Antares den Himmel in der größten Explosion, die Menschen jemals beobachtet hatten, erhellt hatte, waren 125 Jahre vergangen. In dieser Zeit hatte sich die Kugel abkühlenden Plasmas weiter von dem Neutronenstern entfernt, der Antares geworden war. Um 2637 war die leuchtende Plasmakugel, deren Peripherie sich mit mehr als zwei Prozent der Lichtgeschwindigkeit aufblähte, zu einem Volumen angewachsen, das sechs Lichtjahre Durchmesser hatte.

Das Napier-System war nur fünfzehn Lichtjahre vom Antares entfernt. Daher nahm die Gaswolke der Supernova auf dem Projektionsschirm der *Discovery* volle 23 Grad des Kreisbogens ein. Drake benötigte einige Sekunden, um die Größe des Objekts zu verstehen. Der Atem stockte ihm, als er die ungeheure Ausdehnung begriff. Auch mehreren anderen im Brückenraum hatte es den Atem verschlagen.

Antares war von einem Lichtpunkt zu einer gewaltigen vollkommen runden Kugel verwandelt worden, die den halben Himmel auszufüllen schien. Das Gas war am dichtesten am äußeren Umfang, wo es bläulichweiß glühte. Die scheinbar feste Peripherie schien jedoch ausgedünnt, wenn man radial einwärts zum Mittelpunkt blickte. Auch die Farbe veränderte sich. Dem bläulichweißen Ring am nächsten, war eine Schattierung von Blau zu Grün zu Orange und schließlich zu einem trüben Rot auszumachen. In der Mitte dieser Blase befand sich ein sternähnliches Objekt, das grelle Strahlung aussandte. Die Filter der Kameras machten es unmöglich, die wahre Helligkeit zu beurteilen, aber Drake vermutete, daß dieser zentrale Strahlungspunkt hell genug war, um ein ungeschütztes Auge zu schädigen. Er nahm sich vor, Sicherheitsmaßnahmen für Forschungsgruppen auszuarbeiten, bevor er jemandem erlaubte, das Schiff zu verlassen.

Mehr als eine Minute verging, bevor jemand sprach. Endlich brach Bethany Lindquist den Bann mit den geflüsterten Worten: »Mein Gott, es ist das Unheimlichste, was ich je gesehen habe!«

Ärgerlich über sich selbst, daß er sich von der Supernova hatte ablenken lassen, wenn er Wichtigeres zu tun hatte, räusperte sich Drake. »Mr. Marston«, knurrte er.

»Ah ja, Sir!«

»Die *City of Alexandria* sollte jeden Augenblick

durchkommen. Ich möchte eine Meldung über ihre Position, sobald sie auftaucht.«

»Wird gemacht, Kapitän.«

Es folgte eine lange, nervenzermürbende Wartezeit. Obwohl die gesamte Einsatzgruppe den Übergang von der gleichen Position innerhalb des Faltpunktes im System Valeria vollzog, war das keine Garantie, daß sie in der gleichen Ordnung im Napier-System eintreffen würden. Der Austrittsort innerhalb eines Faltpunktes wurde nur von den Gesetzen der Wahrscheinlichkeit bestimmt. Mehr als ein Dutzend Sekunden nach dem Augenblick, da das Passagierschiff von den Ortungsgeräten des Kreuzers hätte ausgemacht werden sollen, meldete Bela Marston:

»Wir haben einen Kontakt, Kapitän. Position 189/22, Distanz 600 000 Kilometer.« Im Verlauf der nächsten zwei Minuten meldete Marston zwei zusätzliche Kontakte. Alle waren über ein ähnliches Raumvolumen verteilt.

Drake befahl Slater, mit den anderen Schiffen Verbindung aufzunehmen. Als dies geschehen war, gab Drake den anderen Kapitänen Anweisung, zur *Discovery* aufzuschließen. Er schloß mit den Worten: »Kapitän Fallan, Ihre Wissenschaftler können mit der Arbeit beginnen. In vier Stunden werde ich zum Austausch vorläufiger Ergebnisse eine Konferenzschaltung einrichten lassen. Drake Ende.«

Richard Drake, Bela Marston, Karl Slater, Gavin Arnam und Bethany Lindquist versammelten sich fünf Minuten vor der angegebenen Stunde in der Offiziersmesse auf Beta-Deck. Wenn sie nicht für Mahlzeiten und Aufenthaltsraum für Freiwachen diente, war die Offiziersmesse zugleich Konferenzraum. Die Teilnehmer der *Discovery* an der Konferenzschaltung saßen zu beiden Seiten des langen stählernen Eßtisches, tranken Kaffee aus Porzellantassen und hatten Notizblöcke bereitgelegt. Der für die Übertragung vorgesehene Bildschirm an der Wand war nur wenig größer als die in den Stationen.

»Danke, daß Sie mich eingeladen haben«, sagte Bethany zu Drake, der ihr gegenüber am Tisch saß. »Ich fragte mich, ob Sie es tun würden. Schließlich bin ich die Vertreterin einer ausländischen Regierung.«

»Hoffentlich einer befreundeten ausländischen Regierung, Miss Lindquist.«

Bethany zeigte ein schwaches Lächeln. »Die Beziehungen waren freundlich, als wir das letzte Mal in Verbindung waren, Kapitän.«

»An Bord der *Alexandria* ist alles bereit, Sir.«

»Gut, Mr. Slater. Bringen Sie sie auf den Bildschirm.«

Sogleich wurde es auf dem Bildschirm an der Stirnwand der Offiziersmesse lebendig. Einer der Konferenzräume an Bord der *City of Alexandria* kam ins Bild. Kapitän Fallan, mehrere seiner Offiziere, Vertreter der wissenschaftlichen und der politischen Expeditionsteilnehmer drängten sich um einen Metalltisch, der dem vor Drake sehr ähnlich war.

»Wo bleiben die Kapitäne Lee und Trousma?« fragte Drake.

»Sie sind in die Konferenzschaltung einbezogen, Sir«, sagte Slater. »Genügt Ihnen die Audioübertragung, oder wünschen Sie, daß ich sie auf den Bildschirm bringe?«

»Nicht nötig.« Drake wandte sich dem Bildschirm zu, blickte ins Objektiv der Aufnahmekamera und sagte: »Meine Damen und Herren, diese Konferenz wird für das Logbuch der Expedition aufgezeichnet. Bitte geben Sie deutlich Ihren Namen und Titel an, wenn Sie an der Reihe sind. Bitte machen Sie den Anfang, Kapitän Fallan.«

»Ja, Sir. Kapitänleutnant Kenil Fallan, Kommandierender Offizier der *City of Alexandria* …« Das Aufrufen aller Namen nahm seinen Fortgang. Als alle an Bord des Passagierschiffes ihre Namen zu Protokoll gegeben hatten, forderte Drake die beiden Tankerkapitäne auf, das gleiche zu tun, dann gab er Bela Marston das Zeichen, den Zählappell an Bord der *Discovery* zu beginnen. Der Zählappell ging rasch um den Tisch, und als die Reihe an ihn kam, sagte Drake: »Flottenkapitän Richard Drake, Expeditionsleiter und Kommandierender Offizier der ANS *Discovery*.« Es gelang ihm, seinen neuen Rang, der ihm mit dem Kommando über die Expedition verliehen worden war, ohne Versprecher anzugeben.

»Sind Ihre Leute bereit, über ihre Ergebnisse Meldung zu machen, Kapitän Fallan?« fragte er.

»Sie sind bereit, Sir.«

»Dann beginnen Sie bitte.«

Fallan nickte einem Mann mittleren Alters mit dunklem Haar und einem Vollbart zu. Drake erkannte ihn als Dr. Nathaniel Gordon, den Astrophysiker, der die Vermessungsexpedition zur Kartierung des Faltpunktes im System Valeria geleitet hatte. »Dr. Gordon, bitte berichten sie über unsere vorläufigen Ergebnisse.«

»Gern«, sagte Gordon. Er hatte einen Taschencomputer und einen Schreibblock mit seinen Notizen vor sich. Er blickte davon auf und sagte: »Vier Stunden sind nicht viel Zeit, um mehr als einen kurzen Überblick zu gewinnen. Dennoch ist es uns gelungen, eine ganze Menge Rohdaten zu sammeln.

Zunächst haben wir den Neutronenstern ausgemacht, der sich im Herzen der Antares-Gaswolke befindet. Das ist keine Überraschung. Unsere Orbitalsternwarten zu Hause haben den neugeborenen Antares-Pulsar seit drei Monaten beobachtet. Die einzige Diskrepanz zwischen ihren und unseren Ablesungen liegt in der Rotationsgeschwindigkeit des Neutronensterns. Zu Hause pulsierte er sechshundertzwanzigmal pro Sekunde. Hier im System Napier ist die Rate unter sechshundert Pulse pro Sekunde gesunken – fünfhundertachtundneunzig, um genau zu sein. Der Unterschied liegt darin, daß wir jetzt einen Stern sehen, der einhundertzehn Jahre älter ist als derjenige, den wir zu Hause beobachtet haben.

Unsere zweite Beobachtung betrifft die lokale Ebene der Hintergrundstrahlung. Wie Sie an Bord der *Discovery* zweifellos bereits gemessen haben, ist sie sehr hoch! Ich habe die tödliche Dosis für einen ungeschützten Menschen auf ungefähr zwölf Stunden berechnet. Hinter unseren Abschirmungen sind wir sicher, aber ohne bleierne Unterwäsche würde ich mich nicht hinauswagen.«

»Was sagt dieser Strahlungspegel über das Schicksal der Bewohner dieses Systems aus?« erkundigte sich Dr. Wharton, Leiter der sozialwissenschaftlichen Gruppe an Bord der *Alexandria*.

»Er verheißt ihnen nichts Gutes, Sir«, antwortete Gordon. »Noch schlechter sieht das Bild aus, wenn man rückwärts zu den ersten Jahren nach Ausbruch der Supernova rechnet. Damals war der Strahlungspegel viel höher – hoch genug, um innerhalb von Minuten zu töten. Nein, wenn in diesem System jemand überlebt hat, verdanken die Betreffenden es entweder einer sehr wirkungsvollen Strahlungsabschirmung oder dem Umstand, daß sie vorausschauend genug waren, sich einzugraben. Was das Tier- und Pflanzenleben von New Providence betrifft, so ist der ganze Planet durch die Strahlung zweifellos sterilisiert worden.«

Gordon wandte seine Aufmerksamkeit wieder den Leuten von der *Discovery* zu. »Die letzte Beobachtung, die meine Arbeitsgruppe zu melden hat, betrifft die Gashülle der Supernova selbst. Ein absolut faszinierendes Phänomen! In bestimmten Wellenlängen betrachtet, ist in der Gaswolke eine deutliche Struktur zu erkennen. Ein großer Teil davon ist bedingt durch den Einfluß von Antares' Gefährten der Spektralklasse A3, der von der Supernova beinahe zerstört worden wäre. Durch das Studium der Wechselwirkungen zwischen der Gaswolke und den Überresten der beiden Sterne werden wir möglicherweise imstande sein, vieles über die Dynamik der Supernova zu lernen.«

»Professor Planowitsch, meines Wissens leiteten Sie die Beobachtungen der lokalen Struktur des Faltraumes«, sagte Drake in den Bildschirm.

Der betagte Astronom erhob sich steif. Seine Miene und Haltung gaben deutlich zu erkennen, daß er Drake noch immer wegen der Behandlung grollte, die ihm während der letzten Versammlung an Bord der *Alexandria* zuteil geworden war. Trotzdem hatte sein Berufsethos die persönliche Mißstimmung und seine Arbeit auseinandergehalten, und seine vorsichtige Klugheit verbarg Feindseligkeit und Trotz hinter einer Fassade kalter Sachlichkeit.

Wie Gordon, konsultierte er seine Notizen, bevor er das Wort ergriff. »Die Tatsache, daß wir an diesem Punkt herausgekommen sind, ist ein wichtiger Hinweis. Es ist offensichtlich, daß die lokale Struktur des Faltraumes eine erhebliche Verzerrung erfahren hat, verglichen mit der in unserem System. Angesichts der Nähe Napiers zu Antares ist das allerdings kaum überraschend.

Vor der Supernova besaß Napier drei Faltpunkte – einen direkt zu Antares, einen zu Alta und einen dritten zu unserer Schwesterkolonie auf Sandarsons Welt. Diese Zahl kann infolge der Explosion zu- oder abgenommen haben. Wir werden erhebliche Kartierungsarbeiten der Gravitationskonstante leisten müssen, bevor eine sichere Aussage möglich ist. Das ist alles.«

Drake nickte seinem Ersten Offizier zu. »Fregattenkapitän Marston, Ihren Bericht bitte.«

»Ja, Sir. Zunächst für das Protokoll: Ich war beauftragt, das System nach Anzeichen von Leben zu beobachten. Ich fürchte, die Nachricht ist schlecht, soweit es sich aus der Entfernung beurteilen läßt. In mehr als zwei Stunden sorgfältiger Überprüfung aller Frequenzen des elektromagnetischen Spektrums gelang es uns nicht, künstliche Energiefreisetzungen irgendeiner Art auszumachen. Wir konzentrierten unsere Messungen auf New Providence selbst und drei der anderen Planeten, von denen wir wußten, daß sie vor Ausbruch der Supernova bewohnt waren. Die Radiofrequenzen sind überall tot. Keine Sendesignale, keine Geräusche elektrischer Energieerzeugung, keine statischen Entladungen von Fahrzeugen und dergleichen, nichts.«

»Würden wir imstande sein, solche Signale aufzufangen, wenn die Bewohner unter die Erde gegangen sind, um sich vor der Strahlung zu schützen«, fragte Alicia Delevan.

»Ich würde sagen, daß es irgendwelche Anhaltspunkte geben würde«, erwiderte Marston.

Als sich sonst niemand meldete, fragte Drake: »Ist das der letzte der vorläufigen Berichte?« Die Frage führte zu einem allgemeinen Kopfnicken. »In diesem Fall bitte ich um Ihre Ansichten darüber, ob die Flotte das Risiko einer Reise nach New Providence auf sich nehmen sollte.«

Es folgte eine lange Diskussion der Für und Wider, genauere Beobachtungen von New Providence zu machen. Es zeigte sich rasch, daß niemand entscheidende Einwände hatte. Die meisten waren sogar begierig, die Heimat ihrer Vorfahren wenigstens aus der Nähe zu sehen.

»Dann sind im Prinzip alle einverstanden«, sagte Drake nach zwanzig Minuten, um der einseitigen Debatte ein Ende zu machen. »Ich bin auch dafür, daß wir eine Umlaufbahn um New Providence ansteuern.«

12

NAPIER: Stern der Spektralklasse GS im Antareshaufen, Typ III (Capella-Klasse), Position 1632RA, 2626DEC, 335LY.
Zahl der Faltpunkte: 3.
Faltraum-Übersequenzen:
Primär: Sol, Goddard, Antares, Napier.
Sekundär: Vega, Carswell, Sacata, Hermes, Aezer, Hellsgate, Napier.
Tertiär: Valeria, Napier.
Das System enthält 13 Planeten, 120 Monde und einen Asteroidengürtel. Planet VII, New Providence, ist eine Welt vom Typ der Erde mit einheimischen Lebensformen. Die Planeten tragen in der Reihenfolge ihres Abstandes vom Zentralgestirn des Systems die Namen …

GESCHICHTE: 2216 von C. Napier und L. Gruen zuerst erforscht. Wie sich herausstellte, besaß der siebente Planet optimale erdähnliche Bedingungen (siehe Eintrag für *New Providence*). Die Besiedlungsrechte für das Napier-System wurden 2256 von der Neuen Erweckungskirche von Nordamerika erworben, und die Einwanderung blieb anfänglich auf Mitglieder dieser Religionsgemeinschaft beschränkt. Im Jahre 2275 wurden die Einwanderungsrechte von der Boston-Toronto-Handelsgesellschaft erworben, welche die Einwanderung gegen Gebühr forcierte. 2315 mußten niedrigere Einwanderungsquoten festgesetzt werden, und 2385 erklärte sich die Kolonie für autark.

BEVÖLKERUNG: Die Bevölkerung des Systems Napier beträgt nach der Volkszählung von 2500 insgesamt 3287654000 Einwohner. Die ethnische Zusammensetzung ist verhältnismäßig homogen, da die Einwanderer vornehmlich aus Nordamerika und Europa stammten.

Auszug aus *Kurzführer zu den Siedlungsinseln im Raum*, 97. Auflage, Copyright 2510 bei Hallen Publications Ltd., New York.

Napier war ein viel größerer Stern als Valeria. Eine der Konsequenzen seiner größeren Masse war eine stärkere Anziehungskraft. Diese wiederum verlegte den Napier-Valeria-Faltpunkt erheblich weiter vom Zentralgestirn hinaus, als es beim Faltpunkt im System Valeria der Fall war. Außerdem befand sich Napier VII gerade auf der entgegengesetzten Seite des Zentralgestirns, als die Flotte am Faltpunkt herauskam, was die ungünstige Himmelsmechanik weiter erschwerte. Bei normaler Beschleunigungsrate würden die Schiffe einundzwanzig Tage benötigen, um die Entfernung zwischen dem Faltpunkt und New Providence zurückzulegen.

Sechs Stunden nach dem Übergang waren die Schiffe der Einsatzgruppe 001 wieder beisammen und hatten sich in Kiellinie formiert. Der Flugplan verlangte eine schnelle kometenähnliche Umlaufbahn, die relativ nahe an Napier heranführte und dann verlangsamte, bis die Expedition mit eben noch genug Geschwindigkeit das Ziel erreichte, um in eine planetarische Umlaufbahn einzutreten.

Drake stellte den Wissenschaftlern alle Instrumente großer Reichweite an Bord der *Discovery* und *Alexandria* zur Verfügung, während die Einsatzgruppe das System durchquerte. Ihre Flugbahn führte sie nahe an zwei der äußeren Welten des Systems vorbei, Gasriesen von der Art und Größe des Jupiter. Die alten Aufzeichnungen sprachen von Stützpunkten zur Rohstoffgewinnung auf den Satelliten beider Welten. Die Gewinnung von Rohstoffen aus den Atmosphären von Gasriesen war in praktisch allen bewohnten Systemen ein wichtiger Zweig der Grundstoffindustrie. Wenn es irgendwo im Napier-System noch immer eine technologisch fortgeschrittene Zivilisation gab, würde sie die äußeren Welten wahrscheinlich als Rohstoffquellen ausbeuten.

Die Beobachtung der Monde beider Welten erwies sich als fruchtlos. Trotz der starken Teleskope, der Infrarotsensoren und hochempfindlichen Radioantennen wurde keine Spur menschlicher Aktivität ausgemacht. Die Monde waren offensichtlich ohne Leben.

Das nächste günstige Ziel wissenschaftlicher Beobachtung war das Zentralgestirn selbst. Die Flugbahn führte die Expedition in 60 Millionen Kilometern Entfernung an der Oberfläche des Sterns vorbei, nahe genug, daß die Ingenieure an Bord der Tanker sich Sorgen machten, wie sie die tiefe Temperatur ihrer Fracht aufrechterhalten konnten. Da der Napier-Valeria-Faltpunkt hoch in der südlichen Hemisphäre des Systems lag, mußte die Expedition außerdem die Ebene ändern, sobald sie sich dem Perihel näherte. Beinahe einen Tag lang arbeiteten die Triebwerke der vier Schiffe im rechten Winkel zu ihrer Flugbahn und brachten diese in eine Ebene mit Napiers Ekliptik. Dann war es an der Zeit, das Wendemanöver einzuleiten und mit der Verlangsamung zu beginnen.

Nachdem sie das Zentralgestirn des Systems passiert hatten, richteten die Wissenschaftler ihre Instrumente auf New Providence. Obwohl sie unermüdlich arbeiteten, um einen Blick hinter die geheimnisvolle Stille zu tun, die ihr Ziel verhüllte, fanden sie wie bei ihren früheren Versuchen keine Anzeichen künstlicher Energiequellen und keine Radiowellen. Alles, was ihre Instrumente einfingen, war das gleichmäßige Zischen von den Emissionen der eigenen Schiffstriebwerke.

Zwanzig Tage und sechzehn Stunden nach Verlassen des Faltpunktes ordnete Drake für die *Discovery* volle Gefechtsbereitschaft an. Als der Alarm durch das Schiff gellte, war New Providence eine blauweiße Murmel im Projektionsschirm. Ein Stück abseits war Laertes zu sehen, der ansehnliche Begleiter des Planeten, eine grauweiße Kugel, die von frühen Dichtern der Kolonie oft mit dem Erdmond verglichen worden war.

Kurz nach dem Passieren des Zentralgestirns hatte Drake die Aufklärerpiloten der *Discovery* zu sich gerufen. »Bevor ich mit der Expedition in eine niedrige Umlaufbahn gehe, möchte ich mich vergewissern, daß es gefahrlos möglich ist. Darum werden wir alle vier bewaffneten Aufklärer vorausschicken, solange wir noch zwei Kilometer entfernt sind. *Catherine* und *Drunkard* werden einen schnellen Vorbeiflug knapp außerhalb der Atmosphäre unternehmen, um die zwei großen Ballungsgebiete auf den entgegengesetzten Hälften des Planeten aufzunehmen. Sie können die alten Karten verwenden, um ihre Ziele auszuwählen. *Flying Fool* und *Gossamer Gnat* werden dichtauf folgen, aber soweit verlangsamen, daß sie in gegenläufige nordsüdliche Umlaufbahnen eintreten. Ich möchte wenigstens zwei vollständige Umkreisungen von New Providence, bevor die Expedition eintrifft.

Falls wir von Ihnen keine Warnung erhalten, wird die *Discovery* eine hohe, nordsüdliche Umlaufbahn einnehmen, während *City of Alexandria* das gleiche tun wird, aber näher an der Oberfläche. Die beiden Tanker werden Positionen zwischen New Providence und Laertes einnehmen, wo sie als Relaisstationen für den Funkverkehr zur Oberfläche dienen können, sollte es erforderlich sein.«

Die Aufklärerpiloten hatten den Rest der Reise mit der Überarbeitung und Verfeinerung des Planes verbracht. Als die *Discovery* die vorgesehene Entfernung von New Providence erreichte, warteten sie ungeduldig auf den Startbefehl.

»Alles bereit, Leutnant Hall?« fragte Drake.

»Alles bereit, Sir«, sagte der Kommandant der Aufklärer aus dem Bildschirm von Drakes Konsole. Wie bei der Annäherung an die *Conqueror* schickte Drake seine Aufklärer voraus, bevor er eines der Schiffe riskierte. Alles sprach dafür, daß er sie wieder zu einem Rendezvous mit einem Wrack schickte, freilich einem ungleich größeren.

»Sie können starten, wenn Sie bereit sind«, sagte Drake zu Hall.

»Verstanden, Kapitän. Wir starten jetzt. Hangarbucht öffnen!«

Etwa vier Stunden später gingen die ersten Aufnahmen von *Catherine* und *Drunkard* ein. Die Besatzung der *Discovery* war die ganze Zeit in Gefechtsbereitschaft geblieben, hatte die Gefechtsstationen besetzt und ihre Suchinstrumente und Waffen einsatzbereit gehalten. Und während dieser Zeit war die Spannung an Bord des Kreuzers stetig gestiegen. Jede Sekunde, die ohne einen Hinweis auf die Anwesenheit von Menschen auf der alten Mutterwelt der Altaner verging, stärkte die Erkenntnis, daß ihre schlimmsten Befürchtungen ihre Bestätigung finden mochten. New Providence war die Heimat von drei Milliarden Menschen gewesen; nun war es still wie ein Grab.

Die ersten Bilder kamen vom Aufklärer *Drunkard*. Sie zeigten einen blauen Ozean und die unvertraute Küstenlinie eines Kontinents, die mit hoher Geschwindigkeit näher rückte, ein Hinweis auf die rasante Annäherung des Aufklärers.

»Was ist *Drunkards* Ziel?« fragte Drake.

»Regensburg«, antwortete Leutnant Cristobal. »Die Archivunterlagen lassen erkennen, daß es die bedeutendste Metropole der nördlichen Hemisphäre ist.

Catherine wird fünf Minuten später eintreffen und eine Stadt namens Terra Nova überfliegen.«

»Ich glaube, einer meiner Ururgroßväter kam aus Terra Nova«, sagte Bethany Lindquist von ihrem Platz neben Cristobal.

»Ich dachte, Ihre Familie käme von der Erde, Miss Lindquist«, erwiderte Argos Cristobal.

Sie sah ihn von der Seite an. »Nur *einige* meiner Vorfahren, Mr. Cristobal. Sie werden finden, daß ich ziemlich viel von Alta in mir habe.«

Die Ansicht wechselte, als der Aufklärerpilot Marman auf stärkere Vergrößerung umschaltete. Der Computer der *Drunkard* wählte ein Einzelbild aus der Aufnahmeserie der Bordkamera und übertrug es auf den Bildschirm. Die Ansicht zeigte die Vororte der Stadt Regensburg aus einem Aufnahmewinkel von 45 Grad.

Regensburg war in einer weiten Talsenke zwischen bewaldeten Hügeln erbaut. Die Aufnahme zeigte zu gleichen Teilen Ausschnitte der Stadt und der bewaldeten Hügel, die sie umgaben. Der Wald war tot. Kahle Stämme ragten zum Himmel, dürre Äste verzweigten sich in geometrischer Symmetrie. Viele Bäume waren von Stürmen entwurzelt. Ihre Leichen lagen willkürlich verstreut zwischen den aufrechten, grau verwitterten Stämmen ihrer Brüder. In einigen Gebieten glich das Gewirr aus stehenden und durcheinandergeworfenen Stämmen einem abgestorbenen Dschungel, als ob der natürliche Fäulnisprozeß unterblieben wäre.

»Keine Mikroorganismen«, murmelte Drake zu sich selbst. »Die Welt muß steril sein.«

Er nahm sich den im Bildausschnitt liegenden Teil der Stadt vor. Auch hier hatten die Gebäude die grauweiße Farbe abgestorbener Pflanzen, und wie der Wald zeigten sie Verwitterungsschäden, doch war der Grad der Erhaltung für eine hundertjährige Ruinenstadt unerwartet hoch.

»Aufklärer Marman meldet seinen Vorbeiflug beendet. Er ist auf Rückkehrkurs«, meldete Slater aus der Nachrichtenabteilung.

»Wie viele Aufnahmen hat er gemacht?«

»Fünfzigtausend, Kapitän. Alle empfangen und bereit zur Aufarbeitung. *Catherine* meldet Ankunft über Terra Nova.«

Drake richtete seine Aufmerksamkeit wieder auf den großen Projektionsschirm. Auch hier kam zuerst ein Ausschnitt der planetarischen Oberfläche ins Bild, der dann auf starke Vergrößerung umgeschaltet wurde, und auch hier wählte der Bordcomputer des Aufklärers ein Einzelbild aus der Serie und übertrug es zur *Discovery*. Diesmal war das Zentrum einer Großstadt im Bild. Aber wo Regensburg ausgesehen hatte, als ob seine Bewohner die Stadt erst vor kurzem verlassen hätten, lag Terra Nova in Trümmern. Überall ragten geschwärzte Stahlskelette aus Haufen eingestürzten Mauerwerks, lagen die Reste umgestürzter Türme, wo sie über Straßen und Plätze mit parkenden Fahrzeugen gekracht waren, hielten hohle Ruinenwände Wache über Berge von Mauerschutt. Das Bild der Zerstörung griff Drake ans Herz.

»Ein Flächenbrand?« fragte Argos Cristobal.

»Sieht so aus«, erwiderte Bethany Lindquist mit unwillkürlich gedämpfter Stimme. »Sehen Sie, wie die Gebäude außerhalb des Stadtzentrums alle von dort nach außen gedrückt scheinen. Ich habe das auf historischen Abbildungen gesehen. Diese Stadt ist nicht von selbst in Flammen aufgegangen. Jemand hat über ihr einen nuklearen Sprengsatz gezündet!«

Nach den ersten Vorbeiflügen der Aufklärer hatte die Expedition vier Stunden gebraucht, um New Providence zu erreichen. Die Hälfte dieser Zeit hatten die Wissenschaftler damit verbracht, die Panoramaansichten zu studieren, die *Drunkard* und *Catherine* gesendet hatten, oder die noch umfassenderen Panoramen der beiden anderen bewaffneten Aufklärer, die ihre Positionen knapp außerhalb der Atmosphäre eingenommen hatten. Diese zusätzlichen Beobachtungen bestätigten, was man bereits vermutet hatte. New Providence war tatsächlich eine tote Welt.

Wohin sie auch blickten, überall fanden sie Verlassenheit und die abgestorbenen Reste vernichteter Vegetation. Soweit aus der Umlaufbahn festzustellen war, gab es an der Oberfläche der Welt kein Leben mehr. Auch schien das Leben nicht allein durch die von der Supernova ausgehende tödliche Welle harter Strahlung erloschen zu sein. Jemand hatte kräftig nachgeholfen. Terra Nova war nicht die einzige Stadt, die durch das Schwert umgekommen war. Die Auswertung der aus Umlaufbahnen vorgenommenen Kartierungen der Landoberflächen ergab mehr als fünfhundert durch Waffeneinwirkung vernichtete Flächen, darunter viele, die mehr als einem Angriff zum Opfer gefallen waren. Als er genug gesehen hatte, ordnete Drake eine weitere Konferenzschaltung an.

»Welche Folgerungen ziehen Sie daraus, Dr. Wharton?« fragte er den Leiter der sozialwissenschaftlichen Gruppe, als die Konferenzschaltung zwischen den Schiffen hergestellt war.

»Über die offensichtliche Tatsache hinaus, daß es irgendwann nach der Antares-Supernova in diesem System zu verheerenden Kriegshandlungen kam und daß der Konflikt einige Zeit angedauert haben muß, haben wir keine Schlußfolgerungen, Sir.«

»Woher nehmen Sie die Erkenntnis, daß der Konflikt länger andauerte?« fragte Stan Barrett vom Konfernzraum der *Alexandria*.

Wharton wandte sich dem Politiker zu. »Eine genaue Untersuchung von Terra Nova zeigt sekundären Pflanzenwuchs und Versuche, die Schäden stellenweise zu reparieren, Mr. Barrett. Die Stadt wurde wahrscheinlich nach Ausbruch des Konflikts zerstört.

In der Stadt Durbanville andererseits sind menschliche Überreste zu sehen, und die Vegetation hatte anscheinend keine Zeit, sich zu erholen. Die logische Folgerung ist, daß Durbanville kurz vor dem Eintreffen der Wellenfront der Supernova zerstört wurde.«

»Gibt es Hinweise, was den Konflikt auslöste?« fragte Alicia Delevan.

Wharton zuckte die Achseln. »Es gibt keine, die wir aus einer Umlaufbahn beobachten könnten, meine Dame. Ich fürchte, wir werden hinuntergehen und in den Ruinen graben müssen, um die Antwort auf diese Frage zu finden.«

Drake, der die Diskussion schweigend verfolgt hatte, unterbrach vom Konferenzraum der *Discovery*. »Ich sehe ein mehr unmittelbares Problem. Innerhalb einer Stunde werden wir die vorgesehene Umlaufbahn über New Providence erreichen. Ich brauche Ihre Meinungen, ob es sicher ist, in die Umlaufbahn einzutreten.«

»Hier draußen in der Tiefe des Raumes werden wir nichts erfahren, Kapitän Drake«, sagte Wharton. »Wir müssen in die Umlaufbahn.«

»Und wenn es computergesteuerte Verteidigungseinrichtungen gibt?«

»Dann sind sie wahrscheinlich längst bis zur Unbrauchbarkeit korrodiert. Außerdem wird die Strahlung der Antares-Supernova inzwischen jeden Computer in Plastikschrott verwandelt haben.«

»Andere Meinungen?« fragte Drake.

»Umlaufbahn«, sagte Stan Barrett. »Wir müssen erfahren, was da unten geschah.«

Unter den Wissenschaftlern an Bord der *Alexandria* erhob sich zustimmendes Gemurmel.

Drake nickte. »Also gut. Wir gehen wie geplant in die Umlaufbahn!«

Der erste Landungstrupp aus Marinesoldaten landete drei Tage später auf New Providence, sehr zum Verdruß der Wissenschaftler. Richard Drake hatte angeordnet, daß keiner von ihnen Erlaubnis erhalten würde, die Oberfläche zu betreten, solange die Marinesoldaten nicht ein strahlungssicheres Basislager für hundert Bewohner errichtet hätten. Die Konstruktion der Strahlungsabschirmungen, ein äußerer Zaun für den Fall, daß der Planet nicht so tot war, wie er aussah, die Errichtung von Unterkünften aus vorgefertigtem Material und der Transport von Gerät und Proviant nahmen fünf Tage in Anspruch. Erst als das Basislager bezugsfertig gemeldet wurde, gab Drake endlich nach und ließ die ersten Wissenschaftler zu den Marinesoldaten auf die Oberfläche fliegen.

Danach entwickelte sich für die Wissenschaftler der verschiedenen Fachrichtungen bald ein festes Arbeitsprogramm, das am achtunddreißigstündigen Tag von New Providence orientiert war. Neunzehn Stunden dieses Tages war die Antares-Gaswolke unter dem Horizont, und die Hintergrundstrahlung sank auf einen tragbaren Wert. Während dieser Stunden durchforschten kleine Arbeitstrupps die verlassene Stadt in der Hoffnung, Hinweise auf den Gang der Ereignisse vor und nach der Antares-Explosion zu finden.

In einer Hinsicht waren die Forscher vom Glück begünstigt. Die Perioden geringer Strahlung stimmten mehr oder weniger mit dem Aufgang und Untergang Napiers überein, so daß die Arbeit bei Tageslicht stattfinden konnte. Drake gab Befehl, daß alle Angehörigen von Arbeitstrupps mindestens eine Stunde vor Aufgang des ersten Schimmers der leuchtenden Gaswolke am Horizont ins Basislager zurückzukehren hätten. Während Antares vom Himmel strahlte, wurden die Tagesergebnisse gesichtet, gegessen und geschlafen, denn die achtzehnstündigen Arbeitstage forderten alle Beteiligten bis zur Erschöpfung.

Die Archäologen der Expedition entdeckten rasch, daß die Rekonstruktion der Ereignisse auf New Providence keine leichte Aufgabe sein würde. Wie die meisten modernen Gesellschaften, hatten die Bewohner von New Providence ihre Aufzeichnungen und Archive als elektronische Impulse in Datenspeichern gelagert. Ein Jahrhundert täglicher Strahlungsstürme hatten die Datenspeicher leergefegt. Sogar die normalerweise strahlungsresistenten Kristallhalbleiter hatten ihre kostbare Informationsfracht längst dem Regen kosmischer Geschosse preisgegeben.

Da die primären Informationsquellen durch Strahlungseinwirkung nutzlos waren, begann Dr. Whartons Arbeitsgruppe mit dem Sammeln der Überreste von Technologien, die nicht computergestützt waren. Seine Mitarbeiter durchkämmten die Ruinenfelder nach allem, was die zweifache Katastrophe von Krieg und kosmischer Naturgewalt überlebt hatte. Was die Suchtrupps fanden – meistens in verschütteten und wieder geöffneten Kellerräumen –, war Papier: Faxausdrucke, persönliche Post und Bücher von der gedruckten und gebundenen Sorte.

Um lange Anmärsche zu vermeiden, war das Basislager in einem Park nahe dem Zentrum einer mittelgroßen Stadt der nördlichen Hemisphäre von New Providence errichtet worden. Hekate war seit der Gründung der Kolonie ein regionales Zentrum und eine Verkehrsknotenpunkt gewesen. Die Stadt war wie Regensburg von der nuklearen Zerstörung verschont geblieben, die so viele andere Städte auf New Providence dem Erdboden gleichgemacht hatte.

Am dritten Tag der Durchsuchung entdeckte ein Arbeitstrupp ein Versteck von Faxausdrucken. Der erste datierte vom 5. August 2512 enthielt eine Meldung, daß mehrere planmäßige Raumschiffe überfällig waren. Zwei Tage später bestätigte ein weiterer Ausdruck Gerüchte, daß der Faltpunkt Napier-Valeria verschwunden war. Einige führende Wissenschaftler wurden mit der Bemerkung erwähnt, daß keiner von ihnen eine Erklärung habe, wie so etwas geschehen konnte.

Die gleichen Meldungen, die von der Unterbrechung der Verbindung mit Alta berichteten, bestätigten, daß der Faltpunkt zu Sandarsons Welt noch offen sei. Ein noch späterer Ausdruck gab die Meinung von Medienvertretern wieder, daß die Regierung eine Expedition aussenden solle, um zu erforschen, warum Schiffe das System über den Antares-Faltpunkt verlassen konnten, aber kein Verkehr aus der Gegenrichtung durchzukommen schien.

»Kein Wunder«, sagte Wharton, als er einem seiner Mitarbeiter den Ausdruck zeigte. »Sie müssen im Augenblick des Übergangs verdampft sein!«

Als die Tage vergingen, machte sich Frustration über den Fortschritt der Suchaktion breit. Zwar fanden sie Unterlagen, so daß keine Knappheit an Informationen aus der Zeit vor der Nova und unmittelbar danach bestand, aber eine Erwähnung des vernichtenden Krieges suchten sie vergebens.

Eine Woche nachdem die ersten Wissenschaftler das Basislager bezogen hatten, arbeitete Drake an seinem Logbuch, als an die Tür seiner Kajüte geklopft wurde.

»Es ist offen!« rief er.

Die Tür wurde aufgeschoben, und Bethany Lindquist erschien in der Öffnung. »Ich hoffe, ich störe Sie nicht, Kapitän?«

»Lieber Himmel, nein! Ich bin froh über die Unterbrechung. Kommen Sie herein und setzen Sie sich. Was kann ich für Sie tun?«

Sie setzte sich auf den angebotenen Platz neben seiner Arbeitskonsole, zögerte einen Moment und sagte dann: »Ich würde gern zur Oberfläche hinuntergehen.«

Drake blickte überrascht auf. »Wieso?«

»Ich möchte mich den Suchtrupps anschließen.«

»Kommt nicht in Frage!«

»Aber warum nicht?«

»Ich stelle Ihnen die Gegenfrage: Warum wollen Sie gehen?«

»Ich bin von Beruf Historikerin. Ich könnte von Nutzen sein. Es wird Bücher und Ausdrucke zu bergen und durchzuarbeiten geben. Vielleicht sogar Datenspeicher, wenn welche überlebt haben. Ich weiß so gut wie jeder andere, wonach gesucht werden muß.«

»Die Arbeitsgruppen haben bereits zwei Historiker bei sich.«

»Ein zusätzliches Paar Augen und Hände ist immer nützlich, Kapitän.«

»Dank Ihrem Onkel, Miss Lindquist, sind Sie für mich erheblich mehr als ein ›Paar Augen und Hände‹. Tatsächlich sind Sie die einzige unersetzliche Person an Bord dieses Schiffes. Sollte Ihnen etwas zustoßen, würde die Expedition erledigt sein.«

»Und sollte ich beschließen, Kapitän Drake, daß ich den nächsten Faltraumübergang nicht autorisieren werde, würde sie genauso erledigt sein.« Sie sah die Verfinsterung seiner Miene und bedauerte sofort ihre Worte. »Tut mir leid, es war nicht so gemeint. Es ist bloß, daß ich es satt habe, in meiner Kabine zu sitzen, während andere arbeiten. Außerdem will ich nicht diese lange Reise mitmachen und dann das Schiff nie verlassen.«

Drake lehnte sich zurück, nagte an der Unterlippe und dachte an den Rat, den der Flottenadmiral ihm ans Herz gelegt hatte: Er sollte im Hinblick auf die Springercodes der *Discovery* Bethany Lindquist nach Möglichkeit für den altanischen Standpunkt gewinnen. Es würde der Sache sicherlich nicht schaden, wenn er ihr den Wunsch erfüllte. Auch konnte er nachfühlen, wie ihr zumute war. Es war frustrierend, in der Umlaufbahn zu sitzen, während andere die Geheimnisse New Providences aufdeckten. Andererseits war nicht zu leugnen, daß es dort unten Gefahren gab und daß die Expedition ohne Bethany Lindquist gescheitert wäre.

Nachdem Drake eine Weile über diese widerstreitenden Gesichtspunkte nachgedacht hatte, sagte er: »Wenn ich es erlaube, muß ich bestimmte Konzessionen verlangen.«

»Und die wären?«

»Ich möchte, daß Sie den Springercode für den nächsten Übergang in den Computer eingeben, bevor Sie gehen. Sie können jede Sicherheitskennzeichnung anhängen, die Sie wollen. Nur möchte ich, daß der Computer mir den Code freigibt, wenn Sie ihn nicht innerhalb einer vertretbaren Zeit – sagen wir, dreißig Tage – widerrufen.«

Bethany zögerte einen Moment lang, dann nickte sie. »Einverstanden, Kapitän.«

»Ich muß ferner darauf bestehen, daß Sie während Ihres gesamten Aufenthalts dort unten eine Eskorte bei sich haben. Und wenn wir feststellen, daß die Bedingungen auf der Oberfläche auch nur in geringem Maße gefährlich sind, werde ich Sie sofort zurückbeordern.«

»Auch damit bin ich einverstanden.«

Er lehnte sich in seinem Drehsessel zurück und sagte: »In diesem Fall wünsche ich Ihnen einen angenehmen Aufenthalt. Ich wäre froh, wenn ich mit Ihnen gehen könnte.«

13

»Wir sollten wirklich umkehren, Miss Lindquist.«

Bethany Lindquist kniete in einem verlassenen Gang vor einer verschlossenen Tür. Neben ihr, ein großes hammerähnliches Instrument in den Händen, stand eine wuchtige Gestalt in der grüngefleckten Uniform des Marinekorps. Bethany stand auf und streifte hellen Staub von den Knien. »Gut, Gefreiter Vargas. Machen wir noch diese eine Tür auf, dann kehren wir um.«

»Gut, Madam. Treten Sie zurück.«

Bethany zog sich auf die andere Seite des Gangs zurück und sah zu, wie Vargas mit dem Vorschlaghammer ausholte. Er schlug den schweren Hammerkopf mit geübtem Schwung über dem Schloß in die Tür. Das Geräusch reißenden Metalls und eine Wolke hundertjährigen Staubes begleitete die Öffnung eines drei Zentimeters breiten Spalts zwischen Tür und Rahmen. Vargas spuckte aus, um den Geschmack von muffig riechendem Staub aus dem Mund zu bekommen, schob seine Hand in die Öffnung, stemmte sich in den Türrahmen, so gut er konnte, und stieß. Die schwergängige Tür öffnete sich mit weiteren Geräuschen gequälten Metalls.

»Gut gemacht, Vargas«, sagte Bethany. »Dieses Einbrechen ist nicht so schwierig, wie es aussieht.«

»Ich wünschte, der alte Richter Waring könnte uns jetzt sehen, Miss.«

»Wer?«

»Der Friedensrichter meiner Heimatstadt. Er brachte mich darauf, zum Marinekorps zu gehen. Stellte mich vor die Wahl, das zu tun oder eine Zeit im Jugendgefängnis abzureißen!«

Bethany lachte. »Ich werde ihm nicht über Ihren jüngsten Rückfall erzählen, wenn Sie es nicht tun.« Sie zeigte zur offenen Tür. »Gehen wir hinein?«

»Augenblick, Madam, bis ich den Rest meiner Sachen zusammengesucht habe.«

Sie sah zu, wie der hünenhafte Marinesoldat den Gurt seines Werkzeugkastens über die Schulter hängte. Als er seinen Rucksack über die andere Schulter schwang, mußte sie lächeln. Ein seltsameres Kindermädchen war schwerlich irgendwo zu finden.

Wie Richard Drake versprochen hatte, war die Marineeskorte zur Stelle gewesen, als sie vor fünf Tagen Lokalzeit beim Basislager dem Landungsboot entstiegen war. Die Eskorte war Gefreiter Garrold Vargas gewesen. Von diesem Augenblick an war er jedesmal, wenn sie sich aus dem Schutz des strahlungssicheren Basislagers entfernte, ihr ständiger Begleiter gewesen. Wie die Mitglieder der anderen Suchtrupps hatten auch sie sich rasch an einen Tagesablauf gewöhnt, der durch den Aufgang und Untergang der strahlenden Antares-Gaswolke beherrscht wurde. Jeden Morgen luden sie ihre Rucksäcke mit Proviant, Wasser und Einbruchswerkzeug in ein kleines Geländefahrzeug und brachen zu dem ihnen zugewiesenen Suchgebiet auf. Dort angekommen, wählte Bethany die Gebäude und Räume aus, die durchsucht werden sollten, und Vargas sorgte dafür, daß keine zugesperrten Türen ihr Vorankommen behinderten. Es war eine perfekte Arbeitsteilung, und zu ihrer beiderseitigen Verwunderung fanden sie, daß sie gut zusammenarbeiteten.

Der ihnen für diesen Tag zugedachte Suchabschnitt war auf 150 Jahre alten Karten, die in altanischen Archiven geschlummert hatten, als die Universität von Hekate bezeichnet. Bethany hatte gehofft, daß sie in einer Institution höherer Gelehrsamkeit mehr Glück haben würden als bisher. Zu ihrer Enttäuschung hatten sich die erhaltenen Räumlichkeiten jedoch als weniger ergiebig an Papierresten erwiesen als die Wohnviertel im Umkreis des Basislagers. Es war frustrierend, unter Hunderten von Datenanschlüssen umherzugehen, die über die Universität verteilt waren, und zu wissen, daß ein Jahrhundert harter Strahlung sie alle zu nutzlosen Klötzen aus Kunststoff, Silikon und Glas gemacht hatte.

Sie traten durch die Türöffnung, die sie gerade aufgebrochen hatten. Wie erwartet, befanden sie sich in einem Seminarraum. Er war identisch mit Dutzenden anderer, die sie während des Tages gesehen hatten. Fünfzig Plätze mit Arbeitsflächen und Ablagefächern standen in Reih und Glied einem Pult auf niedriger Plattform gegenüber, das mit einem Datenanschluß und einem Holoprojektor ausgestattet war. Rasch begannen sie mit ihrer Routinedurchsuchung, Bethany mit den vorderen Reihen nächst dem Eingang, Vargas mit den hintersten in der entferntesten Ecke des Raums. Schnell arbeiteten sie sich durch die Reihen, öffneten auf der Suche nach beschriebenem oder gedrucktem Papier Schubladen und spähten in Ablagefächer. Wie gewöhnlich, fanden sich mehrere Speichertafeln aus kristalliner Keramik – alle durch die Strahlung zu einem rauchigen Grau verfärbt –, aber kein Papier irgendwelcher Art.

Als sie die Studentenplätze durchsucht hatten, nahm Bethany sich das Dozentenpult vor. Vargas blickte im Raum umher, sah nichts, was noch zu durchsuchen war, und trat ans Fenster, um hinauszuschauen. Sie waren im zehnten Stockwerk, und das Fenster gewährte einen guten Ausblick auf die Universitätsgebäude und Teile der Stadt. Napier stand bereits tief am Himmel. Bethany beendete ihre Durchsuchung, fand nichts und trat zu dem Marinesoldaten ans Fenster.

»Erinnert einen irgendwie an zu Hause, nicht wahr, Miss Lindquist?«

»Das liegt daran, daß die meisten altanischen Architekturformen nach Vorbildern aus New Providence entstanden sind«, sagte Bethany. Die Universität von Hekate war vierflügelig in einem großen Rechteck angelegt, in dessen Mitte früher einmal Parkanlagen mit Bäumen und Blumenbeeten, Springbrunnen und Bänken gewesen waren. Die diesen weiten, jetzt verödeten Innenhof umgebenden Gebäude ähnelten dem, worin sie waren, hatten aber nur vier oder fünf Geschosse. Außerhalb der vierflügeligen Anlage gab es noch eine Anzahl größerer und kleinerer Nebengebäude. »Gott, sehen Sie sich das an! Um das alles gründlich zu durchsuchen, werden wir einen Monat brauchen!«

»Sind die Universitäten der Erde wie diese?« fragte Vargas.

»Natürlich habe ich nur Bilder gesehen«, erwiderte Bethany. »Im allgemeinen baut man auf der Erde hoch, mit weniger freien Flächen. Wegen der hohen Bevölkerungsdichte ist der Boden dort viel wertvoller. Das da unten...« – Bethany zeigte hinab zum Innenhof, der eine Fläche von mehr als zehn Hektar umfassen mußte – »würde auf der Erde als verschwenderischer Luxus gelten.«

»Sehen Sie die Statuen dort?« sagte Vargas mit einer Kopfbewegung zu zwei steingrauen Gestalten in der Mitte des weiten Vierecks. »Was für Tiere mögen das sein?«

Bethany blickte in die gleiche Richtung. Die Gestalten flankierten einen kleinen kioskartigen Bau, der Bethany an einen U-Bahneingang erinnerte.

»Das ist aus dieser Entfernung schwer zu sagen. Leihen Sie mir Ihren Feldstecher, Gefreiter.«

Vargas reichte ihr sein Glas. Bethany stellte es auf ihre Augen ein. Nach einer langen Pause sagte sie: »Wieso, das sind Löwen!«

»Was ist das? Eine Tierart von New Providence?«

Bethany gab ihm das Glas zurück und zog die Stirn in Falten. »Sicherlich hat Ihre Mutter Ihnen von Löwen erzählt, Gefreiter, oder? Sie waren auf der Erde heimisch. Eine große Katzenart, wissen Sie.«

Vargas kratzte sich am Kinn. »Ja, verstehe. Löwen.«

»Man fragt sich, was eine Löwenstatue hier auf New Providence tut«, überlegte Bethany laut. »Sie kann den Einheimischen nicht viel bedeutet haben, es sei denn, als Wappentier und Symbol. Oder sie hatten einen besonders gut ausgestatteten Zoo.« Sie stand einen Moment unschlüssig, dann sagte sie: »Ich glaube, wir sollten das überprüfen.«

»Das geht nicht, Miss Lindquist«, entgegnete Vargas. »Die Sonne geht unter. Das heißt, daß Antares in weniger als neunzig Minuten aufgehen wird.«

»Es wird nicht lang dauern, Gefreiter. Keine Sorge, zur Sperrstunde werden wir längst im Lager sein.«

Während Archäologen und Sozialwissenschaftler den Schutt des toten Planeten durchsiebten, arbeiteten die Astronomen in der Umlaufbahn an der Kartierung der lokalen Faltraumstruktur. Seit Jahrhunderten hatten Lehrer der vieldimensionalen Physik nach einer geeigneten Analogie gesucht, mit der sie ihren Schülern den Faltraum erklären konnten. In den meisten Fällen nahmen sie Zuflucht zu einem Stück Papier, das zu einem Ball zusammengeknüllt und dann wieder ausgebreitet und geglättet worden ist. In der Umwandlung vom zweidimensionalen Blatt zum dreidimensionalen Sphäroid nimmt das Papier ein komplexes Muster von Falten und Knicks an. Durch das Studium dieses Musters ist es möglich, den Knitterprozeß genau zu beschreiben. Faltlinien sind die ›Knitter und Falten‹ die übrig blieben, nachdem das Raumzeitkontinuum durch die Einwirkung eines massiven Schwarzen Loches ›zerknittert‹ wurde.

Die Wissenschaftler der Expedition hatten zwei Hinweise, die ihnen zum Verständnis der Struktur des Faltraums nach der Supernova verhelfen konnten. Den ersten Hinweis boten die detaillierten Karten der Faltraumstruktur vor dem Ausbruch der Nova. Der zweite war das Wissen, wie weit der Faltpunkt Napier-Valeria sich von seiner früheren Position entfernt hatte. Von den alten Karten ausgehend, die sie topographisch so verzerrten, daß die beobachtete Positionsänderung des Faltpunktes berücksichtigt wurde, konnten die Astronomen ein Computermodell erarbeiten, das ihnen ermöglichte, die Positionen der anderen überlebenden Faltpunkte vorauszusagen.

In der Wissenschaft taugt eine Voraussage freilich nur, wenn sie sich experimentell bestätigen läßt. Die Bestätigung einer Faltpunktposition ist allerdings eine schwierige Sache, da viele tausend Feinmessungen der lokalen Gravitationskonstante erforderlich sind. Die *Alexandria* führte zu eben diesem Zweck mehrere hundert freifliegende Gravitationsdetektoren mit, die in genauen Flugbahnen ausgesandt wurden, welche sie in die Nähe der theoretischen Faltpunktpositionen des Systems brachten. Während des Fluges führten sie kontinuierliche Messungen der Gravitationskonstante in der Region durch und funkten sie zur Analyse zurück zur *Alexandria*. Das kontinuierliche Winseln der eingehenden Ströme telemetrischer Meßdaten erfüllte den Kartenraum an Bord des Passagierschiffes länger als hundert Stunden. Als die Forscher eine vorläufige Lagekarte ausgearbeitet hatten, welche die Faltpunktpositionen bestätigte, die zum Herzen des Antares-Haufens und zu Altas Schwesterkolonie auf Sandarsons Welt führten, ersuchten Nathaniel Gordon und Mikhail Planowitsch um ein Gespräch mit Richard Drake in dessen Kajüte an Bord der *Discovery*.

»Ich glaube, wir haben alle Faltpunkte in diesem System lokalisiert, Kapitän.« Gordon zeigte auf drei weit voneinander entfernte Punkte einschließlich des Napier-Valeria-Faltpunktes in einer dreidimensionalen kugelförmigen Raumdarstellung. Zusätzlich zu den Sternen, Planeten und Faltpunkten zeigte sie eine Anzahl Verbindungslinien gleicher Schwere.

»Sind Sie sicher, daß diese Zahl stimmt?« fragte Drake.

Professor Planowitsch nickte. »Ganz sicher, Kapitän. Wir haben inzwischen ein viel besseres Verständnis dessen, was durch die Nova im Faltraum geschah. Es läßt sich sagen ...«

Das Summen der Gegensprechanlage auf Drakes Schreibtisch unterbrach Planowitsch. Drake nahm den Anruf durch Knopfdruck entgegen.

»Ja, Mr. Slater?«

»Anruf von Dr. Wharton im Basislager, Kapitän. Ich hätte Sie nicht gestört, aber er sagt, es sei dringend.«

»Stellen Sie ihn durch.«

Der Bildschirm wurde freigemacht, und im nächsten Augenblick erschien das fleischige, gerötete Gesicht Gregory Whartons. Der Mann war offensichtlich stark beunruhigt.

»Was kann ich für Sie tun, Professor«, fragte Drake.

»Es ist hier Nacht geworden, Kapitän Drake, und die Antares-Gaswolke ist gerade am Himmel aufgestiegen.«

Drake blickte zum Wandchronometer. Außer der Bordzeit zeigte er Tag und Nacht und die Strahlungszyklen in Hekates Längengrad an. »Wir wissen hier oben, wieviel Uhr es bei Ihnen ist, Professor. Was ist los?«

»Bethany Lindquist und der Gefreite, den Sie ihr als Leibwächter zugeteilt haben, machten sich heute morgen wie gewöhnlich auf den Weg. Sie sind noch nicht zurückgekehrt.«

Drake fühlte, wie sich in seinem Magen etwas zusammenzog. »Haben Sie sich überzeugt? Haben Sie alle Teile des Basislagers absuchen lassen?«

»Haben wir, Sir. Ich habe alle zusammengerufen und

befragt. Niemand hat sie gesehen, und ihr Fahrzeug steht nicht bei den übrigen.«

»Haben Sie tagsüber Funksprechverbindung mit ihnen gehabt?«

»Sie meldeten sich, als sie heute früh in ihrem Suchabschnitt eintrafen. Seitdem haben wir nichts gehört. Was soll ich tun?«

Drake überlegte einen Moment. In seiner Magengrube machte sich ein akuter, übelkeiterregender Druck bemerkbar. Eine Stadt ist überall und zu jeder Zeit ein gefährlicher Ort. Eine tote Stadt auf einer toten Welt ist es noch mehr. Er stellte sich vor, daß Bethany verletzt irgendwo lag und die tödliche Glut der Antares-Gaswolke langsam über den Horizont steigen sah. Er starrte in das ratlose Gesicht im Bildschirm, überlegte seine Optionen und sagte dann: »Ich komme hinunter! Unternehmen Sie nichts, bis ich dort bin.«

Bethany und Vargas lenkten ihr Geländefahrzeug in die Mitte des viereckigen Innenhofs, wo die Löwenstatuen den Kiosk flankierten. Als sie näher herankamen, wurden alle Zweifel, die Bethany im Hinblick auf ihre Natur hatte, rasch zerstreut. Es waren Löwen, und sie lagen in Ruhehaltung, aber mit erhobenen Köpfen, hatten die Pranken vor sich ausgestreckt und die Schwänze an den Seiten. Ihre Mähnen waren voll und buschig, und ihre steinernen Augen blickten aufmerksam in die Ferne. Zwischen den beiden Tieren führte eine Betonrampe abwärts und verschwand hinter einer großen Stahltür, die den Eingang des Kiosks verschloß.

»Schlagen Sie sie ein, Gefreiter!« befahl Bethany mit einer Kopfbewegung zur Tür.

Vargas runzelte die Stirn, öffnete den Mund zu einem Einwand und besann sich eines anderen. Er nahm seinen Vorschlaghammer aus dem rückwärtigen Teil des Fahrzeugs und ging an die Arbeit. Zwei Minuten später hallten die wuchtigen Hammerschläge noch immer von den Gebäuden wider.

»Augenblick«, rief Bethany, als Vargas zum zwanzigstenmal ausholte. »Lassen Sie mich sehen.«

Vargas stellte seine Bemühungen ein und wischte sich die Stirn. »Ich glaube nicht, daß wir hierfür die geeignete Ausrüstung haben, Miss.«

»Versuchen Sie noch ein paarmal«, erwiderte Bethany und trat von ihrer Inspektion des Schlosses zurück. »Mir scheint, es beginnt nachzugeben.«

Vargas holte abermals aus und schlug den Hammer mit aller Kraft gegen die Tür. Sie stieß ein metallisches Kreischen aus. Nach zwei weiteren Schlägen gaben die Scharniere nach, und die Stahltür krachte nach innen. Jenseits der am Boden liegenden schweren Stahltür führte eine Rolltreppe abwärts und verschwand in Dunkelheit.

»Wir brauchen unsere Lampen.«

Sie kramten ihre Stablampen aus den Rucksäcken, Vargas mit einem nervösen Blick zu Napiers Position. Das Zentralgestirn war längst hinter der Gebäudefront im Westen versunken. »Unsere Zeit ist beinahe um, Miss Lindquist.«

»Vertrauen Sie mir, Gefreiter. Dies könnte wichtig sein. Wir werden nachsehen und dann nach Haus rennen. Ich verspreche es!«

Langsam stiegen sie die bewegungslosen Stufen der Rolltreppe hinunter. Nach etwa dreißig Metern erreichten sie einen Treppenabsatz, wo die Rolltreppe endete und zu beiden Seiten Türen zu sehen waren. Ein paar Meter vor ihnen führte eine weitere Rolltreppe hinunter. Bethany ging voraus und folgte ihr abwärts, bevor Vargas protestieren konnte. Hier waren sie in völliger Schwärze; nur die Lichtkegel ihrer Stablampen zeigten ihnen den Weg. Sie erreichten einen zweiten Absatz, und folgten einer dritten Rolltreppe hinunter, bevor sie in einen geräumigen unterirdischen Korridor kamen.

Er verlor sich auf beiden Seiten in der Dunkelheit; ihre Lichter konnten kein Ende erreichen.

»Er muß unter dem ganzen Innenhof durchführen«, sagte Bethany. Ihre Stimme hallte hohl von den Wänden.

»Welchen Zweck kann dieser Korridor haben?«

»Er führt von einem Gebäudeflügel zum gegenüberliegenden«, antwortete sie. »Vielleicht diente er als eine Art Abkürzung.«

»Welche Richtung nehmen wir?« fragte er.

Sie ließ ihren Lichtkegel erst über eine Wand gehen, dann in die andere Richtung. »Versuchen wir es rechts.«

Langsamer als zuvor bewegten sie sich den unterirdischen Korridor entlang, bis sie zu einer Tür mit der Silhouette eines liegenden Löwen kamen.

»Danach habe ich gesucht«, sagte Bethany. »Schlagen Sie die Tür ein!«

»Nicht nötig«, erwiderte Vargas. Mit einer Hand stieß er die Tür zurück. »Sie ist offen.«

Hinter der Tür fanden sie einen geräumigen unterirdischen Raum mit einer Reihe von Informationsterminals auf schalterähnlichen Tischen. Bethany ging weiter zu einer Tür am anderen Ende des Raums. Auch sie war leicht zu öffnen. Trotz des Gewöhnungseffekts, der sich nach fünf langen Tagen der Erforschung verlassener Gebäude und Ruinen eingestellt hatte, empfand sie stark die Verlassenheit des Ortes.

Der zweite Raum enthielt eine Maschine von Schreibtischgröße. Bethany hielt den Atem an, als sie im Licht ihrer Stablampe die Vorderseite des dick eingestaubten Geräts absuchte.

Vargas fügte seine eigene Beleuchtung hinzu. »Was für ein Ding ist das?«

»Ich bin nicht sicher«, erwiderte Bethany, »aber ich glaube, es ist ein Computer.«

»Könnte sein. Er sieht wie andere Computer aus, die

wir gefunden haben. Aber nun kommen Sie, gehen wir.«

»Gehen?« fragte Bethany überrascht.

»Klar, was sonst? Die Sonne geht unter. Wir haben bei unseren Durchsuchungen schon mehr Computer gefunden.«

»Aber noch keinen, der hundert Meter unter der Oberfläche war, oder?« sagte Bethany.

Vargas schüttelte den Kopf. »Nein, die meisten waren in den Obergeschossen von Gebäuden. Warum?«

»Weil hundert Meter Erde und Beton mehr als genug sind, um die Strahlung der Nova abzuschirmen.«

Vargas starrte sie an. Im Widerschein der Stablampen sah sein Gesicht kantig und zerklüftet aus. Seine Augen waren weiße Ringe, die aus den dunklen Schatten ihrer Höhlen starrten. »Sie meinen, diese Maschine könnte betriebsbereit sein?«

»Möglich. Ich glaube, wir haben den Computer der Universitätsbibliothek gefunden.«

»Sie wußten, daß dies hier unten war?« Eine Andeutung von ehrfürchtigem Staunen war in seiner Stimme.

Bethany nickte. »Ich kam auf die Idee, als ich oben die beiden Löwen sah. Aus irgendeinem Grund sind Löwen immer mit Bibliotheken in Verbindung gebracht worden. Diese Statuen sind Kopien von zwei recht bekannten Löwenplastiken, die einst den Eingang der Öffentlichen Bibliothek von New York schmückten. Wenn die Universität von Hekate Kopien aufstellte, dachte ich mir, geschah es, um den Eingang zur Bibliothek zu kennzeichnen.«

»Wir müssen Meldung machen«, drängte Vargas. »Der Unteroffizier sagte uns, wenn wir einen intakten Computer finden würden, könnten wir all die Papierreste vergessen, die wir gesammelt haben.«

»Das werden wir, aber erst muß ich noch etwas überprüfen.« Bethany ging zu einer Tür an der Rückseite des Computerraums. Diese ließ sich nicht öffnen. Sie wandte sich zu Vargas um. »Wir brauchen Ihren Vorschlaghammer, Gefreiter.«

Die Tür gab nach einem einzigen Schlag nach. Bethany drängte sich durch, bevor die Öffnung ganz frei wurde. Sie ließ den Lichtkegel ihrer Lampe über eine Reihe von Ablageschränken gehen. Dutzende von kleinen Speichertafeln waren darin aufgereiht.

»Hier haben sie alles gespeichert, womit sie ihre Arbeitsspeicher nicht vollstopfen wollten«, sagte Bethany. »Gut, Gefreiter, ich habe alles gesehen, was ich sehen mußte. Fahren wir zurück zum Lager und machen Meldung.«

»Ja, Madam!«

Der Westhorizont leuchtete im Abendrot, als sie schließlich an die Oberfläche kamen. Rote und orangegelbe Lichtstrahlen des untergegangenen Zentralgestirns stießen weit in den Himmel hinauf, verblaßten allmählich im Blau, das im Zenit bereits in Blauschwarz überging. Ein paar Sterne waren erschienen, während im Osten ein milchweißes Leuchten eine Lücke zwischen zwei Gebäuden erhellte. Beim Anblick dieses Leuchtens überlief es Bethany. Es bedeutete, daß die Antares-Gaswolke die Stadt Hekate bald wieder mit ihrem tödlichen Licht überschütten würde.

Die beiden eilten zu ihrem Fahrzeug und warfen Rucksäcke und anderes Gerät hinein. Bethany stieg auf den Beifahrersitz, während Vargas die Ausrüstung verstaute. Sie ließ sich schlaff in den Sitz fallen und konzentrierte sich darauf, nach dem langen Aufstieg über die stille Rolltreppe wieder zu Atem zu kommen. Mehrere Sekunden vergingen, bevor sie merkte, daß Vargas keine Anstalten machte, seinen Platz am Steuer einzunehmen. Statt dessen stand er neben dem Fahrzeug und spähte nach Osten, wo das milchige Licht stärker und stärker wurde.

Bethany rutschte über die Sitzbank zur Fahrerseite und ließ die Scheibe herunter. »Steigen Sie ein, Gefreiter! Wir haben gerade noch Zeit, die Rückfahrt zu schaffen.«

Vargas wandte den Kopf. Er hatte Sorgenfalten auf der Stirn. »Ich fürchte, es ist schon zu spät, Miss Lindquist.«

»Wovon reden Sie! Die Strahlung wird erst in weiteren zwanzig Minuten gefährlich. Und heute früh brauchten wir bloß fünfzehn Minuten, um vom Lager hierher zu kommen.«

»Das war heute morgen, bei Tageslicht. Aber in zehn Minuten wird es dunkel sein.« Er schüttelte den Kopf. »Die Gefahr ist zu groß, daß wir irgendwo falsch abbiegen oder über Trümmerstücke fahren oder in der Dunkelheit in ein Loch stoßen. Jeder unvorhergesehene Aufenthalt würde uns der Strahlung aussetzen. Selbst wenn nichts geschehen sollte und wir es schaffen, wird Unteroffizier Crocker mich erschießen lassen, weil ich Sie solch einem Risiko ausgesetzt habe.«

Bethany öffnete den Mund zur Erwiderung, sah den Blick in Vargas' Auge und nickte bloß. Er hatte natürlich recht. Die Erforschung der Bibliothek hatte mehr Zeit beansprucht, als sie geplant hatte. Und obwohl ihre Rucksäcke mit Speichertafeln vollgestopft waren, würde es keinem etwas nützen, wenn sie bei Antares Aufgang im Freien wären. Bethany fand sich damit ab, die Nacht in den Untergrundräumen zu verbringen, die sie gerade verlassen hatten.

»Wenn wir uns hier verkriechen, sollten wir Meldung davon machen.«

»Geht nicht«, erwiderte Vargas. »Die Reichweite des Funksprechgeräts ist eingeschränkt, weil zu viele Gebäude zwischen uns und dem Basislager stehen.« Er zeigte zu einer Reihe leuchtender Zahlen auf einem Display am Armaturenbrett des Geländefahrzeugs. »Und die Schiffe in der Umlaufbahn können wir auch nicht anfunken und als Relais verwenden, weil sie unter dem Horizont stehen.«

»Verdammt!«

Eine der ersten Entdeckungen der Marinesoldaten, die das Basislager aufgebaut hatten, war der Umstand gewesen, daß Funkgeräte auf New Providence nicht gut arbeiteten. Wie für die meisten anderen Probleme des Planeten, war die Antares-Gaswolke dafür verantwortlich. Der beständige Regen aufgeladener Partikel in die Ionosphäre führte zu einem unaufhörlichen Rauschen und Knistern atmosphärischer Störungen auf den Frequenzen. Verständigung war nur über verhältnismäßig kurze Strecken möglich, wo die Sendeimpulse stark hereinkamen. Um über weitere Distanzen Kontakt zu halten, verließ man sich im Basislager auf Kommunikationslaserverbindungen zu den beiden Cryogentankern in ihren Umlaufbahnen. Da diese aber hinter dem Horizont waren, blieben Bethany und Vargas praktisch isoliert.

Bethany blickte zu den Gebäuden auf. »Könnte die Zeit reichen, um auf das Dach zu steigen und das Lager direkt anzufunken?«

»Auf keinen Fall!« erwiderte Vargas. »Wir haben nur noch Zeit, in Deckung zu gehen.«

»Gut, dann lassen wir das mit der Meldung. Wie lange brauchen wir, um den Generator abzuladen?«

»Wozu?«

»Er könnte uns unten nützlich sein. Außerdem wird die Strahlung ihn ruinieren, wenn wir ihn nicht in den Untergrund schaffen. Das gleiche gilt für den Laser und die anderen Festkörpergeräte und -schaltungen des Geländewagens.«

Er nickte. »Ich werde diese Dinge herausnehmen. Sie fangen schon an, die Rucksäcke hineinzutragen. Und noch etwas, Miss Lindquist ...«

»Ja, Gefreiter?«

»Egal, wieviel wir zu tun haben, wir lassen es fünf

Minuten vor Antares' Aufgang liegen und bringen uns in Sicherheit. Einverstanden?«

»Einverstanden.«

Sie unterboten ihre selbstgesetzte Frist um zwei Minuten. Bethany ging ein letztes Mal hinaus, um Vargas beim Einsammeln der Werkzeuge zu helfen, die er zum Ausbau der strahlungsgefährdeten Teile des Geländefahrzeugs gebraucht hatte. Als sie ins Freie kam, warf sie einen besorgten Blick zum Osthimmel.

Das Leuchten dort war beträchtlich stärker geworden, und der Rand der Gaswolke war jetzt als ein unregelmäßiger weißer Bogen sichtbar, der sich scharf vom dunklen Himmel abhob. Atmosphärische Verzerrung erweckte den Eindruck, daß der weiße Bogen ein paar Grad über der dunklen Linie des Horizonts hing. Darunter brannte eine sternähnliche Erscheinung mit dem Licht einer Fluoreszenzlampe. Das Licht war das des Antares-Pulsars, von der Brechung des atmosphärischen Linseneffekts über den Horizont gespiegelt. Bethany, die das Phänomen an früheren Abenden beobachtet hatte, wußte, daß der wirkliche Stern niemals weit hinter seinem Phantombild zurückblieb.

»Höchste Zeit«, grunzte Vargas, als er die gebündelten Instrumente auf die Schulter hob. »Nehmen Sie das übrige Zeug und kommen Sie mit.«

Sie folgte ihm im Laufschritt. Sie eilten durch den Kiosk, über die am Boden liegende Stahltür und die Rolltreppe hinunter. Auf dem Treppenabsatz hob Vargas seine Last vorsichtig von der Schulter und setzte sie neben die Rucksäcke und Ausrüstungsteile, die Bethany zuvor schon heruntergetragen hatte. Am Eingang über ihnen begann ein Strahlungsdetektor wie wild zu schnattern.

14

Es kostete sie eine weitere Stunde mit häufigen Ruhepausen, um ihre Sachen hinunter zur Bibliotheksebene zu schaffen. Wegen seines Gewichts war der Generator das letzte, was sie anpackten.

»Was wollen Sie mit diesem Ding?« fragte Vargas. Er stieß mit der Stiefelspitze an das schwere Gehäuse.

»Ich dachte, wir könnten den Bibliothekscomputer damit in Betrieb nehmen und einige der alten Aufzeichnungen lesen«, sagte Bethany. »Wenn wir schon bis zum Morgen hier unten gefangen sind, könnten wir geradesogut etwas arbeiten, nicht?«

Vargas grunzte nur, dann lud er sich den Generator auf und schleppte ihn stoisch hinunter zum Computerraum. Dort stellte er ihn neben dem Computer auf eine Arbeitsfläche, um Bethany den Zugang zu den Anschlüssen zu erleichtern. Er vergewisserte sich, daß der Generator ausgeschaltet war, dann machte er sich daran, zwei Proviantpäckchen über einem kleinen Campingkocher zu wärmen. Während verlockende Düfte den alten Bibliothekskeller erfüllten, befreite Bethany den Computer vom Staub und begann seine Funktionen zu studieren. Als es ihr gelungen war, den Anschluß für das Stromkabel zu finden, erklärte Vargas, das Abendessen sei fertig. Bethany aß hastig, machte sich dann wieder an die Arbeit. Zwei Stunden später hatte sie den Computer über zwei Kabel, die sie aus einem der Informationsterminals der Bibliothek geborgen hatte, an den Generator angeschlossen.

»Versuchen wir es!«

»Welche Voltspannung?« fragte Vargas.

An der Rückseite des Computers entdeckte Bethany

ein Typenschild des Herstellers, befreite es vom anhaftenden Staub und las die Stromspannung ab. Vargas stellte den manuellen Schalter am Generator entsprechend ein, dann blickte er auf.

»Fertig?«

»Es kann losgehen.«

Vargas schaltete den Generator ein. Statt eines Funkens oder des Geruchs verbrannter Isolation wurden sie mit dem plötzlichen Aufleuchten des Bildschirms belohnt.

»Ich kann's nicht glauben, es funktioniert!« sagte sie. Der Klang ihrer Stimme verriet, daß sie den Atem angehalten hatte. Sie nahm eine der Speichereinheiten, die sie aus dem Ablageschrank im Nebenraum geholt hatte und schob sie in einen passenden Schlitz in der Frontseite des Computers.

Vargas sah in ihre abgespannten Züge, die im grellen, kalten Licht der Camping-Karbidlampe, mit der sie den Raum beleuchteten, noch ausgezehrter wirkten. »Sie müssen todmüde sein. Warum legen Sie sich nicht ein paar Stunden hin? Wenn Sie ein wenig ausruhen, bevor Sie versuchen, dieses Zeug zu lesen, werden Sie besser arbeiten können.«

»Ich bin zu aufgeregt, um zu schlafen«, erwiderte Bethany, ohne von ihrer Arbeit aufzublicken. »Aber gehen Sie nur nach nebenan und strecken Sie sich aus, wenn Sie wollen. Ich komme hier schon zurecht.«

»Brauchen Sie mich wirklich nicht?«

»Gewiß nicht. Lassen Sie sich nicht aufhalten.«

Vargas ging seinen Schlafsack auszurollen, während Bethany mit dem Datenanschluß experimentierte. Der Marinesoldat wickelte sich in das leichte Gewebe, versiegelte den elektrostatischen Verschluß an der Seite des Schlafsacks, drehte sich zur Wand und war im Nu eingeschlafen.

Als er vier Stunden später erwachte, fand er den Bibliotheksraum dunkel bis auf das geisterhaft zuckende

Licht des Bildschirms im benachbarten Computerraum. Er öffnete den Schlafsack, stand auf und tappte zur offenen Tür. Bethany saß vor dem Datenanschluß und starrte wie gebannt auf den Text, der rasch von unten nach oben über den Bildschirm wanderte.

»Alles in Ordnung, Miss Lindquist?« fragte er.

Bethany wandte den Kopf. Sie reckte die Arme, rieb sich die Augen. »Mir fehlt nichts, was ein Jahr Schlaf nicht heilen würde, Gefreiter.«

»Warum hören Sie dann nicht auf und schlafen ein wenig?«

»Ich bin beinahe fertig.« Sie zeigte auf drei Stapel Speichertafeln. »Ich habe unser Schatzkästlein in Kategorien aufgeteilt. Der größte Stapel enthält Aufzeichnungen aus der Zeit vor dem Novaausbruch; der mittlere enthält allgemeine Informationen aus der Postnova-Periode; und der kleinste enthält Meldungen und Kommentare, die zum großen Teil die Gaswolke erwähnen.«

»Haben Sie was Interessantes gefunden?«

»Das kann man wohl sagen.« Sie blickte mit einem Ausdruck zu ihm auf, der zu gleichen Teilen aus Müdigkeit, Erregung und Genugtuung zu bestehen schien. »Ich weiß, wo und wie der Krieg ausbrach!«

Richard Drake saß im Pilotensitz eines Landungsbootes der *City of Alexandria* und blickte zur Nachtseite von New Providence hinab, die dreißig Kilometer unter ihm lag. Im unheilvollen Schein der Antares-Gaswolke hatte der Planet ein märchenhaftes Aussehen angenommen. Das Licht war viel leichter und diffuser als der grelle Schein des aufgehenden Antares zu Hause auf Alta. Auch war die Gaswolke nicht die einzige Lichtquelle. Der ständige Regen aufgeladener Partikel, der das Magnetfeld des Planeten traf, löste enorme, die ganze Nacht andauernde Nordlichterscheinungen aus. Wogende Bänder und Streifen matt leuchtenden himmlischen Feuers hingen in roten, grünen und blauen Bannern von einem Horizont zum anderen. Wäre nicht das ständige Knattern des Strahlungsdetektors, hätte er leicht vergessen können, daß das Bild tödlich war.

»Wir halten auf Hekate zu, Kapitän«, sagte der Pilot des Landungsbootes und wies zu einem hellen roten Leuchtsignal, das eben am Horizont erschienen war.

Das Boot ging im sanften Bogen über der Stadt nieder und legte sich in die Kurve. Unten lag ein Dutzend Fertigteilbaracken in einem Lichtkreis von Bogenlampen inmitten der Kahlflächen und Gruppen bleicher Baumskelette, die einmal ein Park gewesen waren. Das Landungsboot vollendete eine schwungvolle Kurve, verlangsamte über dem Lager zum Schwebeflug und setzte in einer aufgewirbelten Staubwolke behutsam auf.

»Wir sind unten, Sir«, sagte der Pilot nach ein paar Sekunden, »aber wir müssen warten, bis sie die tragbare Strahlungsabschirmung errichtet haben, bevor wir aussteigen können.«

Drake nickte. Es dauerte zehn Minuten, bis eine Abschirmung zwischen dem Landungsboot und der nächsten strahlungssicheren Baracke in Position gebracht war. Sobald ein Mann mit einem Geigerzähler die Strahlungsmessung vorgenommen hatte und mit erhobenem Daumen das Freizeichen gab, ging Drake von Bord und eilte im Laufschritt zur nächsten strahlensicheren Unterkunft. Gregory Wharton und Unteroffizier Vin Crocker erwarteten ihn in der Strahlungsschleuse der Unterkunft. Crocker war der Führer der Abteilung Marineinfanterie an Bord der *Alexandria*.

»Irgendwelche Neuigkeiten?«

»Nichts, seit ich Sie vor vier Stunden anrief, Kapitän«, erwiderte Dr. Wharton.

Drake nahm sich Crocker vor. »Also, Unteroffizier, erzählen Sie. Wie ist es geschehen?«

»Wir wissen es nicht, Sir. Alles war in bester Ordnung, als sie heute morgen das Lager verließen. Miss Lindquist scherzte sogar, als sie ihr Gerät in den Geländewagen luden. Als sie ihren Suchabschnitt erreichten, meldeten sie sich über Funk aus dem Hochhaus der Universität. Der Empfang war schlecht, aber wir verstanden sie. Darüber hinaus wissen wir nur, daß sie zum Abendappell nicht erschienen.«

»Ist dieser Vargas ein tüchtiger Mann?« fragte Drake.

»Einer meiner besten Leute, Sir. Darum machte ich ihn zu Miss Lindquists Exkorte.«

»Wo genau war ihr zugewiesener Suchabschnitt?«

»Ich kann es Ihnen auf der Karte in meinem Büro zeigen, Kapitän«, sagte Wharton.

Drake und Crocker folgten ihm in eine benachbarte Baracke und ein enges, vollgestelltes Büro. Ein Stadtplan bedeckte eine Wand. Er war mit Streifen farbiger Klebebänder markiert, um den Fortgang der Durchsuchung augenfällig zu machen.

»Sie durchsuchten die Universität«, sagte Wharton und zeigte auf einen rot eingegrenzten Abschnitt. »Ich wollte einen unserer größeren Suchtrupps dort einsetzen, aber Miss Lindquist bestand darauf, diesen Abschnitt zu übernehmen.«

»Und Sie ließen sie?«

»Sie werden sich erinnern, Kapitän, daß Ihre Anweisung lautete, sie mit größter Höflichkeit und Zuvorkommenheit zu behandeln, solange sie in Begleitung ihrer Eskorte sei.«

Drake holte tief Luft, dann ließ er sich auf dem Stuhl hinter Whartons Schreibtisch nieder. »Also gut, meine Herren, genug der Rückblicke. Was machen wir jetzt?«

»Ich empfehle, daß wir nach ihnen suchen, Sir«, sagte Crocker. »Wir haben zwei Bodenfahrzeuge mit Strahlenabschirmung. Sie ist nicht annähernd so wirkungsvoll wie die Abschirmungen hier, aber besser als nichts.«

»Welchen Dämpfungsfaktor kann man erwarten, Unteroffizier?«

»Nach Angabe des Herstellers mindestens eintausend.«

»Das bedeutet, daß die Insassen des Fahrzeugs in ungefähr vier Stunden die Sicherheitsgrenze erreichen werden.«

»Die Sicherheitsgrenze ist sehr niedrig angesetzt, Sir. Ich glaube, man würde mindestens doppelt so lang sicher sein, vielleicht länger. Jedenfalls habe ich vier Freiwillige, die bereit sind, es zu versuchen.«

»Sie selbst mit eingeschlossen, Unteroffizier?«

»Ja, Sir.«

»Nein, vergessen Sie es. Wenn die beiden nicht tot oder zu schwer verletzt sind, um sich zu bewegen, sollten sie ein Loch gefunden haben, in dem sie sich verstecken konnten, als sie merkten, daß sie vom Antaresaufgang überrascht wurden. Wenn sie sich irgendwo im Untergrund verkrochen haben, werden sie bis zum Morgen sicher sein. Ich wünsche nicht, daß jemand in der Zwischenzeit ohne guten Grund seine kumulative Strahlungsdosis hochtreibt.«

»Und wenn sie keine Deckung gefunden haben, Kapitän?«

»Dann werden sie in weiteren acht Stunden tot sein. So oder so sind die Aussichten, sie bei Dunkelheit zu finden, gleich Null. Wir werden einfach warten müssen, bis die Strahlung am Morgen nachläßt.«

Als Napier am nächsten Morgen aufging, fiel sein Licht auf eine abgespannte und unausgeschlafene Rettungsexpedition. Minuten später glitt die geisterhafte Gasblase der Antares-Supernova endlich hinter den entgegengesetzten Horizont. Ihr Verschwinden war das Signal für hektische Aktivität im Basislager. Das Tor des großen Fahrzeug- und Geräteschuppens wurde geöffnet, und die Geländefahrzeuge rollten heraus. Ein Dutzend Männer verließen die Unterkünfte und begannen Ausrüstungen zu verladen. Richard Drake stieg gerade in den Beifahrersitz des ersten Fahrzeugs, als der Nachrichtentechniker aus der Unterkunft gerannt kam und schrie: »Ich habe sie, Sir! Sie rufen über *Haridan* als Relais. Miss Lindquist ist am Apparat.«

Er verbarg seine Erleichterung unter einer Verwünschung und rannte in den Nachrichtenraum.

»Es war alles meine Schuld, Kapitän«, sagte Bethanys Stimme, als Drake sich meldete. »Gefreiter Vargas wollte zurückfahren, aber ich mußte unbedingt noch in ein Loch schauen. Als wir wieder an die Oberfläche kamen, war es zu spät.«

»Immer langsam und der Reihe nach«, sagte Drake, momentan abgelenkt von der Standpauke, die er sich seit fünfzehn Stunden zurechtgelegt hatte.

Bethany erzählte ihm eilig von dem Bibliothekscomputer und den Aufzeichnungen, die sie gefunden hatten, und schloß mit den Worten: »Ich habe den größten Teil der Nacht mit der Durchsicht der Aufzeichnungen verbracht. Mehrere behandeln ausführlich die Kriegsereignisse im Anschluß an den Novaausbruch. Übrigens irrten wir uns.«

»Worüber?«

»Wir dachten, die Bewohner von New Providence hätten untereinander Krieg geführt. Nichts hätte weiter von der Wahrheit entfernt sein können. Sie wurden angegriffen.«

»Angegriffen? Von wem?«

»Von einer fremden Lebensform.«

»Wie bitte?«

»Sie haben mich gehört. Die Leute von New Providence nannten ihre Angreifer die Ryall. Sie drangen durch einen von der Supernova vorübergehend geöffneten Faltpunkt in das System ein. Nach den Aufzeichnungen griffen sie ohne Provokation an.«

»Augenblick!« grollte Drake. »Wollen Sie im Ernst

sagen, daß New Providence von einer unbekannten intelligenten Lebensform angegriffen wurde?«

»Das sagte ich doch gerade, oder?«

»Wo sind Sie?«

»Wir sind in dem großen viereckigen Innenhof der Universität. Gefreiter Vargas macht gerade unser Fahrzeug wieder betriebsbereit.«

»Bleiben Sie, wo Sie sind. Wir werden in zwanzig Minuten dort sein. Ich möchte diese Aufzeichnungen selbst sehen.«

Die Astronomen von New Providence hatten nicht lange gebraucht, um zu der Folgerung zu gelangen, daß die Ereignisse vom 3. August 2512 am besten durch eine Supernova-Explosion irgendwo im Antares-Haufen erklärt werden konnten. Zu ihrem Schrecken stellte sich sehr bald heraus, daß der einzige Stern, auf den alle beobachteten Phänomene zutrafen, Antares selbst war. Sie verstanden, daß dies für New Providence das Todesurteil bedeutete.

Die erste Reaktion der Verantwortlichen und Mächtigen in Regierung und Medien war, zu leugnen, daß es überhaupt zum Ausbruch einer Supernova gekommen sei. Um die Bevölkerung ruhig zu stellen, wurden die Erkenntnisse der Astronomen von den einen als grundlose Spekulation und von den anderen als bewußte Panikmache angeprangert. Wissenschaftler aus Dutzenden von Fachgebieten, die mit Astronomie nichts zu tun hatten, wurden von den Massenmedien herausgestellt und erklärten mit großer Selbstgewißheit, daß die ›Weltuntergangspropheten‹ sich irrten. Andere Fachleute folgerten mit gleicher Gewißheit, daß Antares zwar explodiert sei, von diesem weit entfernten Ereignis aber keinerlei Gefahr ausgehe. Schließlich lägen fünfzehn Lichtjahre zwischen New Providence und der Nova. Keine Explosion, wie groß sie auch sein mochte, könne solch eine gewaltige Entfernung überbrücken.

Die Leugnungsphase dauerte drei von New Providences langen Tagen. Allmählich aber erschienen da und dort nachdenkliche Analysen, als die Kommentatoren sich sachkundig machten und merkten, daß die Astronomen an ihrer Weltuntergangsprophezeiung festhielten. Die Manipulatoren der öffentlichen Meinung begannen vorsichtig von dem abzugehen, was sie gerade noch lauthals verkündet hatten, und fragten: »Was, wenn?« dann: »Was wird?« und schließlich: »Wann?« Eine unheimliche Ruhe breitete sich aus, eine Ruhe, die zwei weitere Tage andauerte.

Am fünften Tag kam der Zorn der getäuschten Bevölkerung zum Durchbruch. Er richtete sich nicht gegen die Nova, sondern vielmehr gegen jene, die sie tagelang irrgeführt hatten, aber auch gegen die Überbringer der schlechten Nachricht. Menschenmengen belagerten in spontanen Aktionen Regierungsbehörden, Sendeanstalten und Universitäten und verlangten von den einen endlich die ganze Wahrheit zu erfahren und von den anderen die Revision ihrer Prognosen. Es kam zu Ausschreitungen. Gebäude wurden in Brand gesetzt und mehrere Menschen getötet. Nach einer langen Woche, die von Unruhen gekennzeichnet war, begannen sich kühlere Köpfe Gehör zu verschaffen. Die Katharsis war vorüber, und die Tatsachen blieben unverändert. Die Natur hatte von dem Wutanfall keine Notiz genommen. Die Druckwelle vom explodierenden Stern raste noch immer mit Lichtgeschwindigkeit auf Napier zu. Widerwillig und mit beträchtlicher Wehmut richtete das Volk von New Providence seine Aufmerksamkeit auf Möglichkeiten und Vorbereitungen zur Evakuierung seiner Welt.

Am Ende des ersten Standardjahres war die gesamte industrielle Kapazität des Systems auf den Bau einer Evakuierungsflotte konzentriert. Die Einheitsform des Schiffes war eine Kugel von annähernd tausend Metern im Durchmesser. Jedes Schiff sollte eine Million

Menschen und ihre Habseligkeiten aufnehmen. Hundert derartige Schiffe sollten gebaut werden, und für jedes waren dreißig Reisen zur Kolonie auf Sandarsons Welt vorgesehen.

Während die Industrie mit Hochdruck am Bau der Evakuierungsflotte arbeitete, studierten die Wissenschaftler von New Providence Veränderungen, welche die Supernova in der lokalen Struktur des Faltraumes erzeugt hatte. Vor der Explosion des Sterns hatte es im Napier-System drei interstellare Faltpunkte gegeben, die zu Antares, Valeria und Hellsgate führten, dem Stern von Sandarsons Welt. Die Supernova hatte die Faltraumkarte des Systems dramatisch verändert, indem sie den Faltpunkt zu Valeria zum Verschwinden gebracht und den zu Antares unbenutzbar gemacht hatte.

Darum waren die Astronomen überrascht, als sie die charakteristischen Konvergenzen von Schwerelinien ausmachten, die normalerweise einen Faltpunkt markierten, nun aber in einem Teil des Systems erschienen, wo vorher kein Faltpunkt existiert hatte. Der neue Faltpunkt war von Napier dreimal soweit entfernt wie die Pränova-Faltpunkte des Systems. Analysen des neugebildeten Faltpunktes ließen den Schluß zu, daß er ein vorübergehendes Phänomen war, das Ergebnis einer von weither kommenden Konvergenz der Faltlinien durch die expandierende Druckwelle der Supernova. Sobald diese das Napier-System passiert hätte, würde der Bündelungseffekt und mit ihm der neue Faltpunkt verschwinden.

Einstweilen aber empfahlen die Wissenschaftler, die den neuen Faltpunkt entdeckt hatten, die Ausrüstung zu einer Expedition zu seiner Erforschung. Die Regierung, die zuvor verordnet hatte, daß nichts den absoluten Vorrang behindern dürfe, den der Bau der Evakuierungsflotte genoß, übergab die Angelegenheit einem Parlamentsausschuß zur Beratung. Erst im zweiten Jahr nach der Supernova wurden die erforderlichen Schiffe und Besatzungen für die Expedition freigegeben.

Drei Schiffe wurden am zweiten Jahrestag der Nova mit großem Aufhebens verabschiedet. Sie erreichten einen Monat später ihr Ziel. Nach einer Serie vorläufiger Messungen wagten zwei von ihnen den Übergang zu dem System jenseits des Faltpunktes. Das dritte Schiff, ein gecharterter Frachter namens *Aldo Quest*, blieb zurück, um genaue Gravitationsmessungen des Faltpunktes vorzunehmen.

Zwölf Tage später wurde eine Routinemeldung mit dem Schrei unterbrochen, daß die *Aldo Quest* von einem Dutzend Raumfahrzeugen unbekannten Typs angegriffen werde. Es gab keine Möglichkeit, mehr zu sagen, denn wenige Augenblicke später wurde die Verbindung unterbrochen.

Der Hilferuf der *Aldo Quest* spornte den Ältestenrat von New Providence an, in einer Sondersitzung Entscheidungen über weiteres Vorgehen zu treffen. Sie hatten das Glück, daß ein Verband der Großen Flotte der Erde gerade eine Woche zuvor eingetroffen war, um die Evakuierungsanstrengungen zu unterstützen. Die Flotte war direkt von der Erde entsandt worden und hatte das Napier-System durch die sekundäre Sequenz der Faltraumübergänge erreicht. Die Flottille XVII der Großen Flotte bestand aus neun Schiffen, deren Größe von kleinen Begleitzerstörern bis zum Flaggschiff, dem Schweren Schlachtkreuzer *Dartmouth* reichte. Als er vom bruchstückhaften Notruf der *Aldo Quest* hörte, befahl der Kommandeur der Flottille seine Schiffe in den fraglichen Raumquadranten, um die unbekannten Eindringlinge abzufangen.

Es erforderte zehn Standardtage hoher Beschleunigung, bis die beiden Flotten aufeinandertrafen. Ortungsinstrumente der Flottille XVII hatten ihre potentiellen Gegner schon aus weiter Ferne beobachtet und analysiert. Als Ergebnis dieser Beobachtungen gelangte der Flottillenkommandeur zu der Überzeugung, daß er es mit außerirdischen Eindringlingen einer fremden Spezies zu tun hatte. Ihre Schiffe waren scheibenförmig und wurden angetrieben von Anlagen, deren Plasmaausstoß stark im ultravioletten Bereich des Spektrums lag.

Die beiden Flotten stießen mehr als drei Milliarden Kilometer von New Providence aufeinander. Trotz des Verlustes der *Aldo Quest* hatte die Flottille XVII während ihrer Annäherung Freundschaftsbotschaften ausgesendet. Dies taten sie noch, als die fremden Schiffe mit Lasern und Antimaterieprojektoren das Feuer eröffneten. Die Flottille erwiderte es mit Langstreckenraketen, Lasern und Neutronenstrahlprojektoren. Als die beiden Flotten einander durchdrungen hatten, war jede von ihnen auf die Hälfte ihrer ursprünglichen Stärke zusammengeschrumpft.

Die überlebenden fremden Kriegsschiffe schlüpften durch die Lücken, die sie in die Frontlinie der menschlichen Verteidiger gerissen hatten, und drangen weiter gegen New Providence vor. Der Flottillenadmiral befahl ein hartes Abbremsmanöver, das die Schiffe in ihrem auswärts gerichteten Flug stoppte, und nahm die Verfolgung der Eindringlinge auf.

Ein langer, brutaler Kampf zog sich bis zum Planeten hin. Es gab nur noch sieben einsatzfähige Kriegsschiffe – drei fremde und vier menschliche –, als die Scheiben in den Bereich des planetarischen Verteidigungssystems von New Providence kamen. Jahrhundertealte Abwehrsatelliten fügten ihr Feuer dem der überlebenden Schiffe der Flottille XVII hinzu. Die drei Scheiben waren im Kreuzfeuer rasch zerstört, aber nicht bevor eine von ihnen ein halbes Dutzend zielsuchende Geschosse mit nuklearen Sprengköpfen auf New Providence selbst abgefeuert hatte.

Ein einziges scheibenförmiges Schiff spie sechs Geschosse aus, und sechs Städte auf New Providence starben eines gewaltsamen Todes.

»Das war der erste Angriff«, berichtete Bethany Lindquist. Sie und Richard Drake waren im Computerraum der Bibliothek und beobachteten den Bildschirm des Terminals, den Bethany am Abend zuvor mit dem Generator betriebsbereit gemacht hatte. »Ungefähr drei Jahre später gab es einen weiteren Angriff. Inzwischen hatten die Verantwortlichen von New Providence einen Teil ihrer Schiffbaukapazität von Evakuierungsschiffen auf Kriegsschiffe verlagert. Auch die Erde schickte Verstärkungen. Sie fingen die zweite Ryall-Flotte ab und vernichteten sie, bevor sie weit über den Faltpunkt hinauskam.«

Drake runzelte die Stirn. »Wenn der erste Angriff New Providence ein halbes Dutzend zerstörter Städte kostete und der zweite Angriff so rasch abgewehrt wurde, warum haben unsere Aufklärer dann mehr als fünfhundert große nukleare Einschlagstellen auf der Oberfläche dieses Planeten gefunden?«

Bethany zuckte die Achseln. »Es muß einen weiteren Angriff gegeben haben, nachdem diese Aufzeichnungen gemacht wurden, einen, der schlimmer war als die ersten zwei.«

»Nach den Überresten zu urteilen, muß es einen großen Durchbruch gegeben haben, kurz bevor die Druckwellenfront der Nova durch dieses System fegte.«

Sie nickte. »So sehe ich es auch.«

»Was wußten die Bewohner von New Providence über diese Ryall, und woher?« fragte Drake.

Statt zu antworten, beugte sich Bethany über die Tastatur des Datenanschlusses. Der Bildschirm wurde freigemacht, und eine neue Wiedergabe erschien.

Sie zeigte ein fremdartiges Wesen, das auf einem Autopsietisch lag. Drake unterdrückte eine Empfindung von Unwirklichkeit und studierte die Gestalt des unbekannten Lebewesens mit aller nüchternen Distanz, die er aufbringen konnte. Es ließ sich nicht sagen, daß es ein schöner Anblick war, aber in vergleichbarer Situation hätte sich ein Mensch auch schwerlich von seiner vorteilhaftesten Seite gezeigt.

Das Wesen war ein sechsbeiniger, zweiarmiger Kentauroid, dessen Erscheinung auf die Abstammung aus dem Reich der Reptilien hindeutete. Es lag auf der rechten Seite, mit dem Kopf am oberen Ende des Bildschirms und einem meterlangen Schwanz, der über das Ende des Tisches am unteren Rand des Bildschirms hing. Die Haut war graugrün und leicht geschuppt.

Während Drake die wenig einnehmende Erscheinung studierte, langten zwei menschliche Arme ins Bild und hoben den Kopf des Geschöpfes vom Tisch und drehten ihn um fast einhundertachtzig Grad in die Kamera. Entweder war der lange Hals des Lebewesens gebrochen, oder er besaß eine beachtliche Flexibilität.

Der Kopf zeigte eine gewölbte Schädelkappe über einem zähnestarrenden, schnauzenartig vorgebauten Gesichtsteil. Die Augen saßen seitlich unter dicken Knochenwülsten im Schädel. Drake bemerkte, daß der Kentauroid es schwierig gefunden haben mußte, geradeaus nach vorn zu blicken. Die Ohren waren Löcher im oberen Teil des Schädels, um die beweglich aussehende Hautlappen an einem Rahmenwerk kleiner Stacheln aufgespannt waren.

Die Kamera ging nahe an eines der Augen heran, und der ungesehene menschliche Helfer drehte den Kopf so, daß es besser zu sehen war. Zuerst schien es, als ob die Augen des Ryall zwei Obsidiankugeln wären, die tief in den Schädel eingesunken waren. Aber zwei neue Hände kamen ins Bild und leuchteten mit einer Taschenlampe in das stark vergrößerte Auge. Das Licht wurde von einer schwarzen Pupille in dem pechschwarzen Augapfel reflektiert. Von einem Augenlid oder einer Membrane zum Bedecken des Auges war nichts zu sehen.

Die Kamera ging zurück und brachte den Mund des Kentauroiden in den Brennpunkt. Eine dreifach gegabelte Zunge hing schlaff zwischen Doppelreihen scharfer, konischer Zähne heraus. Dann wanderte die Kamera langsam über die Flanke des Kentauroiden, verweilte auf einer sechsfingrigen Hand mit rudimentären Schwimmhäuten zwischen den Fingern, dann auf den sechs Beinen, die in ähnlichen, gleichfalls mit Andeutungen von Schwimmhäuten ausgestatteten Füßen endeten.

»Nicht gerade hübsch«, war Drakes einziger Kommentar, nachdem die Vorstellung mehrere Minuten angedauert hatte.

»Ich weiß nicht«, erwiderte Bethany. »Ich finde, es hat eine gewisse, ihm eigene Schönheit. Möchten Sie mehr sehen? In einer Minute fangen sie mit der Autopsie an. Wenn Sie wollen, kann ich den Film zu den Ergebnissen vorlaufen lassen.«

»Ersparen Sie sich die Mühe«, sagte Drake, »sie würde an mir verschwendet sein. Wir müssen die Aufzeichnung an Bord der *City of Alexandria* bringen, damit die Fachleute ihre Folgerungen daraus ziehen können.«

Bethany nickte und griff nach dem Funksprechgerät, das sie auf dem Computergehäuse hatte liegen lassen. »Soll ich die Bergungsmannschaft verständigen, daß sie mit dem Abbau der Bibliothek anfängt?«

»Noch nicht«, sagte Drake. »Ich habe etwas zu sagen, das sonst niemand hören soll.«

Bethany spürte seinen plötzlichen Stimmungsumschwung und zog die Stirn in Falten. »Wenn es sich darum handelt, daß ich gestern die Zeit zur Rückkehr versäumte, so sage ich Ihnen, daß ich es bedaure.«

»Das sollten Sie auch tun«, sagte er in eisig-strengem Ton. »Es war eine verdammte Dummheit, und gefährlich dazu …«

15

Zwei Standardtage nach der Entdeckung der Universitätsbibliothek ließ Richard Drake die Bodenoperationen auf New Providence einstellen. Die Auflösung des Basislagers, der Abbau der strahlungssicheren Fertigteilbaracken und der Rücktransport des Personals und Materials nahmen danach noch mehrere Tage in Anspruch. Bethany Lindquist schob ihre Abreise auf, solange sie konnte, indem sie sich nach Möglichkeit nützlich machte. Sie verpackte Aufzeichnungen, nahm Geräte auseinander und sortierte mit anderen die Berge von Kleingegenständen und Bruchstücken, die von den Suchtrupps gesammelt worden waren. Schließlich war das Einpacken und Abtransportieren abgeschlossen, und das Auseinandernehmen der Fertigteilbaracken des Lagers mußte sie den Marinesoldaten überlassen. Mit den letzten Angehörigen des wissenschaftlichen Personals stieg sie in ein Landungsboot und warf einen letzten Blick zurück zum Basislager, wo die Männer in ihren gefleckten grünen Kampfanzügen die Baracken abbauten.

Das Landungsboot stieg zur Umlaufbahn empor und dockte ohne Zwischenfall bei der *City of Alexandria* an. Die Passagiere warteten geduldig auf das Anbringen der Andockröhren, dann gingen sie im Gänsemarsch durch die Luftschleuse am Bug. Bethany verließ das Boot als vorletzte der Passagiere. Mit dem Kopf voran schwebte sie in die Andockröhre, dann zog sie sich an den Leitkabeln, die an den Wänden festgemacht waren, weiter hinein, bis sie die Mündung erreichte. Dort verhielt sie für einen Augenblick, momentan verwirrt von dem organisierten Chaos im Korridor der Schiffsachse.

Eine Kette von Besatzungsmitgliedern, die mit magnetisierten Stiefelsohlen am Metallgitter des Bodens hafteten, reichten große, schwerelose Kisten und Lattenverschläge aus der hinteren Luftschleuse des Landungsbootes weiter zu einer offenen Luke, die in einen der höhlenartigen Frachträume des Passagierschiffes führte. Zwischen dem weitergereichten Frachtgut bewegten sich Bethanys Mitpassagiere mehr oder minder geschickt nach achtern zu den drei radial nach außen abzweigenden Treppen, die zu den unteren Decks führten. Einige Leute, die sich bemühten, anderen nicht im Weg zu sein, indem sie sich an den Wänden des Durchgangs festhielten, taten ein übriges zur Mehrung des Durcheinanders. Zu dieser letzteren Gruppe gehörte Carl Aster.

»Bethany!«

Bethany winkte mit Hand, während sie sich mit der anderen festhielt. Aster stieß sich von seinem Platz ab, segelte schräg durch die Kette der Ladearbeiter mit ihren Lasten, wobei er mehrere Flüche auf sich zog, und kam zielsicher neben Bethany an. Er legte ihr beide Arme um die Taille und küßte sie leicht auf die Lippen. Ein rauher Chor anfeuernder Zurufe von Zuschauern begleitete die Zärtlichkeit.

Bethany ließ den Kuß ein paar Sekunden andauern, dann versuchte sie sich von Carl Aster zu lösen. »Hör auf«, flüsterte sie. »Alle schauen her!«

»Na und?« fragte Aster im normalen Gesprächston. »Bestimmt haben sie alle schon gesehen, wie ein Mann sein Mädchen küßt.«

»Bitte, du bringst mich in Verlegenheit.«

Aster grinste sie an. »Gut, aber ich finde, du stellst dich schrecklich zimperlich an.« Er wandte sich zu den Ladearbeitern um. »Die Vorstellung ist beendet, Leute. Zurück an die Arbeit.«

Gelächter hallte durch den röhrenartigen Korridor, und die Lasten setzten sich wieder in Bewegung. Bethany fühlte eine Berührung ihrer Schulter und hörte ein Räuspern. Sie wandte den Kopf und sah Dr. Wharton geduldig in der Andockröhre hinter ihr hängen. »Ich möchte nicht gefühllos scheinen, Bethany, aber würde es Ihnen etwas ausmachen, wenn ich mich an Ihnen und diesem jungen Mann vorbeizwänge?«

»Entschuldigen Sie, Dr. Wharton.«

»Komm mit, laß uns aus dieser Menge verduften. Ich habe einen Tisch an der Bar bestellt.«

»Ich wünschte, ich könnte, Carl, aber ich bin bloß auf der Durchreise. Ich muß mich an Bord der Fähre zur *Discovery* melden.«

»Kein Problem. Ich habe einen Befehl für dieselbe Fähre. Sie geht erst in einer Stunde ab.«

»Warum gehst du zum Kreuzer?« fragte Bethany.

»Unser hochgeschätzter Expeditionsleiter hat eine Konferenz des wissenschaftlichen Personals einberufen. Sie sollen ihm erklären, was sie aus den Aufzeichnungen gelernt haben, die du gefunden hast, bevor wir wieder starten.«

»Dann ist es schon entschieden, daß wir die Umlaufbahn verlassen?«

»Es verlautet gerüchtweise.«

»Wann soll es losgehen, und wohin?«

»Beinahe sofort, wenn du der Version des zweiten Hilfskoches Glauben schenken willst. Über das Ziel gehen die Meinungen auseinander. Einige sind überzeugt, daß Drake die Heimreise anordnen wird, um Parlament und Regierung vor der Drohung der Ryall zu warnen. Andere sind überzeugt, daß er den Faltraumübergang zu Sandarsons Welt machen wird. Andererseits hoffen verschiedene Wissenschaftler, daß wir bleiben, wo wir sind. Hier bietet sich ihnen die einmalige Gelegenheit, die Antares-Gaswolke aus der Nähe zu studieren. Aber genug von diesem Klatsch. Wie wär's mit einem Gläschen?«

»Gläschen? Du meinst, Alkohol?«

Aster lachte. »Du hast zu lange an Bord dieses verdammten Kriegsschiffes gelebt!«

Er begleitete sie hinunter zum Alpha-Deck und in die Abteilung, welche den Wissenschaftlern als Aufenthaltsraum zur Entspannung und zum Austausch von Klatsch und Daten diente. Bethany war überrascht, Alicia Delevan in der Nische zu finden, auf die Aster sie zusteuerte. Offensichtlich hatte sie dort auf sie gewartet.

»Ich glaube, du kennst meine Chefin, Sonderbotschafterin Delevan«, sagte Aster.

»Ich bin geehrt, Mrs. Delevan«, sagte Bethany und streckte ihr die Hand hin.

»Sagen Sie Alicia zu mir, Bethany. Das tun alle meine Freunde.«

»Gut denn, Alicia.«

»Was möchten Sie trinken, meine Liebe?«

»Martini, bitte.«

»Ich nehme auch einen. Wollen Sie so gut sein, Carl?«

»Selbstverständlich.« Aster ging davon, die Getränke zu besorgen, während Bethany gegenüber der Vertreterin der Konservativen Allianz in der Nische Platz nahm.

»Ich habe mich darauf gefreut, Sie kennenzulernen, Bethany«, sagte Alicia. »Carl redet die ganze Zeit von Ihnen. Ich hoffe, ich störe nicht Ihre Wiedersehensfeier.«

Bethany lächelte. »Mit weniger als einer Stunde bis zum Abgang der Fähre würde es ohnehin nicht viel von einer Feier gewesen sein.«

»Trotzdem, es ist unbedacht von mir. Ich hätte es auch nicht getan, wenn es nicht mein Job wäre.«

»Ihr Job? Ich verstehe nicht?«

»Sie sind eine wichtige Person, Bethany. Es ist der Job von Politikern wie mir, wichtige Leute kennenzulernen. Und da ich nicht sicher sein konnte, ob ich später noch eine Gelegenheit haben würde, Sie zu sprechen, bat ich Carl, diese Zusammenkunft zu arrangieren.«

»Ich glaube, Sie überschätzen mich, Alicia.«

»Tue ich das? Wer sonst in dieser Expedition hat ein absolutes Vetorecht über alle Entscheidungen, die Richard Drake trifft? Glauben Sie mir, der Sicherungscode, den Sie in Ihrem Kopf haben, verleiht Ihnen Macht. Sie müssen sich bloß entscheiden, Gebrauch davon zu machen.«

»Wirklich, es ist überhaupt nicht so …«

Alicia lächelte. »Und Sie sind auch noch bescheiden. Kein Wunder, daß Carl Sie so liebt. Ich kann jetzt verstehen, warum er außer sich war, als Kapitän Drake ihm eine Kabine an Bord der *Discovery* verweigerte.«

»Carl wollte eine Kabine an Bord des Kreuzers?«

»Wußten Sie es nicht? Ich gab ihm die Erlaubnis zum Transfer, bevor wir die Umlaufbahn verließen. Er wollte in Ihrer Nähe sein, und ich wollte jemanden an Bord des Flaggschiffes haben, der mich über die Entwicklungen auf dem laufenden halten würde. Daraus wurde nichts, und nun muß ich mich herablassen, die Piloten der Fähren in die Bar einzuladen und mit Getränken zu bearbeiten, wenn ich wissen will, was drüben vorgeht. Carl ging zu Richard Drake und bat um eine Versetzung. Drake lehnte ab. Als Grund nannte er Überfüllung. Carl glaubt, er habe einen anderen Grund, daß er ihn nicht an Bord der *Discovery* haben will. Nun, da ich Sie kennengelernt habe, neige ich dazu, ihm beizupflichten.«

»Wollen Sie damit sagen, daß *ich* der Grund gewesen sei?«

»Sie sind die am besten aussehende Frau im Umkreis mehrerer Lichtjahre. Und unser hochgeschätzter

Expeditionsleiter ist in einer Position, die es ihm erlaubt … sagen wir mal, die Konkurrenz zu begrenzen.«

Bethany schüttelte seufzend den Kopf. »Sie könnten sich nicht mehr täuschen. Als ich Richard Drake zuletzt sah, sagte er mir, wie dumm ich sei, mich vom Antaresaufgang überraschen zu lassen, als wir die Bibliothek fanden.«

»In meinen Ohren hört sich das wie wahre Liebe an.«

»Was hört sich wie an?« fragte Carl Aster, der mit den Martinis zurückkam.

»Die Art, wie Sie und Bethany übereinander sprechen«, erwiderte Alicia geistesgegenwärtig.

»Schade, daß ich es verpaßt habe. Der verdammte Spender ist außer Betrieb, und ich mußte die Martinis mit der Hand mischen. Hoffentlich schmecken sie.«

Bethany nahm das tiefe Glas und nippte von der klaren Flüssigkeit. »Vollkommen.«

»Nicht schlecht, Carl«, sagte Alicia und stellte ihr Glas auf den Tisch. »Nun, genug geschwatzt. Einige von uns hatten nicht das Glück, Landurlaub zu bekommen, Bethany. Erzählen Sie uns, wie es unten an der Oberfläche war. Haben Sie Städte gesehen, die von den Ryall zerstört wurden?«

Bethany schüttelte den Kopf. »Eine Gruppe Marinesoldaten unternahm eine Kurzexpedition zu den Hekate am nächsten gelegenen Ruinenstädten. Ich wollte mitfahren, aber Dr. Wharton ließ es nicht zu. Immerhin sah ich die Bilder. Die Stadt war eine Trümmerwüste bis zum Horizont, aus der vereinzelte Ruinen ragten. Sie erinnerte mich ein bißchen an die Bilder von Hiroshima.«

»Wie bitte?« sagte Alicia.

»Eine Stadt auf der Erde«, erwiderte Carl Aster. »Japanische Insel. Zeichnet sich dadurch aus, daß sie die erste Stadt war, die durch Atomwaffen zerstört wurde. Im Ersten Weltkrieg, glaube ich.«

»Zweiten«, berichtigte ihn Bethany.

Aster legte ihr den Arm um die Schultern und zog sie einhändig an sich, dann wandte er sich zu Alicia Delevan und sagte: »Sie werden sich daran gewöhnen. Bethany ist ein wahres Füllhorn von interessanten historischen Belanglosigkeiten.«

»Ja, Sie sind von Beruf Historikerin, nicht wahr?«

Bethany nickte. »Mein Spezialfach ist vergleichende Geschichte.«

»Haben Sie eine professionelle Meinung dazu, was wir dem Parlament in Hinblick auf diese Bedrohung durch Außerirdische, die Sie entdeckten, empfehlen sollten?«

»Wir wissen nicht, ob die Ryall eine Bedrohung für uns sind«, erwiderte Bethany. »Diese Ruinen sind hundert Jahre alt, und der Faltpunkt, den die Ryall für ihren Einfall ins Napier-System benutzten, besteht längst nicht mehr. Außerdem kann sich das Problem von selbst erledigt haben, wenn ihr Heimatsystem in der Nähe ist.«

»Wieso?« fragte Alicia Delevan.

»Ist es nicht offensichtlich? Wenn ihr Sternsystem irgendwo in der Nähe ist, dann hat die Supernova ihre Welt genauso gründlich sterilisiert wie New Providence.«

»Hmm. Eine interessante Hypothese, an die ich nicht gedacht hatte. Trotzdem glaube ich, daß es besser sein würde, wenn wir im Hinblick auf diese Kentauroiden keine Risiken eingehen. Darin werden Sie mir sicherlich beipflichten. Der gesunde Menschenverstand sagt, daß wir uns schützen sollten, bis wir wissen, daß keine Notwendigkeit dafür besteht.«

»Richtig.«

Alicia nahm einen Schluck von ihrem Martini und betrachtete Bethany. »Nun, da wir von ihrer Existenz erfahren haben, stellt sich die Frage nach unserem nächsten Schritt.«

»Um darauf zu antworten, sollten wir jemanden suchen, der uns sagen kann, was vorgeht.«

»Das war meine erste Reaktion«, sagte Alicia mit einem entwaffnenden Lächeln. »Aber nachdem ich darüber nachgedacht habe, bin ich zu dem Schluß gelangt, daß es das Schlimmste wäre, was wir im Moment tun könnten.«

»Wieso?«

»Weil ich der Meinung bin, daß wir gar nicht wissen, welches Glück wir gehabt haben. Seit mehr als einem Jahrhundert haben wir unsere erzwungene Isolation als einen Fluch betrachtet. Wir haben so lange gestöhnt und geächzt, bis wir daran geglaubt haben. Nun aber, nachdem wir entdeckt haben, was nach der Antares-Supernova aus New Providence geworden ist, beginne ich zu glauben, daß unsere lange Isolation ein Segen war. Wäre unser Faltpunkt vor hundert Jahren offen gewesen, könnte auch unsere Welt heute in Schutt und Asche liegen.«

»So hatte ich es noch nicht gesehen.«

»Niemand scheint es so gesehen zu haben«, erwiderte Alicia. »Führen wir diesen Gedanken noch einen Schritt weiter. Soweit es das äußere Universum betrifft, ist unser Faltpunkt noch immer geschlossen und wird es bleiben, bis das Gegenteil bewiesen ist.«

»Siehst du, worauf Alicia abzielt?« fragte Aster. »Solange wir unsere Anwesenheit nicht preisgeben, wird niemand – weder Ryall noch Menschen – einen Grund haben, uns zu suchen. Wir werden so sicher sein, wie wir es immer waren.«

»Sie schlagen vor, daß wir uns verstecken sollen?« fragte Bethany.

»Nicht unbedingt«, antwortete Alicia. »Ich will sagen, daß die Entscheidung, uns dem äußeren Universum zu öffnen, nicht von uns auf dieser Expedition getroffen werden kann. Sie steht rechtmäßig dem Parlament zu. Ich bringe dies zur Sprache, weil Gerüchte umlaufen, wonach Kapitän Drake beabsichtigt, einen weiteren Übergang zu Sandarsons Welt zu machen. Ich möchte das verhindern. Wenn das Parlament eine zweite Expedition zu Sandarsons Welt – oder anderswohin, was das angeht – genehmigt, so sei es. Aber wir sollten uns diese Verantwortung nicht selbst anmaßen.«

»Wenn der Expeditionsleiter den nächsten Übergang machen will, wie sollte jemand ihn daran hindern können?«

»Wie ich vorher sagte, Bethany, sind Sie die einzige Person, die gegen Richard Drakes Entscheidungen ein wirksames Veto einlegen kann. Sie verwahren die Springercodes der *Discovery*. Ohne diese wird er nirgendwo hingehen.«

»Verlangen Sie von mir, daß ich gegen Kapitän Drakes Willen eine Rückkehr nach Alta erzwingen soll?«

»Nichts so Drastisches«, versicherte Alicia. »Wir ersuchen lediglich, daß Sie sorgfältig abwägen, was ich gesagt habe, und uns helfen, vernünftig mit ihm zu reden, wenn die Zeit kommt.«

Bethany nagte an ihrer Unterlippe. »Das werde ich mir noch überlegen müssen.«

»Selbstverständlich. Das ist alles, was wir erbitten.«

Ein Deckenlautsprecher kündigte die Ankunft der Fähre von der *Discovery* an. Die drei tranken ihre Martinis aus, verließen die Nische und gingen wieder hinauf zum Achsenkorridor.

Die Fähre war bis auf den letzten Platz besetzt. Bethany hatte einen Fensterplatz neben Carl und Alicia Delevan. Die beiden sprachen über die bevorstehende Konferenz und die Strategie, mit der sie für eine Rückkehr in die Heimat argumentieren wollten. Bethany lauschte mit halbem Ohr ihrem Gespräch, während sie aus dem Fenster zu den winzigen Szintillationen hinausblickte, die aufgeladene Strahlungspartikel aus der

Antares-Gaswolke im Strahlenabschirmungsfeld der Fähre erzeugten. Hauptsächlich aber dachte sie über Alicias Anregung nach, daß sie in ihre Isolation vor dem Auftauchen der *Conqueror* zurückkehren sollten.

Nachdem die Fähre am Kreuzer angedockt hatte, warteten sie, bis zwei Dutzend andere Passagiere vor ihnen von Bord gegangen waren. Nicht alle waren Teilnehmer an der Wissenschaftlerkonferenz. Einige waren Besatzungsmitglieder oder Marinesoldaten, deren Pflichten sie zum Passagierschiff geführt hatten und die nun zu ihrem Schiff zurückkehrten. Von den Konferenzteilnehmern waren Dr. Wharton, Professor Planowitsch und mehrere andere aus der wissenschaftlichen Gemeinde der *Alexandria,* die Bethany nicht kannte, an Bord der Fähre.

Jenseits der Andockbucht gab es nichts von der Desorganisation, die früher am Tag an Bord des Passagierschiffes erkennbar gewesen war. Besatzungsmitglieder waren zur Stelle, um den Ankömmlingen, die zur Teilnahme an der Konferenz geladen waren, in Empfang zu nehmen und weiterzuleiten. Bethany sah überall die Zeichen zielgerichteter Aktivität und war erstaunt, wie froh sie war, wieder an Bord des Kreuzers zu sein. Sie fühlte sich in ihm schon zu Hause.

»Ich zähle außer uns nur acht Leute, die zur Konferenz wollen«, sagte Bethany. »Wo sind die anderen?«

»Die meisten kamen mit einem früheren Flug«, antwortete Carl.

»Und wohin gehen wir?«

»Zur Mannschaftsmesse im Gamma-Deck«, antwortete Alicia.

»Wissen Sie, wo das ist?«

»Natürlich. Dort werden die Sonntagsgottesdienste gehalten. Folgen Sie mir.«

Bethany führte sie zum nächsten Speichenaufzug, hinunter zum Gamma-Deck und dann eine Vierteldrehung um den Habitatring der *Discovery,* um den großen Raum zu erreichen, wo die Konferenz stattfinden sollte.

Die Einrichtung der Mannschaftsmesse war umgestellt worden, seit Bethany das letzte Mal an einem der wöchentlichen Gottesdienste teilgenommen hatte. Anstelle der auf dem Deck angeschraubten Sitzreihen hatte man mehrere Tische zu einer langen Tafel zusammengeschoben und auf jeder Seite eine Stuhlreihe angeordnet. Weitere Stühle standen um die Peripherie des Raumes.

Ein Marineunteroffizier in Ausgehuniform mit roten Kragenspiegeln und Achselklappen konsultierte einen Sitzplan, dann dirigierte er Bethany und Alicia zu ihren Plätzen am Tisch. Anschließend wies er Carl Aster einen Stuhl an der Wand zu, bevor er sich umwandte, die nächste Teilnehmergruppe zu begrüßen. Zehn Minuten später waren nahezu alle Plätze besetzt. Pünktlich um 14:00 Uhr klappte der Unteroffizier die Hacken zusammen und befahl den Konferenzteilnehmern aufzustehen.

Es folgte ein eiliges Scharren von Stühlen auf Metall, als die Leute sich gehorsam von ihren Plätzen erhoben. Richard Drake, dichtauf gefolgt von Bela Marston, schritt in den Raum. Beide trugen die dunkelblaue, reichlich mit goldenen Tressen und Streifen besetzten Ausgehuniformen der altanischen Raumstreitkräfte. Drake steuerte das Kopfende der Tafel an, während sein Erster Offizier am Fußende Platz nahm.

Der Kapitän wartete, bis alle sich wieder gesetzt hatten und ein Dutzend Gespräche allmählich verstummt waren. Dann ließ er seinen Blick über die Reihen der erwartungsvollen Gesichter wandern und sagte:

»Ich begrüße Sie, meine Damen und Herren, und bedanke mich für Ihr Kommen. Ich habe diese Konferenz anberaumt, um die wissenschaftlichen Ergebnisse unseres sechswöchigen Aufenthalts im System Napier zu erörtern. Bitte beschränken Sie alle Bemerkungen, die

Sie zu machen wünschen, auf dieses Thema. Dr. Wharton, ich glaube, Sie sind heute der erste.«

»Ja, Sir«, sagte der Soziologe. Er stand an seinem Platz auf und stützte die geballten Fäuste auf den Tisch. »Wir kamen mit der Erwartung in dieses System, eine tote Welt vorzufinden. Wir erwarteten jedoch nicht den Anblick von Städten, die durch Massenvernichtungsmittel in Trümmerwüsten verwandelt wurden.« Wharton skizzierte rasch die wichtigsten Einzelheiten der Ryall-Angriffe für jene Anwesenden, die noch keine Gelegenheit gehabt hatten, die ganze Geschichte zu hören. Sein Bericht enthielt mehr Fakten als Bethany Lindquist geboten hatte, war sonst aber ähnlich. Er schloß mit den Worten: »Wie viele von Ihnen bereits gehört haben, ging die Mehrzahl der Städte dieser Welt in einem späteren Angriff unter, über den wir keine Aufzeichnungen gefunden haben. Ich denke aber, daß wir aus dem geborgenen Material aus der Universität von Hekate relativ zuverlässig rekonstruieren können, was mit dieser Welt geschehen ist.«

»Professor Planowitsch«, sagte Drake, als Wharton geendet hatte. »Ihr Bericht, bitte.«

»Meiner Arbeitsgruppe war die Nachprüfung und Bewertung der seinerzeit in New Providence erarbeiteten Analyse des Faltpunktes übertragen, durch den die Ryall dieses System angriffen. Wir können in der Methodologie keinen Fehler finden und müssen daher annehmen, daß solch ein Faltpunkt während der fünfzehn Jahre zwischen dem Augenblick der Antares-Explosion und der Zeit existierte, als die expandierende Druckwelle durch dieses System ging.«

»Aber der Faltpunkt existiert jetzt nicht«, sagte Drake.

»O nein, gewiß nicht!« rief Planowitsch aus. »Wir haben dieses System sehr gründlich kartiert. Heute gibt es darin drei Faltpunkte, genauso wie vor der

Nova. Wenn man es verlassen will, hat man die Wahl von Alta, Sandarsons Welt und dem Herzen der Antares-Gaswolke. Letzteres Reiseziel empfehle ich jedoch nicht. Die Verhältnisse am anderen Ende sind entschieden ungesund.

Was den vierten Faltpunkt betrifft, durch den die Ryall angriffen, so haben sich die besonderen Verhältnisse, die eine zeitweilige Verbindung des Napier-Systems mit einem unbekannten, von Ryall bewohnten Sternsystem verursachten, seit damals längst geändert.«

»Dann besteht kein Grund zu der Sorge, daß die Ryall zu diesem System zurückkehren könnten?« fragte Drake.

»Es besteht kein Grund zu dieser Sorge, Kapitän Drake.«

»Aber wie kann ein Faltpunkt einfach verschwinden?« fragte einer der Anthropologen, die im Basislager gewesen waren.

»Genauso wie unser eigener Faltpunkt verschwand«, antwortete Planowitsch. »Die Antares-Explosion störte den Faltraum in dieser ganzen Region der Galaxis. Ich halte es für gut möglich, daß sie die Hälfte der vor der Nova bestehenden Verbindungen verändert hat. Die Verbindung, von der hier die Rede ist, war ein Sonderfall. Er setzte voraus, daß die Faltlinien von der Druckwelle der Nova gebrochen wurden. Sobald die Druckwelle dieses System durchlief, bestand das Hypozentrum nicht mehr, und der Faltpunkt verschwand. Ein ähnliches Phänomen verursachte die Selbstheilung unseres eigenen Faltpunktes.«

»Haben Sie eine Vorstellung von der Lage des Ryall-Systems, Professor Planowitsch?« fragte Stan Barrett.

»Nein«, antwortete der Astronom. »Wir müssen viel mehr wissen, bevor wir diese Frage beantworten können. Es könnte allerdings möglich sein, einige der Daten, die wir dazu benötigen, aus einem weiteren

Studium der Antares-Gaswolke zu deuten. Das heißt, wenn es uns möglich ist, unsere Abreise aus diesem System zu verschieben.«

Mehrere Augenpaare richteten sich fragend auf Richard Drake. Er blickte in die erwartungsvollen Gesichter, bevor er bedauernd die Schultern hob. »Tut mir leid, Professor, aber wir werden dieses System unverzüglich verlassen.«

»Macht es Ihnen etwas aus, wenn wir fragen, wohin die Reise gehen soll?« fragte Alicia Delevan.

»Ganz und gar nicht. Ich habe meine Befehle konsultiert, die mir die Verantwortung übertragen, festzustellen, ob im von Menschen besiedelten Raum gegenwärtig Krieg geführt wird oder nicht. Unsere Untersuchungen auf New Providence sind sehr nützlich gewesen, unglücklicherweise aber nicht ausreichend, um die Frage zu beantworten. Darum habe ich entschieden, als nächstes Ziel Sandarsons Welt aufzusuchen.«

»Ich erhebe Einspruch!« sagte Alicia Delevan.

»Erklären Sie Ihren Einwand, Mrs. Delevan.«

Alicia erläuterte rasch die Empfehlung, die sie Bethany an Bord der *Alexandria* gemacht hatte. Sie hob hervor, daß das Parlament nichts von den Ryall gewußt hatte, als es den Expeditionsauftrag billigte, und daß es nun die Pflicht der Expeditionsleitung sei, in die Heimat zurückzukehren und neue Befehle einzuholen. Nach annähernd fünfzehn Minuten leidenschaftlichen Plädoyers schloß sie mit den Worten: »Sie haben nicht das Recht, diese Entscheidung in Ihre eigenen Hände zu nehmen, Kapitän Drake.«

Drake bedachte Alicia Delevan mit einem langen Blick, dann sagte er: »Ich habe jedes Recht, Mrs. Delevan. Ich leistete einen Eid, der mich unter anderem verpflichtet, meine Befehle auszuführen. Das kann ich am besten tun, wenn ich Sandarsons Welt aufsuche, um mich über die dortigen Verhältnisse zu informieren. Darum werden wir diesen Weg gehen.«

Alicia Delevan wandte sich zu Bethany. »Sie müssen ihn daran hindern!«

Bethany blickte von Alicias beschwörender Miene zu Drakes strengem Gesicht und fühlte die Last der Verantwortung auf sich. Obwohl sie ihre Entscheidung bereits getroffen hatte, dachte sie eine lange Minute über ihre verzwickte Lage nach, bevor sie den Blick zu Alicia hob.

»Ich bedaure, Mrs. Delevan«, sagte sie steif. »Auch ich habe einen Eid auf mich genommen. Ich versprach meinem Onkel, daß ich seine Sendungen einem diplomatischen Vertreter der Erde übergeben würde. Ich stimme Kapitän Drake darin zu, daß die einzige Möglichkeit, das zu tun, auf Sandarsons Welt bestehen dürfte.«

16

Richard Drake saß an seinem Platz auf der Brücke der *Discovery* und verfolgte am Bildschirm, wie der Cryogentanker *Sultana* seine Treibstoffleitung vom Schlachtkreuzer abkoppelte und einholte. An mehreren Stellen des Rumpfes leuchteten plötzlich die hellen Funken der Düsen zur Stabilisierung der Fluglage auf, und der massige Koloß begann sich langsam zu entfernen.

»Kapitän Lee meldet Auftanken beendet, Kapitän«, sagte Slaters Stimme. »Die *Sultana* kehrt zu ihrer Position zurück. Wir haben eben auch eine Botschaft von Kapitän Trousma erhalten. Er meldet die *Haridan* bereit für den Übergang. Er wünscht uns Glück.«

»Ist Zeit für eine Antwort?«

»Nein, Sir. Die Verzögerung des Funkverkehrs beträgt bei unserer gegenwärtigen Entfernung siebenundneunzig Minuten. Bis unsere Botschaft eintrifft, wird die *Haridan* längst fort sein.«

»Danke, Slater. Machen Sie weiter. Mr. Cristobal, Sie können den Antrieb wieder einschalten, sobald Sie es für richtig halten.«

»Verstanden, Sir. Antrieb wird in dreißig Sekunden gezündet.«

Drake rief auf einem seiner Bildschirme eine schematische Darstellung des Systems Napier ab. Zusätzlich zum Zentralgestirn und seiner weit auseinandergezogenen Familie von Planeten zeigte der Bildschirm die Positionen der drei gegenwärtig aktiven Faltpunkte. Diejenigen für Alta und Sandarsons Welt waren in der gleichen Hemisphäre, lagen aber mehr als 80 Grad auseinander. Sein Blick ging zum Napier-Valeria-Faltpunkt und dem winzigen Symbol daneben, das die gegenwärtige Position des Cryogentankers *Haridan* kennzeichnete.

Zwar hatte Drake Alicia Delevans Forderung abgelehnt, daß die Einsatzgruppe 001 nach Alta zurückkehre, stimmte ihr aber darin zu, daß Regierung und Parlament so rasch wie möglich über die Ryall und das Schicksal, das sie New Providence bereitet hatten, unterrichtet werden sollten. Der Cryogentanker hatte die Umlaufbahn um New Providence vor drei Wochen verlassen, nachdem er den Rest seiner Ladung an die *Sultana* abgegeben hatte. Zusätzlich zu einem offiziellen Bericht der Expeditionsleitung hatte die *Haridan* ein Dutzend Vertreter von Verbänden an Bord, die um ihre Heimreise gebeten hatten. Drake vermutete, daß die meisten von ihnen nach Haus gingen, um Vorteil aus der Kontroverse zu ziehen, die mit der Nachricht von den Ryall zweifellos ausbrechen würde. Was auch der Grund ihrer Abreise sein mochte, er war froh, sie los zu sein.

Dann ertönte die Beschleunigungswarnung durch die *Discovery*. Sekunden später wurde die Schwerkraft wieder spürbar.

»Bringen Sie die Darstellung des Faltpunktes ins Bild, Mr. Cristobal«, befahl Drake.

»Zu Befehl, Sir.«

Der große Projektionsschirm wurde leergeräumt und zeigte dann die Isogravitationslinien, die in der Position des Napier-Hellsgate-Faltpunktes zusammenliefen. Die Darstellung änderte sich wieder, und eine unscharfe rote Ellipse erschien in der Mitte der Projektion. Drei goldene kleine Funken hatten ihren Rand beinahe erreicht. Während er sie beobachtete, bewegten sich die Funken langsam nach innen.

»Stellen Sie eine Konferenzschaltung her, Mr. Slater.«

»Ja, Sir.«

Als die Kapitäne Fallan und Lee mit Drakes Konsole verbunden waren, ließ er sich die Statusmeldungen geben. Beide meldeten ihre Schiffe bereit für den Übergang.

»Lassen Sie die Frequenz offen. Die Reihenfolge des Übergangs wird die gleiche sein wie letztes Mal. Viel Glück!«

Die Bildschirme erloschen. Drake rief Bela Marston in der Feuerleitzentrale. »Fertig, Mr. Marston?«

»Fertig, Kapitän. Alle Gefechtsstationen sind besetzt, der Masseumwandler arbeitet planmäßig. Die Springertriebwerke sind bereit für den Autorisationscode.«

»Miss Lindquist!«

»Hier, Kapitän«, meldete sich Bethany von ihrem Platz neben dem Navigator.

»Zwei Minuten zum Übergang. Geben Sie jetzt Ihren Autorisationscode ein.«

»Ja, Sir.« Bethanys Finger drückten in rascher Folge unter der Abdeckhaube verborgene Tasten. Der Hauptprojektionsschirm bestätigte die Eingabe mit dem Signal, daß die Faltraumgeneratoren der Springertriebwerke einsatzbereit waren. Über den Leuchtbuchstaben kreuzte der goldene Funke, der die *Discovery* darstellte, die Grenze des Faltpunktes und begann rasch zu blinken.

»In Ordnung, Mr. Cristobal. Sie haben freie Hand für den Übergang.«

»Ja, Sir. Dreißig Sekunden zum Übergang ... Generatoren auf voller Energie. Die Springertriebwerke bauen das Übergangsfeld auf. Zwanzig Sekunden ... Zehn Sekunden ... Fünf, vier, drei, zwei, eins ... Null!«

HELLSGATE: Zwergstern der Spektralklasse FO im Antares-Haufen. Position im Verhältnis zu Sol: 1712RA, -2513DEC, 560L-Y.
Zahl der Faltpunkte: 2
Faltraum-Übergangsssequenzen:
Primär: Sol, Goddard, Antares, Napier, Hellsgate.

Sekundär: Vega, Carswell, Sacata, Hermes, Aezer, Hellsgate.

Das System enthält acht Planeten, 56 Monde und einen kleinen Asteroidengürtel. Planet IV, Sandarsons Welt, ist eine Welt vom Erdtypus mit einheimischen Lebensformen. Die Planeten in der Reihenfolge ihrer Entfernung vom Zentralgestirn des Systems sind…

GESCHICHTE: 2315 von Carl Sandarson zuerst erforscht. Wegen der durch die komplizierten Faltraumübergänge des Systems bedingten wirtschaftlichen Randlage verzögerte sich die Kolonisation bis 2365. Der vierte Planet ist in seinen gemäßigten Zonen bewohnbar (siehe gesonderten Eintrag für *Sandarsons Welt*), wird aber als zu kalt betrachtet, um als unbeschränkt entwicklungsfähig eingestuft zu werden. Die Kolonie wurde von Bergbaugesellschaften aus New Providence gegründet, um die reichen mineralischen Bodenschätze von Hellsgate IV auszubeuten.

BEVÖLKERUNG: Die Bevölkerung des Systems Hellsgate wurde in der Volkszählung von 2500 auf 1 480 000 geschätzt und besteht aus ethnisch relativ homogenen Nachkommen nordamerikanischer und europäischer Auswanderer.

Auszug aus *Kurzführer zu den Siedlungsinseln im Raum,* 97. Auflage, Copyright 2510 bei Hallan Publications Ltd., New York.

Das erwartete Gefühl des Faltraumübergangs stellte sich ein, und als es nachgelassen hatte, schaltete Richard Drake die Bordsprechanlage für eine allgemeine Durchsage ein. »Alle Abteilungen, Zustandsmeldung!«

Als die Meldungen kamen, fiel ihm der gegenüber dem ersten Faltraumübergang veränderte Ton auf. Damals war der Tonfall der Abteilungsleiter von einer forcierten militärischen Knappheit gewesen, hinter der sich Anspannung und Nervosität verborgen hatten. Jetzt kamen die Meldungen ruhig und geschäftsmäßig, als meldete jeder Offizier die bevorstehende Ankunft des täglichen Postbootes. Drake fragte sich, ob der interstellare Flug sie bereits zu langweilen begann oder ob sie ihre innere Spannung lediglich besser zu verbergen wußten. Nach seiner eigenen Stimmung zu urteilen, war das letztere wahrscheinlich.

»Wo sind wir, Mr. Cristobal?«

»Hellsgate, Sir. Das Spektrum stimmt überein.«

»Bringen Sie Antares auf den Projektionsschirm, Leutnant.«

»Ja, Sir.«

Nach kurzer Verzögerung leuchtete der Projektionsschirm auf und zeigte einen schwarzen Hintergrund mit Dutzenden von verstreuten Lichtpunkten. In der Mitte war ein Stern von der Farbe erlöschender Glut. Es war ein Anblick, den Richard Drake nicht zu sehen erwartet hatte. Da Hellsgate von Antares doppelt so weit entfernt war wie Valeria, hatte die expandierende Wellenfront des Novaausbruches Altas Schwesterkolonie noch nicht erreicht. Zumindest in diesem System war Antares noch immer der rote Überriese alter Zeiten, der rötliche Lichtfunke, der bei vielen Ferienzeltlagern nachts vom Himmel auf den jungen Drake herabgeblinzelt hatte. Die Antares-Explosion würde Sandarsons Welt erst in einem Jahrhundert erreichen.

»Mr. Marston.«

»Ja, Sir!«

»Halten Sie Ausschau nach der *City of Alexandria*. Machen Sie mir Meldung, wenn Sie eine Ortung haben.«

»Zu Befehl, Sir.«

Lange Sekunden vertickten, bis der Erste Offizier meldete: »Wir haben eine Ortung, Kapitän. Position 17/93, Distanz 280 000 Kilometer.« Eine weitere Wartezeit schloß sich an, dann kam die nächste Meldung: »Ortung auf Position 165/12, Distanz 820 000 Kilometer.«

»Mr. Slater, geben Sie den Kapitänen Fallan und Lee Anweisung, Kurs auf uns zu nehmen. Und schalten Sie mich für eine allgemeine Durchsage ein.«

»Sie sind dran, Kapitän.«

»Achtung, alle Besatzungsmitglieder! Hier spricht der Kapitän. Wir sind planmäßig im System Hellsgate eingetroffen. Es gilt Alarmstufe Eins. Abteilungen, die mit Raumüberwachung und Instrumentenaufklärung befaßt sind, nehmen sofort die Arbeit auf. Ergebnisse sind sofort zu melden. Kapitän Ende.«

Wenn Drake sich gesorgt hatte, daß sie Sandarsons Welt so tot wie New Providence antreffen würden, wurde diese Befürchtung rasch zerstreut. Auch ohne die Hilfe von Navigationstabellen, die hundertfünfundzwanzig Jahre alt waren, wäre es schwierig gewesen, den Planeten zu übersehen. Sandarsons Welt war eine Radioquelle erster Ordnung und Ursprung ungewöhnlich hoher Neutrinoemissionen. Ähnliche Emissionen von einigen anderen Planeten innerhalb des Systems verrieten das Vorhandensein mehrerer Unterkolonien.

»Wir fangen starke Radiosignale auf, Kapitän«, meldete Slater, kurz nachdem der Planet von den Radioteleskopen erfaßt worden war.

»Von Menschen oder von Ryall?«

»Eindeutig von Menschen, Sir. Sie sprechen Standard. Der Akzent ist ziemlich stark, aber ich habe keine Schwierigkeiten, sie zu verstehen.«

»Was sagen sie?«

»Bisher ist alles kommerziell, Sir. Hauptsächlich Unterhaltungsprogramme.«

»Lassen Sie mich wissen, wenn Sie etwas auffangen, was wie militärischer Funkverkehr klingt.«

»Ja, Sir.«

Die Instrumentenaufklärung machte Plasmafahnen

von Triebwerken aus, die zu Raumschiffen im Verkehr zwischen den inneren Planeten des Systems gehören mußten. Soweit die spektroskopische Analyse aus der Entfernung zuverlässige Ergebnisse liefern konnte, war die Plasmazusammensetzung praktisch identisch mit jener der altanischen Triebwerke, was auf einen ungefähr vergleichbaren technologischen Stand schließen ließ. Für Richard Drake rechtfertigte schon dieser Umstand allein die Entscheidung, nach Hellsgate vorzustoßen. Er bewies, daß Alta während seiner langen Isolation nicht hoffnungslos hinter den Rest der menschlichen Zivilisation zurückgefallen war.

Vier Stunden nach dem Übergang beobachteten die Astronomen der *Alexandria* eine Anhäufung von ungefähr sechzig verschiedenen Rauminstallationen hoch über der Ekliptik auf der gegenüberliegenden Seite des Zentralgestirns. Die Position war so weit von den Planeten Hellsgates entfernt, und der Haufen so groß, daß sie ihn unverzüglich mit weitreichenden Instrumenten zu untersuchen begannen.

»Das ist ungefähr die Position, wo vor der Nova der Faltpunkt vom System Aezer war«, sagte Nathaniel Gordon, als er die Entdeckung meldete.

»Raumstationen um einen Faltpunkt?« fragte Drake. »Weshalb? Ich würde es für wirtschaftlicher halten, Fracht über Sandarsons Welt zu entladen.«

»Vielleicht ist die Wirtschaftlichkeit des Frachtverkehrs hier nicht genauso wie bei uns zu Hause«, meinte Gordon.

Bethany Lindquist, die das Gespräch mitgehört hatte, kam zu Drakes Platz. »Ich glaube nicht, daß es sich um Ladeeinrichtungen handelt! Ich möchte wetten, daß diese Stationen militärisch sind.«

»Wieso militärisch?«

»Ich stelle mir vor, daß es gepanzerte Gefechtsstationen sind, die den Zweck haben, Eindringlinge von der Benutzung des Faltpunktes abzuschrecken.«

»Wie kommen Sie zu dieser Folgerung, Miss Lindquist?«

»Sie haben Militärgeschichte studiert, Kapitän. Wo setzt man Befestigungen ein? An geographischen Schlüsselpunkten, natürlich, und genau das ist ein Faltpunkt. Umgeben Sie ihn mit genug Feuerkraft, und Sie können jeden aus Ihrem System fernhalten, der Ihnen nicht gefällt.«

»Wenn das der Fall ist, sollten wir ähnliche Installationen in unserer Nähe sehen, Bethany«, sagte Dr. Gordon. »Wo sind sie?«

»Es gibt keine, Dr. Gordon. Warum sollte es hier welche geben? Soweit die Bewohner von Sandarsons Welt wissen, führt *dieser* Faltpunkt nur zu der toten Welt ihrer Vorfahren. Warum eine Sackgasse bewachen?«

»Dann stellt sich die Frage, gegen wen die Verteidigungsanlagen gerichtet sind?« sagte Drake. »Die Ryall?«

»Könnte sein.«

»Wer immer sie sind«, sagte Dr. Gordon, »wir können annehmen, daß die Bewohner dieses Systems nicht überglücklich sein werden, uns zu sehen. Ich empfehle, daß wir äußerste Vorsicht walten lassen, bis wir mehr über die Lage hier wissen, Kapitän.«

Drake nickte. »Ich werde daran denken, Doktor.«

Der erste Hinweis, daß ihre Anwesenheit bemerkt worden war, ergab sich zwei Stunden später. Drake las aufgefangene Radionachrichten, als Karl Slater um Aufmerksamkeit summte.

»Was gibt es, Mr. Slater?«

»Wir werden gescannt, Sir! Sensoren haben eben einen überraschend starken elektromagnetischen Impuls aus dem inneren System festgestellt.«

»Radar?«

»So lese ich die Wellenform, Kapitän. Wahrscheinlich ein entwickeltes Suchradar.«

»Glauben Sie, daß sie sich über diese Distanz ein aussagefähiges Bild machen können?«

»Zumindest können sie Entfernungsdaten bekommen. Ob sie in der Lage sein werden, mehr zu entziffern, hängt von ihren Fähigkeiten zur Signalverarbeitung ab.«

»Könnte es eine Art Verkehrskontrollradar sein?«

»Die zivile Verkehrskontrolle verläßt sich im allgemeinen darauf, daß Schiffe sich selbst anmelden, wenn sie ein System erreichen, Sir. Langstrecken-Suchradar riecht nach einem militärischen Überwachungssystem. Ich würde sagen, daß sie einen Angriff erwarten.«

Eine Stunde später wurde Slaters Vermutung bestätigt.

»Wir haben einen Start ausgemacht, Kapitän«, meldete Bela Marston aus der Feuerleitzentrale. »Ich berichtige mich, wir haben mehrere Starts ausgemacht!«

»Wie viele und von wo?«

»Höchstwahrscheinlich sechs Schiffe von Sandarsons Welt, Sir. Die Doppleranalyse sagt, daß sie mit fünf Ge Kurs auf uns nehmen.«

Drake pfiff durch die Zähne. »Jemand strengt sich mächtig an, um hierher zu kommen.«

»Ja, Sir. Wir schätzen siebzig Stunden bis zum Rendezvous, wenn sie wenden und verlangsamen – fünfzig, wenn sie nicht verlangsamen.«

»Was schlagen Sie vor?«

»Es wäre vielleicht keine schlechte Idee, auf Sendung zu gehen und ihnen zu sagen, daß wir mit freundlichen Absichten kommen, Kapitän.«

Drake dachte darüber nach, dann schüttelte er den Kopf. »Dafür haben wir später noch Zeit, Nummer Eins. Ich möchte etwas mehr über unsere Vettern in Erfahrung bringen, bevor wir uns identifizieren.«

»Sie sind der Chef. Feuerleitzentrale Ende.«

»Mr. Cristobal.«

»Ja, Kapitän?«

»Der Plan ist geändert worden. Legen Sie einen Kurs fest, der uns in der Mitte des Faltpunktes zum Stillstand bringt und bereiten Sie das Schiff zum Übergang zurück zu Napier vor, falls erforderlich.«

»Halt im Faltpunkt und Vorbereitung zum Übergang. Verstanden, Sir.«

Achtundvierzig Stunden nach ihrem Eintritt ins Hellsgate-System klopfte Bethany Lindquist an Drakes Kajütentür. Als die gedämpfte Aufforderung zum Eintreten kam, schob sie die Tür zurück und stieg über den erhöhten Süllrand.

»Sie wollten mich sprechen, Kapitän?«

Drake, der an seinem Schreibtisch vor dem Bildschirm saß, nickte. »Bitte machen Sie es sich bequem.«

»Danke.« Bethany schritt zu der lederbezogenen Couch unter dem Ölgemälde des Rahseglers und setzte sich.

»Sie sagten, Sie hätten die letzten zwei Tage mit dem Studium der von Mr. Slater abgehörten Sendungen verbracht.«

»So ist es.«

»Was halten Sie von der Regierungsform unserer Vettern?«

»Ehrlich gesagt, ich bin überrascht. Man erwartet außerhalb von Geschichtsbüchern kein Königtum.«

Drake nickte. »Können Sie sich vorstellen, wie es einer konstitutionellen Monarchie gelang, eine parlamentarische Demokratie zu verdrängen?«

»Ich habe keine Ahnung, wie es in diesem Fall geschah, aber wir müssen uns vergegenwärtigen, daß es im Laufe der Geschichte weitaus mehr Könige und Kaiser als Präsidenten gab. Wir neigen zu Vorurteilen gegen die monarchische Regierungsform, aber das heißt nicht, daß sie nicht effektiv sein kann.«

»Was sonst haben Sie den aufgefangenen Sendungen entnommen?«

Bethany lehnte sich in die Couch zurück, legte die Fingerspitzen vor sich aneinander und betrachtete ihn mit ernstem Blick. »Ich habe erfahren, daß unser Verdacht weitgehend begründet ist. Sandar ... – Sie wissen, daß man den Namen des Planeten hier abgekürzt hat, nicht wahr? – Sandar liegt im Krieg mit den Ryall. Anscheinend hat es während der hundert Jahre, die seit der Evakuierung von New Providence vergangen sind, eine Anzahl größerer Schlachten gegeben.«

»Haben Sie Hinweise darauf, wie viele?«

»Das ist schwer zu sagen, Kapitän. Offenbar werden die Sendungen zensiert, wenn es um militärische Belange geht. Über militärische Operationen wird praktisch nichts gemeldet.«

»Haben sie uns erwähnt?«

»Mit keinem Wort. Wenn diese sechs Schiffe nicht auf uns zukämen, würde ich sagen, daß sie unsere Ankunft nicht bemerkt haben.«

»Haben Sie einen Vorschlag, wie wir ihnen am besten beibringen können, wer wir sind?«

»Ich denke, eine einfache Erklärung der Fakten wäre das beste. Wahrscheinlich haben sie unsere Identität bereits aus dem Umstand gefolgert, daß wir hier zum Vorschein gekommen sind.«

Drake nickte. Er drückte einen Schalter, und einen Augenblick später leuchtete sein Bildschirm wieder auf. Bethany konnte das Gesicht nicht sehen, aber die zugehörige Stimme war die eines der jüngeren Nachrichtenoffiziere der *Discovery*. »Wo ist Slater?« fragte Drake.

»In seiner Kabine, Kapitän. Er hat Freiwache. Soll ich ihn rufen?«

»Tun Sie das. Entschuldigen Sie mich bei ihm, daß ich seine Ruhe unterbreche, aber sagen Sie ihm, daß ich ihn brauche. Wir gehen mit der Kontaktbotschaft, die wir in der letzten Wache aufgenommen haben, auf

Sendung. Ich werde in fünf Minuten oben auf der Brücke sein. Wir senden noch diese Stunde.«

»Ja, Sir«, sagte der Nachrichtenoffizier. Er wiederholte Drakes Befehl und meldete sich ab.

»Würden Sie gern den historischen Augenblick erleben?« fragte Drake, als er von seinem Platz aufstand und um den Schreibtisch ging.

Bethany gab ihm die Hand und ließ sich von ihm auf die Beine ziehen. Sie lächelte. »Sehr gern, Kapitän.«

Gefolgt von Bethany Lindquist, schritt Richard Drake durch eine der kardanisch aufgehängten Luftschleusen auf die Brücke. Er ging direkt zu seinem Platz und schnallte sich an. Karl Slater traf Augenblicke später ein.

»Bereiten Sie die Sendung der Kontaktbotschaft vor, wenn Sie fertig sind, Mr. Slater«, sagte Drake.

»Ja, Sir«, erwiderte Slater. Seine Finger gingen über die Konsole, und auf dem Projektionsschirm erschien eine neue Ansicht: Auf einer Seite war das Zentralgestirn des Systems, während sechs winzige Punkte weißlich violetten Lichts in der Mitte glühten.

Die Teleskope der *Discovery* und *City of Alexandria* waren auf die sandarischen Schiffe gerichtet, seit sie gestartet waren, die Eindringlinge abzufangen. Anfangs war der Plasmaausstoß der Abfanggruppe nur als winzige Stellen diffusen Lichts in der Schwärze des Raumes auszumachen. Fünfunddreißig Stunden später hatte sich das geändert. Die verwaschenen Lichtflecken wandelten sich zu blendenden Strahlungspunkten, als die sandarischen Schiffe wendeten und zum Rendezvous mit der Einsatzgruppe 001 verlangsamten.

Ein feines Fadenkreuz erschien im Projektionsschirm. Es bewegte sich auf einen der Strahlungspunkte zu, schoß darüber hinaus und korrigierte sich. Gleich darauf gesellte sich ein Zielkreis dazu, als eine der Kommunikationsantennen der *Discovery* sich auf ihr Ziel einstellte. Slater wiederholte das Verfahren noch fünfmal, bis jede der sechs Strahlungsquellen in einem scharf gebündelten Richtstrahl lag. Dann meldete er: »Alle Ziele anvisiert, Kapitän. Wir können senden.«

»Gehen Sie auf Sendung«, befahl Drake.

Er lehnte sich zurück und verfolgte die Aussendung der Aufzeichnung, die er am Nachmittag gemacht hatte: »Wir begrüßen die Regierung und das Volk von Sandar ...« Die Kontaktbotschaft erläuterte in knapper Form, wer und was die altanische Expedition war, versicherte die friedfertigen Absichten der Expedition und schloß mit der Bitte an die sich nähernden Sandarer, mit der Expedition in Verbindung zu treten. Nach dem Ende der Botschaft folgte eine Pause von fünf Sekunden, dann begann sie von neuem. Nach der dritten Wiederholung ließ Drake auf Empfang schalten und beobachtete die Strahlungspunkte der näherkommenden sandarischen Schiffe. Minutenlang ereignete sich nichts. Dann begann einer der Zielkreise endlich zu blinken, um anzuzeigen, daß von dem betreffenden Schiff eine Sendung empfangen wurde.

Der Projektionsschirm brachte ein Nebenbild von einem schwarzuniformierten Mann mit hartem Gesicht. Er war völlig kahl, sogar die Augenbrauen fehlten. Seine Züge zeigten die Spuren vieler Stunden unter hoher Beschleunigung.

Der Mann in Schwarz sagte: »Ich bin Flottillenadmiral Silsa Bardak, herzoglicher Erbe von Schloß Romal und kommandierender Offizier der Kampfgruppe 7735. Ich befehle Ihnen, Ihre Schiffe meinen Prisenkommandos zu übergeben. Sie haben eine Stunde, der Aufforderung Folge zu leisten.«

»An Selbstbewußtsein fehlt's ihm nicht, wie?« bemerkte Drake. »Er wird erst in zwanzig Stunden in der Lage sein, uns anzugreifen.«

»Wahrscheinlich denken sie, die Kontaktbotschaft sei eine List der Ryall«, erwiderte Bethany.

»Mr. Slater, halten Sie mich auf die Frequenz der Sandarer.«

»Sie sind dran, Kapitän.«

»Hier spricht Flottenkapitän Richard Drake, Kommandant des altanischen Kreuzers *Discovery*. Wir sind eine wissenschaftliche Expedition. Unsere Absichten sind friedlich.«

Die Züge des sandarischen Flottillenadmirals blieben starr und undurchdringlich, bis die Botschaft ihn nach langen Sekunden erreichte. Dann sagte er: »Wenn das zutrifft, Flottenkapitän, werden Sie freigelassen, sobald wir Ihre Identität verifiziert haben. Ich wiederhole meine Anweisung, daß Sie Ihre Schiffe meinen Prisenkommandos übergeben.«

»Abgelehnt«, erwiderte Drake. »Wir werden keine bewaffneten Schiffe an uns heranlassen. Ich schlage eine erste Begegnung von Hilfsfahrzeugen im tiefen Raum vor.«

Die Miene des sandarischen Flottillenadmirals blieb undurchdringlich. Nach einer Pause sagte er: »Einverstanden. Ich schlage vor, daß jeder von uns einen unbewaffneten Aufklärer zu einem Punkt hunderttausend Kilometer von Ihrer gegenwärtigen Position entlang einer direkten Linie nach Hellsgate sendet. Die Begegnung wird in vierundzwanzig Stunden stattfinden.«

»Einverstanden«, sagte Drake.

»Ich muß Sie warnen, Flottenkapitän, daß ich auf jedes Schiff feuern werde, das den Faltpunkt zu verlassen sucht.«

»Dagegen ist nichts einzuwenden«, sagte Drake. »Ich werde gezwungen sein, die Gefälligkeit zu erwidern, sollte eines Ihrer Schiffe versuchen, in den Faltpunkt einzudringen.«

»Verstanden.«

17

Leutnant Phillip Hall lag angeschnallt im zurückgeklappten Pilotensitz des Landungsbootes *Sysiphon* und verfolgte am Bildschirm der Rückansicht, wie der mächtige Zylinder der *City of Alexandria* kleiner und kleiner wurde. Als das Schiff außer Sicht war, schaltete er auf den Befehlskanal, der ihn mit Richard Drake an Bord der *Discovery* verband.

»Wir sind unterwegs, Sir.«

»Sehr gut, Leutnant«, sagte Drakes Stimme in Halls Kopfhörern. »Melden Sie sich wieder, wenn Sie in Sichtweite der sandarischen Fähre sind.«

»Zu Befehl, Sir.« Hall schaltete aus und wandte sich zu seinem Copiloten. »Meinst du, du kannst dieses Ding fliegen, Hulse?«

Unterleutnant Hulse Arker, der reguläre Pilot der *Sysiphon*, zog ein Gesicht. »Ich dachte immer, der Alte wüßte, was er tut. Aber das war natürlich, bevor er dich mit dieser Expedition beauftragte.«

»Na, na!« sagte Hall mit gespielter Strenge. »Wir sollten über die Entscheidungen unserer Vorgesetzten nicht verbittert sein. Schließlich, wer in dieser Flotte hat schon meine umfassende Kontakterfahrung?«

Arkers Antwort war ein unanständiges Geräusch. »Was? Alles, was du gemacht hast, war ein Rendezvous mit einem toten Schiffswrack und dann ein Vorbeiflug an einer noch toteren Welt. Ich würde das kaum ›Kontakterfahrung‹ nennen.«

Hall grinste. »Na, der Alte findet es jedenfalls und hat mir die Verantwortung übertragen. Im Ernst, kannst du auf den Laden hier aufpassen, während ich nach unserem Passagier sehe?«

»Wird gemacht.«

Hall schnallte sich los und stand von seinem Sitz auf. Er langte nach der Leiter, die nach achtern führte, hielt seine Stiefel fern von den Sprossen und ließ sich von der Beschleunigung des Bootes zur offenen Luke nach achtern ziehen.

Die Passagierkabine war mit zwei Dutzend Sitzen in Doppelreihen auf jeder Seite des Rumpfes ausgestattet. Alle konnten in Liegesitze zurückgeklappt werden, aber auf diesem Flug war nur ein Platz besetzt. In der Mitte der Kabine saß Stanislaw Barrett und las einen Computerausdruck.

»Verzeihen sie, Mr. Barrett. Kann ich etwas für Sie tun?«

Barrett blickte auf. »Nein, danke Mr. Hall. Wie lange wird es bis zum Rendezvouspunkt dauern?«

»Etwas über zwei Stunden, Sir.«

»Haben Sie die sandarischen Abgesandten schon gesichtet?«

»Noch nicht, Mr. Barrett.«

»Ist das ungewöhnlich?«

»Nicht für die einfache Ausstattung dieses Bootes mit Detektoren, Sir. Ich denke, daß wir die Sandarer spätestens in einer Stunde orten werden. Wenn es Sie beruhigt, Sir, bei meiner letzten Meldung erfuhr ich von der *Discovery*, daß das sandarische Kontaktboot unterwegs sei. Es verließ seine Flotte planmäßig und wird zur vereinbarten Zeit am Rendezvouspunkt sein.«

»Was tun die übrigen Schiffe der Sandarer?«

»Sie warten dort draußen, Sir. Seien Sie unbesorgt. Die *Discovery* wird uns warnen, sollten sie irgendwelche unerwarteten Manöver machen.«

»Was können wir tun, wenn das geschieht?«

Hall blickte in der Kabine umher. Das Landungsboot war für diese Mission gewählt worden, weil es von allen Hilfsfahrzeugen der Einsatzgruppe 001 am wenigsten bedrohlich aussah. »Nun, dieses Boot ist vereinbarungsgemäß unbewaffnet, Mr. Barrett. Sollten sie uns angreifen, solange wir hier an Bord sind, werden wir nichts dagegen unternehmen können.«

»Das dachte ich mir«, sagte Barrett und legte sein Papier zur Seite. »Ich bedaure, daß meine Arbeitslast mir keine Möglichkeit ließ, an Ihrer Einsatzbesprechung teilzunehmen, Leutnant. Bitte unterrichten Sie mich darüber, was man Ihnen über diese Mission gesagt hat.«

»Nur, daß wir hinausgehen und einen sandarischen Adligen treffen sollen, und daß wir den sandarischen Abgesandten alles zu zeigen haben, was sie sehen wollen.«

»Und wie denken Sie über diesen Befehl, Leutnant?«

Hall zuckte die Achseln. »Es sind Befehle, und ich führe sie aus.«

»Es sind wichtige Befehle, Leutnant. Wir müssen diese Leute rasch davon überzeugen, daß wir sind, was und woher zu sein wir sagen. Wenn sie Fragen stellen, sagen Sie ihnen die genaue Wahrheit. Schmücken Sie nichts aus, ganz gleich, was sie nach Ihrer Meinung vielleicht hören wollen.«

»Und wenn sie mich nach der *Conqueror* fragen?«

Barretts Gesicht zeigte plötzlich die ausdruckslose Miene eines erfahrenen Politikers an, der aufgefordert wird, die Finanzierung seines letzten Wahlkampfes zu erklären. »*Conqueror?* Was ist das?«

»Öffnen Sie eine Kommunikationsschaltung, Pilot.«

»Ich kann Ihnen nur Ton geben, Sir.«

»Das wird ausreichen, Mr. Hall.«

»Die Verbindung ist offen.«

Barrett holte tief Luft und befeuchtete sich die trockenen Lippen, bevor er sprach. »Achtung an Bord des sandarischen Schiffes. Mein Name ist Stanislaw Barrett. Ich bin der beauftragte Vertreter Altas an Bord dieses Bootes und überbringe Ihnen Grüße von meiner Regierung, dem Parlament und dem Volk von Alta.«

»Hallo«, erwiderte eine jugendliche Stimme. »Ich bin Fähnrich Randall Kyle von Seiner Majestät Langstrecken-Abfangjäger *Avenger*. Ich vertrete meinen Kapitän und meinen König.«

Barrett runzelte die Stirn. »Sie sind ein *Fähnrich,* sagen Sie?«

Im Tonfall des anderen trat eine subtile Veränderung ein. Eine unterliegende Härte kam unüberhörbar in den typischen sandarischen Dialekt. »Sie brauchen nicht zu befürchten, daß mein Rang mich für diesen Auftrag disqualifiziert, Milord. Neben meinem militärischen Rang habe ich die Ehre, der zweite Sohn des Grafen von Kyle zu sein und als solcher an neunzehnter Stelle in der Thronfolge zu stehen.«

»Ich wollte Sie nicht kränken, Sir«, sagte Barrett hastig.

»Ich bin nicht gekränkt. Viel ist geschehen, seit die Große Nova über eine nichtsahnende Galaxis hereinbrach. Sie von der verlorenen Kolonie können kaum mit Dingen wie der Lehnstreue innerhalb des Adels vertraut sein.«

»Ich danke Ihnen für Ihr Verständnis, Fähnrich. Wie wünschen Sie den ersten Kontakt zu handhaben?«

»Wie wir mit Ihrem Kommandeur besprachen, werde ich meinen Schutzanzug anlegen und an Bord Ihres Fahrzeugs kommen. Nachdem ich es nach Waffen durchsucht und bestätigt habe, daß alles so ist, wie Sie behaupten, können Sie das gleiche mit meinem Schiff tun. Ist solch eine Regelung annehmbar?«

Barrett bejahte.

»Sehr gut. Dann werde ich in zehn Minuten Standard bei Ihnen sein.«

»Wir erwarten Sie.«

Zehn Minuten später ging eine einzelne Gestalt durch die Luftschleuse des sandarischen Schiffes von

Bord und überbrückte mit seinen Steuerungsdüsen den leeren Raum, der ihn von der *Sysiphon* trennte. Leutnant Arker tat Dienst an der Luftschleuse, als Fähnrich Kyle eintraf. Es war eine Sache von einer halben Minute, ihn durch die Schleuse zu bringen. Barrett erwartete die an Bord gekommene Gestalt im Raumanzug. Der Sandarer öffnete die Verschlüsse und hob den Helm von seinem Kopf. Er ließ ihn am Ende seiner Halteleine treiben und hielt sich mit einer Hand an einer Stütze fest.

Fähnrich Kyle war noch jünger, als Stan Barrett ihn nach seiner Stimme eingeschätzt hatte, vielleicht achtzehn Standardjahre. Er hatte kurzgeschnittenes blondes Haar, seine Hautfarbe war blaß, und seine hellblauen Augen blickten aufmerksam in die Runde, bevor sie Hulse Arker und Stan Barrett musterten.

»Willkommen an Bord«, sagte Barrett mit ausgestreckter Hand. Kyle ergriff sie mit einer behandschuhten Hand.

»Danke, Milord. Die Ehre verlangt von mir, Ihnen zu sagen, daß ich Bilder von Ihrem Schiff zu meinem sende, und daß sie von dort in Echtzeit zu unserem Flaggschiff *Vindicator* weitergeleitet werden.«

Barrett nickte. »Dagegen ist nichts einzuwenden. Auch wir senden Bilder von dieser Zusammenkunft an unsere Flotte. Bitte, wollen Sie diesen unbequemen Anzug nicht ablegen?«

»Ich kann nicht, Sir. Meine Befehle erlauben es nicht.«

Barrett zuckte die Achseln. »Wie Sie wünschen. Sollen wir den Rundgang gleich beginnen?«

»Ich würde gern mit der Pilotenkanzel anfangen, wenn möglich.«

Barrett führte ihn nach vorn. Trotz des behindernden Schutzanzuges, in dem er steckte, hatte Kyle keine Schwierigkeiten, sich Hand über Hand durch die schwerelose Kabine zur vorderen Luke zu ziehen. Phillip Hall verbrachte mehrere Minuten mit der Erläuterung der Instrumente, während Stan Barrett den Gast schweigend betrachtete. Die Holokamera des Sandarers war an der Brust seines Anzuges festgemacht. Wann immer Hall irgendwohin zeigte, drehte Kyle den ganzen Oberkörper, um die Kamera in die angegebene Richtung zu zielen. Nach Halls Erklärungen und weiteren Minuten, die Kyle mit einer eingehenden Untersuchung der Funkanlage und der Einstellmechanismen der Bordsysteme verbrachte, richtete er sich auf und sagte: »Ich würde jetzt gern Ihren Antrieb sehen.«

»Gewiß.« Barrett gab Hulse Arker ein Zeichen, daß er vorangehen solle und schloß sich Fähnrich Kyle an. Hall blieb in der Pilotenkanzel. Im Maschinenraum erläuterte Arker die Arbeitsweise des Photonenantriebs, und Kyle wandte sich hierhin und dorthin, um mit der Brustkamera alle Einzelheiten aufzunehmen. Barrett beobachtete, wie interessiert der junge Mann die Triebwerksanlage betrachtete und aus verschiedenen Blickwinkeln aufnahm. Endlich schien er zufrieden und nickte.

»Haben wir die Inspektion bestanden?« fragte Barrett.

»Ich werde meinen Vorgesetzten melden, daß Sie echt zu sein scheinen, Milord. Es wird dann an ihnen sein, zu entscheiden. Und natürlich werden wir auch Ihre anderen Schiffe inspizieren wollen, bevor wir Ihnen das Verlassen des Faltpunktes gestatten.«

»Selbstverständlich«, sagte Barrett. »Wir haben eine kurze Bandaufnahme mitgebracht, die einen Abriß der Geschichte unseres Planeten seit der Nova zeigt. Möchten Sie die Aufnahme sehen?«

»Sehr gern.«

»Fein. Dann lassen Sie uns in die Passagierkabine gehen, wo wir die Aufzeichnung bequem betrachten können.«

Barrett half Kyle beim Festschnallen auf einem Sitz,

dann nahm er selbst den benachbarten Platz ein. Er drückte den Knopf einer Fernbedienung, und die Dokumentation erschien auf dem holographischen Projektionsschirm.

Die Geschichte Altas war ein Projekt von Dr. Whartons Soziologen und Bethany Lindquist gewesen, eine zehn Minuten dauernde Übersicht, die in Eile zusammengeschnitten worden war, während die sandarische Flotte Kurs auf den Faltpunkt genommen hatte.

Am Ende der Vorstellung schaltete Stan Barrett das Licht wieder ein und wandte sich Fähnrich Kyle zu.

»Nun, wie ist Ihr Eindruck?«

Der Sandarer wandte sich mit dem ganzen Körper zu ihm um, um ihn ins Aufnahmefeld der Kamera zu bringen. Sein Gesichtsausdruck war ernst. »Haben Sie überhaupt keine Erfahrung mit den Ryall, Milord?«

Barrett schüttelte den Kopf. »Wären nicht die Ruinen gewesen, die wir New Providence fanden, würden wir noch immer in seliger Unkenntnis ihrer Existenz leben.«

Kyles Stirnrunzeln ließ ihn noch jünger erscheinen. »Dann sollten Sie sich äußerst glücklich schätzen, Milord. Ich fürchte, unsere Geschichte ist im letzten Jahrhundert erheblich blutiger gewesen als die Ihrige. Mein Kapitän hat mich autorisiert, Ihnen von unserem Kampf zu erzählen, wenn Sie das wünschen.«

»Auf jeden Fall, Fähnrich!«

»Gut«, sagte Kyle. Sein Blick ging ins Leere, seine Augen nahmen einen abwesenden Ausdruck an, und in seine Stimme kam der singende Tonfall von jemandem, der zum wiederholten Mal eine fest eingeprägte Geschichte erzählt.

»Wir nennen den letzten Überfall der Ryall ›Das Große Brennen‹, Milord. Es hätte nicht geschehen müssen.

Damals waren meine Vorfahren der Meinung, daß die Kentauroiden von einem Stern kämen, der wie Napier durch die Große Nova bedroht war. Sie überlegten, daß der erste Angriff der Ryall von den zwei Schiffen ausgelöst worden sei, die bei der Erforschung eines neugebildeten Faltpunktes in das Ryall-System eindrangen. Sie vermuteten, daß die Ryall vom Auftauchen menschlicher Schiffe in ihrem System überrascht worden seien, dieses Auftauchen als einen Angriff interpretierten und mit einem Schlag gegen New Providence antworteten.

Dieser Angriff wurde zurückgeschlagen, obwohl er sechs Städte kostete. Später unternahmen die Ryall einen zweiten Angriff, und auch er wurde abgewehrt – diesmal ohne Verluste. Aber am 16. Taurus 2527 brach die letzte Ryall-Flotte aus dem Faltpunkt hervor, insgesamt sechsunddreißig Schiffe stark, fegte unsere Vorpostenschiffe am Faltpunkt hinweg und stürzte sich auf New Providence. Zur Zeit des Angriffs war die Evakuierung annähernd beendet. Viele der bewaffneten Schiffe im System waren dabei, Evakuierungsschiffen nach und von Sandar Geleitschutz zu geben. Gleichwohl gelang es den Raumstreitkräften, vierzig Kriegsschiffe aller Typen aufzubieten und den Eindringlingen entgegenzuwerfen.

Eine Woche dauerte das Gemetzel. Die Ryall teilten soviel aus, wie sie einsteckten. Da unsere Schiffe gezwungen waren, einzeln oder in kleinen Gruppen anzugreifen, zerstörten sie sogar mehr von uns als wir von ihnen. Als die Ryall New Providence erreichten, hatten sie zwanzig ihrer Schiffe verloren – aber wir hatten fünfunddreißig verloren.

Fünf weitere Schiffe wurden vernichtet, bevor sie in Reichweite kommen konnten, aber die zehn überlebenden überschütteten den Planeten mit mehr als tausend nuklearen Sprengköpfen zur Massenvernichtung. Der Angriff tötete an diesem Tag dreißig Millionen Menschen und verletzte weitere dreißig Millionen. Wären die Evakuierungen nicht nahezu abgeschlossen gewesen, würde der Angriff Milliarden Menschenleben gekostet haben.

Die Überlebenden des Infernos flüchteten an Bord der Evakuierungsschiffe, sobald diese von Sandar zurückgerufen werden konnten. Innerhalb eines Monats war der Planet verlassen. Was von Raumstreitkräften übrig geblieben war, bewachte den Faltpunkt, bis die Wellenfront der Nova durch das System fegte und der Bedrohung durch die Ryall ein Ende machte.«

Barrett räusperte sich. »Der Faltpunkt, den die Ryall benutzten, um New Providence anzugreifen, verschwand, als die Strahlungsfront das Napier-System erreichte?«

»So ist es, Milord.«

»Wie kommt es dann, daß Sie noch immer gegen sie kämpfen?«

»Weil die Ryall eine riesige interstellare Hegemonie bewohnen, Milord. Ihre Zivilisation mag durchaus größer sein als die unsrige. Wir haben ihre Sterne seit einem Jahrhundert kartiert und festgestellt, daß unsere beiden Sphären einander an zahlreichen Stellen überlappen.«

»Aber wir Menschen kommen seit Jahrhunderten im interstellaren Raum herum«, erwiderte Barrett. »Wie ist es möglich, daß wir nicht schon vor langer Zeit auf die Ryall stießen?«

»Weil es vor der Großen Nova keine Faltraumverbindungen zwischen den beiden Imperien gab, Milord«, sagte Kyle. »Als Antares explodierte, zerriß er bestehende Faltlinienverbindungen und schuf gleichzeitig viele neue. Unter diesen neuen Verbindungen sind drei, die direkten Zugang zwischen dem Bereich der Menschen und der Ryall ermöglichen. Eine solche Verbindung öffnet sich direkt in das Aezer-System, das unmittelbar jenseits unseres anderen Faltpunktes liegt.«

Im Anschluß an die erste erfolgreiche Begegnung zwischen Altanern und Sandarern kamen die beiden Flottenchefs überein, Inspektionsgruppen auszutauschen. Zwei mit Altanern beladene Fähren wurden zu den sandarischen Schiffen entsandt, während eine gleiche Zahl sandarischer Raumfahrzeuge die altanische Flotte ansteuerte. Flottillenadmiral Bardak hatte deutlich gemacht, daß er Konstruktion und Technik der altanischen Schiffe auf Ryall-Einflüsse überprüfen wolle. Sollten solche Einflüsse gefunden werden, würden sie die altanische Behauptung, sie hätten vor der Erforschung New Providences nichts von den Ryall gewußt, Lügen strafen. Auf der anderen Seite war Richard Drake besorgt, daß die technologische Entwicklung Altas durch die lange Isolation in Rückstand geraten sei. Darum hatten seine Inspekteure Auftrag, Technik und Bewaffnung der sandarischen Schiffe genau zu studieren.

Die beiderseitigen Inspektionen verliefen ohne Schwierigkeiten. Als die Sandarer mit der Durchsuchung der *Discovery, Alexandria* und *Sultana* fertig waren, gaben sie sich entspannt und scherzten mit ihren Fremdenführern. Die altanischen Inspektoren meldeten Drake nach ihrer Rückkehr, daß einige der Systeme an Bord der sandarischen Kriegsschiffe zweifellos allem überlegen seien, was Alta habe, das technologische Niveau der beiden Systeme im ganzen aber ausgeglichen sei.

Nach beendeten Inspektionen gaben Drake und Bardak Bankette für die Inspektoren. Ein Dutzend sandarische Offiziere saßen gleichmäßig verteilt zwischen Offizieren der *Discovery* und Diplomaten sowie einzelnen Wissenschaftlern und Wirtschaftsvertretern der *Alexandria*. Gleichzeitig zeigte ein wandgroßer Projektionsschirm eine ähnliche Szene der *Vindicator,* wo die altanischen Inspekteure unter ihren Gastgebern verteilt saßen. Die Bankette dauerten mehrere Stunden, und eine anfängliche förmliche Steifheit lockerte sich bald zu einer heiteren, gelösten Atmosphäre.

Am folgenden Morgen erhielt Drake einen Anruf von Flottillenadmiral Bardak. »Guten Morgen, Sir«, sagte Drake, als die Züge des sandarischen Befehlshabers am Bildschirm des Datenanschlusses in seiner Kajüte Gestalt annahmen.

»Auch Ihnen einen guten Morgen, Flottenkapitän Drake«, erwiderte Bardak. »Wie geht es Ihrem Kopf?«

»Wie man es nach den Toasts gestern abend erwarten würde.«

Bardak nickte. »Mir ist, als wollte sich jemand aus meinem Schädel ins Freie meißeln.«

»Ich bin in etwas besserer Verfassung«, sagte Drake. »Es gibt ein altanisches Kraut, das die schlimmsten Symptome eines Katzenjammers lindert. Zwar bewirkt es nicht, daß man sich gut fühlt; aber wenigstens fühlt man sich nicht elend.«

»Solch ein Wunderkraut würde zu den ersten Dingen gehören, die wir gern einführen würden, wenn der interstellare Handel wiederaufgenommen wird.« Bardak blickte aus dem Bildschirm und schien Drakes Miene zu beurteilen, bevor er fortfuhr: »Was mich zum Grund meines Anrufs bringt.«

»Ja?«

»Mir scheint, Flottenkapitän Drake, daß wir alles in unserer Macht Stehende getan haben, um unser beiderseitiges Mißtrauen zu zerstreuen.«

»Ich denke genauso.«

»Sind Sie dann mit mir der Meinung, daß der nächste Schritt für beide Seiten mit einem unvermeidbaren Risiko verbunden sein wird? Ich spreche natürlich von der Verlegung Ihrer Flotte ins innere System. Der König hat den Wunsch geäußert, Sie kennenzulernen.«

Drake nickte. Er hatte ein Angebot dieser Art erwartet. Karl Slater und seine Nachrichtenleute hatten beinahe ständige verschlüsselte Sendungen zwischen den sandarischen Schiffen und ihrem Heimatplaneten aufgefangen. »Ich bin im Prinzip einverstanden, obwohl mein Risiko mir das größere zu sein scheint.«

»Wieso? Wir werden unsere ganze Welt riskieren, wenn wir der *Discovery* erlauben, in Reichweite ihrer Waffen zu kommen.«

»Ich kann mir kaum vorstellen, daß ein alter Schlachtkreuzer der Aufgabe gewachsen wäre, Ihre ganze Welt zu bekämpfen, Admiral. Umgekehrt werden Sie in der Lage sein, meine Expedition ohne Warnung zu verdampfen, sowie ich in den Bereich Ihrer planetarischen Abwehrsysteme komme. Wer würde dann die Nachricht davon, was geschah, nach Alta bringen?«

»Sicherlich ein Problem, Flottenkapitän. Haben Sie eine Lösung?«

»Ja. Ich schlage vor, daß wir *Sultana* hier zurücklassen, um mir den Rücken zu decken.«

Bardak dachte kurz darüber nach, dann nickte er. »Ein Beobachter, der in sicherer Entfernung aufgestellt und bereit ist, beim ersten Anzeichen von Verrat nach Haus zu rennen. Eine vernünftige Vorsichtsmaßnahme, wenn man mit Fremden zu tun hat.«

»Ich bin überzeugt, daß es eine Vorsichtsmaßnahme ist, die sich als überflüssig erweisen wird, Admiral.«

Bardak lachte. »*Ich* bin dessen sicher, Kapitän Drake. Sie *hoffen* nur, daß es so sein wird.«

18

Sandar war eine kalte Welt, die am Rande der Zone ihre Bahn zog, wo Wasser im Flüssigzustand existieren konnte. Bedingt durch diese Ferne, befand sich Sandar im Griff einer immerwährenden Eiszeit. Seit Milliarden von Jahren war Schnee auf die ausgedehnten polaren Eiskappen gefallen und dort zu einer immer dickeren Eisdecke verdichtet worden. Wo immer diese Eisdecke auf geneigtem Gelände lagerte, hatten sich Gletscher gebildet. Wenn auf Sandar etwas herrschte, so waren es die Gletscher. Im Laufe der Zeitalter hatten diese bis zu einem Kilometer dicken Eisströme Gebirgszüge überformt, Moränenwälle aufgeschüttet, tiefe Trogtäler ausgehobelt und Seen zugedeckt.

Der große Projektionsschirm des Brückenraums zeigte die rasch vorbeiziehende sandarische Wildnis. Hier und dort unterbrachen apere schwarze Flecken das Weiß, wo Felswände und Steilhänge keine Schneeauflagen zuließen. An anderen Stellen durchzogen tiefe Spalten und Eisbrüche die Gletscherströme. Wo diese das Meer erreichten, schoben sie breite Eisfächer in die See vor. Abgebrochene Stücke trieben als kilometerlange Tafeleisberge monatelang in den wärmeren Gewässern niederer Breiten, bis sie allmählich schmolzen. Nur in einem schmalen Streifen Land und See, der ungefähr von zwanzig Grad nördlicher Breite bis zwanzig Grad südlicher Breite reichte, gab das Eis seine Herrschaft widerwillig auf. Hier lagen die durchschnittlichen Jahrestemperaturen merklich über dem Gefrierpunkt. Das Schmelzwasser nährte ungezählte kleinere und größere Wasserläufe, die sich zu Flüssen und bisweilen mächtigen Strömen vereinten, bevor sie in die zwei relativ warmen Ozeane Sandars mündeten.

Vor Drakes Augen gingen die endlosen Ödländer von Eis und Schnee allmählich in das üppige Grün der bewohnten Äquatorialzone über. Selbst bei geringer Vergrößerung war es möglich, inmitten der Vegetation die Spuren menschlicher Besiedlung auszumachen.

Die Massenevakuierung von New Providence hatte die Bevölkerung Sandars auf das Zweitausendfache ihrer vorherigen Größe anschwellen lassen. Fast drei Milliarden Flüchtlinge mußten zwangsläufig auf einem Landstreifen angesiedelt werden, dessen bewohnbare Fläche nur ein Viertel jener von New Providence betrug. Das unvermeidliche Ergebnis war eine Bevölkerungsdichte, die an die der Japanischen Inseln auf der Erde heranreichte.

Sandars Städte ähnelten den alten Metropolen der Erde darin, daß die alten Stadtkerne im Laufe der vergangenen hundert Jahre von planlos ausufernden neuen Vierteln eingekreist worden waren, die sich wuchernd ins Land ausbreiteten. Und im weiten Umkreis der Städte war das Land wie eine einzige unübersehbare Gärtnerei mit Gewächshäusern und Spiegelsystemen überbaut – Gewächshäusern, um das Land optimal zu nutzen und die Kälte fernzuhalten, und Spiegelsystemen, um die schwächlich wärmenden Strahlen Hellsgates für Pflanzen, die sich unter einem heißeren Stern entwickelt hatten, zu verstärken.

»Es ist erstaunlich, wieviel sie unter so schwierigen Bedingungen geschaffen haben«, bemerkte Bethany, als der Projektionsschirm eine ausgedehnte Großstadtregion und ihr umgebendes Grünland zeigte.

Drake nickte. »Vor allem, wenn man dabei in Betracht zieht, daß sie die längste Zeit ihrer Geschichte im Kriegszustand gelebt haben.«

Die Tatsache, daß Sandar sich im Krieg befand, war ihnen während ihres letzten Annäherungsmanövers in die zugewiesene Umlaufbahn deutlich vor Augen geführt worden. Als sie sich dem Planeten genähert hatten, waren *Discovery* und *City of Alexandria* hinter *Vindicator* in Kiellinie gegangen und durch einen streng kontrollierten Zugangskorridor in Sandars innere Verkehrszone geleitet worden, bevor sie in einer über beide Pole führenden Umlaufbahn zum Parken verlangsamt hatten. In ihrer ermäßigten Orbitalgeschwindigkeit waren sie nahe an einer großen Ansammlung von Objekten vorbeigeflogen, die in einer hohen stationären Umlaufbahn über Sandar stationiert war.

Die Ansammlung erwies sich als eine orbitale Schiffs- und Reparaturwerft. Zwischen den Dockeinrichtungen und Konstruktionshangars lagen Dutzende von Raumschiffen, deren Größe von Schlachtschiffen bis zu kleinen bewaffneten Aufklärern reichte. Bei maximaler Vergrößerung waren Hunderte von winzigen Funken wie Glühwürmchen um die beiden größten Schiffe in der Werft verteilt. In einem Fall schienen die Arbeiter den ganzen Bug eines Schiffes abzuschneiden, dessen Vorderteil bis zur Unkenntlichkeit zerstört war. Im anderen Fall war zu sehen, wie sich die blauen Azetylenflammen von vielen Schweißgeräten an den neuen Verkleidungsplatten eines Schiffes spiegelten, das entweder ein Neubau oder ein weiterer Reparaturfall kurz vor der Wiederherstellung war.

Neben den Schlachtschiffen und Aufklärern machte Drake mehrere mittelgroße Typen aus, darunter Kreuzer von ungefähr derselben Kategorie wie die *Discovery* und eine Anzahl von Schiffen, die nach ihrer Größe Zerstörer sein mochten.

Der Anblick der Werftanlagen und ihrer Ansammlung beschädigter Schiffe beeindruckte die Mannschaft der *Discovery* tiefer als die Ruinen auf New Providence. Für die meisten Altaner waren die seit langem toten Städte von New Providence eine Episode aus früherer Zeit. Die Reparaturwerft hingegen war ein greifbarer Beweis eines noch andauernden Krieges, der sich leicht ausbreiten und das System Valeria erfassen konnte.

Bald nach dem Eintritt in die Umlaufbahn wählte Drake die erste Delegation zur Landung auf der Oberfläche Sandars aus. Die Zusammensetzung der Delegation war eine Quelle eifriger Spekulation gewesen, seit sie vor zehn Tagen den Hellsgate-Napier-Faltpunkt verlassen hatten, und manchmal hatte es den Anschein, als wollte praktisch jeder von Bord gehen. Am Ende wählte Drake sich selbst, Bethany Lindquist, Stan Barrett und Alicia Delevan aus, dazu die Assistenten der beiden – Nathan Kellog und Carl Aster – und Argos Cristobal. Der letzere sollte Hintergrundmaterial über die Sandarer sammeln, während die eigentliche Delegation mit Kontakten auf höherer Ebene beschäftigt war. Bethany verzichtete auf einen Assistenten.

Vor dem Landgang gab Drake der Delegation und der Bootsbesatzung, die sie transportieren würde, letzte Anweisungen. Er begann damit, daß er aus dem Expeditionsauftrag vorlas.

»Paragraph sieben. Alle Daten, die das Schlachtschiff *Conqueror* der Erde betreffen, sollen als altanisches Staatsgeheimnis behandelt und nichtaltanischem Personal keinesfalls mitgeteilt werden.«

»Ich möchte davon eine Ausnahme machen, Kapitän«, sagte Alicia Delevan.

Drake legte den Ausdruck beiseite, aus dem er vorgelesen hatte, zog die Brauen hoch und fragte: »Warum, Mrs. Delevan?«

»Wie Sie sich erinnern werden, war ich von Anfang an gegen unseren Besuch dieses Systems. Nun aber, da wir hier sind, halte ich es nicht für klug, den Sandarern die Wahrheit über die *Conqueror* vorzuenthalten.«

»Möchten Sie das genauer erklären?«

»Gewiß. Paragraph sieben war in den Expeditionsauftrag aufgenommen worden, weil der Beraterstab des Ministerpräsidenten dachte, wir würden uns inmitten eines Krieges sehen und keine Ahnung haben, wer gegen wen kämpft. Sie wollten nicht, daß wir über die *Conqueror* redeten, solange wir uns nicht vergewissert hätten, daß wir nicht mit den Gegnern der *Conqueror* sprechen. Zu dem Zeitpunkt schien das eine vernünftige Vorsichtsmaßnahme.

Im Licht der jüngsten Ereignisse ist es aber offensichtlich eine Vorsichtsmaßnahme, die nicht mehr benötigt wird. Es ist ziemlich klar, daß die *Conqueror* in ein Gefecht mit den Ryall geriet. Darum sehe ich nicht, daß etwas zu gewinnen wäre, wenn wir den Sandarern die Wahrheit vorenthalten. Noch wesentlicher scheint mir, daß wir viel zu verlieren haben, wenn wir nicht aufrichtig zu ihnen sind. Befolgen wir Paragraph sieben, so werden sie früher oder später doch herausfinden, daß wir sie belogen haben. Das wird ihnen Anlaß zu Überlegungen geben, in welchen anderen Punkten wir sie ebenfalls belogen haben könnten. Unsere Beziehungen würden dadurch ohne jeden Grund beeinträchtigt.«

»Woher wissen wir, daß die Sandarer völlig aufrichtig zu uns sind?«

»Wir wissen es nicht«, sagte Alicia. »Aber ist es nicht besser, ihnen im Zweifelsfall etwas zugute zu halten?«

»Meiner Ansicht nach«, erwiderte Drake, »ist es am besten, wenn keine Partei der anderen allzu sehr vertraut, solange wir einander nicht besser kennen. Das ist übrigens der Grund dafür, daß wir die *Sultana* als Rückendeckung im Faltpunkt zurückgelassen haben. Ich sehe keinen Grund, diese Politik zum gegenwärtigen Zeitpunkt zu ändern.«

»Aber sie vertrauen uns!«

»Tun sie das?«

»Sie trauen uns genug, daß sie uns eine Parkumlaufbahn über ihrem Planeten zugewiesen haben«, sagte

Alicia. »Wenn wir das Waffenarsenal der *Discovery* betrachten, dann gehen sie ein erhebliches Risiko ein, wenn sie uns so nahe heranlassen.«

»Es ist für sie kein so großes Risiko, wie Sie vielleicht denken.«

»Ich verstehe nicht.«

»Wir haben in den letzten dreißig Stunden Zeit gehabt, den Planeten ziemlich umfassend kartographisch aufzunehmen. Dabei haben wir zahlreiche große Installationen ausgemacht, die auf und in den polaren Eiskappen angelegt sind. Unsere Fachleute haben sie vorläufig als ein Netzwerk planetarischer Verteidigungszentren identifiziert. Nach ihrer Zahl zu urteilen, mag diese Welt durchaus die am besten verteidigte unter allen von Menschen bewohnten sein.«

»Wollen Sie damit sagen, daß die Sandarer uns in dieser Minute im Fadenkreuz haben?« fragte Stan Barrett.

»Darauf können Sie sich verlassen, Mr. Barrett. Wenn die Installationen, die wir gesehen haben, die von uns geschätzte Feuerkraft haben, können die Sandarer uns in jeder Millisekunde, die ihnen geeignet erscheint, in eine Dampfwolke verwandeln.« Drake ließ seinen Blick über die ihm zugekehrten Gesichter wandern. »Was Mrs. Delevans Sorgen im Hinblick auf Paragraph sieben betrifft, so muß ich darauf bestehen, daß wir unsere Anweisungen befolgen. Sie haben die Freiheit, zu beobachten, Fragen zu stellen und Folgerungen zu ziehen. Aber Sie werden ihnen keinen Hinweis geben, daß wir im Besitz eines aufgegebenen Schlachtschiffes der Erde sind. Wenn sie das Thema zur Sprache bringen, haben Sie Unwissenheit vorzugeben. Ist das klar?«

Es gab mehrere gemurmelte Zustimmungen. Als alles wieder ruhig war, nahm Drake den Ausdruck auf und las weiter. »Paragraph acht ...«

Der Wind, der über die weite offene Fläche des Capitol-Raumhafens von Sandar blies, war bloße zehn Grad über dem Gefrierpunkt. Er biß Richard Drake scharf ins Gesicht, obwohl er seine Kaltwetterkleidung angezogen hatte. Er blieb einen Moment in der offenen Luftschleuse der *Molière* stehen, um den Thermostat seiner Jacke höher zu stellen. Der Himmel über ihm war von einem so dunklen Blau, daß es beinahe in Purpur überging, denn die Atmosphäre Sandars war relativ dünn, verglichen mit jenen der meisten erdähnlichen Welten. Die geringe Dichte wurde aber durch einen Sauerstoffgehalt von 30 Prozent mehr als wettgemacht.

Im Abfertigungsgebäude erwartete die Delegation ein Empfangskomitee. Flottillenadmiral Bardak und Fähnrich Kyle standen in der ersten Reihe, während mehrere hochrangige Offiziere ein paar Schritte hinter ihnen warteten. Nach ihren goldbetreßten und ordensgeschmückten Uniformen mußten diese Männer die militärische Führungsspitze Sandars verkörpern. Eine Militärkapelle und eine Menge Zuschauer waren hinter einer Absperrung versammelt.

Der Rest der Delegation überquerte die Brücke, die vom Landungsboot hereinführte, und betrat die Abfertigungshalle. Drake signalisierte Stan Barrett, Alicia Delevan und Bethany Lindquist zu sich nach vorn. Dann ging er auf Flottillenadmiral Bardak zu. Bardak nahm Haltung an und salutierte. Drake erwiderte die Ehrenbezeigung, und alle nahmen Haltung an, als die Militärkapelle eine ziemlich gute Wiedergabe der altanischen Hymne spielte und im Anschluß daran eine feierliche Melodie mit tragischen Untertönen, die Drake für die Nationalhymne Sandars hielt.

Als die Militärkapelle geendet hatte, trat Herzog Bardak vor und verkündete mit erhobener Stimme: »Flottenkapitän Richard Drake, im Namen meines Königs und meiner Königin heiße ich Sie und Ihr Gefolge auf Sandar willkommen.«

»Ich danke Ihnen, Admiral. Es ist uns eine Freude, hier zu sein.«

Bardak nahm ihn beim Arm, drehte ihn herum und führte ihn zu der Reihe der Würdenträger. »Ich möchte Sie gern mit meinen Vorgesetzten bekanntmachen, Sir. Darf ich Ihnen Admiral Fernando Zeilerbach vorstellen, den Grafen von Draga?«

Drake salutierte, dann streckte er die Hand aus. »Admiral, es ist mir eine Ehre…«

Rasch arbeiteten sie sich durch die Reihe der Würdenträger. Außer Zeilerbach waren der Oberkommandierende der Kriegsoperationen, ein Flottenadmiral, ein General des Marinekorps und zwei Vizeadmiräle anwesend. Drake bemerkte, daß die Offiziere zusätzlich zu ihren militärischen Rängen durchweg Titel hatten, obwohl ihre Ränge nicht immer mit ihrer Adelsstufe korrespondierten. Zum Beispiel wurde Flottillenadmiral Bardak allgemein als Herzog Bardak angeredet, und der dritte Mann in der Reihe, Flottenadmiral Villiers, der nur ein Ritter von Sandar Erster Klasse war, hieß ›Sir Anthony‹.

»Flottenkapitän Richard Drake, ich möchte Sie mit seiner Königlichen Hoheit Jonas Walkirk bekannt machen. Seine Königliche Hoheit ist ein Halbbruder des Königs.«

»Königliche Hoheit«, sagte Drake und salutierte, »ich bin geehrt, daß Sie gekommen sind, uns zu begrüßen.«

»Die Ehre ist auf meiner Seite, Flottenkapitän. Offen gestanden, hatten wir die Hoffnung aufgegeben, jemals wieder ein altanisches Gesicht zu sehen. Als Herzog Bardak meldete, wer Sie sind, verbreitete sich die Nachricht schneller als die Schallwelle eines atmosphärischen Bombers in ganz Sandar. Bei allen Heiligen, wir können Ihre Hilfe gegen diese verdammten Kentauren gebrauchen!«

»So sagte man mir, Sir.«

Stan Barrett und Alicia Delevan, die neben Drake standen, erstarrten bei der selbstverständlichen Annahme des Oberbefehlshabers der Kriegsoperationen, daß Alta zusammen mit Sandar in den Kampf ziehen würde. Dabei war es nicht das erste Mal, daß ein Sandarer die Möglichkeit eines Bündnisses zwischen den beiden Ablegern von New Providence erwähnt hatte; Flottillenadmiral Bardak hatte das Thema schon während einer Konferenzschaltung mit Drake und den Abgesandten des Ministerpräsidenten und des Parlaments zur Sprache gebracht, bevor sie den Hellsgate-Napier-Faltpunkt verlassen hatten. Damals hatte Stan Barrett geantwortet, daß die Frage eines Bündnisses von Parlament und Regierung Altas zu entscheiden sein würde. Aber, so hatte er bereitwillig hinzugefügt, die Angehörigen der Einsatzgruppe 001 seien gern bereit, Vorschläge entgegenzunehmen.

Der Oberkommandierende küßte den beiden Damen die Hand, dann bot er Bethany den Arm und führte die Gruppe zum Ausgang. Der General des sandarischen Marinekorps gab Alicia Delevan den Arm und folgte seinem Oberkommandierenden, Drake begleitete Flottillenadmiral Bardak und Stan Barrett wurde von Flottenadmiral Villiers eskortiert. Andere Sandarer begleiteten Carl Aster, Nathan Kellog und Argos Cristobal. Die ganze Gruppe schritt durch ein Spalier von Soldaten, die ihre Handfeuerwaffen präsentierten.

Der Korridor führte in ein riesiges Hauptabfertigungsgebäude mehrere hundert Meter weiter. Mit einem Quadratkilometer Fläche war es annähernd fünfmal so groß wie der Raumhafen von Homeport auf Alta, der dort als der größte und modernste bewundert wurde. Das Doppelspalier der Soldaten reichte bis in und durch das belebte Hauptabfertigungsgebäude. Hinter den Soldaten hatte sich eine Menschenmenge versammelt und beobachtete den

Einzug der Würdenträger mit ihren Besuchern. Drake machte eine Bemerkung über den hohen Prozentsatz von Uniformierten unter der Bevölkerung.

»Jeder muß seinen Teil zur Kriegsanstrengung beitragen, Kapitän«, antwortete Bardak. »Die uniformierten Dienste benötigen sehr viele Menschen. Hier auf Sandar ist praktisch jeder in dieser oder jener Weise in die Gemeinschaftsleistung einbezogen.«

»Wie ist es mit den anderen Planeten des von Menschen bewohnten Raumes?« fragte Drake. »Helfen sie Ihnen bei Ihrem Kampf gegen die Ryall?«

Er vermerkte das leiseste Zögern, bevor Bardak antwortete. »Sie tun, was sie können. Unglücklicherweise finden viele von ihnen, daß sie nicht mehr tun können, als ihre eigene Verteidigung zu stärken.«

Das Gespräch wurde unterbrochen, als sie eine Wagenkolonne erreichten, die in der Halle des Hauptabfertigungsgebäudes parkte. Es waren lange, niedriggebaute Fahrzeuge von aerodynamischer Schnittigkeit, die auf hohe Geschwindigkeit schließen ließ.

Der Oberkommandierende Walkirk wies zu den ersten beiden Wagen in der Kolonne. »Kapitän Drake und Botschafterin Delevan in den ersten Wagen, Botschafter Barrett und Miss Lindquist in den zweiten. Die anderen Wagen werden Ihre Begleiter befördern.«

»Wohin fahren wir?« fragte Drake, als er einstieg.

Flottillenadmiral Bardak setzte sich Drake gegenüber. »Zum Palast. Der König erwartet Sie.«

John-Phillip Walkirk VI. – Verteidiger der Faltpunkte, Generaladmiral der Flotte und Marineinfanterie, Geißel der Ryall-Hegemonie, Erster Vikar der Kirche von Sandar und von Gottes Gnaden, König der Systeme von Hellsgate und Napier – blickte von seinem Schreibtisch auf, als sein Hofmarschall die Ankunft der Besucher ankündigte.

John-Phillip war ein stattlicher Mann mit breiten Schultern, einer vorspringenden Nase und mächtigen Händen. Sein Haar war einmal dunkel gewesen, aber fünfundzwanzig Jahre auf dem Thron hatten es mit reichlich Silber durchzogen. Er streckte die Hand aus und schaltete die Gegensprechanlage ein.

»Minister Haliver, Majestät«, sagte die Stimme seines Sekretärs.

»Schicken Sie ihn herein«, erwiderte John-Phillip. Gleichzeitig unterbrach seine Hand eine Lichtschranke, und die Tür zu seinem Amtszimmer öffnete sich.

Der Erste Minister Terence Haliver trat über die Schwelle in das mit Bedacht unübersichtliche Arbeitszimmer des Königs. Haliver war ein kleiner Mann mit stahlgrauem Haar und einem meistens ernsten und oft grimmigen Gesichtsausdruck.

»Sie sind hier, Majestät. Das Boot landete vor ein paar Minuten.«

»Ja, ich wurde bereits verständigt. Ist für die Audienz und das anschließende Gespräch alles vorbereitet?«

»Alles ist bereit, Majestät.«

»Unterrichten Sie mich über die Persönlichkeiten unserer Gäste.«

»Ja, Sir. Seit wir zuletzt sprachen, hat sich unser Verdacht weitgehend bestätigt. An Bord der beiden Forschungsschiffe gibt es mehrere Fraktionen, die miteinander konkurrieren. Wir haben sie vorläufig als die Marine, die beiden größten Parteien im altanischen Parlament und die Wissenschaftler an Bord ihres großen Transporters identifiziert. Es gibt eine weitere Gruppe von Wirtschaftsvertretern, die sie als ›Verbandsrepräsentanten‹ bezeichnen. Ich fürchte, wir haben ihre Rolle in diesem ganzen Unternehmen noch nicht genau bestimmen können.«

»Und die Delegation, die unterwegs hierher ist, besteht aus Vertretern der Marine und der beiden politischen Parteien?«

»Das ist richtig, Majestät. Auch diese Miss Lindquist gehört dazu.«

»Was ist ihre Funktion?«

»Diese Frage, Majestät, ist schwierig zu beantworten. Sie behaupten, daß Miss Lindquist den erblichen Botschafter der Erde auf Alta vertrete. Offen gesagt, ist uns nicht ganz klar, warum sie einen prominenten Platz in der Delegation einnimmt, wenn es sich so verhält.«

»Kann sie eine verborgene Machtgruppe vertreten?«

»Es ist denkbar. Sie könnte durchaus die eigentliche Macht an Bord ihres Schiffes sein, vielleicht sogar die eigentliche Leiterin des Expedition.«

John-Phillip nickte. »Ob sie es ist oder nicht, wir wollen vorgeben, daß wir ihrer Tarngeschichte glauben.«

»Natürlich, Majestät. Es ist nicht höflich, den Gästen ins Gesicht zu sagen, daß sie Lügner sind.«

»Wieviel wissen sie über unsere Situation?«

»Herzog Bardak informierte mich, daß er sich ganz eng an das sanktionierte Drehbuch gehalten habe, Majestät. Sie wissen, daß wir uns im Krieg mit den Ryall befinden, und daß es eine Verbindung zwischen unseren Einflußsphären im Aezer-System gibt. Darüber hinaus ist er absichtlich vage geblieben.«

»Wie war ihre Reaktion auf den Vorschlag eines Bündnisses?«

»Wie erwartet, nahmen sie den Gedanken zurückhaltend auf.«

»Wieso erwartet?«

»Dies ist eine Erkundungsmission, Majestät. Sie haben nicht die Autorität, über ein Bündnis zu verhandeln. Jedenfalls behaupten sie es.«

»Glauben Sie diese Behauptung?«

»Ich habe keine Ursache, daran zu zweifeln. Betrachtet man ihre Funktionen, so ist es klar, daß sie keine politischen Entscheidungsträger sind.«

»Gibt es eine Möglichkeit, daß sie von unseren jüngsten Rückschlägen wissen? Etwa durch aufgefangene Funksprüche und dergleichen?«

Haliver schüttelte energisch den Kopf. »Wir haben alle Rundfunk- und Fernsehprogramme, die seit ihrer Ankunft im System ausgestrahlt wurden, durch eine Computerprüfung durchsucht. Es hat nirgendwo einen Hinweis auf das Schicksal unserer Armada gegeben, nicht einmal einen indirekten. Die Zensur ist noch immer unvermindert in Kraft.

Aber es gibt ein Problem. Miss Lindquist wird zweifellos mit unserem irdischen Botschafter sprechen wollen.«

»Das sollte kein Problem sein. Nicht, wenn wir uns klug verhalten und einen ausreichenden zeitlichen Vorsprung verschaffen.«

Zum erstenmal, seit er das Arbeitszimmer des Königs betreten hatte, lächelte Haliver. »Ich verstehe vollkommen, Majestät.«

19

Vom Capitol-Raumhafen in die Stadt selbst war es eine Fahrt von fünfzehn Minuten. Richard Drake und Alicia Delevan saßen nebeneinander auf den Rücksitzen der Limousine, während Flottillenadmiral Bardak und der Oberkommandierende Walkirk ihnen gegenüber im Passagierfond saß. Hinter ihnen schnurrten drei weitere lange Limousinen leise durch das Labyrinth von betonierten Tunnels, das vom Abfertigungskomplex des Raumhafens wegführte. Nach einer halben Minute kamen sie ins Sonnenlicht, überquerten eine lange Bogenbrücke und tauchten dann auf der Überholspur in eine sehr belebte Hauptstraße ein. Richard Drake wurde in seinen Sitz gedrückt, als der Wagen beschleunigte und seine Geschwindigkeit dem Verkehrsstrom anpaßte, dann in eine Lücke zwischen zwei großen Transportern schlüpfte. Die Fahrt ging zwischen bestellten Feldern dahin, während Bardak auf interessante Einzelheiten aufmerksam machte. Bald begleiteten lange, schmale Gewächshäuser beide Seiten der Schnellstraße. Zwischen ihnen erhoben sich schwenkbare, zehn Quadratmeter große Spiegel, die dem Gang des Zentralgestirns über dem Himmel folgten. Drake bemerkte mit Interesse, daß die Spiegel aus reflektierendem Film bestanden, der straff über ein Rahmenwerk aus Röhren gespannt war.

Die Schnellstraße durchschnitt einen niedrigen Höhenzug und führte jenseits davon in ein weites, schüsselartig geformtes Tal. Die Hauptstadt füllte es aus, stieg die Talhänge hinauf und floß über ins Hügelland. Die Stadt war größtenteils eine Ansammlung relativ niedriger Gebäude aus Stein, Ziegelmauerwerk oder Beton; Holz war sehr wenig zu sehen. Die Gebäude waren in freundlichen Farben getüncht und mit verschiedenfarbigen Ziegeln gedeckt.

In der Mitte der Stadt erhob sich eine geodätische Kuppel aus Glas und Aluminium, die das umgebende Häusermeer überragte. Die Konstruktion der Kuppel bestand aus einem Rahmenwerk aus sechseckigen Verstrebungen.

»Unser Ziel«, bemerkte Flottillenadmiral Bardak, als er den Gegenstand von Drakes Aufmerksamkeit sah. »Die Wetterkuppel des Schlosses.«

Drake konnte die Größe der Kuppel schätzen, als er bemerkte, daß die insektenartigen kleinen Objekte, die um das Bauwerk flogen, normal große Hubschrauber sein mußten. Er zog erstaunt die Brauen hoch. »Es muß kostspielig sein, eine Kuppel dieser Größe zu beheizen.«

Der Oberkommandierende Walkirk räusperte sich und sagte: »Bitte gewinnen Sie nicht den falschen Eindruck, Flottenkapitän. Die Wetterkuppel ist keine Laune eines verschwenderischen Monarchen. Das Schloßgelände ist ein Baumgarten für irdische Vegetation; ein Botanischer Garten, wenn Sie so wollen.« Als Drakes Gesichtsausdruck verriet, daß er nicht verstand, erläuterte Walkirk eingehender, was er meinte.

»Sehen Sie, eine Anzahl irdischer Vitamine hat in der natürlichen Biosphäre Sandars keine Gegenstücke. Um auf dieser Welt gesund zu bleiben, müssen wir unsere Ernährung mit irdischen Pflanzen ergänzen, die aber in unserem kalten Klima nicht gedeihen. Wir ziehen sie daher in den Gewächshäusern, die Sie auf der Fahrt hierher sahen. Die Baumgärten, von denen das Schloßgelände den größten aufweist, sind unsere Versicherung gegen einen Ausbruch von Mehltau oder anderen Pflanzenkrankheiten in den kommerziellen Gewächshäusern.«

Die Wetterkuppel wurde größer und größer, als der

Wagen sich dem Stadtzentrum näherte. Als er von der Schnellstraße abbog, war die Kuppel wie eine ragende Wand, die den halben Himmel verdeckte. Kurz darauf fuhr die Limousine ins Innere der Kuppel ein. Als sie von der kalten, trockenen sandarischen Luft in die feuchtwarme Atmosphäre des Schloßgeländes kam, beschlug Drakes Scheibe und nahm ihm die Sicht auf die Außenwelt. Kaum eine Minute später kam der Wagen sanft zum Stillstand.

»Wir sind da«, sagte Bardak. Bedienstete rissen die Türen auf, und Drake sah zwei sandarische Marinesoldaten strammstehen, die Rechte salutierend erhoben. »Nach Ihnen, Kapitän Drake, Botschafterin Delevan!«

Das königliche Schloß war ein nüchterner Bau aus Stahl und Glas im internationalen Allerweltsstil, wie er am Beginn des Raumfahrtzeitalters weltweite Verbreitung gefunden hatte. Ein zylindrischer Zentralbau erhob sich beinahe bis zum Scheitelpunkt der Wetterkuppel, während von seiner Basis vier horizontale Flügel ausgingen, die in die Hauptrichtungen des Kompasses wiesen. Teile der Glasfassade waren nach außen geöffnet, wie es sich für ein Gebäude in einem Gebäude geziemte. Und wohin er auch sah, überall erblickte Drake üppig wuchernde Pflanzenwelt. In der Nähe waren Beete mit kleinen purpurnen Blütenpflanzen angelegt, dahinter wechselten Sträucher und Baumgruppen mit kleinen eingestreuten Wiesen hoher Gräser. Im Becken eines Springbrunnens blühten breitblättrige Seerosen. Zur Peripherie der Kuppel hin verdichteten sich die Kulissen der Busch- und Baumgruppen und schlossen sich zu einem Waldsaum aus Bäumen verschiedener Arten und Altersstufen zusammen. Wie grüne Wasserfälle hingen Waldreben und andere Lianen von den starken Ästen. Efeu, wilder Wein und Geißblatt ergossen sich aus hängenden Pflanzbecken an der Fassade, und die Eingänge und Dächer der Gebäudeflügel waren gesäumt von blühenden Pflanzen in allen Farbtönen.

Während Drake wartete, stiegen auch die Insassen der drei anderen Wagen aus. Er sah Bethany mit eingezogenem Kopf aus dem zweiten Wagen steigen, sich aufrichten und dann mit großen Augen umherblicken. Sie holte tief Atem und hielt ihn lange an, bevor sie ebenso tief ausatmete. Sie schien bezaubert, während sie langsam auf ihn zuschlenderte.

»Haben Sie einmal tief durchgeatmet?« fragte sie.

Er nickte. »Die Luft ist hier zweifellos frischer als das, was wir an Bord gewohnt sind.«

»Das meine ich nicht. Haben Sie die Luft gerochen?«

Er nickte. »Ich habe bemerkt, daß sie einen seltsamen Geruch hat.«

»Einen seltsamen Geruch!« erwiderte sie. »Kapitän Drake, Sie haben keinen Funken Poesie in Ihrer Seele! Dieser ›seltsame Geruch‹, wie Sie es nennen, ist der Duft der Erde.«

Drake bemühte sich noch um eine geeignete Antwort, als Alicia Delevan und Carl Aster zu ihnen traten. Stan Barrett stand ein wenig abseits und besprach in Eile etwas mit seinem Assistenten Nathan Kellog, während Argos Cristobal noch in der Nähe des dritten Wagens stand. Flottillenadmiral Bardak wies mit ausgestrecktem Arm zu einem von Blumenbeeten begrenzten Weg, der zu einem Seiteneingang des Schlosses führte, und die Altaner setzten sich in Bewegung. Im Innern des Schlosses wurden sie an Büros vorbeigeführt, wo Angestellte und Funktionäre an Computerterminals arbeiteten. Nachdem sie einen langen Gang durchschritten hatten, sahen sie sich vor einer Reihe von Aufzugtüren.

Der Halbbruder des Königs wandte sich zu Drake. »Sie und die Botschafter werden jetzt in den Thronsaal geleitet, um Ihre Majestäten zu sprechen, Kapitän Drake. Mit Ihrer Erlaubnis werde ich die übrigen Mitglieder Ihrer Gruppe zu ihren Räumen bringen lassen.«

»Selbstverständlich, Königliche Hoheit. Mr. Cristobal! Gehen Sie mit diesen Herren. Unterstützen Sie Mr. Aster und Mr. Kellog.«

»Ja, Sir.«

Damit bestiegen Drake, Bethany und die beiden Abgesandten von Parlament und Regierung mit dem Oberkommandierenden Walkirk und Flottillenadmiral Bardak einen Aufzug. Als dessen Türen sich wieder öffneten, sahen die Besucher sich in einem holzgetäfelten Vorzimmer mehreren Hofbediensteten gegenüber. Der Älteste von diesen war ein grauhaariger Mann von ehrwürdigem Aussehen, dessen linke Brustseite mit Ordensspangen geschmückt war. Er trat auf Stan Barrett zu und verbeugte sich.

»Ich begrüße Sie, Botschafter Barrett. Mein Name ist Opteris. Ich bin der Hofmarschall. Es ist meine Verantwortung, Ihnen den Aufenthalt hier angenehm zu machen. Darf ich Ihnen den schweren Mantel abnehmen? Ich versichere Sie, daß Sie ihn hier unter der Kuppel nicht benötigen werden.«

Barrett bedankte sich und zog seinen Mantel aus. Bethany, Alicia Delevan und Drake folgten seinem Beispiel.

Opteris gab ein Zeichen, und zwei wartende Diener traten näher, die Kleidungsstücke zu übernehmen, dann ließ er eine Dienerin mit einem großen Spiegel näher treten und wandte sich zu Bethany und Alicia Delevan. »Ich dachte mir, die Damen würden die Möglichkeit begrüßen, Ihre Erscheinung zu überprüfen, bevor wir zur Audienz gehen.«

»Sie sind der vollkommene Gastgeber, Sir«, sagte Alicia Delevan. Sie trat vor den Spiegel, zupfte an ihrer Kleidung und zog einen Kamm aus der Handtasche.

»Ich danke der Botschafterin«, erwiderte Opteris.

Zwei Minuten wurden damit verbracht, die Schäden

zu reparieren, die der Wind am Raumhafen angerichtet hatte, und Opteris nutzte diese Zeit, um den Besuchern Einblick in die sandarische Hofetikette zu geben. »Denken Sie daran, hinter der blauen Linie stehenzubleiben, die vor den Stufen zum Thron verläuft. Es ist üblich, sich an der Linie zu verbeugen und den König als ›Euer Majestät‹ oder einfach ›Sir‹ anzureden. Die Königin wird immer als ›Euer Majestät‹ angeredet. Haben Sie noch Fragen?«

»Wie lang wird diese Audienz dauern?« fragte Alicia Delevan.

»Nicht lang«, antwortete Opteris. »Die Audienzen im Thronsaal sind eine Formalität, die im Interesse der Holovisionskameras veranstaltet werden. Der König wird Sie begrüßen und eine allgemeine Freundschaftserklärung abgeben. Wir laden Ihren Sprecher ein, das gleiche zu tun. Seine Majestät mag dann geruhen, ein paar Minuten über einen unstrittigen Gegenstand zu diskutieren, bevor er Ihnen die Gastfreundschaft des Schlosses anbietet. Darauf wird er die öffentliche Audienz für beendet erklären. Anschließend werde ich Sie zu einer Privataudienz mit Seiner Majestät und dem Ministerpräsidenten geleiten. Nun, wenn es keine weiteren Fragen gibt, nehmen Sie bitte Ihre Plätze an der roten Linie ein.«

Sie stellten sich an der Markierungslinie auf, die Opteris angegeben hatte. Sie erstreckte sich vor einer hohen hölzernen Flügeltür über den Marmorboden des Vorzimmers. Sobald alle in Position waren, signalisierte der Hofmarschall einem ungesehenen Beobachter über eine unauffällige Videokamera. Trompetenschall dröhnte aus verborgenen Lautsprechern, und schwerfällig schwangen die mächtigen Türflügel auf.

Der Thronsaal war am Eingang verhältnismäßig schmal und erweiterte sich allmählich zum Thron hin, der an der Rückwand auf einem Stufenpodium stand, so daß ein der natürlichen Perspektive entgegenwirkender Raumeindruck entstand. Die Höhe des Saales ging über zwei Geschosse, der Boden bestand aus dem gleichen Marmor wie der des Vorzimmers, und die Wände waren mit dunklem, eigenartig gemasertem Holz getäfelt. Kriegsfahnen hingen von der Decke und bewegten sich leicht in der zirkulierenden Luft.

Zu beiden Seiten eines breiten, freigehaltenen Mittelgangs, der durch die volle Länge des Thronsaales führte, standen Reihen uniformierter Palastwachen. Hinter ihnen hielten sich wohlhabend aussehende Männer und Frauen auf, die in kleinen Gruppen beisammenstanden und Konversation trieben oder den Anschein erweckten, es zu tun. Diener trugen Tabletts mit Getränken und Petits fours von einer Gruppe zur anderen.

An der breiten Stirnseite des Thronsaales saßen der König und die Königin nebeneinander auf dem Stufenpodium. Der König trug die schwarze Uniform der sandarischen Raumstreitkräfte, während die Königin in ein schimmerndes Seidengewand gehüllt war. John-Phillip Walkirk VI. schien Anfang fünfzig; seine Königin wirkte zehn Jahre jünger.

Der Trompetenschall wurde von einer schmetternden Militärkapelle abgelöst, als die Altaner und ihre Begleiter durch den abgesperrten Mittelgang schritten. Die Musik brach ab, als sie die blaue Linie erreichten, stehen blieben und sich gleichzeitig verbeugten. Einen Augenblick später trat der Oberkommandierende Walkirk vor, verbeugte sich wieder und sagte:

»Eure Majestäten, es ist mir eine große Ehre, Ihnen die Vertreter der Regierung von Alta – Botschafter Stanislav Barrett und Botschafterin Alicia Delevan vorstellen zu können. Ich möchte auch Flottenkapitän Richard Drake vorstellen, den Kommandanten des Schlachtkreuzers *Discovery* und Miss Bethany Lindquist, die Vertreterin des erblichen Botschafters der Erde auf Alta. Meine Damen und Herren, ich habe die

Ehre, Sie mit meinem Souverän, John-Phillip Walkirk VI. und seiner Königin Felicia bekanntzumachen.«

»Danke, Bruder«, sagte John-Phillip. »Willkommen, geehrte Gäste! Bitte übermitteln Sie unsere Grüße und besten Wünsche Ihrem Parlament, Ihrer Regierung und dem Volk von Alta.«

»Wir danken Eurer Majestät«, erwiderte Barrett. »Mein Ministerpräsident hat mich gebeten, Euren Majestäten und dem sandarischen Volk seine besten Wünsche zu übermitteln.«

»Ich hörte, daß an Bord Ihrer Schiffe Vertreter von Wissenschaft und Wirtschaft sind.«

»So ist es, Euer Majestät. Und ich möchte hinzufügen, daß alle begierig darauf sind, Ihre glorreiche Welt mit eigenen Augen zu sehen.«

»Sie werden uns willkommen sein, Sir«, sagte Königin Felicia mit einem klaren Sopran.

»Euer Majestät sind sehr freundlich.« Barrett verneigte sich in die Richtung der Königin. »Wir würden es als eine besondere Gunst betrachten, wenn Gespräche mit den wissenschaftlichen und wirtschaftlichen Institutionen Sandars arrangiert werden könnten.«

»Wir begrüßen solche Gespräche, Herr Botschafter«, antwortete der König. »Sie können jederzeit mit der Ausschiffung Ihrer Spezialisten beginnen, wenn das Ihr Wunsch ist.«

»Ich werde veranlassen, daß unsere Leute entsprechende Vorbereitungen treffen, Sir.«

John-Phillip richtete seinen Blick auf Richard Drake. »Wie sieht es mit Ihrer Mannschaft aus, Flottenkapitän? Ich könnte mir denken, daß sie gern Landurlaub haben würde.«

»Ja, Sir. Viele können es kaum erwarten.«

»Wenn Sie wünschen, Ihren Besatzungen Landurlaub zu gewähren, werden wir sie begrüßen. Wenn wir in hundert Kriegsjahren sonst nichts gelernt haben, so verstehen wir uns doch darauf, unseren Kriegern einen angenehmen Aufenthalt zu bereiten, wenn sie auf Urlaub sind. Wir werden für Ihre Leute das gleiche tun.«

Drake verbeugte sich. »Euer Majestät sind sehr großzügig.«

»Meine Großzügigkeit ist durch Eigeninteresse motiviert, Kapitän. Je eher wir einander kennenlernen, desto früher werden wir alle in der Lage sein, gegen unseren gemeinsamen Feind zusammenzuarbeiten.«

»Ein vernünftiger Vorschlag, Euer Majestät.«

John-Phillip lenkte seine Aufmerksamkeit auf Bethany Lindquist. »Und was kann ich für Sie tun?«

»Unterhält die Erde hier auf Sandar eine Botschaft, Majestät?«

»Gewiß!«

»Ich wäre sehr froh über eine Gelegenheit, mit dem Botschafter der Erde zusammenzutreffen, sobald es ihm möglich ist.«

»Ich werde ihn sogleich verständigen lassen. Ich werde Ihnen auch ein Transportmittel zur Verfügung stellen, wenn er bereit ist, Sie zu empfangen.«

»Ist die Botschaft weit entfernt?«

»Halbwegs um den Planeten, Miss Lindquist. Sie wurde vor der Großen Einwanderung eingerichtet und ist niemals verlegt worden. Sie wissen, wie konservativ die Zentralregierung der Erde bisweilen sein kann.«

»Ich wünschte, ich wüßte es«, erwiderte Bethany. »Unglücklicherweise hatten wir in einhundertfünfundzwanzig Jahren keinen Kontakt mit der Erde.«

»Wir werden sehen müssen, was getan werden kann, um da Abhilfe zu schaffen«, erklärte der König.

»Ich danke Eurer Majestät.«

John-Phillip winkte ab. »Denken Sie sich nichts dabei.« Sein Blick umfaßte alle vier Altaner. »Nun, Sie müssen von Ihrer Reise müde sein. Ich schlage vor, daß wir weitere Diskussionen aufschieben, bis Sie ausgeruht haben.«

»Wie Euer Majestät wünschen«, erwiderte Barrett.

Der König signalisierte einem Zeremonienmeister, der abseits neben dem Thron stand, und der Mann trat vor und stieß einen langen, mit Goldknopf verzierten Stab auf den Boden. »Die Audienz ist beendet! Alle erweisen dem König ihre Huldigung!«

Alle im Thronsaal Anwesenden verneigten sich, und aus den Lautsprechern drang wieder Musik. An der Spitze eines kleinen Gefolges, das vom Zeremonienmeister angeführt wurde, verließ das Königspaar den Thronsaal. Sobald es gegangen war, nahmen die Gruppen der Höflinge ihre Gespräche wieder auf. Von irgendwo erschien Hofmarschall Opteris und sagte zu den Besuchern: »Wenn Sie mit mir kommen wollen, werde ich Sie nun zur Privataudienz geleiten.«

Opteris führte sie zurück durch die Flügeltüren und in den Aufzug. Diesmal wurden sie in eines der oberen Geschosse des Hauptgebäudes getragen. Nach einigen Minuten Wartezeit wurden sie von livrierten Türstehern in einen Raum gebeten, der Teil der königlichen Wohnung zu sein schien. Vier Sofas waren um einen niedrigen Tisch angeordnet. Auf einer Seite des Raums öffnete sich eine Glastür auf einen Balkon mit Blick auf den Schloßpark. Als die vier Altaner und ihre beiden einheimischen Begleiter eingelassen wurden, fanden sie, daß ein kleiner, grauhaariger Mann auf sie wartete.

»Meine Damen und Herren«, sagte der Oberkommandierende Walkirk, »ich möchte Sie mit Terence Haliver bekanntmachen, dem Ersten Minister des Reiches.«

Haliver schüttelte ihnen die Hand, dann zeigte er zu den Sitzgelegenheiten. »Seine Majestät zieht sich um und wird bald nachkommen. Er wünscht, daß Sie es sich bequem machen.«

Stan Barrett und Alicia Delevan ließen sich auf ein Sofa nieder, während Richard Drake und Bethany Lindquist auf einem anderen Platz nahmen. Walkirk und Bardak besetzten ein drittes, und Ministerpräsident Haliver setzte sich den beiden altanischen Botschaftern gegenüber.

»Getränke?« fragte er.

»Ich nehme das Übliche!« rief der König aus dem Nebenraum.

Haliver nahm die Bestellungen der Reihe nach an und tippte sie in einen Taschencomputer. Eine Minute später brachte ein Diener die Getränke auf einem Tablett herein. Er hatte sie gerade serviert, als der König eintrat.

»Willkommen«, dröhnte John-Phillip. Er hatte seine Staatsuniform gegen einen weiten, langen Überwurf vertauscht, der Stil zugunsten von Bequemlichkeit opferte. Er machte abwinkende Handbewegungen, während er zielbewußt in den Raum geschritten kam. »Nein, stehen Sie nicht auf. Es gibt schon so zuviel Förmlichkeit.«

Er nahm neben seinem Minister Platz, nippte von einem Glas, das mit bernsteinfarbener Flüssigkeit gefüllt war, bemerkte verspätet, daß er allein trank. »Es ist nicht nötig, auf Zeremoniell zu bestehen. Trinken Sie bitte nach Belieben!«

Als seine Gäste ihm Bescheid getan hatten, setzte er sein Glas ab, lehnte sich zurück und sagte: »Ich hoffe, unsere kleine Schau hat Sie nicht zu sehr eingeschüchtert. Wir tun es für die Öffentlichkeit, wissen Sie. Das Volk braucht etwas, das seine Gedanken vom Krieg ablenkt. Es hat, weiß Gott, die meiste Zeit genug zu tragen.«

»Es war eine elegante Zeremonie, Majestät«, bemerkte Stan Barrett.

»Eine notwendige, das dürfen Sie mir glauben, Botschafter. Sagen Sie, sind Sie wirklich bereit, Ihre Wissenschaftler hierher zu transferieren?«

»Ja, Sir.«

»Ich würde es zu schätzen wissen, wenn Sie noch ein

paar Tage warten könnten, während wir die nötigen Vorbereitungen treffen.«

»Wenn das Ihr Wunsch ist, Majestät.«

»Das ist es. Geben Sie Minister Haliver eine Liste Ihrer Leute und Ihrer Fachgebiete. Er wird dann versuchen, sie mit vergleichbaren Mitgliedern unserer eigenen wissenschaftlichen Elite zusammenzubringen. Wir werden die beiden Gruppen ein paar Wochen in Wechselwirkung treten lassen und sehen, welche Themen von besonderem Interesse sich daraus ergeben.«

»Wie möchten Sie im Falle unserer Wirtschaftsdelegation verfahren, Majestät?« erkundigte sich Alicia Delevan.

»Nun, die können Sie sofort herunterbringen. Wir werden sie zu einleitenden Gesprächen an die Handelskammer verweisen. Wenn wir Fragen von beiderseitigem Interesse finden, werden wir die Königliche Kommission für Außenhandel einschalten. Ich nehme an, auch die Leute vom Zoll werden mit einbezogen werden müssen, denn es liegt nicht in unserem Interesse, aufkeimende gute Beziehungen durch bürokratische Tarifregelungen abzuwürgen, nicht wahr?«

»Nein, Sir.«

»Miss Lindquist und Botschafterin Delevan, meine Gemahlin würde sich geehrt fühlen, wenn Sie beide sie morgen zum Tee mit Ihrer Gesellschaft erfreuen könnten. Der Gedanke, sich mit zwei Damen aus Alta auszutauschen, erfüllt sie mit freudiger Erwartung.«

»Es wird uns eine Ehre sein, Majestät.«

Der König nahm einen weiteren Schluck von seinem Trunk, streckte die Beine von sich und lehnte sich wieder zurück. »Nun, wenden wir uns den Fragen zu, die von allgemeinem beiderseitigen Interesse sind. Sicherlich werden Sie sich über vieles informieren wollen. Fragen Sie ungeniert und sorgen Sie sich in diesem Stadium nicht übermäßig um Diplomatie. Unsere Funktion hier ist das Austauschen von Informationen.«

Alicia Delevan räusperte sich. »Auf Alta haben wir, wie Eurer Majestät bekannt sein wird, eine parlamentarische Demokratie, wie übrigens die meisten Welten in den von Menschen besiedelten Teilen des Raumes ...«

John-Phillip unterbrach sie mit erhobener Hand. »Und Sie möchten wissen, was wir, in Gottes Namen, mit einer so archaischen Einrichtung wie einer funktionierenden Monarchie tun.«

»So ungefähr, Sir.«

»Es ist ziemlich einfach«, erläuterte der König. »Mein Vorfahre, der erste John-Phillip Walkirk, war Admiral der Flotte, die den Ryall das letzte Nachhutgefecht lieferte. Das war der Kampf, den wir als ›Das Große Brennen‹ bezeichnen – die Phase des Krieges, die zur endgültigen Zerstörung von New Providence führte. Nachdem die Ryall unsere Linien durchbrochen und zerstört hatten, was von den größeren Städten des Planeten übriggeblieben war, half Admiral Walkirk bei den Bemühungen zur Rettung der Überlebenden. Insgesamt waren zehn Millionen Menschen vom Leichnam des armen alten Planeten gerettet und zu Sandarsons Welt gebracht worden, wie sie damals genannt wurde.

Als sie ins System Hellsgate zurückkehrten, entdeckten sie, daß die öffentliche Ordnung zusammengebrochen war. Die frühen Siedler lagen im Streit mit den Flüchtlingen, von denen viele sich weigerten, das ihnen zugewiesene Land anzunehmen, und in den klimatisch begünstigten Gebieten mit guten Böden hatte der gewaltsame Landraub epidemische Formen angenommen. Die Zivilbehörden von New Providence waren angesichts der chaotischen Verhältnisse, die eine Folge der Entwurzelung der gesamten Bevölkerung und der Vernichtung aller Verwaltungsstrukturen waren, nicht mehr funktionsfähig.

Admiral Walkirk übernahm das Oberkommando

über die Streitkräfte und stellte die Ordnung wieder her. Er rief das Kriegsrecht aus und ersetzte die zivile Regierung durch seine eigenen Offiziere. Die Regelung sollte vorübergehender Natur sein, aber etwas schien immer eine Rückkehr zur Zivilregierung zu verhindern. Schließlich wurde die Militärdiktatur in eine Monarchie umgewandelt und John-Phillip Walkirk zum ersten König von Sandar und New Providence ausgerufen.«

Als der König geendet hatte, ergriff sein Halbbruder, der Oberkommandierende der Streitkräfte, das Wort. »Natürlich waren die Ryall das ›Etwas‹, das immer wieder die Rückkehr zu friedensmäßigen Verhältnissen verhinderte. Kurz nachdem John-Phillip die Regierungsgewalt übernommen hatte, gingen auch aus anderen Regionen des besiedelten Raumes Meldungen über Angriffe der Ryall ein.«

»Es war die verdammte Supernova«, sagte der König. »Sie veränderte den Faltraum überall in diesem Teil der Galaxis. Bardak kann Ihnen die amtlichen Zahlen nennen.«

»Ja, Majestät«, sagte Bardak. »Die Explosion zerstörte elf kartierte Faltpunkte. Von diesen haben sich nur der Faltpunkt im Valeria-System – das heißt, Ihrem System – und ein anderer später regeneriert. Andererseits schuf Antares durch seine Explosion eine Anzahl neuer Faltraumverbindungen, von denen uns fünfzehn bekannt sind. Sechs von diesen waren kurzlebige Phänomene wie der Faltpunkt Napier-Ryall. Die anderen neun scheinen jedoch von Dauer zu sein. Von diesen führen drei zu Sternsystemen, die von den Ryall bewohnt sind. Es ist unser Unglück, daß wir im Aezer-System ein solches gleich nebenan haben. Aezer ist ein veränderlicher Stern der Klasse III und war vor der Nova unbewohnt. Heute wird das System von uns und den Ryall als Drehscheibe für Angriffe auf Territorien des jeweiligen Gegners benutzt.«

»Wir beobachteten eine große Zahl von Installationen um den Hellsgate-Aezer-Faltpunkt«, sagte Alicia Delevan.

»Das, Mrs. Delevan, ist unsere erste Verteidigungslinie«, antwortete der Oberkommandierende. »Sollten die Ryall jemals versuchen, uns hier anzugreifen, hoffen wir ihnen einen heißen Empfang zu bereiten, sowohl am Faltpunkt wie auch am sandarnahen Raum.«

»Sie müssen in den letzten hundert Jahren eine Menge Daten über die Ryall gesammelt haben«, meinte Drake.

»Mehr, als uns lieb ist«, bestätigte der König.

»Würde es uns möglich sein, Einblick in solche Daten zu gewinnen? Wir haben nur wenige alte Aufzeichnungen, die wir in New Providence ausgegraben haben.«

»Wir können Ihnen mehr bieten«, erwiderte John-Phillip. »Wie würde es Ihnen gefallen, mit einem lebenden Ryall zusammenzutreffen?«

»Sie haben Gefangene?«

Er nickte. »Ein paar.«

»Die würde ich sehr gern sehen!«

»Dann sollen Sie es. Admiral Bardak, bitte nehmen Sie das in die Hand.«

»Ja, Majestät.«

20

Das sandarische Militärhauptquartier war eine stumpfe Pyramide auf einer öden Felsinsel inmitten einer Eiswüste. Zuerst war das mit Tarnanstrich versehene Gebäude kaum von seiner Umgebung zu unterscheiden, ein schwarzbrauner Fleck kahler Felserhebungen in einen arktisch weißen Panorama. Dann, als die Maschine mit Flottillenadmiral Bardak, Richard Drake und Argos Cristobal näher kam, wurde das Gebäude selbst sichtbar und enthüllte nach und nach seine wahren Abmessungen.

»Ein gewaltiger Bau«, sagte Drake zu Bardak.

»Groß genug«, erwiderte der sandarische Adlige. »Das Gebäude hat eine Seitenlänge von einem Kilometer und erhebt sich fünfhundert Meter über den Felsuntergrund. Die Flanken sind bis zu einer Tiefe von zwei Metern gepanzert und durch strahlungssichere Felder abgeschirmt.«

»Wäre es nicht praktischer, das Hauptquartier näher der Hauptstadt einzurichten?« fragte Drake. Die Maschine war von der Hauptstadt zum Militärischen Hauptquartier drei Stunden geflogen, davon die meiste Zeit über scheinbar endlose Eisflächen.

»Praktischer schon, aber nicht sicherer. Das Militärische Hauptquartier fungiert außerdem als ein Planetarisches Verteidigungszentrum. Sicherlich werden Sie aus der Umlaufbahn viele von unseren PVZs gesehen haben.«

Drake nickte.

»Ein strategisches PVZ benötigt eine Menge Energie und erzeugt beträchtliche Mengen Abwärme. In einem längeren Gefecht kann die Abwärme eines einzigen fest installierten Lasers die Temperatur sogar eines mittleren Flusses um mehrere Grade ansteigen lassen. Würden wir unsere PVZs in der gemäßigten Zone errichten, so würden wir bei jeder Erprobung der Laserwaffen ein massives Fischsterben auslösen. Dagegen besitzt die polare Eiskappe eine Wärmeleitfähigkeit, die praktisch unbegrenzt ist. Sie können es nicht sehen, aber die Eisfelder im Umkreis des Militärischen Hauptquartiers sind durchzogen von Abwärmeleitungen. Theoretisch könnten wir jede fest installierte Laserkanone der Batterie tagelang ständig feuern lassen, bevor wir uns wegen Überhitzung sorgen müßten.

Hinzu kommen natürlich die strategischen Erwägungen. Indem wir unsere Installationen gleichmäßig über die Oberfläche verteilen, vermeiden wir Blößen und ziehen unser militärisches Potential auseinander. Schließlich, sollten die Ryall jemals so weit kommen – was in Anbetracht der Kampfkraft unserer Faltpunkt-Gefechtsstationen höchst unwahrscheinlich ist, hoffen wir, ihr Feuer auf die PVZs und von den Städten abzulenken.«

Während Bardak seine Erläuterung gab, umkreiste die Maschine das Militärische Hauptquartier, um den Altanern eine Gelegenheit zu bieten, den künstlichen Berg aus nächster Nähe zu sehen. Die Flanken der Pyramide waren bestückt mit stufenweise koordinierten Radaranlagen und verschiedenen anderen, weniger leicht identifizierbaren Sensoren. Von der Basis der stumpfen Pyramide reckten mehrere Dutzend fest installierte Laserkanonen ihre Mündungen himmelwärts.

Die Maschine ging in einen flachen Landeanflug nieder und kam auf dem Dach des Militärischen Hauptquartiers zum Stillstand. Ein beißend kalter Wind fiel die Aussteigenden an, und sie beeilten sich, in den Schutz eines nahen Treppenhauses zu kommen. Bardak führte sie ein Geschoß abwärts zu einem Raum voller Spinde. Dort wies er sie an, ihre schweren Mäntel, Handschuhe und Mützen abzulegen.

Als nächstes führte er sie zu einer Transportstation, wo mehrere kleine Wagen wie Gondeln an einer unter der Decke angebrachten Schiene hingen. Sie bestiegen die erste Gondel in der Reihe, Bardak programmierte einen Bestimmungscode am Armaturenbrett des Fahrzeugs, das gleich darauf die Fahrt aufnahm und in einen langen Tunnel beschleunigte.

Eine Minute später erreichten sie eine weitere Station, die äußerlich mit der identisch war, die sie gerade verlassen hatten. Bardak führte sie weiter durch die Station und in einen Korridor. Nach mehreren Abzweigungen gelangten sie an eine Stahltür, die von zwei mit Maschinenpistolen bewaffneten Marinesoldaten bewacht wurde. Ein dritter saß an einem Schreibtisch und prüfte Flottillenadmiral Bardaks Identifikation, bevor er einen verborgenen Knopf drückte. Die schwere Stahltür öffnete sich schwerfällig, und Bardak bedeutete Drake und Cristobal, vor ihn in den nächsten Raum zu gehen.

Drake tat wie geheißen und sah sich zu seiner Überraschung auf einem Laufsteg zehn Meter über einer fremdartig anmutenden Ebene. Über ihm brannte eine rötliche Sonne aus einem dunstigen rosa Himmel. Unter ihm erstreckte sich gelbe Vegetation bis zum Horizont, während in seiner Nähe ein Gehölz unbekannter Bäume stand, die einen stechenden Geruch ausströmten. Ein kleiner Bach floß am Rand der Baumgruppe dahin und verschwand in dichter, ins Violette spielender Vegetation.

Die seltsame Himmelsleuchte und die womöglich noch seltsameren Pflanzen waren nicht die einzigen Hinweise auf eine unbekannte Welt. Auf halbem Weg zum Horizont durchzog eine Tierherde die Ebene. Sie war zu weit entfernt, um eine Bestimmung der Art zu ermöglichen, aber auch sie hatte etwas eindeutig Fremdartiges.

Drake wandte sich stirnrunzelnd zu Bardak. »Was ist dies?«

»Dies ist der Käfig, wo wir unsere Gefangenen halten«, erwiderte der Flottillenadmiral. »Die Wände sind natürlich durch die holographische Projektion verborgen. Wir gewannen die Szene aus einem als Wrack erbeuteten Kriegsschiff der Ryall. Die Gefangenen versichern uns, daß die Umgebung sie an ihre Heimat erinnere.«

»Wo sind sie?« fragte Argos Cristobal. »Die Ryall, meine ich.«

»Gleich unter Ihnen, Leutnant«, antwortete Bardak. Er zeigte zu der kleinen Baumgruppe hinunter. In ihrem Schatten saßen oder lagen vier Gestalten in einem Kreis.

Die Ryall ruhten mit den zwei Meter langen Rümpfen auf ihren eingezogenen sechs Beinen und hatten die Schwänze um sich gelegt. Der vertikale Teil des Rumpfes erhob sich fünfzig Zentimeter über die Rundung des Rückens. Zwei lange Arme entsprossen den Schultern in der Mitte des vertikalen Rumpfteils und endeten in Händen mit sechs biegsamen Fingern. Ein langer, geschmeidiger Hals hob den Kopf noch einmal sechzig Zentimeter höher.

Der Kopf war reptilienartig, mit einer langen, zähnestarrenden Schnauze; zwei kohlschwarze Augen spähten unter dicken, schützenden Knochenwülsten hervor. Die Ohren waren Hautlappen, die sich auf dem Kopf des Schädels zwischen vier langen Stacheln spannten.

»Gott, ich hatte sie glatt übersehen!« flüsterte Cristobal.

»Sie brauchen Ihre Stimmen nicht zu dämpfen«, erklärte Bardak im normalen Gesprächston. »Dieser ganze Bereich ist in ein schallschluckendes Feld eingebettet und von einem Einweghologramm abgedeckt. Sie können uns weder sehen noch hören.«

»Sie unterhalten sich. Möchten Sie zuhören?«

»Ja, gern!«

Bardak trat zu einem kleinen Kontrollpult, das am Geländer des Laufganges angebracht war, drückte eine Taste, und sie waren plötzlich umgeben von den verstärkten Stimmen der Ryall. Es wurde sofort erkennbar, daß die Variationsbreite der hervorgebrachten Töne erheblich größer war als die jeder menschlichen Sprache.

»Sprechen sie Standard?«

»Diejenigen, welche schon ein paar Jahre hier sind. Ihr Stimmapparat ist viel anpassungsfähiger als unserer. Glauben Sie mir, die Ryall sind sehr redegewandt, wenn sie es sein wollen.«

»Würde es möglich sein, daß ich mit einem von ihnen spreche?« fragte Drake.

Bardak lächelte. »Das ist gewöhnlich die erste Frage, die von Besuchern gestellt wird. Alles ist für ein Interview vorbereitet. Folgen Sie mir ins Sprechzimmer.«

Das Sprechzimmer war ein kahler Raum mit einem Tisch, einem einzigen Stuhl und verschiedenen Bewachungsmechanismen, die hinter Panzerglasplatten in die Decke eingelassen waren. Richard Drake setzte sich auf den Stuhl und wartete, bis die schwere Stahltür am anderen Ende des Raums geöffnet wurde. Er brauchte nicht lange zu warten. Die Tür wurde in die Wand zurückgezogen, und einer der Ryall kam herein, bewacht von zwei Marinesoldaten.

Als er näher kam und auf der anderen Seite des Tisches stehen blieb, gemahnte der Ryall Drake an Bilder, die er von frühen Experimenten mit geländegängigen Gehmaschinen gesehen hatte. Die Gangart war eine Abfolge von Bewegungen, denen das ungeübte Auge schwer folgen konnte. Drake spielte mit dem Gedanken, den Ryall zu bitten, daß er im Raum umhergehe, ließ es aber sein. Lange Sekunden betrachteten die beiden einander schweigend. Wenn der Ryall in der Lage war, ein Mienenspiel zu zeigen, so ersparte er sich die Mühe – oder Drake achtete nicht auf die richtigen Signale.

Nach fast einer Minute Stillschweigen öffnete sich die lange Schnauze, und zwischen zwei Reihen konischer Zähne drang in überraschend klarer Diktion menschliche Sprache. »Man sagt mir, daß Sie mit mir zu sprechen wünschen, mein Herr oder meine Dame.« Die Sprechweise des Ryall betonte alle Zischlaute, war aber sonst akzentfrei.

»Wie lange sind Sie schon hier gefangen?« fragte Drake.

»Fünf Standardjahre«, antwortete der Ryall.

»Und Sie können noch immer nicht den Unterschied zwischen den zwei menschlichen Geschlechtern erkennen?«

»Das Geschlecht eines bestimmten Menschen ist für einen von meiner Art nicht von Belang. Ich würde vermuten, daß Sie männlichen Geschlechts sind, weil das für die allermeisten meiner Besucher gilt.«

»Sie haben recht. Und was sind Sie, wenn die Frage nicht zu indiskret ist?«

»Keines von beiden«, antwortete der Ryall. »Ich bin ungeschlechtlich, was Sie eine Drohne nennen, glaube ich.«

»Haben Sie einen Namen?«

Es kam ein kurzes Geräusch, das mit einem scharfen Einatmen begann und mit einem Geräusch wie einem plötzlich abgebrochenen Niesen endete. »Eine ungefähre Übersetzung würde lauten: ›Treuer Diener des Eies, das uns alle gebar‹. Sie können mich aber ›John‹ nennen. Das ist der Name, den meine Bewacher mir gegeben haben.«

»Gut, John, mein Name ist Richard Drake. Haben die Sandarer Ihnen gesagt, wer ich bin?«

Der Ryall machte ein undeutbare Geste mit den

Händen, und eine dreifach gegabelte Zungenspitze zuckte hervor. »Einem Zootier werden keine Erklärungen gegeben, Richard Drake; es fragt auch nicht danach.«

»Zootier? Halten Sie diesen Ort für einen Zoo?«

Diesmal war die Geste umfassender. Die Arme wurden ganz ausgestreckt, und die sechs langen Finger spreizten sich weit. »Ist das nicht Ihre Bezeichnung für einen Ort, wo die Menschen zu ihrer Unterhaltung die Possen anderer Arten beobachten?«

»Das ist richtig. Aber eine zutreffendere Bezeichnung für diesen Ort würde ›Gefängnis‹ sein. Sie sind ein Kriegsgefangener.«

»Das ist eine weitere Unterscheidung, mit der wir nichts anfangen können, Richard Drake. Offenbar sehen wir die Wirklichkeit nicht genauso, wie Sie es tun.«

»Ich fürchte, ich verstehe nicht, John. Wollen Sie damit sagen, daß Sie nicht wissen, was ein Gefängnis ist oder was es bedeutet, ein Gefangener zu sein?«

Der Ryall klappte mit einem flatternden Geräusch die Ohren auf. »Ich lache, Richard Drake. Nach fünf Standardjahren sind die Begriffe Gefangenschaft und Gefängnis etwas, das ich sehr wohl verstehe. Meine Gefährten und ich sprechen kaum von etwas anderem.«

»Worin besteht dann …«

»Sie nannten mich einen Kriegsgefangenen. Ich finde es schwierig, unseren Begriff von Krieg mit der unklaren Interpretation zu vereinbaren, die Sie mit dem Wort in Verbindung zu bringen scheinen.«

»Welches ist dann der Begriff, den die Ryall dafür verwenden?«

»Krieg ist ein Kampf der Ehre zwischen zwei Gegnern, wie wenn ein Mann seine Drohnen aussendet, um sich einen Nistplatz oder eine bestimmte Frau von einem anderen zu sichern. Krieg ist der Zusammenstoß von Sippen, um zu sehen, welche den Ehrenplatz für ihre Eier gewinnen wird. Krieg ist das Ringen um Herrschaft zwischen ganzen Zivilisationen, wodurch eine ihr Recht begründet, die andere zu führen.«

»Ist das nicht, was jetzt zwischen Ihrer und meiner Art geschieht?« fragte Drake.

»Keineswegs«, antwortete der Ryall.

»Wie nennen Sie es dann?«

»Um es in Ihrer Sprache so auszudrücken, daß es der Sache am ehesten entspricht, müßte es mit einem Wettstreit zwischen rivalisierenden Schädlingsbekämpfern verglichen werden, von denen jeder versucht, den Kosmos von des anderen Gegenwart zu befreien.«

Bethany Lindquist saß in der Passagierkabine einer königlichen Privatmaschine und sah die grüne Landschaft rasch unter sich vorübergleiten. An ihrer Seite saß Prinzessin Lara, die zweite Tochter des Königs und der Königin von Sandar. Lara war eine dunkelhaarige Schönheit von ungefähr zwanzig Jahren. Sie war Bethanys inoffizielle Fremdenführerin, seit sie einander beim Tee der Königin eine Woche zuvor kennengelernt hatten. Seitdem hatten sie die Sehenswürdigkeiten der Hauptstadt besichtigt, Wasserfälle besucht und die Eishöhlen von Arda erforscht. Lara hatte Bethany über die Geschichte von Sandar unterrichtet, und Bethany hatte sich mit Geschichten von Alta und der Erde revanchiert.

»Regnet es hier nie, Lara?« fragte Bethany, als wieder ein wolkenloser Tag angebrochen war.

»Nicht in dieser Dekade«, antwortete die Prinzessin. »Und das ist gut so. Zur Zeit der Gletscherschmelze im Perihel ertrinken wir schon so beinahe. Wenn es in der Zeit auch noch regnen würde – nicht auszudenken, was für Probleme wir haben würden.«

»Es kommt mir seltsam vor, daß ohne Regen überall soviel Grün ist.«

»Uns nicht«, sagte Lara lachend. »Das ganze Land ist von großen und kleinen Wasserläufen und Bewässerungskanälen durchzogen.« Sie beugte sich zum Fenster und spähte hinab. »Ich glaube, wir sind am Ziel.«

Die Maschine legte sich auf die Seite und zog niedergehend einen Kreis um ein großes weißes Gebäude, das allein in einem grünen Park lag. Nach einer weiteren Schleife verlangsamte die Maschine bis zum Schwebeflug und ging auf einen von hohen Bäumen umstandenen Landeplatz nieder. Sobald die Räder aufgesetzt hatten, nahm Bethany die Aktentasche mit den Sendungen ihres Onkels an sich und wartete, daß Lara die Kabinentür öffne.

Am Rand des Landeplatzes erwartete sie ein weißhaariger, dunkelhäutiger Mann. Da ihr Besuch angekündigt war, trug er eine Diplomatenuniform mit Schärpe.

»Ich begrüße Eure königliche Hoheit«, sagte er, dann ergänzte er zu Bethany gewandt: »Hallo, Miss Lindquist.« Er verbeugte sich und küßte ihnen die Hände. »Mein Name ist Ambrose Cartier. Ich bin der Botschafter der Erde auf Sandar. Sie müssen die Dame von der verlorenen Kolonie im Valeria-System sein.«

Bethany räumte es ein, und Cartier bat sie, mit ihm ins Haus zu kommen. »Ich fürchte, selbst ein milder Tag wie der heutige ist für bahamisches Blut zu kalt, um im Freien zu sitzen.«

Als sie zum Haus gingen, erkundigte sich Bethany: »Sie kommen von den Bahamas? Das ist in der Nähe von Nordamerika, nicht wahr?«

Cartier nickte. »Vor der Küste Floridas im Atlantischen Ozean. Das Klima ist die meiste Zeit des Jahres tropisch, obwohl manche von unseren Winterstürmen wirklich etwas frisch sein können. Aber lange nicht so kalt wie hier. Nicht wahr, Prinzessin?«

»Wenn Sie es sagen, Exzellenz.«

»Und ob ich das sage!« Cartier führte sie in das

große Haus. Es war ursprünglich eine Residenz gewesen, aber ein Flügel enthielt jetzt die Amtsräume, wo Botschaftsangestellte an Datenanschlüssen arbeiteten.

»Ist dies die Botschaft?« fragte Bethany.

»Offiziell ist es die Residenz des Botschafters«, sagte Cartier. »Ich finde es aber angenehmer, meine Amtsgeschäfte von hier aus zu führen als in diesem großen Büroklotz in Gosslaw.«

»Gosslaw?«

»Die nächste Großstadt«, erläuterte Lara, »und eine der ersten Bergbausiedlungen.«

Cartier führte die beiden Frauen in ein Arbeitszimmer, dessen Wände von Regalen mit gedruckten und gebundenen Büchern bedeckt waren. Er ließ Tee und einen Imbiß servieren, und als sie vor ihren dampfenden Tassen saßen, sagte er: »Meine Spione berichten mir, daß Sie sich als eine komparative Historikerin bezeichnen, Miss Lindquist.«

»Ja, Exzellenz.«

»Ich habe zu meiner Zeit von allen Arten von Historikern gehört, aber das ist mir etwas Neues. Bitte erklären Sie mir, was ein komparativer Historiker ist?«

Bethany erklärte ihren Beruf und seinen Platz in der Gesellschaft von Alta. Cartier hörte ihr zu, ohne sie zu unterbrechen, und als sie geendet hatte, nickte er. »Also sind Sie eine Spezialistin für die Geschichte der Erde! Ich muß gestehen, daß es auch eine meiner Leidenschaften ist. Wenn wir den geschäftlichen Teil beendet haben, können wir vielleicht ein wenig fachsimpeln. Ich werde Sie über die Ereignisse des vergangenen Jahrhunderts unterrichten.«

»Das würde mir gefallen, Exzellenz. Ich hoffe, eines Tages in der Lage zu sein, die Erde zu besuchen.«

»Das müssen Sie tun! Neapel sehen und sterben, wie die alte Redensart geht. Zurückkehren zu unseren Wurzeln. Nun, junge Dame, wie kann ich Ihnen helfen?«

Bethany erzählte die Geschichte von Granville Whitlow und seinem lebenslangen Bemühen, eine irdische Vertretung auf Alta zu erhalten. »Seitdem ist das Amt des Botschafters der Erde als Erbe in meiner Familie weitergegeben worden. Mein Onkel ist der gegenwärtige Inhaber des Titels. Als er hörte, daß Regierung und Parlament eine Expedition aussenden, um mit dem Rest der Menschheit wieder in Verbindung zu treten, sorgte er dafür, daß ich daran teilnehmen konnte. Ich habe Depeschen von einhundertfünfundzwanzig Jahren bei mir, um sie zur Erde weiterzuleiten.«

Cartier klatschte in die Hände und lachte laut auf. »Wie herrlich, meine Liebe! Der diplomatische Dienst muß von der Geschichte Ihrer Familie erfahren. Soviel Pflichtbewußtsein sollte geehrt werden, gerade zu diesem späten Zeitpunkt.«

»Danke, Sir«, sagte Bethany. »Ich habe die Depeschen bei mir und wäre Ihnen dankbar, wenn Sie sie an sich nehmen und durch Ihren Kurierdienst zur Erde senden würden.« Sie öffnete ihre Aktentasche und nahm ein versiegeltes Paket heraus, das sie Cartier übergab. »Würden Sie die Güte haben, die Umstände, wie ich sie Ihnen darlegte, in Ihrem nächsten Bericht zur Erde zu erläutern?«

Cartier nahm das Paket, wendete es in den Händen und betrachtete es lange Sekunden, dann gab er es Bethany zurück. »Behalten Sie es einstweilen, meine Liebe.«

»Sie wollen es nicht?« fragte Bethany. Ihre Verwirrung spiegelte sich in ihren Zügen.

»Oh, ich will es, sicherlich! Aber wie die Dinge liegen, besteht kein Grund zur Eile. Die Ryall haben die Routen zwischen hier und der Erde unsicher gemacht, und der Verkehr ist in letzter Zeit ein wenig unregelmäßig gewesen. Ich werde Sie rechtzeitig benachrichtigen, wenn der nächste diplomatische Kurier abgeht.«

Bethany runzelte die Stirn. »Vielleicht wird in nächster Zeit eine Einheit der Großen Flotte zur Erde zurückkehren. Sie könnte meine Depeschen mitnehmen.«

Cartier und Lara tauschten einen Blick, dann wandten beide ihre Aufmerksamkeit Bethany zu. Cartier räusperte sich und sagte: »Ich fürchte, daß sich gegenwärtig keine Einheiten der Großen Flotte im System aufhalten, Miss Lindquist. Taktische Überlegungen erfordern ihre Anwesenheit anderswo. Nein, wir werden ein Handelsschiff abwarten müssen, um Ihre wichtigen Dokumente zu ihrem Bestimmungsort zu bringen.«

»Verzeihen Sie mir meine Hartnäckigkeit, Exzellenz, die Erde bekämpft doch die Ryall, nicht wahr?«

»Mein liebes Kind, die gesamte menschliche Rasse bekämpft die Ryall. Sie haben uns in der Angelegenheit keine andere Wahl gelassen.« Der Botschafter stellte seine Teetasse ab und beugte sich vor. »Als Historikerin werden Sie die Geschichte äußerst interessant finden. Wie es scheint, liegt die eigentliche Ursache unserer gegenwärtigen Schwierigkeiten nicht in uns selbst, sondern in unseren Sternen – und in den undurchsichtigen Nebeln der Ryall-Geschichte.«

Er lehnte sich zurück und faltete die Hände im Schoß.

»Was ich Ihnen jetzt erzähle«, fuhr er fort, »ist eine Legende der Ryall. Sie ist rekonstruiert aus Tausenden von Vernehmungen Gefangener aus den verschiedensten Bereichen der Ryall-Hegemonie. Alle Gefangenen haben die Legende in der gleichen Weise wiedergegeben, ungeachtet der eingesetzten Vernehmungstechniken – und ich muß zugeben, daß wir uns nicht immer an den Geist der alten Genfer Konvention gehalten haben.

Vor dreißigtausend Jahren waren die Ryall ein einfaches Fischervolk, das an den Flußufern und Flachküsten ihrer Meere lebte. Sie verbrachten einen großen Teil ihrer Zeit im Wasser, wo sie sich von anderen Meereslebewesen ernährten. Diese Lebensweise hatten sie geführt, soweit ihre Überlieferungen zurückreichten. Dann glühte eines Tages ein Stern am Himmel auf, bis seine Helligkeit der des Zentralgestirns gleichkam.«

»Eine andere Nova in der Nähe?« fragte Bethany.

»So scheint es. Mit dem Licht der Nova kamen natürlich Strahlungsstürme. Sie waren nicht stark genug, um ihre Welt zu sterilisieren, richteten aber nichtsdestoweniger großen Schaden an. Die Mutationsrate stieg schwindelerregend. Einige Arten starben aus, andere nahmen ihren Platz ein. Auch die Ryall waren nicht immun gegen die Strahlung. Mit jeder neuen Generation, die den Eiern entschlüpfte, erblickten neue groteske Formen, aber auch neue Fähigkeiten das Licht der Welt. Die meisten dieser mutativ entstandenen Veränderungen waren schädlich und machten die jungen Ryall, wenn sie nicht schon in den Eiern zugrunde gingen, lebensunfähig. Andere waren von begrenzter Brauchbarkeit und verschwanden wieder, entweder durch natürliche Auslese oder durch die Maßnahmen der Stammesältesten, die nur gesunde junge Ryall aufwachsen ließen. Einige Mutationen erwiesen sich als vorteilhaft und wurden in die sich rasch entwickelnde Art integriert.

Die Ryall waren nicht die einzige Spezies, die erzwungener Evolution unterworfen wurde. Vor etwa fünfundzwanzigtausend Jahren entstand auf der Heimatwelt der Ryall eine andere intelligente Art. Die Ryall haben verschiedene Namen für diese Wesen, aber am verbreitetsten ist die Bezeichnung ›Schnelle Esser‹.

Die Schnellen Esser waren Amphibien, Abkömmlinge räuberischer Meeresbewohner. Sie waren intelligent, schlau und gefräßig. Die Schnellen Esser griffen die Brutgebiete der Ryall an und fraßen ihre Eier. Die Folge davon war ein drastisches Absinken der Bevölkerungszahlen. Es gab sogar eine Zeit, da es schien, als würden die Schnellen Esser die ältere Lebensform ausrotten.

Schließlich erfanden die Ryall eine erfolgreiche Abwehr gegen die räuberischen Überfälle der Schnellen Esser. Sie zogen sich ganz vom Wasser zurück und wurden reine Landbewohner, die in Gruppen weit genug landeinwärts lebten, um Angriffen der Schnellen Esser zu entgehen. Sie begannen andere Landtiere zu jagen und in Herden zu halten. Sie lernten den Gebrauch des Feuers und der Metallbearbeitung. Sie lernten landwirtschaftliche Techniken, um Futter für ihre Herden und Nahrung für sich selbst zu beschaffen. Und schließlich entwickelten sie die Städte und eine echte Zivilisation.

Irgendwann in ihrer Bronzezeit begannen sie die Schnellen Esser zu jagen. Es war eine lange Jagd. Die Gefangenen sagen übereinstimmend aus, daß sie etwa fünfzehntausend Jahre dauerte. Wir sind geneigt, ihnen zu glauben.«

»Warum?« fragte Bethany.

»Wegen der tiefen Narbe, Miss Lindquist, die ihr Wettbewerb mit den Schnellen Essern in der Psyche der Ryall hinterlassen hatte. Zehntausend Jahre sind vergangen, seit sie die letzten der Schnellen Esser ausrotteten – das Doppelte der Zeitspanne, seit auf Erden die frühen Hochkulturen entstanden. Doch wenn wir einzelnen Gefangenen Zeichnungen von Schnellen Essern zeigen, die nach den Beschreibungen anderer Gefangener angefertigt wurden, beobachten wir einen starken Kampf-oder-Flucht-Reflex. Sagen Sie, Miss Lindquist, fürchten Sie sich vor Schlangen oder Spinnen?«

»Ich weiß es wirklich nicht, Sir. Ich habe niemals welche gesehen, außer natürlich als Abbildungen in Büchern.«

»Nun, es ist eine dokumentierte Tatsache, daß ein bestimmter Prozentsatz der Menschen eine irrationale

Furcht vor diesen Tieren hat. In dieser Hinsicht sind wir und die Ryall gleich. Der Unterschied ist der, daß *alle* Ryall die Schnellen Esser fürchten. Bei ihnen ist es weniger eine Phobie als ein Instinkt. Und darum mag dieser Krieg zwischen der Menschheit und den Ryall durchaus ein Kampf auf Leben und Tod sein.«

»Ich fürchte, ich verstehe nicht«, sagte Bethany.

»Die Geschichte lehrt die Ryall, sich vor explodierenden Sternen am Himmel in acht zu nehmen. Für sie war die Antares-Supernova das schlimmste Omen, das es geben konnte. Obendrein sahen sie ihre Befürchtungen bestätigt, als kurz danach ein Raumschiff mit fremden Lebewesen am Himmel einer ihrer Welten erschien.

Im Gegensatz zur Menschheit haben die Ryall Erfahrung im Umgang mit einer rivalisierenden intelligenten Spezies, Miss Lindquist. Ihre Methode zur Behandlung des Problems hat sich in fünfzehntausend Jahren der Schmerzen und Leiden ihrer Vorfahren als gültig erwiesen. Es ist eine einfache und wirksame Methode. Und sie funktioniert immer.

Kurz gesagt, die Geschichte hat die Ryall gelehrt, daß die einzig mögliche Antwort auf eine Spezies, die als ein potentieller Konkurrent erkannt ist, ihre Ausrottung ist. Sie geben kein Pardon und verlangen kein Pardon. Es ist unter den Ryall ein Glaubensartikel, daß die Jungen niemals sicher sein werden, solange irgendwo in der Galaxis ein menschliches Wesen am Leben bleibt!«

21

Bethany Lindquist erschauerte, als ihr Körper von Tausenden winziger Strahlen heißen Wassers besprüht wurde. Sie steckte den Kopf unter den Strom und ließ sich Gesicht und Kopfhaut massieren, bis sie gezwungen war, wieder Luft zu holen. Dann zog sie den Kopf zurück, inhalierte schnaufend den heißen feuchten Nebel und stand lange bewegungslos, als könnte die Dusche das Gefühl tiefer Enttäuschung von ihr abwaschen.

Früh am Morgen war sie zuversichtlich erwacht, erfüllt von dem Bewußtsein, daß dies der Tag sein würde, an dem Alta seinen rechtmäßigen Platz als eines der Kinder der Erde wiedergewinnen würde. Während ihres Fluges mit Prinzessin Lara war ihre frohe Erwartung mit jedem Kilometer gewachsen, und gegen Ende der Reise hatte nicht viel gefehlt, und sie wäre auf ihrem Sitz auf und nieder gehüpft.

Dann war das Gespräch mit Ambrose Cartier gekommen, und ihre hohen Erwartungen waren wie unter zwei schnellen Hammerschlägen zerbrochen. Der erste hatte sie getroffen, als Cartier es abgelehnt hatte, die Depeschen ihres Onkels anzunehmen; der zweite, als er die wahre Natur des Gegners enthüllt hatte, mit der die Menschheit es zu tun hatte. Bethany ließ das Wasser an sich herabrinnen und dachte an die Hunderte von Kriegen, die sie in ihrem Leben studiert hatte. Wie oft hatten die Führer der einen oder der anderen Seite Kampf bis zum letzten Mann geschworen! Aber wie oft war das wirklich geschehen? Auf Anhieb fielen ihr nur zwei Fälle ein, die durch mehr als zweitausend Jahre getrennt waren.

Doch wenn die Ryall wirklich von ihrer Überzeugung durchdrungen waren, dann würde es keinen Frieden geben, solange es der Menschheit nicht gelang, sie zurückzuschlagen und auf ihre Heimatwelten zu beschränken. Zumindest würden sie aus dem interstellaren Raum verschwinden müssen, und vielleicht sogar ganz aus dem Raum. Und natürlich gab es immer die Möglichkeit, daß *Homo sapiens* die Problemlösung der Ryall übernehmen würde. Bethany stellte sich gern vor, daß die Menschheit ungeachtet der Provokation niemals eine andere intelligente Lebensform ausrotten würde, aber sie kannte sich in der Geschichte zu gut aus, um daran zu glauben.

Sie drehte das Wasser ab, trocknete sich und tappte barfuß ins Schlafzimmer ihrer Suite. Nach der heißen Dusche schien der Raum beinahe frostig. Sie ließ das Handtuch fallen, trat vor den großen Wandspiegel und betrachtete prüfend ihr Ebenbild. Befriedigt vermerkte sie, daß ihr jüngster, von Banketten geprägter Lebensstil noch nicht seinen unvermeidlichen Tribut gefordert hatte, und beschloß, bei nächster Gelegenheit zu ihrer sparsamen Diät zurückzukehren.

Fröstelnd wickelte sie ihr nasses Haar in das Handtuch und wählte ein Kleid für den Abendempfang. Die Wahl war nicht einfach. Ihre aus einem Wohnzimmer, Schlafzimmer und Bad bestehende Suite war mit einem vollen Kleiderschrank ausgestattet, der sogar ein Dutzend Abendkleider enthielt, alle in ihrer Größe. Sie zögerte eine Weile, bevor sie sich für ein perlgraues Kleid entschied. Grau paßte am besten zu ihrer Stimmung, dachte sie bei sich.

Zehn Minuten später war sie fertig angezogen und hatte ihr Haar getrocknet und die Frisur in Ordnung gebracht. Sie war eben dabei, letzte Hand an ihr Makeup zu legen, als die Türglocke läutete. Eilig zog sie die Lidstriche, prüfte ihr Aussehen im Spiegel und lief barfuß ins Wohnzimmer.

»Wer ist da?« fragte sie.

»Ein sehr müder Reisender.«

Sie öffnete die Tür und sah sich Richard Drake gegenüber. Seine Ausgehuniform, unter einem offenen Wettermantel sichtbar, war zerknittert von langen Stunden in einem Flugzeug. »Hallo.«

»Selber hallo, Bethany. Wo sind alle? Bis auf das Dienstpersonal scheint die ganze Etage verlassen zu sein.«

»Sie sind zum Abendempfang gegangen.«

»Was für einem Abendempfang?«

»Der König und sein Hof geben heute abend für die Wissenschaftler und Wirtschaftsrepräsentanten einen Abendempfang mit Essen.«

»Ach ja. Das ist ja heute.«

Sie nickte.

»Warum sind Sie nicht dort?«

»Ich bin erst vor ein paar Stunden von der Botschaft zurückgekehrt. Ich sagte Carl, daß ich mich zurechtmachen und später mit ihm dort treffen würde.«

»Und nun sind Sie fertig, wie ich sehe. Das Abendkleid steht Ihnen sehr gut.«

»Oh, sehr freundlich, Sir«, sagte sie mit einem Knicks. »Wie war Ihre Reise? Haben Sie wirklich einen Ryall gesehen?«

»Vier von ihnen. Ich sprach sogar mit einem.«

»Wie war es?«

Er grinste. »Ich muß zugeben, daß mir zuerst ein wenig unbehaglich war. Aber nach einer Weile schien es das Natürlichste von der Welt zu sein, einem sechsbeinigen Kentauroiden zuzuhören.«

»Haben Sie etwas von Interesse gelernt?«

»Wir sprachen über die Einstellung der Ryall zum Krieg.«

Bethany nickte. »Ambrose Cartier unterrichtete mich über die Geschichte der Ryall. Er malte ein ziemlich krasses Bild. Ich fand es deprimierend.«

Drake hob den Zeigefinger an die Lippen, dann fuhr er im Gesprächston fort: »Wann müssen Sie bei diesem Empfang sein?«

Bethany sagte etwas verwirrt: »Ich habe keine bestimmte Zeit angegeben.«

»In diesem Fall lassen Sie uns noch einen Spaziergang im Garten machen. Er soll bei Nacht besonders schön sein.«

»Gut. Ich muß mir nur noch die Schuhe anziehen.«

Bei Nacht verwandelte sich der Park um das Schloß unter der Wetterkuppel in eine Märchenwelt farbigen Lichts. Pastellfarbene, versteckt angebrachte Scheinwerfer beleuchteten Büsche und Bäume, das Schloß erstrahlte in heller Beleuchtung, und auf die Unterseite der Kuppel war ein Muster mattschimmernder Farben projiziert. Trotz der Überfülle des Lichts hatten die Architekten Sorge getragen, daß es im Park einige dunkle Stellen gab, wo zwei Leute still beisammensitzen und reden konnten.

Drake führte Bethany einen von Blumenbeeten gesäumten Pfad entlang zu einer Baumgruppe, unter der eine kleine, auf drei Seiten von Ranken überwachsene Laube stand. Im Gehen legte er ihr den Arm um die Taille, als sei es das Natürlichste von der Welt. Nach einer momentanen überraschten Versteifung lehnte sie sich an ihn und paßte ihren Schritt dem seinen an.

In der Laube fanden sie eine aus Stein gehauene Bank, die gerade groß genug für zwei war. Als sie sich gesetzt hatten, griff Drake in die Manteltasche und brachte einen kleinen Würfel zum Vorschein. Er drückte einen Schalter, und ein tiefes Summen erfüllte die Luft. Er blickte auf die Leuchtzifferablesung des Instruments und nickte zufrieden.

»Gut, wir können ungestört sprechen«, sagte er mit gedämpfter Stimme.

»Was für ein Ding ist das?«

»Ein willkürlich arbeitender Geräuschmodulator.

Macht es beinahe unmöglich, unsere Stimmen vom Hintergrundgeräusch zu trennen, wenn wir nicht zu laut sprechen.«

»Meinen Sie, die Sandarer haben uns abgehört?«

»Würden Sie es an ihrer Stelle nicht tun?«

Bethany dachte einen Moment lang darüber nach, nickte dann. »Ich denke schon.«

»Nun, bevor sie mißtrauisch werden, erzählen Sie mir von dem Gespräch mit dem Botschafter der Erde.«

Sie faßte kurz zusammen, was Cartier ihr über die Legende der Ryall erzählt hatte, und welche Bedeutung eine Nova am Himmel ihrer Heimatwelt für sie gewonnen hatte. Drake hörte aufmerksam zu. Als sie geendet hatte, nickte er. »Das ist annähernd die gleiche Geschichte, die ich von dem gefangenen Ryall hörte. Es ist komisch, aber diese Legende überzeugte mich mehr davon, daß ich es mit einer fremden Lebensform zu tun hatte, als sechs Beine und eine Echsenhaut.«

»Ich verstehe nicht.«

»Sie machte mir klar, daß die Ryall nicht wie wir denken; sie stellten die Annahme, daß ein Konflikt zwischen unseren Arten unvermeidlich sei, niemals in Frage.«

»Glauben Sie, daß die Ryall wirklich so denken?«

»Ich glaube das, es sei denn, wir sind die Opfer sandarischer Propaganda gewesen. Ich verstehe jetzt, wie sie einen Gefangenen dazu bringen konnten, alles zu sagen, was sie wollten, aber wie konnten sie einen Botschafter der Erde bestochen haben?«

»Wenn er der Botschafter *ist!*«

Drake sah sie im Halbdunkel aufmerksam an. »Was wollen Sie damit sagen?«

Bethany biß sich auf die Lippe und zögerte. Als sie endlich antwortete, wählte sie ihre Worte mit Vorsicht. »Ich bin nicht sicher. Es ist bloß ein Gefühl, das ich hatte.«

»Wieso?«

»Seine Bemerkung, daß er es bequemer finde, die Amtsgeschäfte in seiner Residenz zu führen, kam mir irgendwie falsch vor, ganz abgesehen davon, daß Botschafter gewöhnlich in der Hauptstadt des Gastlandes residieren.«

»Sprechen Sie weiter.«

»Nun, Kapitän, Sie wissen, daß die Admiralität in Homeport in der alten Botschaft der Erde untergebracht ist. Stellen Sie sich das Gebäude vor. Es hat sechs Stockwerke und beherbergte früher einmal ein Botschaftspersonal von zweihundertfünfzig Diplomaten und Angestellten! Dabei war Alta vor dem Ausbruch der Nova niemals mehr als eine um ihr Überleben ringende Kolonie zweiter Klasse am Rand des von Menschen besiedelten Raums.

Nun, Sandar kämpft angeblich auf Seiten der Erde einen interstellaren Krieg. Ein Krieg im Weltraum ist der logistik-intensivste aller Kriege, und ein Krieg im interstellaren Ausmaß muß noch viel komplizierter sein. Wenn die Sandarer auf der Seite der Erde kämpfen, müßten Zehntausende von Menschen und Hunderte von Schiffen beschäftigt sein, die Versorgungslinien offenzuhalten und Nachschublieferungen zu transportieren. Die Botschaft der Erde sollte ungefähr von der Größe dieses Schlosses sein.«

»Und Sie sagen, das sei nicht der Fall.«

»Das sage ich«, bekräftigte sie. »Ich sah einen alten Mann und ein Dutzend Leute, die in der Residenz des Botschafters arbeiteten. Ich fand heraus, daß es gegenwärtig keine Kriegsschiffe der Erde im System gibt, und daß der Botschafter nicht einmal sicher ist, wann das nächste Handelsschiff eintreffen wird. Etwas stimmt da nicht.«

Drake nickte nachdenklich. »Ich stimme Ihnen zu. Wir werden uns eingehender damit beschäftigen müssen.« Er blickte auf seine Armbanduhr, dann zum Geräuschmodulator. »Es wird Zeit, daß wir dieses Ding wieder einstecken, bevor irgendein Sicherheitsbeamter herauskommt, um zu prüfen, warum seine Abhörwanze nicht mehr funktioniert. War sonst noch etwas?«

»Das war ungefähr alles.«

Er schaltete den Würfel aus, und das tiefe Summen verstummte. Er steckte den Würfel in die Tasche, zwinkerte ihr zu und sagte zum erstenmal seit mehreren Minuten im normalen Gesprächston: »Nun, genug des Naturgenusses. Es wird Zeit, daß Sie zum Abendempfang des Königs kommen.«

»Noch nicht«, antwortete Bethany. »Würde es Ihnen etwas ausmachen, wenn wir noch ein wenig durch den Park schlenderten?«

Er stand auf und bot ihr seinen Arm. »Mit Vergnügen.«

Sie folgten dem Pfad weitere hundert Meter schweigend. Bethany war erleichtert, daß sie ihren Verdacht jemandem anvertraut hatte, und zum erstenmal seit Stunden fühlte sie sich zufrieden. Sie vergaß ihre Sorgen und beschäftigte sich mit den Beleuchtungseffekten und der Lichtschau oben unter der Kuppel. Nach ein paar Minuten wurden ihr die Geräusche der Insekten unnatürlich bewußt, vor allem das irritierend laute, vielstimmige Zirpen von etwas, das die Sandarer Grillen genannt hatten. Endlich brach sie das Schweigen mit der Bemerkung: »Diese Lichteffekte sind hübsch, aber wissen Sie, was wirklich schön sein würde?«

»Was?«

»Es wäre schön, wenn sie alle Lichter löschen würden, daß es pechschwarze Nacht wäre, um dann das Bild eines Mondes auf die Unterseite der Kuppel zu projizieren.«

»Sandar hat schon vier echte Monde, die man anschauen kann. Ich gebe zu, daß sie nicht sehr eindrucksvoll sind, aber warum sollten sie einen fünften falschen Mond projizieren?«

»Ich spreche nicht von irgendeinem Mond hier«, sagte sie mit einer Eindringlichkeit, die ihn lächeln machte. »Ich meine den Erdenmond – Luna …« Sie blickte auf, dann streckte sie die Hand zu einem Punkt an der Kuppel aus, der dem Schloßgebäude gegenüber war. »Dort würde ich ihn hintun.«

»Warum?«

»Weil die alten Dichter alle sehr beeindruckt von der Wirkung sprachen, die der Vollmond auf die Menschen hatte.«

»Ich bin nicht sicher, ob ich jemals ein Bild vom Erdenmond gesehen habe.«

»Oh, das sollten Sie nachholen! Es ist ein großer Mond, ein Viertel so groß wie die Erde selbst. Die Bücher sagen, daß man im Licht des Vollmondes lesen konnte.«

»Etwas wie bei uns daheim der Antaresaufgang?«

»Ach was, viel schöner! Antares ist wie ein Schweißbrenner. Wirkliches Mondlicht ist eine weiche, silbrige Strahlung. In warmen Sommernächten lagen die Liebenden im Gras und verbrachten Stunden damit, ihn über den Himmel ziehen zu sehen.«

»Ich habe immer gehört, daß der Vollmond die Leute verrückt machte.«

»Das ist Unsinn. Ich habe es aus erster Hand, daß ein Vollmond der schönste Anblick im Universum war. Als nächstes werden Sie mir noch erzählen, daß Sie an Vampire und Werwölfe glauben.«

»Das tue ich!« sagte er lachend. Er öffnete den Mund, um etwas zu ergänzen, dann schloß er ihn wieder.

»Was ist?« fragte Bethany.

»Nichts.«

»Sie wollten eben etwas sagen.«

Er seufzte. »Ich wollte sagen, daß ich nichts dagegen hätte, Sie jetzt in den Hals zu beißen.«

Bethany blieb stehen und wandte sich zu ihm. Plötzlich standen sie ganz nahe beisammen.

»Würden Sie das wirklich tun?« fragte sie flüsternd.

Seine Antwort war, daß er sie an sich zog und küßte. Sie erwiderte den Kuß hungrig, und viele Herzschläge lang standen sie eng umschlungen. Endlich schnaufte Drake und wich zurück.

Sein Gesicht war gerötet, sein Atem ging unregelmäßig. »Entschuldigen Sie, es tut mir leid!«

Sie sah ihn mit leuchtenden Augen an. »Mir tut es nicht leid. Ich habe mir das schon lange gewünscht.«

»Was ist mit Ihrem Verlobten?«

»Carl ist nicht mein Verlobter; er machte mir einen Heiratsantrag, aber ich habe ihm noch keine Antwort gegeben. Außerdem wird ihm ein kleiner Kuß nicht weh tun.« Sie schmolz wieder in seine Umarmung. Nach langer Zeit trennten sie sich, und Bethany nahm seine Hände in ihre. »Jetzt bin ich bereit, zurückzugehen.«

Sie gingen denselben Pfad zwischen den Blumenbeeten zurück. Keiner sprach, aber beide genossen die Gegenwart des anderen. Erst nachdem sie die Laube unter der Baumgruppe passiert hatten, machte Drake halt und sah sie an.

»Ich muß dir etwas sagen. Es geht mich nichts an, und ich sollte meinen Mund halten, aber ich muß es trotzdem sagen.«

»Was ist es, Richard?«

»Du solltest Carl Aster nicht heiraten! Du bist viel zu gut für ihn.«

»Wieso, du kennst ihn kaum!«

»Und ob ich ihn kenne«, knurrte er. »Ich war zwei Jahre Verbindungsoffizier beim Parlamentsausschuß für Verteidigungsfragen. Damals sind wir öfter aneinandergeraten.«

Sie nickte. »Richtig. Er sagte mir, ihr hättet über Etatfragen gestritten.«

»Das ist nicht der Grund, daß ich ihn nicht mag. Sieh mal, ich hatte als Verbindungsoffizier der Marine eine

Anzahl von Gegenspielern. Die meisten von ihnen respektierte ich. Aster respektiere ich nicht. Der Mann ist einer von Carstairs' Speichelleckern! Er sucht nicht eine Frau. Er will sich mit einer Dekoration schmücken, die ihm bei politischen und gesellschaftlichen Anlässen am Arm hängt.«

»Du redest wie mein Onkel. Er mag Carl auch nicht.«

»Dein Onkel ist ein kluger Mann. Du solltest auf ihn hören. Warum denkst du auch nur eine Sekunde daran, Aster zu heiraten?«

»Weil er mir einen Antrag gemacht hat.«

»Als Grund ist das nicht ausreichend«, versetzte er. »Für dich gibt es auf Alta eine Million bessere Männer.«

Bethany fühlte, wie ihr die Wangen heiß wurden. »Wollen Sie sich freiwillig melden, Kapitän Drake?«

Er zog die Stirn in Falten. »Ich bin auch nicht richtig für dich.«

»Ach! Und warum nicht?«

»Weil ich Kapitän im aktiven Dienst bin. So einer sollte erst heiraten, wenn er bereit ist, die Schiffe aufzugeben.«

Bethany schwieg einen langen Augenblick. »So redet ein Feigling, Richard. Raumfahrer haben schon immer geheiratet, und vor ihnen die Seefahrer. Außerdem scheinst du etwas zu vergessen.«

»Was?«

»Hat dieser Ryall dir heute nicht gesagt, daß seine Artgenossen es darauf abgesehen haben, die Menschheit auszurotten?«

Drake nickte.

»Dann darf ich höflich erinnern, daß dieser Umstand alles verändert.«

»Ich verstehe nicht.«

»Du hast dein Leben bis ins Detail geplant«, sagte sie, und Zorn färbte ihre Worte. »Du rechnest dir aus, daß du noch weitere fünf Jahre im aktiven Dienst bleiben und dann zu einem Posten in der Admiralität befördert wirst. Dann wirst du dich umsehen, dir das hübscheste Mädchen gönnen, das du finden kannst, und gefräßige, laute Kinder großziehen. Entspricht das ungefähr deinem Plan?«

Drake antwortete nicht.

»Nun, es gefällt mir nicht, die Überbringerin schlechter Nachrichten zu sein, Richard, aber die Ryall haben deine Pläne gründlich durcheinandergebracht. Wahrscheinlich werden wir den Rest unseres Lebens gegen sie kämpfen müssen, vielleicht auch noch unsere Kinder. Wir werden ausgebildete und erfahrene Leute in den Streitkräften brauchen – viele! Du wirst von Glück sagen können, wenn sie dich mit siebzig aus dem aktiven Dienst entlassen.«

»Was willst du damit sagen?«

Tränen stiegen Bethany in die Augen. »Ich versuche zu sagen, daß ich dich liebe, du großer dummer Kerl, und daß du ein Dummkopf bist, wenn du die Chance unseres Glücks wegwirfst!«

Er starrte sie überrascht an.

Sie wandte die Augen ab. »Ich habe dich seit dem Tag geliebt, als du mich ausschimpftest, weil ich mich auf New Providence von der Nova erwischen ließ.«

Er lächelte. »Und ich habe dich geliebt, seit wir uns das erste Mal begegneten. Warum, meinst du, hätte ich Carl Aster sonst eine Koje an Bord der *Discovery* verweigert?«

Sie blickte zu ihm auf. »Würde es dir was ausmachen, mich eine Weile festzuhalten?«

Er nahm sie in die Arme. Nach ein paar Minuten, die sie so stehend verbrachten, legte er die Lippen an ihr Ohr und flüsterte ihren Namen.

»Was ist?« murmelte sie an seinem Uniformkragen.

»Willst du mich heiraten?«

Sie blickte auf, wischte sich die Tränen aus den Augen und runzelte die Stirn. »Nein, ich will nicht.«

»Was?« fragte er verwirrt.

»Du hast mich gehört. Ich werde dich nicht heiraten. Erst nachdem ich die Arbeit für meinen Onkel getan habe. Danach… vielleicht. Nun sei still und halt mich fest!«

Einige Zeit später läutete es an der Tür von Bethanys Suite. Zwei Köpfe hoben sich wie einer, um über die Sofalehne im Wohnzimmer zu spähen. Zwei Augenpaare blickten einander an, und eine irritierte männliche Stimme brummte: »Wer, zum Teufel, kann das sein?«

Bethany lachte leise über Drakes Beunruhigung. Sie beugte sich zu ihm und flüsterte ihm ins Ohr: »Vielleicht gehen sie weg, wenn wir uns ruhig verhalten!« Als Antwort auf ihre Bemerkung läutete die Türglocke wieder, diesmal beharrlicher. Sie seufzte. »Oder vielleicht auch nicht.«

»Du solltest lieber aufmachen«, sagte Drake. »Wenn es unsere Gastgeber sind, könnten sie den Eintrittscode abschalten und öffnen.«

Bethany richtete sich auf und glättete ihr perlgraues Abendkleid. Sie ging zur Tür, schaltete das Licht auf volle Helligkeit und öffnete die Tür. Draußen stand Alicia Delevan. Sie schaute besorgt drein. In ihrer Begleitung war Carl Aster.

»Guten Abend, Bethany«, begann Alicia. »Haben Sie Kapitän Drake gesehen? Wir können ihn nirgendwo finden…« Sie sah Drake auf dem Sofa sitzen und verstummte mit einem scharfen Einatmen. Carl Asters Gesicht wurde plötzlich hölzern. Einen einzigen, quälenden Moment trafen sich Bethanys und seine Blicke, dann machte er kehrt und ging.

Alicia Delevan blickte schweigend von Bethany zu Drake und wieder zurück. »Darf ich die offensichtliche Schlußfolgerung aus dieser Szene ziehen, Bethany?«

»Sie können jede Schlußfolgerung ziehen, die Sie für richtig halten!«

Alicia runzelte die Stirn. »Verstehen Sie mich nicht falsch. Ihr persönliches Leben geht mich nichts an. Aber Carl ist ebenso ein Freund wie ein Untergebener. Ich möchte ihn nicht tiefer verletzt sehen, als unumgänglich ist. Was soll ich ihm sagen?«

Bethany seufzte. »Sagen Sie ihm, ich bedauerte, daß es so enden muß. Sagen Sie ihm, daß Richard mir einen Heiratsantrag gemacht hat und daß ich ihn möglicherweise annehmen werde, sobald ich die Verpflichtung gegenüber meinem Onkel erfüllt habe.«

»Ich wünsche Ihnen beiden alles Glück«, sagte sie, aber im nächsten Augenblick änderte sich ihr Verhalten abrupt. Sie ließ Bethany stehen und schritt auf Drake zu, der noch damit beschäftigt war, die letzten Knöpfe seines Uniformrocks zu schließen. »Kapitän Drake, ich muß mit Ihnen sprechen. Heute abend während des Banketts geschah etwas sehr Eigenartiges. Kaum waren dic ersten beiden Gänge aufgetragen, da wurden alle hochrangigen Sandarer abberufen!«

»Das verstehe ich nicht.«

»Ich auch nicht. Ein Bote kam herein und sprach mit Ministerpräsident Haliver. Dieser beugte sich dann zum König und flüsterte ihm etwas zu, John-Phillip sagte etwas zur Königin, und alle drei gingen. Inzwischen waren andere Boten in den Bankettsaal gekommen. Sie eilten die zweigeteilte Tafel entlang und machten da und dort halt, um jemandem etwas zuzuflüstern. Wenn dies geschah, entschuldigte sich der Betreffende und verließ eilig den Saal. Das Ganze dauerte nicht länger als fünf Minuten, und man spürte deutlich, daß Spannung in der Luft lag.«

»Wie lange ist es her, daß dies geschah?«

»Zwanzig Minuten. Carl und ich schlüpften durch eine Seitentür hinaus, während alle mit dem Essen und mit ihren Gesprächen beschäftigt waren. Wir suchten Sie, um Ihnen zu berichten.«

Drake ging zum Bildtelefon, nahm ab und wurde mit der Telefonzentrale des Schlosses verbunden. Eine hübsche junge Frau blickte ihn an.

»Ja, Flottenkapitän Drake. Wie kann ich Ihnen helfen?«

»Sie können mich zu meinem Schiff durchstellen.«

»Tut mir leid, Sir, aber alle Schaltungen des orbitalen Radioverkehrs sind belegt. Ich setze Sie gern auf die Warteliste und rufe zurück, wenn eine Verbindung frei wird, wenn Sie wollen.«

»Das würde nicht genügen. Ich brauche diese Verbindung jetzt!«

»Bedaure, Sir, aber alle Schaltungen sind in Betrieb.«

»Was wirst du jetzt tun?« fragte Bethany, als Drake auflegte.

»Ich werde das Schiff rufen.« Er zog ein flaches, tragbares Funksprechgerät aus dem Uniformrock. Es trug die Insignien der altanischen Raumstreitkräfte. Jedes Besatzungsmitglied, das sich auf Sandar aufhielt, hatte ein gleiches Gerät bei sich, obwohl die Sandarer gebeten hatten, vom Gebrauch abzusehen. Als Grund hatten sie die Möglichkeit angegeben, daß die Funksignale die Operation verschiedener automatischer Geräte und Anlagen stören könnten.

Drake drückte den Notrufknopf und wurde belohnt von Bela Marstons Stimme, die schwach, aber hörbar aus dem kleinen Lautsprecher kam. Als Drake sich meldete, klang sein Erster Offizier sehr erleichtert.

»Ah, Kapitän! Ich dachte schon, ich müßte ein paar Marinesoldaten hinunterschicken, um Sie zu suchen.«

»Wie ist die Situation da oben, Nummer Eins?«

»Vor ungefähr einer halben Stunde machten unsere Sensoren eine große Zahl von Detonationen im Faltpunkt Hellsgate-Aezer aus. Ich dachte, sie erprobten ihr Gerät, bis eine der gepanzerten Gefechtsstationen explodierte.«

»Eine Gefechtsstation wurde zerstört?«

»Mehr als eine, Kapitän. Der Gegner, den sie beschossen, war offensichtlich gut bewaffnet und gut abgeschirmt. Nach einer Weile wurde es ruhiger, aber im Laufe der letzten fünfzehn Minuten haben wir die Plasmafahnen von mindestens ein Dutzend Schiffen verfolgt, die mit hoher Beschleunigung vom Faltpunkt fortstrebten. Wer immer sie sind, sie verteilen sich über das ganze System!«

»Konnten die Schiffstypen am Plasmaausstoß der Triebwerke identifiziert werden?«

»Sie sind nicht von Alta oder Sandar.«

»Ryall?«

»Ich würde mein Geld darauf setzen, Sir.«

»Wie ist der gegenwärtige Status der *Discovery*, Mr. Marston?«

»Wir können die Umlaufbahn verlassen, sobald Ihre Gruppe an Bord ist. Kapitän Fallan sagt, die *Alexandria* könne genauso rasch startbereit gemacht werden, wenn er seine Leute an Bord nehmen kann. Ich lasse das gesamte Personal an Wartungstests aller Anlagen und Geräte arbeiten, unter Vorrang der Triebwerke und Waffen. Dem Chefingenieur habe ich gesagt, daß, sollten seine Leute etwas auseinandergenommen haben, ich es schnellstens wieder zusammengebaut haben will.«

»Sehr gut!«

»Wann können wir Sie an Bord erwarten, Kapitän?«

»Geben Sie mir etwas Zeit, herauszufinden, was hier unten vorgeht. Ich werde Sie in einer Stunde wieder anrufen.«

»Verstanden, Sir.«

»Machen Sie das Schiff in der Zwischenzeit einsatzbereit. Drake Ende.«

»Marston Ende.«

Drake wandte sich zu Bethany und Alicia, doch ehe er ein Wort herausbrachte, wurde die Tür aufgestoßen, und vier stämmige sandarische Marinesoldaten stürzten herein. Ihnen folgte der Hofmarschall.

Opteris' Blick fand sofort zu dem Funkgerät in Drakes Hand. »Bitte schalten Sie dieses Ding aus, Kapitän Drake. Ihre Sendungen verschaffen dem Sicherheitssystem des Schlosses einen Nervenzusammenbruch.«

»Was geht vor, Hofmarschall?«

Opteris zuckte die Achseln. »Nichts, was Ihnen unnötige Sorgen bereiten sollte, versichere ich Ihnen. Die Ryall versuchten vor kurzem, unsere Faltpunktverteidigung zu durchbrechen.«

»Meine Leute sagen mir, daß sie es nicht nur versuchten, sondern daß sie durchgebrochen sind!«

Opteris seufzte. »Erste Meldungen deuten darauf hin, daß die meisten ihrer Schiffe im Kreuzfeuer der Gefechtsstationen zerstört wurden. Aber auch diese hatten Schäden zu verzeichnen. Mehreren Schiffen der Angreifer gelang es, eine Lücke in unserer Abwehr zu nutzen und in den offenen Raum durchzubrechen. Wir mobilisieren jetzt unsere Flotte, um sie unschädlich zu machen. Gegenwärtig besteht kein Grund zur Beunruhigung.«

22

Richard Drake und Bethany Lindquist saßen beisammen und warteten auf das Ende der langen Nacht. Manchmal sprachen sie von ihrem Leben vor jener ersten schicksalhaften Begegnung in Mrs. Mortridges Haus auf dem Nob Hill. Manchmal schwiegen sie, zufrieden, beisammen zu sein. Gegen Morgen gingen sie hinaus auf den Balkon und streckten sich auf einer Liege aus. Bethany bettete ihren Kopf an Drakes Schulter und fiel in einen unruhigen Schlaf. Drake lag still und hielt sie im Arm, genoß ihre Wärme an seiner Seite.

Endlich, als das kalte graue Licht des Morgens die Osthälfte der Wetterkuppel zu verfärben begann, regte sich Bethany. Sie öffnete die Augen und lächelte ihm zu. »Wie lange habe ich geschlafen?«

»Ein paar Stunden.«

Sie richtete sich auf. »Dann muß dein Arm schon vor Stunden eingeschlafen sein!«

»Kein Problem«, log er. »Du bist leicht wie eine Blume, und doppelt so schön.«

Sie lachte. »Ich danke meinem zukünftigen Gemahl für das hübsche Kompliment, aber ich habe in letzter Zeit an zu vielen Banketten teilgenommen, um den ersten Teil zu glauben. Gibt es schon Nachricht von Opteris?«

»Noch nicht.«

»Und wenn er sich nicht meldet?«

»Ich gebe ihm noch eine Stunde, dann lasse ich Bela Marston die Boote herunterschicken, daß sie uns abholen.«

»Das wird nicht erforderlich sein, Kapitän!« sagte

eine Stimme hinter ihnen. Drake blickte über die Schulter und sah den Hofmarschall in der Türöffnung stehen, die von der Suite auf den Balkon führte. »Ich hoffe, Sie nehmen es mir nicht übel, daß ich eingedrungen bin, Miss Lindquist. Ich läutete, aber niemand antwortete.«

»Mein Fehler«, sagte Drake. »Ich schaltete die Glocke aus, daß sie Bethanys Schlaf nicht stören konnte.«

»Ich vermutete so etwas«, erwiderte Opteris mit einer leichten Verbeugung.

»Wie steht es mit meiner angekündigten Audienz?« fragte Drake.

»Darum bin ich gekommen, Flottenkapitän. Seine Majestät wird Sie jetzt empfangen. Er bedauert, daß er sich nicht eher freimachen konnte.«

»Sollte nicht jemand die Botschafter Barrett und Delevan verständigen?« fragte Bethany.

»Meines Wissens schlafen sie, Miss Lindquist«, antwortete Opteris. »Und die Einladung galt in jedem Fall für Kapitän Drake allein.«

Drake beugte sich zu Bethany und küßte sie. »Bis bald.«

»Ich werde hier warten.«

Opteris führte Drake zum Zentralbau des Schlosses, wo ein halbes Dutzend Aufzugschächte für den Verkehr zwischen den Geschossen bereitstanden. Er steckte seine Identifikationskarte in einen Schlitz, und im nächsten Augenblick öffnete sich die Tür, und er ließ Drake vorangehen. In der Kabine drückte er einen Code in das Steuerungsfeld, und der Aufzug sank rasch abwärts. Drake wartete, daß er innerhalb von Sekunden abbremsen werde, wenn er das Erdgeschoß erreichte. So war er überrascht, als die Fahrt annähernd eine Minute weiter hinabging.

Nachdem er ein zweites Mal geschluckt hatte, um den Druck auf seine Trommelfelle auszugleichen, fragte er: »Wie tief gehen wir unter den Erdboden, Hofmarschall?«

»Ungefähr einen Kilometer, Flottenkapitän. In ein paar Sekunden werden wir dort sein.«

Wie er vorausgesagt hatte, begann der Fahrkorb gleich darauf abzubremsen und hielt. Die Türen öffneten sich in einen langen Betonkorridor. Zwei bewaffnete Wächter prüften die Identifikation des Hofmarschalls und winkten die beiden durch. Opteris führte ihn durch ein Labyrinth von Tunnels, bis sie eine Tür erreichten, die äußerlich wie Dutzende von anderen aussah, an denen sie vorbeigegangen waren. Er schob seine Identifikationskarte in ein elektronisches Schloß, und nach einer Serie leise klickender Geräusche zog sich eine schwere Stahltür in die Wand zurück. Sie kamen in ein kleines Vorzimmer, wo Opteris wieder einen Sicherungscode drückte. Die erste Tür schloß sich, und eine zweite öffnete sich gleich darauf, und Drake sah, daß das vermeintliche Vorzimmer ein kurzes Stück Korridor war, das zu einer Personalschleuse ausgebaut war.

Hinter der zweiten Tür war eine weiträumige Höhle, in der es von Männern und Frauen in den Uniformen der sandarischen Raumstreitkräfte wimmelte. Die meisten saßen vor Computerkonsolen und arbeiteten an verschiedenen Aufgaben. Über ihren Köpfen, hoch oben an den Wänden der künstlichen Höhle, waren große verglaste Galerien zu sehen, die hell beleuchtet waren. Die Silhouetten mehrerer Gestalten standen dort oben und blickten hinab zu den Arbeitenden. Techniker eilten da und dort zwischen den Reihen der Konsolen hin und her, um Operationsstörungen zu beheben, während das Bedienungspersonal ungeduldig dabei stand.

»Hier entlang, Flottenkapitän«, sagte Opteris. Er schritt voraus in einen Korridor zwischen zwei großen Gruppen von Konsolen. Im Vorbeigehen beobachtete

Drake die Arbeitsstationen und bemerkte eine beträchtliche Vielfalt der Darstellungen auf den Bildschirmen. Auch fing er Bruchstücke von Gesprächen auf.

»Wann können Sie die Umlaufbahn verlassen, *Instigator?* – Alles Personal wird binnen einer Stunde an Bord sein, Leutnant ... Die Munitionstransporter werden in Kürze eintreffen, Sir. Sorgen Sie dafür, daß Ihr Steuerbordportal freigemacht wird ...«

Wieder blieb Opteris vor einer unauffälligen Tür stehen und schob seine Identifikationskarte in einen Schlitz. Das gedämpfte Klicken wiederholte sich, und die Tür glitt zur Seite. Sie betraten einen kleinen Raum, wo ein Dutzend Sandarer um einen Tisch versammelt war. Sie hatten die Rücken der Tür zugekehrt, und ihre Aufmerksamkeit war auf eine große Darstellung der Gesamtlage an der Wand ihnen gegenüber konzentriert.

John-Phillip Walkirk VI. wandte sich auf seinem Stuhl um und blickte zu Drake, als dieser mit dem Hofmarschall den Lageraum betrat. Er stand auf und war mit vier langen Schritten bei ihnen.

»Willkommen, Flottenkapitän«, sagte er mit ausgestreckter Hand.

»Danke, Majestät.« Drake nahm die dargebotene Hand, und erst als er ihren kräftigen Druck fühlte, wurde ihm die Abweichung von der normalen Hofetikette bewußt, die sich in der Geste ausdrückte. Er bemerkte auch, wieviel John-Phillip in der Woche seit ihrer ersten Begegnung gealtert schien. Unter den Anwesenden erkannte Drake den Halbbruder des Königs und Oberbefehlshaber der Kriegsoperationen Walkirk, den Ministerpräsidenten Haliver und Flottillenadmiral Bardak.

»Was halten Sie von unserer kleinen Kommandozentrale hier, Flottenkapitän?«

»Ich bin sehr beeindruckt, Majestät. Ich hatte keine Ahnung, daß es so etwas gibt.«

Der König lächelte. »Es gehört nicht zu den Dingen, für die wir Reklame machen. Nun, Sie baten um ein Gespräch. Ich denke mir, Sie sind besorgt über den jüngsten Besuch unserer Kentauroidengegner.«

»Ja, Sir. Sehr besorgt. Ich habe zwei Schiffe in der Umlaufbahn, und meine Leute sind über die halbe Hauptstadt verstreut. Es wäre mir mehr als unangenehm, in der Umlaufbahn angegriffen zu werden, ohne Manövrierraum zu haben.«

»Da besteht keine Gefahr, Flottenkapitän«, erwiderte John-Phillip mit einer Handbewegung zur Lageprojektion. »Die Darstellung wird Ihnen unsere Situation verdeutlichen.«

Die Projektion war von einem Typ, der sich nicht allzusehr von dem unterschied, den die altanischen Raumstreitkräfte verwendeten. Der Faltpunkt Hellsgate-Aezer war als ein roter Ellipsoid wiedergegeben, um den sechzig goldene Funken in einer kugelförmigen Formation angeordnet waren; sieben der Funken waren durch rote Kreuze gekennzeichnet, um Positionen der zerstörten Stationen zu markieren. Grüne Beschriftungen neben anderen Markierungen zeigten eingetretene Schäden an. Vom Faltpunkt ausgehend und in alle Richtungen auseinanderstrebend, waren zwölf rote Pfeile dargestellt. Jeder dieser Pfeile war mit ein paar Schriftzeilen versehen, die Geschwindigkeit und Beschleunigungsvektoren angaben. Mehrere grüne Pfeile verfolgten ihre roten Gegenstücke. Ein Blick auf die Vektoren verriet Drake, daß es eine lange Verfolgungsjagd geben würde.

»Ungefähr fünfzig Ryall-Schiffe kamen vergangene Nacht durch den Faltpunkt«, begann John-Phillip. »Sie wurden automatisch identifiziert und augenblicklich von unseren gepanzerten Gefechtsstationen angegriffen. Alles in allem leisteten wir gute Arbeit. Wir zerstörten achtzehn Angreifer sofort und zwangen weitere zwanzig zum Rückzug nach Aezer. Die verbliebenen zwölf konzentrierten ihr Feuer jedoch auf einen Abschnitt unserer Abwehrsphäre und stießen durch. Was Sie sehen, sind die überlebenden Ryall-Schiffe, die unserer Verfolgung zu entgehen versuchen. Natürlich bleibt ihnen keine Hoffnung. Sobald wir die Dritte Flotte hinausbringen, werden sie sich einer überwältigenden Streitmacht gegenübersehen.«

»Sie entsenden eine Ihrer Flotten, Majestät?« fragte Drake. »Ist die Lage so ernst?«

»Sie ist ernst, bis der letzte von diesen Marodeuren vernichtet ist! Das ist allerdings nicht der Hauptgrund für die Entsendung der Flotte. Wir haben die Ryall seit einem Jahrhundert bekämpft, Kapitän. Wir haben ihre Gewohnheiten in dieser Zeit kennengelernt. So rechnen wir in den nächsten Wochen mit wiederholten Sondierungsangriffen auf den Faltpunkt, mit denen sie feststellen wollen, wie schwer wir getroffen wurden. Die Verstärkung unserer Verteidigungslinie durch die Dritte Flotte wird sie überzeugen, daß ihr Angriff fehlgeschlagen ist.«

»Wann wird dies alles geschehen?«

»Die Flotte startet in zwölf Stunden. Ich reise in sechs Stunden zu meinem Flaggschiff ab.«

»Sie wollen teilnehmen, Sir? Ist das weise?«

»Es wird für mich nicht gefährlicher sein als für Zehntausende von Dienstgraden. Sie würden doch nicht wollen, daß ich mich in einem Loch verkrieche, während andere in meinem Namen ihr Leben riskieren, oder?«

»Ah – nein, Sir!«

»Sehen Sie? Nun sollten wir diskutieren, was während dieser Notsituation mit Ihnen und Ihren Leuten geschehen soll.«

»Ich bedanke mich für die Gastfreundschaft, Majestät«, sagte Drake, »aber ich glaube, für mich ist die Zeit zur Rückkehr in die Heimat gekommen.«

»Das können Sie nicht, Mann! Die Gespräche zwischen Ihren Botschaftern und Ihren politischen Beratern sind in einem kritischen Stadium. Eine Menge Arbeit wird umsonst getan sein, wenn Sie jetzt abreisen.«

Drake zog die Stirn in Falten. »Ich weiß Ihre Sorge zu schätzen, Majestät, doch habe ich meine Pflicht zu erfüllen. Wir haben auf dieser Reise viele Daten gewonnen, mehr als wir erwarteten. Ich kann mir schwerlich leisten, in Gefahr zu bringen, was wir erkundet haben, sollten die Ryall Ihre Verteidigungslinien durchbrechen.«

»Nein, natürlich nicht«, sagte der König. »Aber vielleicht gibt es einen Kompromiß. Darf ich einen Gegenvorschlag machen?«

»Gern.«

»Ich stimme zu, daß Sie Ihre Leute zusammenholen und an Bord Ihrer Schiffe bringen sollten«, begann John-Phillip. »Das ist nur gesunder Menschenverstand. Tatsächlich werden wir unser eigenes nichtkriegswichtiges Personal auffordern, ihre Nächte in den Bunkern zu verbringen, bis das letzte Ryall-Schiff zerstört ist. Sobald Sie aber Ihre Schiffe startbereit gemacht haben, ist Ihr Verbleiben in der Umlaufbahn ohne Risiko, bis der Kampf beendet ist. Sollte einer der Eindringlinge durchkommen, werden Sie reichlich Zeit haben, um Ihre Schiffe in Sicherheit zu bringen. In der Zwischenzeit können Sie Informationen über unsere Verteidigungsstrategien sammeln – wir werden Ihnen sogar Aufzeichnungen des gestrigen Gefechts geben –, und Ihre beiden Botschafter können ihre Gespräche mit meinem politischen Beraterstab über eine Konferenzschaltung beenden.«

Drake überdachte seine Optionen, dann nickte er. »Einverstanden. Wir werden in der Umlaufbahn bleiben, bis die gegenwärtige Krise überstanden ist. Danach werden wir weitersehen.«

John-Phillip lächelte müde. »Das ist alles, was ich verlange!«

Zu Drakes Überraschung verursachte der Befehl an das gesamte Personal der Einsatzgruppe 001, an Bord der Schiffe zurückzukehren, überraschend wenig Murren und Klagen von den Angehörigen der gelandeten Gruppen. Abgesehen von gelegentlichen halbherzigen Bemerkungen, man sei gerade erst angekommen, und den normalen Meckereien, die unvermeidlich sind, wenn Pläne über den Haufen geworfen werden, waren die Reisenden, die sich am Nachmittag in der Abfertigungshalle des Raumhafens einfanden, unnatürlich ruhig. Nachrichten von der Schlacht am Faltpunkt Hellsgate-Aezer hatten selbst die extremsten Elfenbeinturmtypen unter den Wissenschaftlern ernüchtert und den Wirtschaftsfachleuten zu der schockartigen Erkenntnis verholfen, daß Krieg weit mehr als eine Gelegenheit ist, Gewinn zu machen. Der Anblick der *Discovery* löste unter mehreren Passagieren des Landungsbootes sogar spontane Beifallsrufe aus, als sie sich ihrem Ziel näherten.

Wie John-Phillip vorausgesagt hatte, verließ die Dritte Flotte Sandar innerhalb von zwölf Stunden nach Drakes Audienz im Lageraum. Drake eilte von der Andockbucht zur Brücke, um von dort die Abreise der Flotte zu beobachten. Es war ein eindrucksvoller Anblick in den Teleskopen und auf den Radarschirmen des Kreuzers. Eine nach der anderen starteten vier Flottillen vom Planeten. Jede bestand aus einem Schlachtschiff, zwanzig bewaffneten Begleitschiffen und der dreifachen Zahl an Unterstützungsfahrzeugen. Drake erkannte schwere und leichte Kreuzer, Zerstörer, sogar relativ winzige Langstreckenaufklärer. Die Unterstützungsfahrzeuge schlossen alle Arten von Tankern, Frachtern und Munitionsschiffen mit ein. Als er den Start der Flotte verfolgte, kam ihm in den Sinn, was einer seiner Professoren an der altanischen Akademie der Raumstreitkräfte einmal gesagt hatte: »Vergessen Sie niemals, meine Herren, daß ein Krieg im Weltraum zehn Prozent Offensive und neunzig Prozent Logistik ist!«

Anderthalb Tage nach dem Start der Flotte war der Plasmaausstoß der sandarischen Schiffe in den Teleskopen der *Discovery* sichtbar. Ihre Formation gemahnte an einen Kugelsternhaufen, der zur Gänze aus weißlichvioletten Sternen verschiedener Leuchtkraft bestand. Die Masse der Flotte beschleunigte vierzig Stunden mit zwei Ge, bevor sie wendete und die gleiche Zeit verlangsamte, um dann Wachpositionen zwischen den überlebenden Gefechtsstationen um den Hellsgate-Aezer-Faltpunkt einzunehmen.

Aber nicht alle Schiffe der Dritten Flotte steuerten dieses Ziel an. Mehrere kleine Gruppen zweigten ab, um die durchgebrochenen Ryall-Schiffe abzufangen, von denen zwei bereits in den Feuerbereich ihrer Verfolger geraten und zerstört worden waren. Am fünften Tag nach dem Start der Flotte war es klar, daß die Sandarer die Situation unter Kontrolle hatten. Annähernd fünfzig Kriegsschiffe hatten sich zu einer gleichen Zahl überlebender Gefechtsstationen um den Faltpunkt gesellt, und die Ryall-Schiffe waren ungeordnet über den Himmel verstreut und von dreißig sandarischen Schiffen verfolgt.

Trotzdem fiel es Richard Drake schwer, sein Unbehagen abzuschütteln, als er die sandarischen Formationen beobachtete.

»Was hast du?« fragte Bethany, als sie ihm sein Mittagessen zur Brücke brachte. »Du machst ein Gesicht, als hättest du gerade in etwas Ranziges gebissen!«

Er lächelte, lehnte sich zurück und reckte die Arme, um die Schmerzen zu langen Sitzens in derselben Haltung zu lindern. Der Zustand annähernder Schwerelosigkeit konnte die durch Spannung erzeugten Schmerzen nicht verhindern. »Wahrscheinlich mache ich mir zu viele Sorgen.«

»Wieso?« Bethany gab ihm sein Tablett. Er legte es

auf seine Konsole, während sie ihres auf den Beobachterplatz neben ihm manövrierte. Das gemeinsame Mittagessen am Arbeitsplatz war ihnen seit ihrer Rückkehr an Bord des Schiffes zur Gewohnheit geworden.

Drake schob das Tablett beiseite und drückte eine Taste, die Bethanys Bildschirm auf einen der seinen schaltete. »Hier, ich möchte dir etwas zeigen.«

Zwei weitere Kommandos an den Computer der *Discovery* ließen die sandarische Aufzeichnung der Schlacht am Faltpunkt anlaufen. Drake hatte die Aufzeichnung seit fünf Tagen studiert, da er hoffte, daraus etwas über die Taktiken zu erfahren, die von den Ryall eingesetzt worden waren. Und je mehr er lernte, desto stärker wurde seine Beunruhigung.

Die Aufzeichnung begann mit der Nahaufnahme einer der gepanzerten Gefechtsstationen um den Faltpunkt; die Sandarer hatten offenbar den altanischen Betrachtern zuliebe erläuterndes Bildmaterial in die Aufzeichnung eingearbeitet. Das Bild zeigte eine mächtige Kugelgestalt, der die dunklen Mündungen mehrerer hundert Laserkanonen und eine vergleichbare Zahl von Raketenabschußrampen entragten. Unter den weiteren sichtbaren Merkmalen befanden sich dicke Panzerungen, die Abgasöffnungen der Kraftwerksanlage und große Rippenkühlanlagen zur Ableitung der inneren Wärme. Im Vordergrund des Bildes zog ein Zerstörer an der Gefechtsstation vorüber und vermittelte einen Eindruck von den Größenverhältnissen. Die Gefechtsstation war so groß wie ein kleiner Asteroid, eine Zusammenballung zerstörerischer Kraft.

»Mein Gott, was für eine Festung!« staunte Bethany.

Drake nickte. »*Es* ist noch eindrucksvoller, wenn du dir vor Augen führst, wieviel Schiffsvolumen normalerweise von Faltraumgeneratoren und Photonentriebwerken eingenommen wird. Dieses Monster wurde für den stationären Kampf konstruiert, ohne Rücksicht auf

Manövrierfähigkeit. Ich schätze seine Kampfkraft auf die von fünf Schlachtschiffen, vielleicht mehr!«

»Wenn eine Gefechtsstation so stark ist, wie konnte es den Ryall gelingen, aus einem Faltpunkt auszubrechen, der von sechzig dieser Stationen bewacht wurde?«

»Paß auf, wie es weitergeht, und du wirst es sehen.« Drake ließ die Aufzeichnung weiterlaufen, und ein Bildschnitt zeigte den Blick in ein Sternenfeld. Die Hintergrundsterne tanzten hinreichend, um zu zeigen, daß die Szene durch ein Teleskop hoher Auflösung aufgenommen worden war. Als Bethanys Augen das Bild nach Besonderheiten absuchten, erschien in der Mitte des Bildschirms plötzlich ein zylindrisches Schiff. Im nächsten Augenblick wurde die stumpfgraue Oberfläche des neu eingetroffenen Raumschiffes in grell sprühende Helligkeit verwandelt. Ein Filter wurde vorgeschaltet und dämpfte die blendende Helligkeit, bis die Umrisse des Schiffes wieder sichtbar wurden. Glühende weißlichviolette Lichtpunkte trafen das glücklose Schiff an Dutzenden von Stellen. Unter dem zusammengefaßten Feuer so vieler Laserkanonen hatte das Ryall-Schiff keine Chance.

Doch irgendwie überlebte es.

Aus jedem der Strahlungspunkte stoben weißglühende Fahnen verdampften Materials. Sekundenlang sah das Ryall-Schiff wie ein vielschwänziger Komet aus. Das Schiff wehrte sich nach Kräften; eigene Laserstrahlen durchstießen den leuchtenden Dunst, der seine Umrisse verschwimmen ließ. Weißlichviolette Flecken markierten den Plasmaausstoß von Raketen, die zu ihrem Ziel unterwegs waren. Das Raumschiff schien vielleicht zehn Sekunden bewegungslos zu schweben, bis die beutegierigen Laserstrahlen sich schließlich durchfraßen und die empfindlichen inneren Systeme trafen. Dann explodierte das Schiff in einem blendenden Lichtblitz und begann in einer abkühlenden Plasmawolke zu expandieren. Die entfernte teleskopische Kamera reduzierte ihre Vergrößerung, um den Feuerball im Gesichtsfeld zu halten, bis er zu Dunkelheit verblaßte.

»Das war einer der ersten Angreifer durch den Faltpunkt.«

»Wie konnte er so lange überlebt haben?« fragte Bethany.

»Die aus seinen Flanken sprühenden Lichterscheinungen waren eine Antilaserabschirmung, die verdampft wurde. Diese Abschirmung besteht aus Milliarden winziger Glasprismen in jedem Kubikzentimeter. Laserstrahlen werden darin gebrochen, und es dauert lange, ein Loch durch diese Abschirmung und ins Schiff zu bohren.«

Ein Bildschnitt führte zu einem weiteren Ausschnitt aus dem Sternenmeer. Diesmal erschienen fünfzig Ryall-Raumschiffe innerhalb des Faltpunktes. Sie waren weit genug entfernt, um sichtbar zu sein, doch wurden ihre Positionen durch elektronische Symbole markiert. Wieder flammten die Ryall-Schiffe grell im Kreuzfeuer der Gefechtsstationen auf. Die meisten Abschirmungen der Angreifer versagten innerhalb von Sekunden, aber nicht bevor die Schiffe ihrerseits Schwärme von Raketengeschossen auf einen Abschnitt der Verteidigungssphäre gestartet hatten. Das Innere dieser Hohlkugel aus Gefechtsstationen füllte sich mit den Lichtblitzen von Fusionswaffen. Die meisten wurden im Raum abgefangen und zur Detonation gebracht, aber einige kamen in beide Richtungen durch. Und Antilaserabschirmungen vermochten wenig gegen die Gewalt einer nahen Nuklearexplosion. Drake und Bethany sahen, wie eine der sandarischen Gefechtsstationen explodierte. Kurz darauf ereilte mehrere andere das gleiche Schicksal.

»Es erforderte ungefähr zwölf Sekunden, bis die Gefechtsstationen die Abschirmungen jedes Ryall-Schiffes überwanden«, sagte Drake. »Das gab vielen der Ryall-Schiffe Zeit, ihre Geschosse gegen einen Abschnitt der Verteidigungssphäre zu schießen und dann in die Sicherheit des Aezer-Systems zurückzuspringen. Es gelang ihnen, eine Öffnung in die Hohlkugel der Abwehr zu reißen und ein Dutzend Angreifer schlüpfte durch diese Lücke.«

»Es hat ihnen nichts genützt«, sagte Bethany. »Die sandarische Flotte ist ihnen an Zahl und Feuerkraft weit überlegen. Mr. Cristobal sagt, die letzten würden in weiteren hundert Stunden zur Strecke gebracht sein.«

»Trotzdem«, erwiderte Drake, »frage ich mich, ob der Umstand, daß sie überhaupt durchbrechen konnten, nicht auf eine Schwäche der sandarischen Abwehr hinweist.«

»Was für eine Schwäche?«

»Schau dir an, wie nahe diese Stationen dem Faltpunkt sind«, sagte er und zeigte auf die von sandarischen Schiffen und Gefechtsstationen umringte Ellipse. »Sie gehen so nahe heran, um ihre Feuerkraft zu konzentrieren. Aber diese Formation läßt ihnen nicht viel Abwehrkraft in der Tiefe. Sobald die Ryall durchbrachen, gab es zwischen ihnen und Sandar nichts außer vierhundert Millionen Kilometer Vakuum. Darum mußte man in aller Eile die Dritte Flotte mobilisieren.

Nun, wenn ich hier das Sagen hätte, würde ich eine zweite Verteidigungslinie ungefähr hier stationieren«, sagte er und zeigte auf einen Punkt auf halbem Weg zwischen dem Faltpunkt und Sandar. »Das würde der Verteidigung viel mehr Tiefe geben und die Reaktionszeit verkürzen, sollte den Ryall ein Durchbruch gelingen. Auf diese Weise könnten die Sandarer einen Angreifer bis zum Planeten mit Flankenfeuer belegen und dann die restlichen von den planetarischen Verteidigungszentren erledigen lassen.«

»Du machst dir zu viele Sorgen, Richard«, sagte Bethany an einem belegten Brot vorbei, in das sie gerade gebissen hatte. »Die Sandarer kämpfen seit mehr als einem Jahrhundert gegen die Ryall. Sie müssen wissen, was sie tun!«

»Ich hoffe, du hast recht.«

23

Das akustische Signal der Bordsprechanlage brachte Drake sofort zu sich. Er setzte sich im Bett auf und schaltete das Gerät auf dem Nachttisch neben sich ein. Der kleine Bildschirm leuchtete auf und zeigte Karl Slater, der als Wachoffizier Dienst tat.

»Was gibt es, Mr. Slater?« murrte Drake nach einem Blick auf die Uhr. Es war 3 Uhr 28.

»Sie sollten auf die Brücke kommen, Sir. Im Faltpunkt ist der Teufel los!«

»Ich bin gleich oben.«

Drake schlüpfte in einen Overall und ein Paar Bordschuhe, dann eilte er im Laufschritt zur Brücke. Als er anlangte, war die übrige Mannschaft schon an ihren Stationen. »Melden Sie!«

»Ja, Sir«, sagte Karl Slater. »Wir haben befehlsgemäß den Faltpunkt Hellsgate-Aezer auf Anzeichen von Aktivität überwacht. Bis auf den normalen sandarischen Funkverkehr war bis vor drei Minuten alles ruhig. Dann beobachteten wir eine enorme Explosion innerhalb des Faltpunktes.«

»Wie stark?«

»Um mehrere Größenordnungen stärker als das, was wir vor sechs Tagen während der Schlacht beobachteten, Sir. Seit der Explosion haben wir auch Entladungen von Fusionssprengköpfen und eine große Zahl von Laserfeuer beobachtet.«

»Haben Sie eine Aufzeichnung?«

»Ja, Sir.«

Wie Slater gemeldet hatte, hatte die zweite Schlacht um den Hellsgate-Aezer-Faltpunkt mit einer titanischen Explosion aus dem Innern des Faltpunkts begonnen. Drake sah, wie die ewige Nacht des Raums plötzlich in Tag verwandelt wurde. Zuerst gab es nur einen einzigen Lichtpunkt in der Mitte eines kleinen Sternenfelds. Der Punkt wurde heller und wuchs, bis er eine winzige Scheibe von der Farbe eines Schweißbrenners war. Die Scheibe expandierte rasch und veränderte dabei die Farbe. Das aktinische Bläulichweiß ging langsam in Grün und dann in Gelb über. Orangefarbene Flecken erschienen, und die Kugel wurde vollständig orange, bevor sie in Rot überging. So blieb sie lange Sekunden, bis sie schließlich verschwand.

Inzwischen waren weitere Lichter erschienen. Dies waren die vertrauten weißen Blitze, wie sie von den Detonationen nuklearer Sprengköpfe ausgelöst wurden, und die hellvioletten Funken von militärischen Hochenergielasern in Aktion.

Drake spielte die Aufzeichnung noch einmal ab. Als er das Geschehen zweimal beobachtet hatte, wandte er sich an seinen Nachrichtenoffizier. »Ich möchte wetten, daß alle sandarischen Schiffe und Gefechtsstationen in der Nähe des Faltpunkts gerade die Hälfte ihrer Sensoren durch Ausbrennen verloren haben! Mr. Cristobal!«

»Ja, Kapitän?«

»Was haben Sie festgestellt?«

»Ich habe Schwierigkeiten, die Energie dieses ersten großen Knalls zu extrapolieren, Sir. Das Spektrum deutet darauf hin, daß es eine Materie-Antimaterie-Vernichtungsreaktion war, doch wo jemand soviel Antimaterie finden würde, übersteigt mein Vorstellungsvermögen.«

»Sie brauchten das Zeug nicht zu finden, Mr. Cristobal. Sie stellten es her.«

»Ein paar hundert Kilogramm, Sir? Das würde Jahre erfordern!«

Drake nickte. »Und für alle Beteiligten äußerst gefährlich sein. Meine Herren, ich glaube, unsere sandarischen Vettern sind gerade Hals über Kopf in eine Falle der Ryall gelaufen.«

»Ich verstehe nicht, Kapitän.«

»Stellen Sie sich vor, daß Sie der Ryall-Kommandeur sind, Slater. Sie sind beauftragt, dieses System anzugreifen. Was ist Ihre größte Schwierigkeit?«

»Den Verteidigungsring um den Faltpunkt zu durchbrechen.«

»Keineswegs. Sie bewiesen schon vor sechs Tagen, daß sie das konnten. Nein, die Hauptschwierigkeit besteht darin, die Aufstellung der Verteidiger im voraus zu wissen. Bedenken Sie, Sie haben keine Aufklärungsmöglichkeit. Dennoch müssen Sie wissen, wo die sandarische Flotte ist, wenn Sie eine Chance haben wollen.

Das war der Zweck des ersten Angriffs. Die Ryall setzten ihre übliche Angriffstaktik ein. Sie verleiteten die Sandarer, mit weiteren, ähnlichen Angriffen gegen den Verteidigungsring um den Faltpunkt zu rechnen. Die Sandarer reagierten, wie sie es normalerweise tun würden, indem sie den Faltpunkt massiv verstärkten. Damit konzentrierten sie einen bedeutenden Teil ihrer Streitkräfte an einem einzigen Punkt. Und vergessen wir nicht, daß einige der angreifenden Ryall die Verteidigung durchbrachen. Was taten sie darauf? Sie verstreuten sich sofort über den halben Himmel, zwangen die Sandarer zur Verfolgung und verringerten ihre einsatzbereiten Streitkräfte damit weiter.

Sechs Tage später können Sie als Kommandeur der Streitkräfte der Ryall-Hegemonie mit einiger Zuversicht voraussagen, wo Sie einen großen Teil der sandarischen Flotte antreffen werden. Zur rechten Zeit schicken Sie Ihre Höllenmaschine durch den Faltpunkt und bringen sie zur Explosion. Die Verteidiger werden vorübergehend geblendet, und da es sich um eine Antimateriereaktion handelt, werden nur Hochenergiephotonen freigesetzt. Mit anderen Worten, die Explosion erzeugt eine hohle Strahlungsschale, die sich mit Lichtgeschwindigkeit ausdehnt und keinen unangenehmen Feuerball elektrisch aufgeladenen Plasmas zurückläßt! Eine Sekunde nach der Explosion vollzieht Ihre Invasionsflotte den Übergang durch einen Faltpunkt, der frei von Energierückständen ist, und durchbricht sofort die umschließende Kugelstellung menschlicher Kriegsschiffe und Gefechtsstationen. Es wird gar nicht entscheidend sein, wie viele menschliche Schiffe Ihren Angriff überleben. Wenn Sie eine halbe Stunde vor ihnen nach Sandar gelangen können, ist Ihre Mission ein voller Erfolg. In gewisser Weise ist es eine Ironie.«

»Was meinen Sie, Kapitän?«

»Wir sagen uns immer wieder, daß hundert Jahre Kriegführung die Sandarer alles über die Ryall gelehrt haben sollten, was es zu lernen gibt. Es kam uns nie in den Sinn, daß umgekehrt das gleiche gelten muß!«

Drake starrte auf den großen Projektionsschirm, wo das Funkeln von Glühwürmchen weiter vom Tod vieler Menschen kündete. Nach längerem Schweigen wandte er sich zu Slater. »Verschaffen Sie mir eine Verbindung mit der Befehlszentrale unten, Mr. Slater, und verbinden Sie mich mit dem kommandierenden Offizier.«

»Jawohl, Sir!«

Kaum zwei Minuten später blickte Drake in das Gesicht eines Mannes mit den Kragenspiegeln eines Flottenadmirals der sandarischen Raumstreitkräfte.

»Es tut mir leid, Sie zu stören, Admiral«, begann Drake, »aber wir haben die Ereignisse im Faltpunkt beobachtet und einiges daraus gefolgert, was wir Ihnen nicht vorenthalten möchten.«

»Sprechen Sie.«

Drake erläuterte seine Befürchtungen in bezug auf die Möglichkeit, daß die Dritte Flotte durch eine List des Feindes verleitet worden sei, die Gefechtsstationen um den Faltpunkt zu verstärken. Als er geendet hatte, nickte der sandarische Admiral reumütig.

»Wir sind hier zu der gleichen Schlußfolgerung gekommen.«

»Ich an Ihrer Stelle«, sagte Drake, »würde die Erste und die Zweite Flotte gefechtsbereit machen.«

»Danke für Ihren Rat, Kapitän Drake. Wenn Sie mich nun entschuldigen wollen, ich habe Vorbereitungen zu treffen.«

Sobald die Verbindung unterbrochen war, wandte Drake sich zu Slater. »Wir werden die weitere Entwicklung bis zum Morgen überwachen. Bis dahin sollten wir wissen, ob mein Verdacht gerechtfertigt ist.«

»Jawohl, Sir.«

Drei Stunden später schien der Kampf um den Faltpunkt beendet zu sein. Wo er getobt hatte, beobachteten Teleskope und Sensoren der *Discovery* die expandierenden Plasmastreifen zahlreicher Schiffe. Alle beschleunigten zum Planeten. Die enormen Distanzen machten eine Identifikation unmöglich, aber Drake bezweifelte sehr, daß er die siegreiche Dritte Flotte auf dem Heimflug sah – nicht mit fünf Ge Beschleunigung!

»Haben Sie einen Vorschlag, Mr. Marston?« fragte Drake seinen Ersten Offizier. Marston war an seinem Platz in der Feuerleitzentrale.

»Nur einen, Sir. Ich schlage vor, daß wir uns schleunigst aus dem Staub machen!«

Drake nickte. »Ganz meiner Meinung. Geben Sie allgemeinen Bereitschaftsalarm, Nummer Eins. Es sind alle Startvorbereitungen zu treffen.«

»Ja, Sir.«

Das Läuten der Alarmglocken hallte durch das Schiff und erzeugte hektische Aktivität. Drake bemerkte nicht ohne Stolz, daß seine Konsole nach weniger als einer Viertelstunde die Startbereitschaft meldete. Offensichtlich hatten viele Besatzungsmitglieder des

Kreuzers von der Schlacht gehört und in Erwartung des Befehls ihre Stationen aufgesucht.

»Verständigen Sie Kapitän Fallan an Bord der *City of Alexandria,* Mr. Slater.«

»Ja, Sir.«

Dreißig Sekunden später blickte Fallans Gesicht aus Drakes Bildschirm. »Wir sind jederzeit startbereit, Kapitän. Aber es tut mir leid, die Sandarer in der Klemme zurückzulassen.«

»Sie sind große Jungen, Kenil. Sie haben den Rest ihrer Flotte, um die Ryall abzuwehren. Unser Datenmaterial ist zu wichtig, um zu riskieren, daß wir ins Kreuzfeuer geraten. Außerdem werden ihnen ein weiterer Kreuzer und ein unbewaffnetes Passagierschiff keine große Hilfe sein.«

»Ja, Sir. *Alexandria,* Ende.«

»*Discovery,* Ende.« Drake räumte seinen Bildschirm leer und drückte die Nummer des Maschinenraums. »Chefingenieur Arnam, bitte.«

»Hier, Sir.«

»Sie können die Rotation anhalten, Gavin.«

»Wird gemacht, Kapitän. In zehn Minuten werden wir Schwerelosigkeit haben.«

»Gut. Mr. Cristobal, legen Sie einen Kurs zum Hellsgate-Napier-Faltpunkt fest.«

»Schon programmiert, Kapitän.«

»Mr. Slater, verständigen Sie bitte die sandarische Raumüberwachung, daß wir bereit sind, die Umlaufbahn zu verlassen. Empfehlen Sie eine Startzeit in ...« – Drake blickte auf das Chronometer – »sagen wir, fünfzehn Minuten.«

»Zu Befehl, Sir.«

Nachdem er seine Befehle erteilt hatte, wandte Drake sich wieder den Informationen zu, die von den Langstreckensensoren eingingen. Die Zahl der Schiffe, deren Kurs eindeutig auf Sandar gerichtet war, wuchs weiter an. Drake hoffte, daß die Sandarer ihre Sperriegel rechtzeitig in Position bringen würden. Wenn nicht, stand ihrer Welt Schlimmes bevor.

Fünf Minuten vergingen. Nachrichtenoffizier Slater meldete sich.

»Was gibt es, Leutnant?«

»Sir, die Verkehrskontrolle verweigert uns die Starterlaubnis.«

»*Was?*«

»Sie weigert sich, uns aus der Umlaufbahn starten zu lassen, Kapitän.«

»Haben Sie den Leuten gesagt, daß unsere Anfrage nur eine Höflichkeit war, und daß wir jederzeit starten werden, wenn wir bereit sind und es für richtig halten?«

»Ja, Sir. Der Leiter sagt, er verstehe vollkommen, aber die Erlaubnis werde trotzdem verweigert. Warten Sie einen Moment, Kapitän. Eine neue Botschaft geht ein – Sie ist für Sie. Flottillenadmiral Bardak.«

»Stellen Sie ihn durch.«

Drakes Bildschirm wurde leergeräumt, dann erschienen Bardaks wohlbekannte Züge. »Ihre Leute haben mir gesagt, daß ich die Umlaufbahn nicht verlassen kann, Admiral.«

»Sie taten es auf meinen Befehl, Flottenkapitän«, antwortete Bardak. »Ich ersuche Sie, Ihre Abreise um weitere vier Stunden zu verschieben. Nach Ablauf dieser Zeit werden Sie starten können.«

»Warum vier Stunden?«

»Weil ich so lange benötigen werde, um Ihr Schiff zu erreichen. Ich muß Sie in einer Angelegenheit sprechen, die über eine offene Radioverbindung nicht behandelt werden kann.«

Drake nickte nach kurzem Zögern. »Gut, Admiral. Sie haben vier Stunden. Nach Ablauf dieser Frist werden wir die Heimreise antreten, ob wir Ihre Erlaubnis haben oder nicht.«

»Sie werden nicht nur meine Erlaubnis haben, Kapitän Drake. Sie werden meinen Segen haben.«

Drake wartete, als Bardak aus der Luftschleuse der Hangarbucht kam. Der Sandarer schüttelte ihm die Hand. Sein Gesichtsausdruck war ernst. »Ich danke Ihnen, daß Sie Ihre Abreise aufgeschoben haben, Kapitän.«

»Gern geschehen, denke ich. Haben Sie Nachricht vom Faltpunkt?«

Bardak klopfte mit den Fingerspitzen auf die Brusttaschen seines Uniformrocks. »Kurz bevor ich die Hauptstadt verließ, erhielten wir einen Bericht von der Dritten Flotte. Können wir irgendwo sprechen? Ich werde ein Lesegerät brauchen.«

»Wir werden in der Offiziersmesse zusammenkommen. Stan Barrett, Alicia Delevan und Bethany Lindquist haben gebeten, daß ihnen die Teilnahme erlaubt werde. Mehrere meiner Offiziere werden auch dort sein. Gibt es Einwände?«

»Nein, keine, Flottenkapitän. Die Zeit für politische Manöver ist vorbei. Je mehr Leute meine Geschichte hören, desto besser.«

»Politische Manöver?«

»Ich werde es später erklären. Darf ich Sie bitten, daß wir uns jetzt beeilen? Meine Zeit an Bord Ihres Schiffes ist knapp bemessen. Es gibt viel zu tun und wenig Zeit, die dafür zur Verfügung steht.«

»Selbstverständlich, kommen Sie mit.«

Drake zog sich Hand über Hand die Führungsleinen entlang durch die Schwerelosigkeit des Schiffes. Bardak folgte ihm in der gleichen Weise. Außer den erwähnten Personen waren Bela Marston und Argos Cristobal in die Offiziersmesse gekommen. Bardak zog sich zu einem Stuhl und schnallte sich an. Dann griff er in die Brusttasche, zog eine Speichertafel hervor und reichte sie Drake.

Drake steckte sie in ein Lesegerät, das für den Anlaß am Tisch der Offiziersmesse befestigt worden war. Der Bildschirm an der Stirnwand des Raums leuchtete auf und zeigte eine schematische Darstellung des Hellsgate-Systems. Sie ähnelte jener, die John-Phillip seinem Besucher in der Befehlszentrale unter dem Schloß gezeigt hatte. Mit Hilfe der Fernbedienung aktivierte Bardak einen kleinen goldenen Cursor, der auf dem Bildschirm die Position des Faltpunktes anzeigte.

»Vor einigen Stunden, Kapitän Drake, unterrichteten Sie einen diensthabenden Offizier im Hauptquartier von Ihrem Verdacht, daß wir einer Kriegslist der Ryall zum Opfer fielen und in eine Falle tappten. Es schmerzt mich sagen zu müssen, daß ich Ihnen zustimme. Offenbar kennen die Ryall uns weit besser, als wir ahnten. Aus Gründen, die ich Ihnen gleich erklären werde, war die Zeitwahl ihres Angriffs und seine Ausführung ein Meisterstück.

Der Angriff begann mit der Detonation einer sehr großen Antimateriebombe. Zwei von unseren Schiffen, die zu dem Zeitpunkt innerhalb des Faltpunktes patrouillierten, wurden sofort vernichtet. Der Rest unserer Flotte einschließlich der Gefechtsstationen wurden von der Explosion geblendet. Etwa die Hälfte unserer Sensoren und siebzig Prozent unserer Nachrichtenverbindungen wurden durch die Druckwelle der Explosion vorübergehend außer Betrieb gesetzt.

Eine halbe Sekunde nach der Antimaterie-Explosion erschienen fünfundsechzig Kriegsschiffe der Ryall im Faltpunkt. Unsere Streitkräfte begannen sofort, sie mit Laserkanonen, Antimaterieprojektoren und Raketen ins Kreuzfeuer zu nehmen. Wir erzielten viele Treffer, doch waren die Verluste des Feindes nicht annähernd so hoch, wie sie es gewesen wären, wenn wir unsere Verteidigung besser hätten koordinieren können. Die Ryall setzten die gleiche Taktik ein, die sie vor sechs Tagen verfolgten. Sie konzentrierten ihr Feuer auf einen Abschnitt der Abwehrsphäre, und es gelang ihnen, eine Bresche freizuschießen, durch die sie eindringen konnten. Das letzte Ryall-Schiff durchbrach die Absperrung um den Faltpunkt acht Minuten und siebzehn Sekunden nach der anfänglichen Explosion.«

»Was ist mit dem König?« fragte Stan Barrett. »Ist er in Sicherheit?«

Bardak nickte. »Durch Gottes Gnade war sein Flaggschiff auf der entgegengesetzten Seite der Abwehrsphäre, als der Durchbruch erfolgte.« Er wandte sich zum Bildschirm und bewegte den Cursor, um die Ryall-Schiffe zu markieren. »Von fünfundsechzig Feindschiffen durchbrachen sechsunddreißig unsere Abwehr um den Faltpunkt. Sie formierten sich in guter Ordnung und begannen sofort gegen Sandar zu beschleunigen. Die Dritte Flotte verfolgt sie und verfügt tatsächlich über die größere Zahl und höhere Feuerkraft. Unglücklicherweise hat sich die Ryall-Flotte aber in den letzten paar Stunden in zwei verschiedene Gruppen verteilt.«

»Warum ›unglücklicherweise‹?« fragte Barrett. »Ich denke, es würde Ihnen lieber sein, sie in kleinen Gruppen anzugreifen.«

»Unglücklicherweise, weil wir ihre Strategie zu verstehen beginnen. Eine Vorausabteilung von acht Schiffen hat die Masse der Angreifer hinter sich gelassen. Sie beschleunigt weiter mit fünfkommazwei Ge. Die übrigen achtundzwanzig Schiffe haben ihre Beschleunigung auf vierkommafünf Ge reduziert. Die größere Gruppe fungiert offensichtlich als Rückendeckung, um die Vorausabteilung gegen die Dritte Flotte abzuschirmen. Wir werden jedes der Schiffe der Hauptabteilung bezwingen müssen, bevor wir die Vorausabteilung einholen können. Eine andere Vorgehensweise würde die Dritte Flotte in ein gefährliches Kreuzfeuer bringen.«

»Wie können sie die Beschleunigung von fünf Ge aufrechterhalten?« fragte Bela Marston. »Ihre Treibstofftanks werden trocken sein, bevor sie Sandar erreichen.«

»Oder kurz danach«, sagte Bardak.

»Aber sie werden nicht verlangsamen können. Sobald ihr Treibstoff verbraucht ist, sind sie ohne Rückfahrkarte auf einer Reise in die Unendlichkeit.«

»Die Ryall sind entschlossen, einen von Menschen bewohnten Planeten zu zerstören, Fregattenkapitän Marston. Für ihre Begriffe ist der Tausch von fünfundsechzig Schiffen gegen Sandar ein gutes Geschäft.«

»Haben Sie eine Vorstellung, welche Schiffe in der Vorausabteilung sind?« fragte Drake.

Bardak manipulierte wieder die Fernbedienung, und die Szene wurde herangeholt, bis die Vorausabteilung der Ryall zu sehen war. Die Markierungen von drei Schiffen in der Mitte der Abteilung begannen zu blinken. »Diese drei bereiten uns die größte Sorge. Sie sind die eigentliche Kampfgruppe. Die anderen Schiffe sind hauptsächlich bewaffnete Begleiter.«

»Kennen Sie den Typ?«

»Wir halten sie für Angriffsträger.«

Es wurde plötzlich still im Raum. Nur die beiden Botschafter blickten verwirrt.

»Können Sie mir verraten, was ein Angriffsträger ist?« fragte Alicia Delevan.

Richard Drake wandte den Kopf und sagte: »Ein Angriffsträger ist ein großer umgebauter Frachter, der bis zu den Platten der Rumpfverkleidung mit Raketen und Nuklearsprengköpfen vollgestopft ist. In Anbetracht der Zahl und Feuerkraft der planetarischen Verteidigungszentren Sandars würden die Ryall bei einem konventionellen Angriff, wie sie ihn am Faltpunkt führten, mit hoher Wahrscheinlichkeit vernichtet, bevor sie in Schußweite kommen könnten.

Hier kommen die Angriffsträger ins Spiel. Weil eine Rakete klein ist, bleibt ihre Reichweite begrenzt. Andererseits ist es möglich, sehr viele Raketen in einem Angriffsträger zu transportieren. Die Ryall-Träger werden ihre Raketen wahrscheinlich abfeuern, kurz bevor sie in Reichweite der Planetarischen Verteidigungszentren kommen. Jede einzelne dieser Raketen bedeutet mindestens eine ausgelöschte andarische Stadt, so daß die Verteidigungszentren sie nicht werden ignorieren können. Statt auf acht Ziele zu feuern, werden sie es mit dreihunderttausend zu tun haben! Das Ziel der Ryall ist die Lähmung des Computernetzes der PVZs durch Überladung.«

»An Ihrer Stelle, Admiral«, sagte Alicia Delevan, »würde ich die Erste und die Zweite Flotte auf den Weg bringen, um diese Angriffsträger abzufangen!«

Bardak machte ein schmerzliches Gesicht und seufzte. »Das ist ein ausgezeichneter Rat, Mrs. Delevan. Ich wünschte, ich könnte ihn befolgen. Unglücklicherweise besitzen wir keine anderen Flotten. Mit Ausnahme meines eigenen Geschwaders von Abfangjägern und ein paar Dutzend Schiffen hohen Alters und zweifelhaften Gefechtswerts gibt es in der Umlaufbahn um Sandar keine Kriegsschiffe mehr.«

Lange Sekunden blieb es still in der Offiziersmesse. Die Altaner starrten Admiral Bardak an.

»Ich verstehe nicht«, sagte Drake. »Sie entsandten Ihre gesamten Raumstreitkräfte, um den Faltpunkt zu bewachen?«

»Bedauerlicherweise ist genau das der Fall, Flottenkapitän.«

»Aber wie konnte das geschehen, Mann?« fragte Stan Barrett. »Man sagte uns, Ihre Raumstreitkräfte verfügten über fünfhundert Schiffe!«

»Ich fürchte, wir sind nicht ganz aufrichtig zu Ihnen gewesen, Botschafter. Wir fürchteten, daß Sie eine Allianz mit uns vermeiden würden, wenn Sie den wahren Zustand unserer Streitkräfte entdeckten. Als die Ryall den Faltpunkt angriffen und wir gezwungen waren, unsere ganze Flotte zur Stärkung der Verteidigung zu entsenden, nannten wir sie die Dritte Flotte in der Hoffnung, daß Sie daraus die Folgerung ziehen würden, daß es weitere gäbe.«

»Aber Botschafter Cartier bestätigte mir gegenüber Ihre Stärke«, warf Bethany ein.

»Er ist kein Botschafter, Miss Lindquist. Ambrose Cartier wanderte vor etwa dreißig Jahren von der Erde ein. Wir wählten ihn aus, die Rolle des Botschafters der Erde zu spielen, als Sie um eine Audienz nachsuchten. Die Wahrheit ist, daß wir von der Erde abgeschnitten sind, seit die Ryall vor fünfzehn Jahren mit starken Streitkräften ins Aezer-System vordrangen. Seit jener Zeit haben wir dreimal Versuche unternommen, uns zum Aezer-Hermes-Faltpunkt durchzukämpfen und zur Erde durchzubrechen. Die letzte derartige Anstrengung fand vor sechs Monaten statt. Sie kostete uns dreiundachtzig Schiffe und zwölftausend gute Männer. Das ist der Grund, daß wir gegenwärtig so schwach sind. Und zweifellos war es ein Faktor in den Überlegungen der Ryall, diesen Zeitpunkt für ihren Großangriff zu wählen.«

»Und Sie glauben nicht, daß Sie diese Angriffsträger aufhalten können, bevor sie in Schußweite kommen?« fragte Drake.

»Ich glaube es nicht«, antwortete Bardak. »Realistisch gesehen, ist unsere Chance, alle drei zu vernichten, weniger als eins zu zehn.«

»Das ist eine pessimistische Einschätzung«, sagte Barrett.

»Nicht pessimistisch, Botschafter. Realistisch. Sie ist auch der Grund dafür, weshalb ich Kapitän Drake bat, seine Reise aufzuschieben. Wir haben eine Gefälligkeit von Ihnen zu erbitten.«

»Was für eine Gefälligkeit?« fragte Drake.

»Königin Felicia, Kronprinz Phillip und beide Prinzessinnen sind an Bord meiner Fähre. Ich werde ewig in Ihrer Schuld stehen, wenn Sie die Güte haben, sie mit sich nach Alta zu nehmen.«

»Selbstverständlich«, erwiderte Drake. »Sie können in der *City of Alexandria* unterkommen.«

Bardak machte ein unglückliches Gesicht. Sorgfältig wählte er seine nächsten Worte. »Ich danke Ihnen, Flottenkapitän, wäre aber sehr viel glücklicher, wenn sie an Bord der *Discovery* reisen könnten. Der Kreuzer ist besser imstande, sich im Falle von Schwierigkeiten zu verteidigen.«

Drake schüttelte den Kopf. »Ich fürchte, das wird nicht möglich sein.«

»Aber warum nicht? Welchen möglichen Unterschied kann es machen?«

»Einen großen«, sagte Drake. »Die *Discovery* wird nicht die Heimreise antreten. Wenn wir die Umlaufbahn verlassen, wird es geschehen, um die Angriffsträger der Ryall an Ihrer Seite abzuwehren.«

»Was?«

Der Ausruf kam von beiden Botschaftern gleichzeitig. Stan Barrett sah aus, als hätte er einen Herzanfall, und Alicia Delevan sperrte Mund und Augen auf.

»Das können Sie nicht machen, Kapitän!« sagte Barrett, als er sich wieder gefaßt hatte. »Sie sind der Regierung und dem Parlament verantwortlich, daß diese Expedition sicher heimkehrt. Die Expedition hat ihren Auftrag erfüllt. Jetzt unsere Schiffe zu riskieren, ist mit unserem Auftrag nicht zu vereinbaren.«

»Ich muß dem zustimmen, Kapitän Drake«, sagte Bardak. »So sehr wir die Hilfe benötigen, ein weiteres Schiff wird sehr wenig bewirken können. Es mag durchaus ein hoffnungsloses Unterfangen sein.«

»Hoffnungslos oder nicht, wir müssen es versuchen, verdammt noch mal!« rief Drake aus. »Ihre Welt ist in Gefahr, pulverisiert zu werden, Mann! Hunderte von Millionen werden sterben.«

»Auf die Gefahr hin, hartherzig zu scheinen«, sagte

Barrett, »die Menschen werden sterben, ob Sie diese ritterliche Geste machen oder nicht. Wir haben eine Fürsorgepflicht gegen unsere eigenen Leute. Wir brauchen Sie, um uns sicher aus dem System zu bringen. Alta muß vor der Bedrohung gewarnt werden!«

»Ich denke an unsere Leute, Mr. Barrett. Diese Ryall-Flotte wird unsere Schiffe ausmachen, wenn sie Sandar über den Hellsgate-Napier-Faltpunkt verlassen. Sicherlich wissen sie, daß Napier eine Sackgasse ist. Ist es nicht wahrscheinlich, daß sie nachforschen werden, wohin wir gegangen sind?«

»Ich sage, daß sie es nicht tun werden. Wir sind nur drei kleine Schiffe, und sie haben Wichtigeres im Sinn.«

»Dann bedenken Sie, was geschieht, wenn Sandar zerstört wird! Ein Teil der sandarischen Flotte wird überleben, ebenso wie einige Millionen Menschen an der Oberfläche. Wohin, meinen Sie, werden diese Flüchtlinge gehen? Wie viele Schiffe werden die Ryall im Hellsgate-Napier-Faltpunkt verschwinden sehen, bevor sie mißtrauisch werden?

Nein, Mr. Barrett. Wenn die Sandarer diese Schlacht verlieren, werden die Ryall bald den Weg nach Alta finden. Wenn wir unser Geheimnis bewahren wollen, müssen wir sie hier und jetzt besiegen.«

Drake sah Barretts Zügen an, wie die Erkenntnis dämmerte. Der zornige Ausdruck des Botschafters verlor sich in Verwirrung, und wenige Augenblicke später blieb von dieser nur quälende Sorge übrig. Er hob den Blick zu Drake und sagte so leise, daß seine Stimme beinahe tonlos war: »Gut, Sie haben mich überzeugt! Wir müssen sie jetzt aufhalten, wenn wir vermeiden wollen, die Ryall auf uns selbst zu ziehen.«

Drake wandte sich zu Alicia. »Mrs. Delevan?«

Sie starrte mit hartem Blick zurück. »Ich würde sagen, daß Sie unseren Missionsbefehl eben über Bord geworfen haben, Kapitän.«

Er zuckte die Achseln. »Ich sehe keinen anderen Ausweg.«

»Ich auch nicht. Aber ich sage auch, daß es Zeit ist, Paragraph sieben ebenso zu vergessen.«

Nach einem verständnislosen Blick begriff Drake, nickte und wandte sich zu Bardak. »Sie sagten vorhin, daß die Zeit für politische Manöver vorbei sei, Admiral. In diesem Fall möchten wir Ihnen eine Frage stellen …« Darauf schilderte er die Ereignisse, die auf die Ankunft der *Conqueror* im System Valeria gefolgt waren. Als er geendet hatte, war es an Bardak, ein schockiertes Gesicht zu machen.

»Und Sie dachten, dieses Wrack sei aus unserem System gekommen?«

»Woher sonst? Von New Providence kam es sicherlich nicht.«

»Kapitän Drake, seit mehr als fünfzehn Jahren ist kein Schiff von der Erde in diesem System gewesen. Glauben Sie mir, wir hätten es bemerkt!«

24

»Achtung, alles Zivilpersonal! Melden Sie sich sofort bei der Hangarbucht! Ich wiederhole, alles Zivilpersonal zu den Booten. Sie haben zehn Minuten!«

Richard Drake blickte auf, als die letzten Echos der Durchsage verhallten. Überall um ihn her herrschte hektische Aktivität. Alle Besatzungsmitglieder überprüften die Systeme, für die sie verantwortlich waren. Instandhaltungstechniker ersetzten jedes Modul, das in den Tests Schwächen zeigte. Überall im Schiff wurden Checklisten abgehakt, Raketen mit Gefechtsköpfen versehen und zu den Abschußrampen geschafft und die Dienstanweisungen für das Verhalten im Gefecht studiert. Zum erstenmal in den 150 Jahren seit seiner Indienststellung wurde der Kreuzer auf seinen ersten Kriegseinsatz vorbereitet.

»In Ordnung«, befahl Drake der Brückenmannschaft. »Machen wir Schluß mit den Überprüfungen. Es wird Zeit, daß wir wegkommen!«

Sein Befehl löste eine neue Welle von Betriebsamkeit aus, als die Instandhaltungstechniker abgenommene Verkleidungen wieder anschraubten und an den Konsolen ihre Systeme online brachten.

»Mr. Slater.«

»Ja, Kapitän?«

»Geben Sie Befehl, die Instandhaltungsprüfungen zu beenden und Startvorbereitungen zu treffen.«

»Ja, Sir.«

Bethany Lindquist saß an ihrem gewohnten Beobachterplatz neben Drake. Mit halbem Ohr lauschte er Slaters Durchsage, als er seine Bemühungen fortsetzte, sie zu überzeugen, daß sie zu den anderen Zivilisten an Bord der *Alexandria* gehen sollte.

»Du hast nicht mehr viel Zeit«, sagte er.

Sie schüttelte störrisch den Kopf und sprach durch zusammengebissene Zähne. »Tut mir leid, Richard, aber ich gehe nicht. Ich gehöre zu dieser Besatzung, und wenn die *Discovery* ins Gefecht geht, werde ich an meinem Platz sein.«

»Wir brauchen dich nicht an deinem Platz. Wir werden nicht in die Nähe eines Faltpunktes kommen. Du bist bei diesem Einsatz als entbehrliches Personal eingestuft.«

»So?« fragte sie. »Warum sehe ich dann nicht, daß du das andere entbehrliche Personal zur *Alexandria* schickst?«

»Würdest du gehen, wenn ich es täte?«

»Nein, Richard, ich würde nicht gehen.«

»Ich könnte dich von ein paar Marinesoldaten zum Boot bringen lassen, weißt du.«

»Du könntest, aber du würdest nicht!« Nach kurzem Zögern ergänzte sie in sanfterem Ton: »Sieh mal, Liebling, nachdem wir geheiratet haben, werde ich eine gute Frau sein. Ich werde dich lieben, ehren und dir im allgemeinen folgen. Aber in diesem Augenblick bin ich eine freie Bürgerin und treffe meine eigenen Entscheidungen. Ich bin auch ein Mitglied dieser Besatzung und lasse mich nicht diskriminieren, nur weil die *Discovery* in einen gefährlichen Einsatz geht. Ich weiß deine Sorge um mein Wohlergehen zu schätzen, wirklich, aber ich denke mir, der Kapitän eines Schiffes, das ins Gefecht geht, würde Besseres mit seiner Zeit anzufangen haben als mit mir zu streiten.«

Drake hob die Hände und ließ sie wieder fallen. »Dann melde dich bei deiner Dienststation«, knurrte er.

»Zu Befehl, Sir!«

Drake sah zu, wie Bethany sich losschnallte, aus

dem Beobachtersitz hob und geschmeidig durch die Luft zu ihrer Konsole schwamm, und mußte sich ein Lächeln verbeißen. Trotz des unguten Gefühls bei dem Gedanken, daß Bethany in Gefahr sein würde, war er froh, daß sie mitkam.

»Kapitän«, meldete sich Leutnant Slater, »Carl Aster möchte Sie sprechen.«

»Stellen Sie ihn durch.«

Asters Gesicht erschien in Drakes Bildschirm.

»Ja, Mr. Aster?«

»Ich hörte eben von Mrs. Delevan, daß Bethany an Bord bleiben will, Kapitän.«

Drake nickte. »Ich habe es ihr ausreden wollen, aber sie will nicht auf mich hören.«

»Das überrascht mich nicht«, erwiderte Aster. »Ich würde auch gern bleiben.«

Drakes Brauen hoben sich in unausgesprochener Frage.

»Es ist nicht, was Sie denken. Ich tue dies nicht, um irgend etwas zu beweisen. Jedenfalls ist das nicht mein Hauptgrund. Ich habe es satt, ein bloßer Manipulator von Leuten zu sein, Kapitän. Ich möchte zur Abwechslung etwas Wichtiges tun. Die Zerstörung dieser Angriffsträger ist wichtig.«

»Ich fürchte, es gibt an Bord keine Jobs, für die Sie ausgebildet sind.«

»Ich kann bei der Schadenskontrolle helfen oder als Bote dienen, oder in der Krankenstation helfen. Irgendwas, Kapitän!«

»Wir sind für hohe Beschleunigung programmiert.«

»Ich werde es überleben.«

»In Ordnung. Fragen Sie den Schiffsarzt, ob er Hilfe brauchen kann. Wenn er ja sagt, melden Sie sich beim Quartiermeister, daß er Ihnen eine Unterkunft zuweist.«

»Danke. Und Kapitän …«

»Ja?«

»Ich hoffe, Sie und Bethany sind sehr glücklich zusammen. Ich meine das aufrichtig.«

Drake zögerte einen Moment, wußte nicht recht, wie er reagieren sollte. Schließlich sagte er: »Nun, danke, Carl. Ich hoffe, es gibt keine bleibende Verstimmung.«

Aster hob die Schultern. »Ich werde darüber hinwegkommen.«

»Melden Sie sich in der Krankenstation. Sie haben ...« – Drake blickte zur Uhr – »weniger als vier Minuten, das Boot zu erreichen, wenn Dr. Parsil Sie nicht will.«

»In Ordnung, Sir.«

Drake saß still und lauschte den halblauten Gesprächen, die über die Bordsprechanlage gingen. In den Stimmen einzelner Besatzungsmitglieder bemerkte er eine auffallende Veränderung. Nach der ersten Ankündigung, daß sie gegen die Ryall kämpfen würden, hatte die Stimmung zwischen Nervosität und Galgenhumor geschwankt. In dem Maße, wie der Start näherrückte, schienen aber nun Erwartung und Erregung in den Vordergrund zu treten.

Über das Videosystem der *Discovery* verfolgte er die Räumung des Schiffes von Nichtkämpfern. Er sah Stan Barrett und Alicia Delevan zusammen mit der sandarischen Königsfamilie und ihrem Gefolge an Bord der *Molière* gehen. Eine Anzahl Wissenschaftler bestieg ein zweites Boot, dann wurde die Luft aus der Hangarbucht gepumpt, das Tor geöffnet, und die Boote verschwanden in der Dunkelheit des Raumes.

Fünfzehn Minuten später erhielt er Nachricht von Kapitän Fallan, daß alle Passagiere an Bord gekommen seien und die *Alexandria* startbereit sei.

»Haben Sie die Freigabe von der sandarischen Raumüberwachung?«

»Alles klar, Sir.«

»Dann können Sie starten, sobald Sie bereit sind. Viel Glück. Wenn Sie zum Faltpunkt kommen, verständigen Sie Kapitän Lee, daß ich ihn und seine Besatzung für ihre Gewissenhaftigkeit empfehle.«

»Wird gemacht, Sir. Auch Ihnen viel Glück.«

»Danke, Kenil.«

Drake ließ eine Teleaufnahme des Passagierschiffes auf den großen Projektionsschirm bringen. Entlang dem massigen zylindrischen Rumpf gingen die Funken der Steuerungsdüsen an und aus, und das Schiff begann sich langsam zu drehen und die Nase zum Startvektor zu erheben. Nach einer längeren Wartezeit ging der Photonenantrieb mit minimaler Energie an, und die *City of Alexandria* begann sich zu entfernen. Zwei Minuten später leuchtete der schwindende Lichtpunkt, der die *Alexandria* war, noch einmal hell auf, als Fallan die volle Schubkraft der Triebwerke einsetzen ließ. Kurz danach war das Schiff nicht mehr als ein heller kleiner Stern, der tief über der Eiskappe des Planeten schwebte.

Drake tastete die Nummer seines Ersten Offiziers ein. »Sind die Gefechtsstationen startbereit, Mr. Marston?«

»Alles startbereit, Kapitän.«

»Chefingenieur?«

»Startbereit, Sir.«

»Mr. Cristobal?«

»Kurs ist festgelegt und programmiert, Kapitän. Ich korrigiere alle zwei Minuten, um den Kurs Admiral Bardaks Geschwader anzugleichen.«

»Gut. Halten Sie sich bereit. Mr. Slater, allgemeine Durchsage.«

»Sofort, Sir.«

»Achtung, Achtung! Hier spricht der Kapitän. Wir sind im Begriff zu starten und uns Admiral Bardaks Geschwader anzuschließen. Es wird mit hoher Beschleunigung dem Feind entgegengehen, um ihn so weit wie möglich von Sandar entfernt abzufangen und zum Kampf zu stellen.

Dies wird ein Kampfeinsatz sein, keine leichte Reise. Wir werden es mit einer Übermacht zu tun bekommen. Aber unsere Sache ist weit entfernt, hoffnungslos zu sein. Das Gefecht wird aus einem einzigen Vorbeiflug mit hoher Geschwindigkeit bestehen. Es wird die Art von Gefecht sein, die einer kleinen, disziplinierten Streitmacht eine gute Gelegenheit bietet, einen überlegenen Gegner zu schlagen, wenn jeder einzelne von Ihnen seine Pflicht erfüllt und seine Arbeit tut. Ich weiß, daß ich mich auf jeden von Ihnen verlassen kann. Nun halten Sie sich bereit für hohe Beschleunigung. Ende der Durchsage.«

Dreiundzwanzig Stunden nach dem Start ging Bardaks Kampfgruppe von drei Ge Beschleunigung auf ein Ge herunter, um den Besatzungen eine Stunde Ruhe zu gönnen, bevor sie auf die Angriffsspitze der Ryall traf.

Die Kampfgruppe bestand aus zwanzig Einheiten: sechs Langstecken-Abfangjägern, dem Schlachtkreuzer *Discovery* und einer Kollektion von alten Zerstörern, Langstreckenaufklärern und zwei Frachtern. Die Frachter waren hastig zu Kriegsschiffen umgerüstet worden, indem man Gefechtsstände und Feuerleitsysteme eingebaut und die Laderäume mit Schiff-Schiff-Raketen gefüllt hatte. Außerdem hatten die *Discovery* und Bardaks Frachter genug bewaffnete Hilfsfahrzeuge an Bord, um die zahlenmäßige Größe der Kampfgruppe annähernd zu verdoppeln. So war Sandar dem Angreifer wenn nicht an Feuerkraft, so doch zahlenmäßig überlegen.

Inzwischen hatte die Fernaufklärung festgestellt, daß die Angriffsträger von zwei Schlachtschiffen, zwei schweren Kreuzern und einem leichten Kreuzer begleitet wurden. Theoretisch besaß jedes der Schlachtschiffe mehr Feuerkraft als Bardaks gesamte Kampfgruppe. In der Praxis aber würde das Gefecht, wie Drake seiner Besatzung gesagt hatte, weit ausgeglichener sein als die enorme Ungleichheit in der Megatonnen-Pro-Sekunde-Statistik der beiden Flotten vermuten lassen würde.

In einem klassischen Gefecht treffen die gegnerischen Flotten auf einem annähernd parallelen, aber etwas schrägen Kurs aufeinander. Jede Seite eröffnet das Feuer mit ihren Fernwaffen, sobald der Gegner in Reichweite ist, und feuert weiter, bis die Flugbahnen beide Gegner wieder außer Reichweite gebracht haben. In solch einem Gefecht, das die Feuerkraft in den Vordergrund stellte, hätten die schweren Kampfschiffe der Ryall kurzen Prozeß mit den schwächeren sandarischen Schiffen gemacht. Selbst die *Discovery* konnte im Vernichtungsfeuer eines Schlachtschiffes nicht lange überleben. Glücklicherweise sollte sich das bevorstehende Gefecht nicht nach klassischem Muster entwickeln.

Wenn beide Kampfgruppen etwa in der Mitte zwischen Sandar und dem Faltpunkt aufeinandertrafen, würden sie mit einer relativen Geschwindigkeit von mehr als achttausend Kilometern pro Sekunde in entgegengesetzten Richtungen fliegen. Bei einer Annäherungsrate, die 2,6 Prozent der Lichtgeschwindigkeit entsprach, würden die normalen Probleme der Gefechtsführung auf beiden Seiten tausendfach multipliziert. Zwischen maximaler Reichweite und nächster Annäherung würden nur fünfundzwanzig Sekunden liegen. Sobald die Kampfgruppen einander passierten, würde nochmals ein gleicher Zeitraum zur Verfügung stehen, in welchem gerichtete Energiewaffen auf den sich rasch entfernenden Feind feuern konnten. Dann würden die überlebenden Schiffe beider Flotten außer Reichweite kommen, und das Gefecht wäre vorbei.

Das sandarische Oberkommando hoffte, daß Bardaks zusammengewürfelte Kampfgruppe alle drei Träger in einem einzigen Vorbeigang vernichten würde. Wenn dies mißlang, würde Sandars Planetarisches

Verteidigungssystem mit hoher Wahrscheinlichkeit überwältigt, und Milliarden Menschen würden sterben.

In Kenntnis der Probleme einer so hohen Annäherungsgeschwindigkeit hatte Flottillenadmiral Bardak seine Kampfgruppe in drei Abteilungen aufgespalten und jede eine Viertelmillion Kilometer hinter den anderen gestaffelt, um die Zeit der Gefechtsberührung zu maximieren. Jede Staffel würde genau sechs und eine Viertelsekunde nach der vorausgegangenen Staffel in Reichweite des Feindes kommen, während die erste Abteilung noch annähernd zwanzig Sekunden Zeit hatte, in denen sie den Feind mit Laserfeuer und Antimaterieprojektoren unter Beschuß nehmen konnte.

Die erste Staffel bestand aus der Hälfte der Abfangjäger, beiden umgebauten Frachtern und ihren bewaffneten Hilfsfahrzeugen. Die zweite Staffel bestand aus den drei verbleibenden Abfangjägern, drei veralteten Zerstörern und einer weiteren Anzahl bewaffneter Hilfsfahrzeuge. Bardak hatte der *Discovery* das Kommando über die dritte und letzte Staffel gegeben. Diese bestand aus zwei alten Zerstörern, den sandarischen Langstreckenaufklärern und den vier bewaffneten Aufklärern des altanischen Kreuzers.

»Allgemeine Durchsage, Mr. Slater.«

»Sofort, Sir.«

Drake schaltete sich in die Bordsprechanlage ein. »Achtung! Hier spricht der Kapitän. Alle legen ihre Vakuumanzüge an und besetzen die Gefechtsstationen.«

Zehn Minuten nach diesem Befehl hob Drake den Helm über seinen Kopf und drehte ihn in den Bajonettverschluß. Er prüfte die Sprechverbindung und hörte den hohlen Klang seiner Stimme im Helm, dann ließ er sich die teleskopische Aufzeichnung der Ereignisse übertragen, die jenseits der angreifenden feindlichen Kampfgruppe stattfanden.

40 Millionen Kilometer hinter der Trägergruppe der Ryall tobte ein weiteres Gefecht. Die sandarische Dritte Flotte hatte den Sperrverband der Ryall eingeholt und lag im Gefecht mit ihm. Da beide Seiten den gleichen Kurs verfolgten und annähernd gleiche Geschwindigkeit hatten, dauerte der Kampf seit Stunden ununterbrochen an. In dieser Zeit war die Stärke des Ryall-Sperrverbandes von achtundzwanzig auf sechzehn Schiffe reduziert worden. Die verfolgende Dritte Flotte hatte acht Schiffe verloren. Es war jedoch noch keinem sandarischen Schiff gelungen, den Sperrverband zu durchbrechen und von rückwärts bis in Schußweite an die Angriffsträger heranzukommen.

»Alle Anzüge druckfest?« fragte Drake die Brückenmannschaft. Er wartete, bis alle bestätigt hatten, dann sagte er: »Geben Sie mir Verbindung mit den Aufklärern, Mr. Slater.«

»Zu Befehl, Sir.«

Leutnant Halls Gesicht erschien auf dem Arbeitsschirm.

»Es geht wieder los, Leutnant.«

»Ja. Sir«, antwortete der Führer der Aufklärer. »Wir sind bewaffnet, aufgetankt und in Gefechtsbereitschaft!«

»Sehr gut, Leutnant. Starten Sie und nehmen Sie Ihre Positionen in der Formation ein.«

»Wir starten jetzt, Kapitän.«

Drake sah die Aufklärungsboote eines nach dem anderen durch die Toröffnung aus der Hangarbucht schweben.

»Aufklärer melden erfolgten Start, Kapitän!«

»Verstanden. Sind Sie in der Feuerleitzentrale, Nummer Eins?«

»Hier, Kapitän«, meldete sich Fregattenkapitän Marston.

»Sind alle Stationen in Gefechtsbereitschaft?«

»Ja, Sir.«

»Sehr gut. Alle druckdichten Türen werden versiegelt, alle Waffen scharfgemacht, der Gefechtscomputer auf Programm geschaltet. Wir greifen an!«

»Zwei Minuten zum ersten Kontakt!«

Admiral Bardaks Ankündigung klang so entspannt, als ob er an einem Übungsmanöver teilnähme. Aber sein Flaggschiff, die *Vindicator,* war im Mittelpunkt der ersten Staffel. Der große Projektionsschirm der Brücke zeigte den grünen Stern der *Vindicator* umgeben von den Symbolen, welche die anderen Schiffe der ersten Staffel darstellten. Die grünen Zeichen näherten sich rasch einer ähnlichen Gruppe roter Symbole.

»Erste Staffel. Raketen, Feuer frei!«

Die kastenförmigen Zeichen, welche die beiden umgebauten Frachter verkörperten, waren plötzlich umgeben von einer Wolke roter Funken. Die Ryall-Kampfgruppe war noch fast eine Million Kilometer voraus und weit außerhalb wirkungsvollen Raketenfeuers. Bardaks Befehl verfolgte den Zweck, alle mit Nuklearsprengköpfen versehenen Raketen der ersten Staffel in den Raumsektor zu schießen, wo die Kampfgruppe der Ryall in die Reichweite der eigenen Waffen kommen würde. Es war im wesentlichen die gleiche Taktik, welche die Ryall mit ihren Angriffsträgern für Sandar planten. Selbst wenn die Raketen keine Ziele fanden, würden sie die Gefechtsstationen der Ryall zwingen, Waffen zur Abwehr einzusetzen, die andernfalls auf sandarische Schiffe gerichtet würden.

Die acht roten Zeichen in der Projektion waren rasch von eigenen Raketenmarkierungen umgeben. Drake befragte den Computer und war nicht überrascht zu erfahren, daß alle Raketen der Ryall von den beiden Schlachtschiffen gekommen waren. Die Hoffnung, daß der Feind die Waffen der Angriffsträger gegen Bardaks Staffel einsetzen würde, hatte sich nicht erfüllt.

»Dreißig Sekunden«, sagte Bardak über die Kommandoschaltung der Flotte. »Höchste Alarmbereitschaft für alle Schiffe. Zwanzig Sekunden... zehn... fünf, vier, drei, zwei, eins. Feuer frei!«

Einer der Hilfsbildschirme der Brücke, der den über Bildfunk empfangenen Gefechtsverlauf der ersten Staffel mit nur geringer Verzögerung in Echtzeit übertrug, leuchtete plötzlich mit den weißlichvioletten Lichtblitzen feindlicher Laser und den weißen Ausbrüchen von Fusionssprengköpfen auf. Drake ignorierte die Ablenkung. Wenn er das Gefecht überlebte, konnte er das Feuerwerk im Playbackverfahren beobachten. Ein Gefecht im Raum läßt sich am besten in schematischer Form verstehen. Die tödlichen Lichtentladungen sind hübsch anzusehen, aber weitgehend irrelevant, wenn man nicht zwischen ihnen steckt. Wenn das Bild Zeit hat, von den Augen zum Gehirn zu gelangen, hat die Waffe ihr Ziel verfehlt.

Der große Projektionsschirm war durchzogen von Linien, die beide Kampfgruppen und ihre Flugbahnen darstellten. Vor Drakes Augen ging ein Symbol, das einen sandarischen Abfangjäger darstellte, plötzlich aus. Beinahe genauso schnell wurde einer der umgebauten Frachter zerstört. Einen Augenblick später folgte ihm der zweite. Plötzlich verschwand eines der Ryall-Symbole aus der Projektion; ein feindlicher schwerer Kreuzer war vernichtet.

Wieder verschwand ein sandarischer Abfangjäger. Sekunden später folgten zwei bewaffnete Aufklärer. Dann war die erste Staffel zwischen den Ryall, und das Unmögliche geschah. Der Angriffsträger auf der rechten Flanke der Ryall explodierte.

»Mein Gott!« schrie eine nicht identifizierte Stimme über die Bordsprechanlage. »Einer der Aufklärer hat das Ding gerammt!«

»Ruhe da!« befahl Drake.

Ein Abfangjäger und zwei Aufklärer nahmen die Ryall-Kampfgruppe mit wenig wirksamen Lasern und

Antimaterieprojektoren unter Feuer. Bardaks *Vindicator* hatte das Gefecht bisher überlebt.

Die Stimme des Kommandeurs der zweiten Staffel brach aus den Kopfhörern: »Zweite Staffel, Raketen Feuer frei!«

Wieder schoß der tödliche Schwarm winziger gelber Funken hinaus, und wieder sprang ihm ein antwortender Schwarm von den Ryall-Begleitschiffen entgegen. Dieselben Symbole von Kampf und Tod erschienen in der Projektion. Die drei Abfangjäger der zweiten Staffel konzentrierten ihr Feuer auf einen der Angriffsträger und setzten jede Waffe ein, über die sie verfügten. Ihre Begleiter konzentrierten sich in gleicher Weise auf den zweiten Angriffsträger.

Diesmal begannen die kleineren Schiffe zuerst zu erlöschen. Der Verlust eines Angriffsträgers hatte die Ryall offenbar gelehrt, ihre winzigen Gegner zu respektieren. Einer, zwei, dann drei waren in einem Augenblick verschwunden. Einer der alten Zerstörer explodierte. Das Markierungssymbol eines anderen begann zu blinken, um anzuzeigen, daß das Schiff kampfunfähig geschossen war. Zwei Sekunden später verschwand es aus der Projektion.

Abfangjäger setzten ihren Angriff fort. Die Laser blitzten hellviolett, während unsichtbare Strahlen Antimaterie mit annähernd Lichtgeschwindigkeit durch den Raum schossen. Millionen von Metallstückchen wurden aus elektromagnetischen Linearbeschleunigern geschleudert und verteilten sich wolkenartig über die Flugbahnen der nahenden Ryall. Ihre Bemühungen blieben ohne Erfolg. Als der Augenblick kam, da die zweite Staffel sandarischer Schiffe die Kampfgruppe der Ryall durchdrang, waren keine Überlebenden mehr vorhanden, den Befehl auszuführen. Vierzehn Schiffe und Hilfsfahrzeuge und mehr als fünfhundert Mann Besatzung waren in expandierende Plasmawolken verwandelt worden.

Als das letzte Schiff der zweiten Staffel verdampft wurde, tastete Drake die Schiff-zu-Schiff-Verbindung ein. »Dritte Staffel in Angriffsformation. Alle Kapitäne, Bestätigung!«

Es folgte ein kurzes Durcheinander von Stimmen, als die Staffel um die *Discovery* die programmierten Positionen bestätigten. Als letzter bestätigte Leutnant Hall die Position der *Catherine*.

»Passen Sie auf sich auf, Phillip.«

»Wird gemacht, Kapitän. Geben Sie ihnen Saures!«

Drake befeuchtete sich die trockenen Lippen, während er die Annäherung der Ryall-Kampfgruppe an seine Staffel beobachtete. Kurz bevor sie in Reichweite kam, ließ er die Raketen starten. Die *Discovery* erzitterte, als eine Salve nach der anderen den Ryall entgegenjagte. Ein paar Sekunden später sagte Bela Marston über die Bordsprechanlage:

»Alle Raketen gestartet, Kapitän.«

»Sie sind dran, Mr. Marston«, erwiderte Drake. »Hauen Sie ihnen die Jacke voll!«

»Jawohl, Sir.«

In Wahrheit war es der Feuerleitcomputer der *Discovery*, der das Gefecht bestimmte. Kein Mensch konnte auch nur ein Tausendstel so schnell reagieren, wie verlangt wurde. Aber Menschen konnten Entwicklungen beobachten und die Strategie ändern, und das taten Marston und seine Spezialisten in der Feuerleitzentrale.

Drake beobachtete die Projektion, als der Kampf sich ohne sein Zutun entwickelte. Für ihn war es, als hätte sich die Zeit verlangsamt. Wo es vorher ein Konflikt von blitzartigen Vorstößen und Gegenstößen gewesen war, schien das Gefecht jetzt in Zeitlupe abzulaufen. Die *Discovery* eröffnete automatisch das Feuer, während rote und grüne Symbole in der Projektion aufeinander zuglitten. Ein Verteidiger der dritten Staffel verschwand. Es war eines der bewaffneten Boote der *Dis-*

covery, und der Verlust gab Drake einen Stich. Als nächstes Schiff explodierte ein sandarischer Langstreckenaufklärer. Ein Fusionssprengkopf detonierte nahe genug querab, daß die Sensoren auf der getroffenen Seite ausfielen und das Schnattern des Strahlungsmessers zu einem Brüllen wurde. Dann blies sich Drakes Schutzanzug plötzlich um ihn auf.

»Wir sind bei Schott Sechzehn durchlöchert. Schadenskontrolle eingeschaltet. Sanitäter sofort zu Abteilung Alpha-Zwölf«, sagte eine emotionslose Stimme über die Bordsprechanlage. Drake blickte auf seine Instrumente. Rote Lichter blinkten. Im selben Augenblick schrie ihm eine andere Stimme in die Ohren: »Wir haben einen! Wir haben einen!«

Drake blickte zur Projektion auf. Die Markierung eines der Angriffsträger verblaßte rasch. Drake unterdrückte aufbrandende Freude und befahl die Konzentration der gesamten Feuerkraft auf den einzigen verbleibenden Angriffsträger.

Er hatte den Befehl kaum ausgesprochen, als ihm klar wurde, daß er zu spät kam. Die Formationen der Dritten Staffel und der Ryall-Kampfgruppe waren einander schon zu nahe. Die Formationen durchdrangen einander in der Projektion, und der dritte Angriffsträger war noch unbeschädigt!

Dann geschah das Unglaubliche. Gerade als die *Discovery* auf gleicher Höhe mit den Angreifern war, explodierte der letzte Angriffsträger in einer Plasmawolke. Zwei überlebende Schlachtschiffe und zwei Kreuzer der Ryall schossen vorüber und waren fort, als wären sie nie gewesen.

25

»Verflucht sei, der zuerst den Krieg erfand.«

– Christopher Marlowe,
Tamerlan der Große, 1590

»Zuversichtlich hoffen wir, inbrünstig beten wir, daß diese furchtbare Geißel des Krieges rasch vorübergehen möge.«

– Abraham Lincoln,
Präsident der USA, 1865

»Welche Seite sich auch zum Sieger erklären mag, in einem Krieg gibt es keine Gewinner, sondern alle sind Verlierer.«

– Neville Chamberlain,
Britischer Premierminister, 1938

»Wenn jeder den Krieg so sehr verabscheut, wie kommt es dann, daß wir ständig so verdammt viele führen?«

– John Semper Fife, Philosoph, 2016

Als er beobachtete, wie die Symbole der überlebenden Ryall-Kampfgruppe sich von denen der *Discovery* und ihrer Begleiter entfernten, glaubte Richard Drake zum erstenmal den Reiz, den der Kampf auf Angehörige seiner Spezies ausübte, wirklich zu verstehen. Die dreißig Sekunden, in denen die *Discovery* mit den Eindringlingen Schläge ausgetauscht hatte, waren die beängstigendsten – und die aufregendsten – seines Lebens gewesen.

Das seine Adern durchströmende Adrenalin hatte seine Sinne geschärft und den Ablauf der Zeit verlangsamt. Die Farben der Warnleuchten und des Projektionsschirmes waren auf einmal leuchtender und deutlicher; die Meldungen, die ihn über die Kopfhörer erreichten, lauter und aufgeregter. Sein Herz schlug einen Staccatorhythmus von den Schläfen bis zu den Zehen, und der Geruch ungewaschener Socken in seinem Vakuumanzug war überlagert vom Schweißgeruch seiner eigenen Angst.

So rasch, wie sie gekommen war, hatte sich diese Angst in Euphorie verwandelt, als er erkannt hatte, daß er, sein Schiff und seine Besatzung das Gefecht überlebt hatten. Er unterdrückte einen Drang, vor Freude laut loszubrüllen, und als er sich dieser Anstrengung unterzog, fiel ihm etwas ein, das einer seiner Professoren an der Kriegsakademie über die Nachwirkungen des Kampfes gesagt hatte: »Meine Herren, ein großer und weiser Staatsmann bemerkte einmal, daß nichts im Leben so fröhlich stimmt wie ohne Ergebnis beschossen zu werden.«

Drake unterdrückte seine Gefühlsregungen und überblickte die Brücke. Zuerst fand sein Blick zu Bethany, dann zu den anderen Besatzungsmitgliedern. Er tastete die Anweisung NUR BRÜCKE ein und fragte: »Sind alle unverletzt?«

Ein Chor von Bestätigungen ertönte. Dann schaltete er auf die Gegensprechanlage um und wählte die Feuerleitzentrale. »Sind Sie noch da, Nummer Eins?«

»Hier, Sir«, meldete sich Fregattenkapitän Marston.

»Wie sind Ihre Leute durchgekommen?«

»Alle unverletzt, Kapitän. Aber wir haben *Drunkard* und *Gossamer Gnat* verloren.«

»Ich weiß«, sagte Drake. Er hatte beide Aufklärer auf dem Höhepunkt des Gefechts aus der Projektion verschwinden sehen. Acht gute Männer waren an Bord dieser Boote gewesen, darunter die Piloten Marman und Garth. »Das Gefecht war eine hervorragende Leistung, Mr. Marston. Geben Sie das Kompliment an Ihre Leute weiter.«

»Danke, Sir.«

Als nächstes rief Drake den Chefingenieur. »Hier, Sir«, meldete sich die vertraute dünne Stimme.

»Wir sind hier auf der Brücke zum Vakuum offen, Mr. Arnam. Was können Sie dagegen tun?«

»Wir haben im Brückenbereich einen langen Riß im Rumpf, Kapitän. Ich habe Schadenskontrolltrupps draußen, die ihn flicken. Ich denke, daß wir Sie in ein paar Minuten wieder unter Druck setzen können.«

»Haben Sie eine Übersicht über weitere Schäden?«

»Unsere Cryogentanks sind zerfetzt, Sir. Ich habe veranlaßt, daß alle Restvorräte aus den zerstörten Tanks in vier und sechs umgepumpt werden.«

»Wieviel Treibstoff haben wir verloren?«

»So weit ungefähr die Hälfte. Bis alles umgepumpt ist, werden wir weitere fünf Prozent verlieren.«

»Probleme mit dem Antrieb?«

»Keine, Sir. Wir haben volle Kraft, wenn Sie sie brauchen.«

»Gut. Lassen Sie Ihre Leute mit Hochdruck an der Schadensbehebung arbeiten. Es kann jederzeit sein, daß wir auf hohe Beschleunigung gehen müssen.«

»Zu Befehl, Sir.«

»Mr. Slater.«

»Ja, Kapitän.«

»Verbinden Sie mich mit Flottillenadmiral Bardak.«

»Wird gemacht, Kapitän.«

Der Arbeitsschirm leuchtete auf, und die Züge des sandarischen Adligen kamen ins Bild. Bardaks Gesicht steckte wie Drakes in einem Helm, und sein aufgeblasener Anzug verriet, daß auch er im Vakuum saß.

»Wir haben es geschafft, Admiral«, meldete Drake.

»Erzählen Sie mir davon, Kapitän. Eines dieser Schlachtschiffe harkte uns im Vorbeiflug einiges ab.

Sensoren nach achtern sind hinüber. Ich bin hinten blind.«

Drake meldete mit knappen Worten die Resultate der zweiten und dritten Staffel gegen die angreifenden Ryall einschließlich der Vernichtung der Angriffsträger und des Verlusts von 80 Prozent der eigenen Kampfgruppe. Bardak nahm die Nachricht mit unbewegter Miene auf.

Als Drake geendet hatte, nickte Bardak und sagte: »Haben Sie irgendwelche Vorschläge, bevor wir mit dem Sperrverband der Ryall zusammenstoßen?«

Drake blickte zum Projektionsschirm auf. Dort war zu sehen, daß die Angriffsformation der Ryall sich weiter von der *Discovery* und *Vindicator* entfernte, aber die zweite Gruppe von Ryall-Schiffen näherte sich rasch auf Kollisionskurs. Sie und der Rest von Bardaks Kampfgruppe würden den Abstand von 40 Millionen Kilometern in weniger als einer Stunde schließen.

»Die *Discovery* ist nicht in der Lage, einen weiteren Angriff durchzuführen, Admiral. Meine Raketen sind verschossen, und das Schiff ist an mehr Stellen durchlöchert, als ich zählen kann.«

»*Vindicator* sieht nicht besser aus«, erwiderte Bardak. »Ich schlage vor, daß wir ihnen ausweichen.«

»Ja, Sir.«

»Gut, nehmen Sie Kurs auf den galaktischen Norden und beschleunigen Sie ...« – Bardak wandte sich von der Kamera weg und führte eine Überschlagsrechnung aus – »vierzig Minuten mit zwei Ge. Das sollte uns aus dem Weg bringen.«

»Ja, Sir.«

»*Vindicator,* Ende.«

»*Discovery,* Ende.«

Drake unterrichtete den Navigator von ihrem neuen Plan. »Haben wir genug Treibstoff, um den Ryall auszuweichen und dann mit eigener Kraft nach Sandar zurückzukehren?«

Cristobal rechnete eine Weile, dann schüttelte er den Kopf. »Nein, Sir. Wir haben zuviel verloren.«

»Was ist das beste, das wir erreichen können?«

Cristobal wandte sich wieder seiner Konsole zu und gab die Daten ein. Nach einer Weile schwang er mit seinem Sitz herum und sagte: »Wir haben genug Treibstoff, um nach Sandar zurückzukehren, wenn wir in eine Transferumlaufbahn gehen.«

»Wenn wir das Manöver ohne Antrieb fahren, wird es eine Weile dauern. Von wieviel Wochen sprechen Sie?«

»Von sechs Monaten, Kapitän.«

»Zu lang«, sagte Drake.

»Es gibt eine Alternative, Sir. Wir halten jetzt Kurs auf den Faltpunkt. Dort könnten wir ein Rendezvous mit den Gefechtsstationen planen.«

»Das ist eine gute Idee, Mr. Cristobal. Ich hätte selbst darauf kommen sollen. Nun, dann drehen Sie das Schiff auf galaktischen Nordkurs und gehen auf zwei Ge Beschleunigung.«

»Zu Befehl, Sir.«

Sechzig Minuten später sah Drake den Sperrverband der Ryall in sicherer Entfernung an der *Discovery* vorbeijagen. Er wurde noch immer von der Dritten Flotte verfolgt. Als sie vorbei waren, ließ Drake das Schiff wenden und entlang dem Kurs verlangsamen, der sie zum Rendezvous mit den Gefechtsstationen um den Faltraum bringen würde.

Zwei Stunden später saß er noch immer an seinem Platz auf der Brücke. Seine von Schlaflosigkeit und Anspannung rot geränderten Augen waren auf den Projektionsschirm konzentriert. Statt einer taktischen Darstellung zeigte dieser jetzt eine durch das Teleskop aufgenommene Ansicht von Sandar, das wie eine weiße Billardkugel mit einem breiten grünen und blauen Streifen in der Mitte aussah. Drake beobachtete abwechselnd den Planeten und das Brückenchronometer, während sich in ihm die nun schon vertraute Spannung aufbaute.

Die vier überlebenden Schiffe des Angriffsverbandes der Ryall hatten ihren Vorstoß gegen Sandar fortgesetzt und nur drei Stunden benötigt, um die gleiche Entfernung zurückzulegen, für die der kleine sandarische Flottenverband auf der Ausreise vierundzwanzig Stunden gebraucht hatte.

»Wie beurteilen Sie ihre Chancen, Mr. Marston?« fragte Drake.

»Ungünstig«, sagte die Stimme des Ersten Offiziers in seinem Helm. »Die PVZs sollten imstande sein, alles aufzuhalten, was noch übrig ist. Natürlich könnten die Ryall mit Glück noch zu einem Erfolg kommen, wie wir gegen die beiden Angriffsträger.«

Drake nickte wortlos. In etwa dreißig Sekunden mußten die Ryall in Reichweite des Planeten kommen. Er befeuchtete sich die Lippen und wartete angespannt.

Nach schier endloser Zeit explodierte in Richtung Sandar ein Feuersturm weißlichvioletten Lichts.

Richard Drake saß in seiner Kajüte, betrachtete die Gefechtsstation, die in der Mitte seines Bildschirms schwamm, und überdachte die Ereignisse der letzten Wochen. Der gewaltige Kugelkörper der Station war weitaus stärker als das größte jemals gebaute Raumschiff und nahm es an Feuerkraft mit zehn Schlachtschiffen auf. In seinen Tiefen beherbergte er ein Vernichtungspotential, das frühere Generationen für unvorstellbar gehalten hätten. Doch so mächtig sie war, die Gefechtsstation und ihre mehr als fünfzig Schwesterstationen waren nicht imstande gewesen, den Durchbruch der Ryall zu verhindern. Sie hatten ihren Teil getan, nicht anders als viele Schiffe und ihre tapferen Besatzungen. Gleichwohl hatte es der militärischen Macht eines ganzen Planeten bedurft, um die Gefahr endlich abzuwenden.

Die überlebenden Ryall-Schiffe hatten tapfer angegriffen, doch ohne ihre Angriffsträger, die das Abwehrsystem mit den Massen ihrer Raketen hätten lähmen können, waren sie hoffnungslos unterlegen gewesen. Eines nach dem anderen waren sie im zusammengefaßten Laserfeuer der Planetarischen Verteidigungszentren rot aufgeglüht und zu schmelzender Schlacke zusammengesunken, als ihre Antilaserpanzerung und die darunterliegenden Stahldecks durchgebrannt waren. Das Gefecht zwischen den Verteidigungszentren und den Kriegsschiffen war ein ungleicher Kampf gewesen, der dreißig Sekunden nach seinem Beginn geendet hatte.

Eine Stunde später waren die übriggebliebenen Schiffe des Ryall-Sperrverbandes auf dem Schauplatz erschienen. Ihre Zahl betrug nur noch zehn, als sie in die planetarische Verteidigungszone eindrangen. Wieder schien Sandar in hellviolettem Licht zu explodieren, als die PVZs mit ihren schweren, fest installierten Laserkanonen das Feuer eröffneten. Und wieder schalteten sich Verteidigungssatelliten und Gefechtsstationen auf Sandars Monden mit plasmatischen Antimateriestrahlen ins Gefecht ein. Abermals wurden die Reste der Ryall-Flotte in weniger als einer Minute überwältigt und vernichtet.

Nach dem Kampf hatte John-Phillip Walkirk VI. allen Schiffen seine Glückwünsche übermittelt und Drake eine persönliche Botschaft gesandt, in der er ihm für den Einsatz der *Discovery* gedankt hatte. Mit der Botschaft war eine Einladung an die Altaner gekommen, nach Sandar zurückzukehren, um die diplomatischen Gespräche fortzusetzen. Drake hatte abgelehnt, so höflich er konnte, und den König davon unterrichtet, daß sein Schiff die Heimreise antreten werde, sobald die ärgsten Schäden repariert wären.

Zehn Tage später unterrichtete Chefingenieur Arnam den Kapitän, daß die *Discovery* einsatzbereit sei. Drake verlor keine Zeit und bat um die Erlaubnis, die Verteidigungssphäre um den Faltpunkt zu verlassen und sich den wartenden Schiffen *City of Alexandria* und *Sultana* anzuschließen. Wie er es schon einmal getan hatte, bat Flottillenadmiral Bardak Drake, seine Abreise ein paar Stunden aufzuschieben, um an Bord des Kreuzers zu einem Gespräch über ›wichtige Angelegenheiten‹ zusammenzutreffen.

Der Summer an der Tür der Kajüte unterbrach Drakes Betrachtung. Er rief seine Erlaubnis zum Eintreten. Die Tür öffnete sich, und Bethany Lindquist stieg über die hohe Süll.

»Herzog Bardaks Schiff ist da und wird gleich ein Boot entsenden, Richard. Du wolltest verständigt werden.«

»Ich frage mich, warum er uns diesmal aufhält«, überlegte er laut.

»Er wird es uns bestimmt sagen«, versetzte sie.

Als sie in der Hangarbucht eintrafen, hatte das Boot von der *Vindicator* bereits festgemacht, und es herrschte normaler Luftdruck. Eine Doppelreihe Marinesoldaten war zum Empfang angetreten.

»Willkommen, Flottenadmiral«, sagte Drake, dem die glänzenden neuen Kometen auf den Kragenspiegeln seines Besuchers nicht entgangen waren.

Bardak ergriff Drakes dargebotene Hand. Ein breites Grinsen kam in sein Gesicht. Das Licht der Bogenlampen spiegelte sich auf seinem kahlen Schädel. »Anscheinend ist es mein Schicksal, immer wieder Ihre Heimreise zu verzögern, Kapitän.«

»Ich hoffe, diese Verzögerung wird nicht so aufregend sein wie die letzte.«

»Das kann ich Ihnen versichern.« Bardak wandte sich zu Bethany. »Haben Sie schon ein Datum für Ihre Hochzeit festgesetzt, Milady?«

Bethany errötete ein wenig, als sie den Kopf schüttelte. »Ich habe noch immer meine Verpflichtung gegen meinen Onkel. Die Hochzeit wird warten müssen.«

»Warten Sie nicht zu lange damit«, sagte Bardak. »Wenn wir Sandarer aus unseren Kriegen etwas gelernt haben, dann ist es, daß man sein Glück ergreifen soll, solange man es kann.«

Bethany schob ihren Arm in Drakes und schmiegte sich an ihn. »Danke für den Rat, Admiral. Wir werden versuchen, ihn zu befolgen.«

»Gut für Sie!« Bardak wandte sich mit einer leichten Verbeugung zu Drake und sagte förmlich: »Ich komme als offizieller Emissär meiner Regierung, Flottenkapitän. Wo können wir zusammentreffen?«

»In der Offiziersmesse?«

»Ausgezeichnet.«

Als die drei in der Offiziersmesse Platz genommen und sich angeschnallt hatten, öffnete Bardak den mitgebrachten Aktenkoffer und nahm eine Anzahl offiziell aussehender Papiere heraus. »Dies sind Kopien, versteht sich. Die Originale werden mit dem Schiff, das entsandt worden ist, die königliche Familie zurückzuholen, zur *Alexandria* gebracht. Sie werden einen Vertragsentwurf zur Zusammenarbeit zwischen unseren Systemen finden, mehrere Protokolle über Handelsvereinbarungen und eine persönliche Botschaft meines Königs an Ihre Regierung und Parlament.

Ferner befindet sich bei diesen Unterlagen eine zusammenfassende Aufzeichnung von allem, was wir in einem Jahrhundert der Kriege über die Ryall in Erfahrung gebracht haben. Sie werden auch gebeten, Ihre Regierung zu verständigen, daß sie innerhalb von hundert Tagen nach Ihrer Rückkehr mit der Ankunft einer diplomatischen Delegation im System Valeria rechnen kann. Wir werden ein Schiff entsenden, sobald wir die größten Schäden an unseren Verteidigungsanlagen repariert haben, die durch diesen letzten Angriff entstanden sind.«

Drake nahm die Papiere und die Aufzeichnungstafeln entgegen. »Wir werden Sie erwarten.«

»Viel Glück für Ihre Heimreise. Ich wünschte nur, ich hätte Ihnen bei Ihrer Mission so helfen können, wie Sie mir bei meiner halfen.«

»Wie bitte?« fragte Drake.

»Ich beziehe mich auf die Angelegenheit dieses Schiffswracks von der Erde«, erläuterte Bardak. »Ich wünschte, wir hätten Ihnen sagen können, wie es in unser System geraten ist.«

»Machen Sie sich darum keine Gedanken«, sagte Drake. »Die *Conqueror* mußte von irgendwo kommen. Wir brauchen bloß herauszubringen, woher...« Er brach plötzlich ab und faßte sich unwillkürlich an den Kopf.

»Was ist los, Richard?« fragte Bethany.

»Ich hatte gerade den seltsamsten Gedanken«, sagte er. »Es könnte sein, daß es in der Frage der Herkunft der *Conqueror* des Rätsels Lösung ist!«

»Woher sollte sie gekommen sein?«

»Augenblick«, sagte Drake. Er stand auf, ging zum holographischen Projektionsschirm an der Stirnwand des Raumes und rief ein Faltraumdiagramm ab. Nachdem er verschiedene Darstellungen projiziert hatte, fand er diejenige, die er gesucht hatte. Es war eine dreidimensionale Karte der Faltraumverbindungen zwischen den Systemen Valeria, Napier, Hellsgate und Antares.

Das System Valeria war leicht zu identifizieren, weil es das einzige mit nur einem Faltpunkt (Valeria-Napier) war. Hellsgate war das nächste, mit zwei Faltpunkten (Hellsgate-Aezer, Hellsgate-Napier), gefolgt von Napier mit seinen drei Faltpunkten (Napier-Antares, Napier-Hellsgate und Napier-Valeria). Und zuletzt kam Antares mit seinen vor dem Novaausbruch bestehenden sechs Faltpunkten. Drake betrachtete das Diagramm, bevor er fortfuhr:

»Mir wurde eben klar, daß wir auf New Providence etwas übersahen. Wir wissen, daß die *Conqueror* das System Valeria vom System Napier her erreicht hatte. Als wir New Providence verlassen vorfanden, folgerten wir natürlich, daß die *Conqueror* von Hellsgate ins System Napier gekommen sei. Sie aber, Admiral Bardak, sagen, es sei nicht so gewesen.«

»Richtig«, bestätigte Bardak.

»Ich glaube Ihnen«, sagte Drake und streckte die Hand zum Diagramm aus. »Sehen Sie unseren Fehler?«

»Offen gestanden, nein«, erwiderte Bardak.

»Ich auch nicht«, sagte Bethany. »Wir haben alle Faltpunkte im Napier-System als Kandidaten eliminiert.«

»Nicht alle«, sagte Drake. Er zeigte auf den Faltpunkt, der die Inschrift NAPIER-ANTARES trug.

»Aber das ist unmöglich!« rief Bethany aus.

»Weshalb?«

»Weil dieser Faltpunkt ins Herz der Supernova führt!«

»Das trifft zu.«

»Ich erinnere mich, daß jemand mir Vorhaltungen machte, weil ich auf New Providence so unvorsichtig war, mich vom Antaresaufgang überraschen zu lassen, Richard.«

Er lachte. »Ich scheine mich an etwas Ähnliches zu erinnern.«

»Wenn die Strahlung auf New Providence so gefährlich war, fünfzehn Lichtjahre von der Gasblase entfernt, wie muß sie dann in ihrem Innern sein?«

»Es ist schwer vorstellbar«, räumte Drake ein, »aber die *Conqueror* passierte nichtsdestoweniger die Antares-Verbindung auf ihrem Weg zu unserem System. Ich kann es beweisen.«

»Wie?«

»Erstens durch den Zustand der Leichen, die wir fanden. Mehrere lagen in Abteilungen, die noch unter

Druck standen und Sauerstoff enthielten, doch gab es keine Anzeichen von Verwesung. Das Schiff war durch harte Strahlung sterilisiert worden. Außerdem fanden wir, daß die Computer allesamt durch die Strahlung ausgefallen waren, alle bis auf jene, die durch ihre Konstruktion spezifisch strahlungsresistent waren. Selbst diese hatten gelitten. Wir dachten damals, es handle sich um Hinweise darauf, daß die *Conqueror* den Nahtreffer einer Nuklearwaffe erhalten habe. Wir irrten uns. Was wir sahen, war das Ergebnis eines Kurses, der das Schlachtschiff durch die Gasblase der Antares-Nova führte.«

Bardak runzelte die Stirn. »Wenn Sie recht haben, Kapitän, ist es völlig nutzlos, die Route der *Conqueror* zum System Valeria zu kennen. Es ist ein Weg, der nur von einem beschädigten Schiff und einer toten Besatzung begangen werden kann.«

»Nicht unbedingt. Wir haben Abschirmungsfelder gegen harte Strahlung. Theoretisch ließen sich diese bis zu dem Punkt verbessern, wo sie Schiff und Besatzung im Innern der Gasblase schützen würden.«

»Darauf würde ich mein Leben nicht setzen wollen«, meinte Bardak.

»Wie oft haben Sie versucht, die Blockade der Ryall im Aezer-System zu durchbrechen?« fragte Drake.

»Dreimal.«

»Und wie erfolgreich waren Sie?«

»Sie wissen recht gut, wie erfolgreich wir waren«, knurrte Bardak.

»Sandar und Alta sind vom Rest des menschlich besiedelten Raumes abgeschnitten«, sagte Drake. »Wie lange, meinen Sie, können zwei abgelegene Kolonien allein der Macht der Ryall-Hegemonie standhalten?«

»Wenn wir nicht Hilfe bekommen, werden wir im Laufe der nächsten fünfzig Jahre überrannt«, sagte Bardak. »Worauf wollen Sie hinaus?«

»Wir *müssen* Hilfe von der Erde kriegen. Es liegt auf

der Hand, daß wir entweder das feindbesetzte Aezer-System durchbrechen oder die Antares-Gaswolke durchstoßen müssen. Wenn es eine dritte Möglichkeit gibt, sehe ich sie nicht.«

Die *Discovery* durchschnitt das Napier-System mit einem Abgasstrahl glühenden Plasmas. Ihr folgten dichtauf *City of Alexandria* und *Sultana*, als die Expedition das System von einem Faltpunkt zum anderen durchkreuzte. Napier-Hellsgate lag zwei Tagereisen hinter ihnen, während Napier-Valeria noch acht Tage voraus lag. Als die drei Schiffe in einer flachen hyperbolischen Bahn das System durcheilten, beschäftigten sich die Wissenschaftler und Bordoffiziere mit der Sammlung aller Daten, die über die Gaswolke des Antares verfügbar waren.

Drake saß an seinem Platz auf der Brücke der *Discovery* und beobachtete die Darstellung der Gaswolke auf dem Projektionsschirm. Er hatte die Nachtwache übernommen, und die Deckenbeleuchtung war auf ein trübes Blau reduziert. Nachdenklich betrachtete er den gewaltigen Ball aus Licht, der sich vom höllisch blendenden Stern im Zentrum noch immer in alle Richtungen ausbreitete. Auf den ersten Blick schien die milchig weiße Wolke bis auf die allgemeine Helligkeitsabnahme vom Mittelpunkt zum Rand ohne besondere Merkmale. Aber Stunden, die in sorgfältiger Beobachtung an astronomischen Fernrohren mit geeigneten Filtern vorgenommen worden waren, hatten Wirbel und Strömungen von erhitzten Gasen gezeigt. Mit einiger Übung und etwas Phantasie war es möglich, die Wolke als ein dreidimensionales Phantom wahrzunehmen, das in der ewigen Nacht des Raumes schwebte.

»Schön, nicht wahr?«

Beim Klang der Stimme wandte Drake den Kopf und sah Bethany neben sich stehen. »Was treibt dich zu dieser Nachstunde um?«

»Ich konnte nicht schlafen«, sagte sie. »Da dachte ich mir, daß ich die Wolke beobachten könnte. Was ist dein Vorwand?«

»Der gleiche«, sagte er. »Ich habe Wachdienst und sonst nichts zu tun.« Sein Blick ging wieder zur Projektion, und ein Schauer überlief ihn. »Ich habe es mir anders überlegt.«

»Was?«

»In dieses verdammte Ding einzutauchen! Ich hatte vergessen, wie groß es ist! Ich muß einen Anfall von Größenwahn gehabt haben, um auch nur daran zu denken.«

»Eher einen Anfall von Inspiration.«

»Dann glaubst du, daß wir es machen können?«

»Ich muß es glauben«, erwiderte sie. »Jenseits von Antares ist die Erde, und ich habe meinem Onkel versprochen, daß ich seine Depeschen dorthin bringen werde.«

Er hob die Hand und streichelte ihre Wange. »Bist du immer so hartnäckig?«

»Immer!«

»Ich sehe schon, daß ich mich auf etwas gefaßt machen muß, wenn wir verheiratet sind.«

Sie lachte. »Nicht, wenn du mir meinen Willen läßt.«

»Ich habe mir überlegt, was das Parlament tun wird, wenn ich sage, daß wir uns nur vor den Ryall retten können, wenn wir eine Anzahl von Schiffen bauen, die in die Überreste eines explodierten Sterns eintauchen können.«

»Die Abgeordneten werden tun, was sie in einer Krise immer tun«, meinte Bethany. »Zuerst werden sie schreien, protestieren, der Frage ausweichen und sich tausend Gründe ausdenken, die ihnen erlauben, das Problem auf die lange Bank zu schieben. Wenn darüber ein, zwei Jahre vergangen sind, werden sie sich beruhigen, die Herausforderung annehmen und tun, was getan werden muß. Das ist die Art von uns Menschen.«

»Hoffentlich hast du recht.«

»Natürlich habe ich recht«, sagte sie und setzte sich auf den Beobachterplatz neben ihn. Zu zweit betrachteten sie lange die Projektion, ohne etwas zu sagen. Endlich brach Drake das Schweigen. »Erinnerst du dich, wie aufgeregt du warst, als du erfuhrst, daß der Faltpunkt wieder offen war?«

Sie nickte. »Ich hörte es eines Tages in den Nachrichten, als ich von der Arbeit nach Hause kam. Und ich dachte, wie aufregend es sein würde, wieder hinauszukommen und Menschen anderer Welten zu sehen.«

»Würdest du genauso gedacht haben, wenn du von den Ryall gewußt hättest? Ich meine, würdest du dann den Faltpunkt offen oder geschlossen wünschen, wenn du die Wahl hättest?«

»Offen, natürlich.«

»Warum?«

»Weil ich glaube, daß es für uns Menschen unerträglich ist, in einem einzigen Sternsystem gefangen zu sein. Wenn die Öffnung des Faltpunktes uns die Ryall beschert hat, so hat sie uns auch die Freiheit gegeben, wieder zur Erde zu gelangen. Wir werden die Ryall schlagen, Richard. Entweder wir oder unsere Kinder. Wir haben gar keine andere Wahl.«

»Mit anderen Worten«, sagte Drake lächelnd, »ich sollte aufhören, mich zu sorgen, und statt dessen Überlegungen anstellen, wie ich eine Flotte durch die Antares-Gaswolke bringen kann.«

»Genau! Seit wann hat sich *Homo sapiens* von einer Kleinigkeit wie einer Supernova den Weg versperren lassen?«

ÜBER DEN AUTOR

Michael McCollum wurde 1946 in Phoenix, Arizona, geboren und ist Absolvent der Staatsuniversität von Arizona, wo er im Hauptfach Antriebstechnik für Luft- und Raumfahrt und im Nebenfach Kerntechnik studierte. Seit seiner Graduierung ist er als Luft- und Raumfahrtingenieur beschäftigt und hat an nahezu allen militärischen und zivilen Flugzeugen gearbeitet, die heute gebaut werden. Zu verschiedenen Zeiten in seiner Laufbahn hat McCollum auch am Vorläufer des Haupttriebwerks der Raumfähre gearbeitet, an einem verbesserten Ventil als Ersatz desjenigen, das in Three Mile Island versagte, und verschiedenen Lenkraketen.

Er begann 1974 zu schreiben und ist seitdem mit regelmäßigen Beiträgen in *Analog Science Fiction* vertreten. Er hat auch in *Isaac Asimov's Science Fiction Magazine* und im *Amazing* veröffentlicht. *Antares erlischt* ist sein vierter Roman.

Er ist mit einer liebenswerten Dame namens Catherine verheiratet und Vater von drei Kindern: Robert, Michael und Elizabeth.